W0291591

SUIVIE

Titre original : *People Like Her*
Copyright © 2021 Ellery Lloyd
Publication originale : Mantle / Pan Macmillan, 2021

Pour la traduction française :
© 2021, Hugo Thriller, Département de Hugo Publishing
34-36, rue La Pérouse
75116 Paris

Collection Hugo Thriller dirigée par Bertrand Pirel
Ouvrage dirigé par Sophie Le Flour
Graphisme de couverture : Rémi Pépin
Visuel de couverture : © Portishead1 / Getty Images
Conception graphique Hugo Thriller et mise et page : Emmanuel Pinchon

ISBN : 9782755688283
Dépôt légal : juin 2021

ELLERY LLOYD

SUIVIE

Traduit de l'anglais (Royaume-Uni)
par Valéry Lameignère

Hugo Thriller

Pour Zu.

Prologue

Il se pourrait que je sois en train de mourir.

En tout cas, ça fait un bon moment que j'ai le sentiment de voir ma vie défiler devant mes yeux.

Mon plus lointain souvenir : c'est l'hiver, au début des années 1980. Je porte des moufles, un bonnet mal tricoté et un énorme manteau rouge. Je suis assise sur une luge bleue que ma mère tire à travers la pelouse. Son sourire est figé. J'ai l'air frigorifiée. Je me souviens comme j'avais froid aux mains malgré les moufles, comme je pouvais sentir chaque creux et chaque bosse à travers la fine coque en plastique. Je me souviens du craquement de la neige sous les bottes de maman.

Premier jour d'école. Un cartable en cuir brun se balance dans ma main, mon prénom écrit sur un petit carton, lisible sous un plastique transparent : *EMMELINE*. Une chaussette haute tirebouchonne sur ma cheville avec des plis bleu marine, et une de mes couettes est un peu plus longue que l'autre.

Polly et moi à douze ans. Elle m'a invitée à dormir chez elle et nous sommes déjà dans nos pyjamas écossais, un masque de beauté sur le visage et les yeux rivés sur le maïs qui éclate derrière la vitre du micro-ondes. Toutes les deux, encore chez elle, à peine plus âgées, déguisées dans l'entrée et prêtes pour la fête d'Halloween au cours de laquelle j'ai échangé mon premier baiser. Polly était une citrouille, moi un chat sexy. Encore Polly et moi, cette fois-ci un jour d'été, mêmes jeans et Doc Martens, assises en tailleur dans un champ de chaume. En robes à fines bretelles et colliers ras du cou pour dire adieu au lycée sous la boule à facettes du bal de fin d'année. J'égrène mes souvenirs, l'un après l'autre, jusqu'à ce que j'en vienne à me demander si je suis capable de me remémorer un seul moment fort de mon adolescence où ne figurerait pas Polly, avec son sourire un peu tordu et sa drôle de posture.

À peine m'a-t-elle traversé l'esprit que je réalise à quel point cette pensée est triste, aujourd'hui.

Les premières années de mes vingt ans sont quelque peu brumeuses. Travail. Fêtes. Pubs. Pique-niques. Vacances. À vrai dire, les années suivantes, jusqu'au début de la trentaine, ne sont pas non plus d'une grande netteté.

Mais si le film dans son ensemble n'a pas marqué mon esprit, il y a des passages que je n'oublierai jamais.

Dan et moi dans un Photomaton, mon bras autour de ses épaules. C'est notre troisième ou quatrième rencard. Dan est tellement beau, moi tellement amoureuse. On sourit tous les deux comme des idiots.

Le jour de notre mariage. Le petit clin d'œil que j'adresse à l'amie qui nous filme tandis qu'on échange les vœux, le visage solennel de Dan lorsqu'il me passe l'alliance au doigt.

Notre lune de miel à Bali, ivres de cocktails et de soleil, nos visages extatiques rougis par ses derniers rayons, enlacés sous le toit en paille d'un bar de plage.

Parfois, j'ai du mal à croire que nous ayons un jour pu être aussi jeunes, aussi heureux, aussi innocents.

La naissance de Coco, furieuse et hurlante, blanchâtre et gluante de vernix. Gravée pour toujours dans ma mémoire, sa petite bouille fripée. Le moment où la sage-femme l'a posée sur moi. La puissance de nos émotions.

Coco couverte de confettis échappés d'une piñata, hilare devant les quatre bougies de son gâteau d'anniversaire.

Mon fils Orson, âgé de quinze jours, trop menu pour sa grenouillère pourtant minuscule, allongé dans les bras de sa sœur radieuse.

Ça ne m'avait jamais traversé l'esprit jusque-là, mais d'un seul coup ça me semble évident : ces moments qui me reviennent en mémoire ne sont pas de véritables souvenirs, mais des souvenirs de photos que j'ai vues et revues. Des journées entières réduites à une seule et unique image figée. Des histoires entières dans un simple cliché. Des rencontres, des relations, des périodes de ma vie résumées dans le cadre étroit d'une photographie.

Et ils continuent d'affluer, ces fragments d'existence. Ces instantanés. L'un après l'autre, encore et encore et encore, se succédant de plus en plus vite sous mon crâne.

Orson qui hurle dans le porte-bébé.

Des débris de verre sur le sol de la cuisine.

Ma fille pelotonnée sur un lit d'hôpital.

La une d'un journal.

Je veux que ça s'arrête, maintenant. Il y a quelque chose qui cloche. Ça fait plusieurs fois que j'essaie de me réveiller, d'ouvrir les yeux, mais je n'y parviens pas. Mes paupières sont trop lourdes.

Ce n'est pas tant l'idée de mourir qui me chagrine que celle de ne jamais revoir les gens que j'aime ; toutes ces choses que je n'aurai peut-être jamais l'occasion de leur dire. Dan, je t'aime. Maman, je te pardonne. Polly, j'espère que tu pourras me pardonner. Orson… Coco…

J'ai le sentiment affreux que quelque chose d'épouvantable est sur le point de se produire.

Le sentiment affreux que c'est entièrement ma faute.

Six semaines plus tôt

Chapitre un

Emmy

Je n'ai jamais prévu d'être une instamum. Pendant longtemps, je n'étais même pas certaine de devenir maman. Cela dit, qui d'entre nous peut dire que sa vie s'est révélée être exactement telle qu'il l'avait imaginée ?

En ce moment, mon quotidien tourne peut-être autour des fuites de lait et des marmots, essuyeuse émérite de fesses au service de deux bambins effrontés, mais rembobinez cinq ans en arrière et vous découvrirez que j'étais, je crois, ce qu'il convient d'appeler une fashionista. Oubliez mes yeux las et le mouvement convulsif de leurs paupières et imaginez, à la place de ce chignon frisé de maman débordée, un brushing ultralisse, ultraplat et ultrabrillant. Troquez le Ruby Woo de chez MAC plaqué ce matin à la va-vite pour un astucieux contouring, de l'eye-liner liquide et d'imposantes boucles d'oreilles – du genre auquel ma fille de trois ans s'accrocherait aujourd'hui pour exécuter une série de tractions impromptues –, puis emballez le tout dans un jean skinny et un chemisier en soie Equipment.

Jeune fille aux cheveux incoiffables et aux dents de lapin, encore empêtrée dans les rondeurs de l'adolescence, je rêvais déjà d'être directrice artistique dans le milieu de la mode. Et atteindre finalement mon but ne m'a pas fait déchanter : j'adorais vraiment ce boulot. Je n'ai jamais imaginé faire autre chose, comme vous le confirmera Polly, la plus gentille et la plus patiente des amies. La meilleure, aussi. J'ai de la chance qu'elle me parle encore, après tous ces après-midis où je l'ai obligée à jouer les photographes de mode lors de séances imaginaires ; à chausser les talons hauts de ma mère pour défiler avec moi le long de l'allée du jardin devenue podium de fortune ; à fabriquer nos propres magazines avec des exemplaires jaunissants du *Daily Mail*, une paire de ciseaux et un bâton de colle (j'étais toujours la directrice artistique, bien sûr).

Vous vous demandez peut-être comment je suis passée du monde des modeux à celui des baveux ? Il m'arrive – lorsque je nettoie un vomi ou prépare une énième bouillie – de me poser la même question. C'est comme si c'était arrivé en l'espace d'une nuit. Un jour en Fendi au premier rang de la Fashion Week de Milan, et le lendemain en pantalon de survêt dans un supermarché, m'efforçant d'empêcher un nourrisson de réorganiser l'allée des céréales.

Mon changement de carrière, d'experte ès tendances vestimentaires à maman débordée, est le fruit d'un simple concours de circonstances, pour être honnête. Le monde a fini par se désintéresser des top-modèles sur papier glacé et, par la faute de budgets de plus en plus serrés et d'un lectorat de plus en plus réduit, l'échelle sociale sur laquelle je grimpais bille en tête s'est dérobée sous moi. C'est alors qu'un heureux hasard s'en est mêlé, sous la forme d'un heureux événement : j'ai découvert que j'étais enceinte.

Saleté d'Internet, ai-je songé. Tu m'as piqué mes lecteurs, et maintenant tu me dois une nouvelle carrière. Et il allait falloir qu'elle s'organise autour de mon gros ventre.

C'est ainsi que je me suis mise à bloguer et à vloguer. Je me suis rebaptisée Vanupieds, parce que mes chroniques sur les talons aiguilles s'accompagnaient d'une sérieuse dose de mise à nu. Et vous voulez que je vous dise? Même s'il m'a fallu un moment pour trouver mon rythme de croisière, je me suis vraiment éclatée en échangeant en temps réel avec des femmes qui étaient sur la même longueur d'onde que moi.

Avance rapide jusqu'aux premiers mois qui ont suivi l'accouchement: 937 heures passées les fesses soudées au canapé, avec les lèvres ventouses de ma Coco chérie plaquées contre mes seins gorgés de lait et mon iPhone comme seule fenêtre sur le monde extérieur, le lien noué avec la communauté rencontrée sur Internet devenant bientôt une véritable ligne de vie. Si mon blog et mon vlog ont été mes premières amours numériques, c'est Instagram qui m'a empêchée d'être aspirée par le marasme postnatal. Chaque fois que je me connectais et lisais le commentaire d'une mère qui vivait les mêmes choses que moi, c'était comme si des bras traversaient l'écran pour me serrer un bref instant et m'insuffler un peu de vie. J'avais le sentiment d'avoir trouvé une famille, d'évoluer parmi les miens.

Alors, lentement, les Louboutin ont cédé la place au petit être humain. Vanupieds est devenue Mamapoil, parce que je suis une maman décidée à me mettre à nu; à tout exposer, verrues comprises. Une maman prête à faire face avec le sourire, mais sans rien cacher. Souriez, vous êtes à poil! Et croyez-moi, cette aventure est devenue encore plus folle depuis que ma seconde usine à rots, j'ai nommé mon fils Orson, est venue au monde, il y a de cela cinq semaines. Qu'il s'agisse de coussinets d'allaitement bricolés avec des emballages d'Happy Meal ou de la flasque que j'emmène au parc pour siffler une gorgée de gin en douce devant le bac à sable, vous pourrez toujours compter sur moi pour vous dire la vérité nue – même s'il se peut que je l'enrobe de poudre de Curly.

Les rageux aiment présenter Instagram comme un catalogue imaginaire de vies parfaites, maîtrisées, filtrées et publiées dans ces petits carrés. Mais lorsqu'on se trimbale avec une grimpeuse de rideau couverte de ketchup sur la hanche, on n'a pas vraiment le temps pour de telles inepties. Et quand les choses se compliquent, d'un côté comme de l'autre de l'écran, qu'il y a de la friture sur la ligne, que la nourriture est renversée, que je me sens tout simplement un peu perdue, je me souviens que c'est pour ma famille que je fais tout ça. Et bien sûr, pour mes sœurs instamums, étoiles de mon incroyable constellation, toujours prêtes à faire corps pour me défendre, quel que soit le nombre de jours d'affilée où j'ai porté le même soutien-gorge d'allaitement.

Vous êtes la raison pour laquelle j'ai lancé #joursdegrisaille, une campagne de hashtags qui invite toutes les mamans à partager leurs expériences en ligne et à se réunir IRL[1] pour discuter ouvertement des phases cafardeuses de la maternité, un combat trop souvent solitaire. Dans le même état d'esprit, une partie des profits issus de la vente de mes produits #joursdegrisaille sera consacrée à des actions visant à libérer la parole sur les problèmes psychologiques liés à la maternité.

Si je devais décrire ce que je fais aujourd'hui, me détesteriez-vous si je me présentais comme une maman multicasquette ? En tout cas, notre voisine a semblé bien déconcertée quand je lui ai répondu ça. Cette bonne vieille Joyce comprend ce que fait Papapoil – il écrit des romans.

---

1 IRL : L'abréviation IRL provient de l'anglais In Real Life, qui signifie dans la vie réelle, par opposition à la vie virtuelle.

Mais moi ? Influenceuse est un bien vilain mot, vous ne trouvez pas ? Alors quoi ? Encourageuse ? Impacteuse ? C'est encore pire. Supportrice de mamans, peut-être ? Allez savoir, et au fond, peu importe. Je mène simplement ma petite barque, partageant sans filtre ma vie de famille dans l'espoir d'ouvrir un débat plus honnête sur la parentalité.

Cette barque, je l'ai construite sur le principe de la franchise, et tant qu'elle naviguera, je dirai les choses telles qu'elles sont.

Dan

N'importe quoi.

N'importe quoi, n'importe quoi, n'importe quoi, n'importe quoi, n'importe quoi.

J'ai tellement entendu ce petit speech d'Emmy que, d'ordinaire, je ne remarque même plus combien tout ça n'est qu'un improbable salmigondis d'inventions et d'omissions, de fabulations et de demi-vérités. Combien ce n'est qu'une succession ininterrompue de faits qui auraient pu se produire (sauf qu'en fait, non), qui se sont bien produits (mais pas comme elle les raconte) et d'événements dont nous gardons elle et moi un souvenir très différent (c'est le moins qu'on puisse dire). Allez savoir pourquoi, ça ne se passe pas comme d'habitude, ce soir. Allez savoir pourquoi, tandis que je l'écoute raconter son histoire à la salle qui est conquise – son histoire qui est aussi, dans une très large mesure, *notre* histoire –, je me surprends à tenir le compte du nombre d'anecdotes qu'elle exagère, déforme ou dramatise au point qu'elles en deviennent méconnaissables.

J'abandonne au bout d'environ trois minutes.

Sans doute devrais-je mettre les choses au clair : je ne traite pas ma femme de menteuse.

Le philosophe américain Harry Frankfurt a notoirement établi une distinction entre les mensonges et *l'art du grand n'importe quoi* qu'il appelle le *bullshit*. Les mensonges, affirme-t-il, sont des contrevérités énoncées dans le but délibéré de tromper. Le n'importe quoi, en revanche, serait le fait d'une personne qui ne se préoccupe pas vraiment de savoir si ce qu'elle dit contient le moindre fond de vérité. Exemple : ma femme n'a *jamais* fabriqué un coussinet d'allaitement avec des emballages récupérés dans un Happy Meal. Je doute même qu'elle ait jamais vu un Happy Meal ailleurs qu'à la télévision. Nous ne sommes pas voisins d'une femme prénommée Joyce. Si j'en crois les photographies que conserve sa mère, Emmy était une adolescente mince et d'une beauté spectaculaire.

Peut-être arrive-t-il un moment dans tout mariage où l'on commence à soumettre les anecdotes de son conjoint à l'épreuve de la vérification des faits.

Peut-être suis-je simplement d'une drôle d'humeur, ce soir.

Incontestablement, ma femme est douée pour prendre la parole en public et amener son auditoire où elle le souhaite. Plus que ça, même. En fait, elle a un talent fou. J'ai beau l'avoir vue si souvent faire son numéro – lors d'événements comme celui-ci à travers tout le pays ; dans des salles des fêtes, des librairies, des cafés ou des espaces de coworking –, j'ai beau connaître la distance qui sépare la plupart de ses récits de la réalité des faits, sa capacité à créer un lien avec son public ne peut être niée. Sa capacité à déclencher des rires et des sourires de connivence. Ce soir, une femme dans la rangée du fond *hurle* de rire lorsque Emmy en arrive au passage sur la flasque de gin. C'est quelqu'un avec qui on peut aisément s'identifier, ma femme. Les gens se sentent tout de suite proche d'elle. Alors forcément, ils l'aiment bien.

Son agente appréciera qu'elle soit parvenue à placer le petit topo sur joursdegrisaille. Pardon, hashtag joursdegrisaille. J'ai repéré au moins trois personnes qui portaient le sweat-shirt quand nous sommes arrivés, plus tôt dans la soirée ; le bleu avec #joursdegrisaille dans le dos, et de l'autre côté le slogan *Souriez, vous êtes à poil!* surmonté du logo Mamapoil. Au fait, ce logo représente un visage de bébé entre deux seins. Pour ma part, j'aurais plutôt choisi le dessin avec les peluches ; l'ourson dans les bras de maman ourse, clin d'œil à notre petit Orson. Mon avis n'a pas été retenu. C'est une des raisons pour lesquelles je trouve toujours un moyen d'éviter de porter un de ces sweat-shirts comme m'y invite chaque fois Emmy, lorsque je l'accompagne à l'une de ses causeries. Le mien reste toujours à la maison, comme par mégarde, dans le mauvais sac, par exemple, ou dans le sèche-linge, ou encore sur l'escalier où je l'ai posé pour être sûr, cette fois-ci, de ne pas l'oublier. Il faut savoir fixer une limite. À un moment ou à un autre, une fan, une abonnée, va forcément vouloir prendre un selfie avec nous, une photo qui se retrouvera presque aussitôt sur son flux Instagram, et je n'ai aucune envie d'être exposé *ad vitam æternam* à la vue de tous avec un pull orné d'une paire de seins.

J'aime à croire que je n'ai pas perdu toute dignité.

Comme toujours, je suis uniquement là ce soir en qualité de soutien, pour ne pas dire d'assistant. Je suis le gars qui aide à sortir les caisses de produits dérivés du taxi, puis à les trimballer jusqu'à l'endroit où je deviens le gars qui aide à les déballer, tout ça en m'efforçant de ne pas faire trop ostensiblement la grimace lorsque des gens utilisent des expressions comme « le *merch* de Mamapoil ». Je suis ici pour remplir les verres de petites bulles italiennes et faire circuler les cupcakes parmi les invités en début de soirée, et je suis celui qui intervient pour sauver Emmy lorsque quelqu'un monopolise son attention depuis trop longtemps ou qu'elle se retrouve coincée avec une admiratrice que mon expérience me permet de ranger en un clin d'œil dans la catégorie « louche », voire « tordue ». Si le bébé se met à pleurer, je suis prêt à bondir sur scène pour le soustraire délicatement des bras de ma femme et prendre la relève, bien que rien de tel ne se soit produit ce soir, notre petit Orson de cinq semaines se montrant sage comme une image tandis qu'il tête le sein de sa mère dans un demi-sommeil, parfaitement inconscient de ce qui l'entoure, son monde se résumant à la poitrine qui le rassure et le nourrit. De temps à autre, lors de la séance de questions-réponses qui conclut la soirée, quand quelqu'un demande à Emmy quels effets l'arrivée d'un second enfant a produits sur la dynamique familiale ou encore la façon dont on s'y prend pour entretenir la flamme dans notre couple, elle me désigne du doigt avec un petit rire, sollicitant mon aide pour répondre. Souvent, lorsqu'on l'interroge sur les précautions à prendre en ligne, Emmy s'en remet à moi pour énoncer les trois règles d'or auxquelles nous nous conformons scrupuleusement quand il s'agit de publier des photos de nos enfants. Tout d'abord, nous prenons soin de ne photographier aucun détail qui puisse dévoiler notre lieu de résidence. Ensuite, nous ne montrons jamais nos enfants dans la baignoire, ou nus, ou sur le pot, et nous ne publions pas d'images de Coco en maillot de bain ou vêtue d'une façon qui pourrait être considérée comme sexy sur une adulte. Enfin, nous sommes très attentifs aux personnes qui suivent le compte Mamapoil et nous n'hésitons pas à bloquer un abonné en cas de doute. Nous avons consulté des experts au début de cette aventure, et ce sont les conseils qu'ils nous ont donnés.

Une aventure qui m'inspire néanmoins quelques réserves.

Emmy raconte à qui veut bien l'entendre que partager son expérience de la maternité était pour elle un moyen de se sentir moins seule, d'aller vers les autres, de voir si d'autres femmes vivaient des situations et des émotions similaires aux siennes. Tu parles ! J'ai bien peur de devoir qualifier cette version des faits de grand n'importe quoi. Si vous croyez vraiment que ma femme est tombée par hasard dans cette marmite numérique, cela indique simplement que vous ne l'avez jamais rencontrée. Je me demande parfois si Emmy fait quoi que ce soit par hasard. Je me souviens parfaitement du jour où elle a évoqué cette histoire de blog pour la première fois. Je savais qu'elle devait déjeuner avec quelqu'un, mais ce n'est qu'à son retour que j'ai appris qu'il s'agissait d'une agente. Elle était enceinte de trois mois et nous venions tout juste d'annoncer la nouvelle à ma mère. Une agente ? ai-je dit. En toute sincérité, l'idée que les blogueurs, youtubeurs et autres instagrameurs puissent avoir un agent ne m'avait jamais traversé l'esprit. Ça aurait pourtant dû. À l'époque où elle travaillait pour un magazine de mode, Emmy s'est souvent indignée des sommes absurdes que son journal avait données à je ne sais quelle influenceuse bas du front pour qu'elle ponde une centaine de mots et pose pour une photo, ou qu'elle anime un événement, ou encore qu'elle jacasse sur une vidéo. Elle me montrait les textes qu'envoyaient les influenceurs. Le genre de prose qui vous amène à vous demander si vous avez un AVC ou si c'est l'auteur de cette bouse qui en a été victime. Phrases alambiquées. Métaphores dépourvues de sens. Détails d'une précision suspecte disséminés ici et là pour donner un côté réaliste à l'ensemble. Nombres jamais ronds (482 tasses de thé froid, 2 342 heures de sommeil à rattraper, 27 chaussettes égarées) introduits au chausse-pied entre deux phrases pour les mêmes raisons. Mots qui n'expriment tout simplement pas l'idée qu'ils cherchent à faire passer. *Tu* devrais écrire ce genre de trucs, rigolait Emmy. Je ne sais pas pourquoi tu te fatigues à écrire des romans. C'était devenu un sujet de plaisanterie entre nous. Lorsqu'elle était rentrée de son déjeuner ce jour-là, et qu'elle m'avait expliqué la raison du rendez-vous, j'avais cru qu'elle était toujours dans cet état d'esprit farceur. Il m'avait fallu un long moment pour bien comprendre ce qu'elle avait en tête. J'avais d'abord pensé que son but était de recevoir des chaussures gratuites. J'étais loin de me douter qu'Emmy avait déjà acheté le nom du domaine et choisi les pseudos Vanupieds et Mamapoil, avant même d'avoir écrit la moindre ligne sur les stilettos. Et encore plus loin de me douter qu'elle aurait un million d'abonnés trois ans plus tard.

Il fallait que tout ça ait l'air naturel, lui avait dit son agente. Comme si c'était le simple fruit du hasard. C'est le tout premier conseil qu'elle lui avait donné. Je n'avais pas imaginé à quel point Emmy serait douée pour cet exercice.

Dans la mesure où l'art du grand n'importe quoi se fonde sur un rejet complet de l'idée même de vérité et du devoir moral qui y est attaché, Harry Frankfurt suggère que tout ce baratin représente en réalité une force sociale plus corrosive, plus destructrice que les bons vieux mensonges. Est-il besoin de préciser que Harry Frankfurt a beaucoup moins d'abonnés que ma femme sur Instagram ?

— La franchise est l'A.D.N. de Mamapoil, dit Emmy avant de conclure par sa formule habituelle : Et je dirai toujours les choses telles qu'elles sont.

Elle se tait, le temps que les applaudissements retombent, puis s'empare du verre d'eau posé au pied de sa chaise pour se désaltérer.

— Des questions ? demande-t-elle.

J'ai une question.

Est-ce ce soir-là que j'ai finalement décidé de la façon dont j'allais te faire du mal ?

Je crois bien que oui.

De toute évidence, j'y avais déjà songé à maintes reprises. N'importe qui à ma place aurait eu ce genre de pensées, il me semble. Mais il ne s'agissait encore que de rêveries absurdes, vraiment. Des trucs vus à la télé. Complètement irréalistes, complètement irréalisables.

C'est drôle, la façon dont fonctionne l'esprit humain. Il suit de bien curieux méandres.

Va savoir pourquoi, j'ai pensé que ça m'aiderait de te voir. Que ça m'aiderait à moins te haïr, je veux dire. À me débarrasser de ma colère.

Ça ne m'a pas aidée du tout.

Je n'ai jamais été violente. On m'a même souvent dit que j'avais un caractère doux. Si quelqu'un me marche sur le pied dans une file d'attente, je suis toujours celle qui s'excuse.

Tout ce que je voulais, au fond, c'était te poser une question. Juste une. C'est pour ça que j'étais là. J'avais la main levée, et elle l'est restée pendant une éternité. Tu m'as vue, mais tu as préféré désigner la femme assise juste à ma droite, une femme dont tu connaissais le prénom et dont la « question » était plutôt une anecdote sans intérêt sur elle-même. Puis quelqu'un a dit que tu n'avais plus le temps de prendre de nouvelles questions.

J'ai bien essayé de te parler, lorsque tu es descendue de scène, mais tu étais tellement entourée, sollicitée… Alors je suis restée là, en périphérie de l'attroupement dont tu étais le centre, les doigts serrés sur le verre de vin tiède que je buvais avec parcimonie depuis le début de la soirée, m'efforçant de croiser ton regard. Mais je ne l'ai jamais croisé.

Tu n'avais aucun moyen de savoir qui j'étais, bien sûr. Comment mon visage aurait-il pu se distinguer dans la petite foule de tes admiratrices ? Même si j'avais pu te parler, même si j'avais pu me présenter à toi, je ne vois pas comment mon nom – ou son nom à elle – aurait pu te dire quoi que ce soit.

Et c'est en te voyant là, menant ta vie comme à l'ordinaire – en te voyant entourée de tous ces gens, souriante et heureuse –, que j'ai compris que je m'étais menti. Non, je n'avais pas tourné la page. Non, je n'avais pas fait la paix avec tout ça. Malgré mes efforts pour m'en convaincre, je ne t'avais pas pardonnée, et j'étais désormais consciente que cela n'arriverait jamais.

C'est à ce moment-là que j'ai su ce que j'allais faire.

Il ne me restait qu'à déterminer où, quand et comment.

Chapitre deux

Dan

Quand les gens apprennent que je suis écrivain, ils me disent souvent que ça doit être formidable de travailler à la maison, de pouvoir autant profiter d'Emmy et des enfants. Voilà qui illustre assez bien, je crois, l'image que se font la plupart des gens du métier que j'exerce. Un métier tranquille, où l'on ne se foule pas trop.

Six heures du matin, c'est l'heure à laquelle j'avais l'habitude de me réveiller. À 6 h 15, attablé dans la cuisine avec une cafetière pleine et mon ordinateur portable, je relisais d'un œil critique les deux derniers paragraphes écrits la veille. À 7 h 30, je m'en voulais si mon fichier Word ne s'enorgueillissait pas d'un apport d'au moins cinq cents nouveaux mots. À 8 h 30, j'étais prêt pour une seconde cafetière. Aux alentours de midi, idéalement, j'approchais de l'objectif que je m'étais fixé pour la journée, ce qui signifiait que je pouvais consacrer mon après-midi à imaginer la suite, à répondre aux e-mails et à essayer de me faire payer pour les textes qu'il m'arrivait de pondre pour des journaux, le week-end ou les soirs de semaine, en compagnie d'un verre de vin.

Ça, c'était avant.

À six heures et des poussières ce matin, je suis descendu à pas de loup dans la pénombre, en caressant l'espoir de travailler un peu avant que le reste de la maisonnée se réveille (et se mette aussitôt, dans environ soixante-six pour cent des cas, à pousser des hurlements ou à me solliciter). Sur la toute dernière marche, j'ai trébuché sur une sorte de licorne douée de parole qui a dégringolé jusqu'au plancher. Oreille dressée dans le noir, j'ai retenu mon souffle tandis qu'elle se mettait à chanter la gloire des arcs-en-ciel. Le suspense n'a pas duré longtemps. Pour une si minuscule créature, il a une sacrée paire de poumons, mon fils.

— Désolé, ai-je dit à Emmy qui me tendait le paquet hurlant.

— Je crois qu'il faut changer sa couche, m'a-t-elle répondu.

Alors que j'arrivais à hauteur de la chambre de Coco, une petite voix endormie s'est élevée derrière la porte entrebâillée pour me demander l'heure.

— L'heure de se rendormir, ai-je répondu.

Orson, en revanche, était bel et bien réveillé. Je me suis rendu dans la cuisine pour changer sa couche et l'envelopper dans une tenue propre, puis j'ai déposé la grenouillère malodorante à côté du lave-linge, dans un sac qu'il ne faudrait pas tarder à vider, ai-je noté au passage, avant de retourner dans la cuisine où je me suis assis avec mon petit garçon sur la banquette d'angle, à côté du réfrigérateur. Il a continué à beugler une demi-heure durant, tandis que je le faisais sautiller sur mes genoux entre deux tentatives pour lui donner son biberon. Après l'avoir aidé à faire son rot, je l'ai installé dans le porte-bébé et j'ai traversé le jardin de long en large pendant une nouvelle demi-heure de hurlements. À sept heures, j'ai rendu le petit être contrarié à sa maman pour aller réveiller Coco dont il m'incombait à présent de préparer le petit déjeuner.

— Ne me dis pas que ça fait déjà une heure ? a grogné Emmy en attrapant Orson.

Si, à la minute près.

Seigneur, ça en prend de l'énergie, d'avoir deux enfants. Je ne sais pas comment font les gens dont les gamins ne dorment pas aussi bien que les nôtres. Nous avons eu une chance folle, Emmy et moi, que Coco ait fait ses nuits dès les trois ou quatre premiers mois, dormant douze bonnes heures d'affilée. Une bûche, une marmotte, une bienheureuse. Si nous l'emmenions lors d'un dîner chez des amis, nous n'avions qu'à poser la nacelle dans un angle de la pièce voisine et elle roupillait toute la soirée. La bonne nouvelle, c'est qu'Orson semble prendre exemple sur sa grande sœur. Ce n'est pas Mamapoil qui vous racontera ce genre de choses, bien entendu, le flux Instagram d'Emmy se nourrissant essentiellement d'histoires de cernes sombres et de nerfs à vif. Il nous a tout de suite semblé évident que le concept de « maman aux enfants qui dorment comme des petits anges » n'était pas un bon point de départ pour créer du contenu. À la vérité, nous ne nous en vantons pas davantage auprès des jeunes parents de notre entourage.

Un peu après huit heures – 8 h 07, pour être précis – Orson ayant rejoint son lit pour sa première sieste de la journée tandis qu'Emmy et Coco débattaient à l'étage de la tenue du jour de notre fille, j'ai retiré le costume de papa dans lequel je venais de passer deux heures non-stop pour aller réchauffer la tasse de café que je m'étais versée quatre-vingt-dix minutes plus tôt, allumer mon laptop et essayer de me mettre dans l'état d'esprit idoine pour commencer une journée de travail créatif.

À 8 h 45, après avoir relu et légèrement modifié ce que j'avais écrit la veille, j'étais prêt à me remettre à jouer du clavier.

Il est désormais 9 h 30, et voilà qu'on sonne à la porte d'entrée.

— Je vais ouvrir ? dis-je suffisamment fort pour espérer être entendu par Emmy, et suffisamment bas pour espérer ne pas réveiller Orson.

Au cours des trois derniers quarts d'heure, j'ai écrit un total de vingt-six nouveaux mots, vingt-quatre d'entre eux se trouvant sous la menace d'une procédure d'effacement.

De douloureuses décisions doivent être prises et je ne suis pas d'humeur à être dérangé.

— Bon, je vais ouvrir… non ?

Toujours aucune réponse là-haut.

Nouveau coup de sonnette.

Je recule ma chaise avec un soupir ostentatoire qui laisse insensible la cuisine déserte. Elle se trouve au rez-de-chaussée, à l'arrière de la maison. Quand je l'ai achetée, en 2008, avec l'argent dont j'ai hérité à la mort de mon père, c'était pour y vivre avec quelques amis, et nous n'utilisions presque jamais cette pièce, si ce n'est pour étendre du linge. On y trouvait alors un canapé usé jusqu'à la corde, une horloge qui ne donnait plus l'heure, un linoléum poisseux et un lave-linge qui fuyait un peu plus à chaque utilisation. La fenêtre donnait sur une petite zone bétonnée, recouverte d'un toit en polycarbonate ondulé. Lorsqu'elle est venue vivre avec moi, Emmy a aussitôt proposé de refaire entièrement cette buanderie sauvage en construisant une extension sur la zone bétonnée, de sorte que nous puissions disposer d'une cuisine fonctionnelle avec un véritable coin-repas. Et c'est exactement ce que nous avons fait.

La maison est située au bout d'un alignement d'identiques constructions géorgiennes, à cinq cents mètres environ d'une station de métro, juste en face d'un pub qui n'a plus rien d'ouvrier. Les agences immobilières m'avaient vendu ce quartier comme « en devenir ». Aujourd'hui, il est largement devenu.

Avant sa boboïsation, des bagarres éclataient régulièrement devant ce pub à l'heure de la fermeture, le vendredi soir. De la bonne vieille baston dans les règles de l'art, avec corps qui roulent sur le capot des voitures, tee-shirts empoignés et chopes de bière brisées, prêtes à taillader. Aujourd'hui, il ne faut pas compter y bruncher le week-end à moins d'avoir réservé sa table, et la carte propose des « joues de cabillaud, lentilles et chorizo ».

Si je m'efforce d'écrire le plus possible le matin, c'est entre autres parce que ça n'arrête pas de sonner à la porte après l'heure du déjeuner. Chaque fois qu'Emmy pose une question sur Instagram, comme « Coco a décidé qu'elle n'aimait pas sa solution multivitaminée – laquelle devrions-nous essayer ? » ou « Quelqu'un connaît un sérum qui pourrait me débarrasser de ces horribles cernes ? » ou même « Notre blender vient de rendre l'âme – vous avez un modèle à me recommander, les mamans ? », elle reçoit presque instantanément une tonne de messages de divers services de relations publiques lui demandant s'ils peuvent lui envoyer un colis par coursier. Bien entendu, c'est précisément la raison pour laquelle ma femme pose ce genre de questions ; c'est plus rapide et moins cher qu'une commande sur Amazon. Emmy a passé la semaine à se plaindre de l'état de ses cheveux, et les coursiers ont aussitôt défilé avec des fers à lisser et toutes sortes de soins capillaires présentés dans des petits sacs enrubannés garnis de papier de soie, envoyés gracieusement par les RP de je ne sais combien de marques différentes.

Je ne veux pas avoir l'air de cracher dans la soupe, mais je suis à peu près certain que Tolstoï n'était pas contraint de se lever toutes les cinq minutes pour réceptionner un énième colis de produits gratuits pendant qu'il écrivait *La Guerre et la Paix*.

Pour atteindre la porte d'entrée, il faut passer devant l'escalier qui mène à l'étage (trois chambres et une salle de bain), puis devant le salon où se trouvent le canapé, la télévision et surtout les jouets, et enfin aborder le vestibule, toujours affreusement encombré. À l'issue d'un slalom entre un landau, une poussette, une draisienne, une trottinette et le portemanteau qui croule sous les vêtements, je marche sur la même licorne chantante et pousse un juron. Difficile de croire que la femme de ménage est venue hier. Il y a des briques de Lego partout. Partout, des chaussures. J'ai tourné le dos cinq minutes et la maison est de nouveau dans un désordre sans nom. L'homme de lettres Cyril Connolly a écrit d'une plume assez féroce que l'art n'a pas d'ennemi plus redoutable que le landau dans le vestibule. Chez nous, le « landau dans le vestibule » est également le redoutable ennemi de l'accès à la porte d'entrée. Je franchis prudemment les derniers mètres qui m'en séparent encore, arrange un peu mes cheveux devant le miroir et tourne la poignée.

Devant moi se tiennent deux personnes, une femme et un homme. La femme est assez jeune, sans doute au seuil de la trentaine, pas désagréable à regarder, avec des traits vaguement familiers et des cheveux blonds cendrés réunis en queue-de-cheval désordonnée. Vêtue d'une veste en jean, elle rétracte lentement son bras qui venait de se déplier pour la quatrième fois pour atteindre la sonnette. L'homme est légèrement plus âgé, barbu et les cheveux clairsemés. À leurs pieds se trouve un grand sac de toile. L'homme porte un second sac à l'épaule et un appareil photo autour du cou.

— Vous devez être Papapoil, dit la femme à la queue-de-cheval en me tendant la main. Jess Watts.

Son nom m'est aussi vaguement familier, mais ce n'est qu'au terme de notre poignée de main que cela me revient.

Oh, non.

Le *Sunday Times*.

La journaliste et le photographe du putain de *Sunday Times* – rien que ça ! – venus nous interviewer et nous tirer le portrait.

D'un mouvement de tête, Jess Watts m'indique le gros sac et me demande si je veux bien leur donner un coup de main. Bien sûr, dis-je avant de le soulever avec un petit grognement étouffé et de les inviter à me suivre.

— Entrez, entrez, je vous en prie.

M'excusant des détours que nous contraignent à faire le landau, la poussette et tout le reste, je les conduis à travers le salon. Le désordre est encore pire ici. Il semblerait que quelqu'un ait entrepris de découper de larges confettis dans les journaux du week-end et de les disséminer à travers la pièce. Les télécommandes de la télévision gisent à terre, au milieu d'une mer de crayons de couleur. Alors que je me tourne vers le photographe pour lui indiquer où poser son sac, je surprends Jess Watts qui prend des notes sur un petit calepin.

Je suis sur le point de leur dire que nous les attendions mercredi – c'est en tout cas la date indiquée sur le calendrier du frigo et le jour sur lequel nous nous étions mis d'accord avec Emmy –, quand je prends conscience que *nous sommes* mercredi. C'est incroyable comme on peut perdre la notion du temps quand on vient d'avoir un bébé. Je me souviens de dimanche. Je me souviens de lundi. Mais qu'est-il donc arrivé à mardi ? Il a été remplacé par un grand vide qu'a dû exprimer mon regard lorsque j'ai ouvert la porte.

— Vous voulez une tasse de café ? De thé, peut-être ?

Ils me demandent un café au lait avec deux sucres et une infusion – avec un soupçon de miel, si c'est possible.

Je me place au pied de l'escalier et appelle Emmy. Plus j'y songe, plus j'ai le sentiment qu'elle a bien mentionné la venue du *Sunday Times*, aujourd'hui. Quelques mots au détour d'une phrase plutôt qu'un rappel en bonne et due forme. Quand je l'ai rejointe dans le lit, hier soir, ou peut-être lorsqu'elle m'a passé Orson, ce matin. Ça doit faire deux ou trois jours que je ne me suis pas rasé et que je n'ai pas lavé mes cheveux. Une de mes chaussettes est enfilée à l'envers. J'aurais aimé avoir le temps de placer quelques livres intéressants ici et là, comme abandonnés à l'endroit où ils venaient d'être lus. Ça aurait eu plus de gueule que ce vieil exemplaire de l'*Evening Standard*. Ce n'est pas évident d'avoir l'air d'un type sérieux quand on porte une chemise en jean élimée avec deux boutons manquants et une tache de porridge.

Cinq pages dans le *Sunday Times*, quand même. « À la maison avec les instaparents. » Dans un coin de ma tête, je note d'envoyer un e-mail à mon agente littéraire pour lui parler de cet article et lui donner sa date de publication. Ce ne sera pas forcément flatteur pour moi, mais je le lui enverrai quand même, ne serait-ce que pour lui rappeler que je suis toujours en vie.

Le photographe et la journaliste sont en pleine discussion : on commence par l'interview ou par la séance photo ? Le barbu se met à arpenter la pièce avec un posemètre pour mesurer la luminosité, l'air dubitatif.

— C'est généralement là que les photos sont prises, dis-je pour lui venir en aide, en désignant la véranda vitrée avec le jardin en arrière-plan.

Non que je sois d'ordinaire celui qui pose devant l'objectif, bien sûr. Mais il m'arrive d'y assister en simple observateur, voire en qualité de clown lorsque Coco a besoin de mes grimaces pour offrir son plus beau sourire au photographe. Cela dit, quand la maison est envahie comme ça, je bats généralement en retraite dans l'atelier au fond du jardin, ordinateur sous le bras. Je parle d'« atelier », mais il s'agit plutôt d'un abri de jardin, avec une ampoule électrique et un radiateur.

Jess Watts s'est emparée d'un cliché de mariage où l'on nous voit sourire autour de Polly, la meilleure amie et le témoin d'Emmy. Pauvre Polly ; elle détestait manifestement cette robe. Emmy avait profité de cette journée de réjouissances pour offrir à sa meilleure amie – une fille plutôt jolie, même s'il est vrai qu'elle s'habille un peu comme ma mère – le relooking que celle-ci avait toujours poliment mais fermement refusé. C'était un service à lui rendre, avait assuré Emmy avant de parcourir la liste des invités du regard en me demandant si j'avais convié un célibataire. Pour ma part, je trouvais Polly très à son avantage dans cette robe, mais dès que l'objectif était pointé dans une autre direction ou qu'Emmy regardait ailleurs, je la surprenais du coin de l'œil en train de couvrir ses épaules et ses bras nus de son cardigan à manches boules ou de retirer une de ses chaussures à talon haut pour se frotter douloureusement le pied. Pourtant, aussi mal à l'aise qu'ait pu être Polly au cours de cette soirée, elle ne s'est jamais départie de son sourire. Pas même lorsque le beau parti que nous avions placé à côté d'elle a passé tout le repas à discuter avec la fille qui se trouvait en face de lui.

— Alors, Dan, vous écrivez des romans, c'est bien ça ? me demande la journaliste en reposant la photo sur l'étagère de la bibliothèque avec un petit sourire.

Elle dit ça sur le ton de quelqu'un qui n'a même pas l'intention de faire comme si mon nom lui disait quelque chose ; même pas l'intention de me demander de lui citer un titre avant de s'exclamer que oui, en effet, elle a en entendu dire le plus grand bien.

J'émets un rire bref, bizarre, et réponds quelque chose comme « Il paraît, oui », avant de pointer le doigt sur les deux éditions de mon livre – reliée et de poche, auxquelles s'ajoute la traduction hongroise – alignées sur la bibliothèque. Elle se saisit de l'édition reliée, en examine un instant la couverture, puis le livre retrouve sa place avec un petit bruit sec.

— Hum… dit-elle. Il est sorti quand ?

— Il y a sept ans.

Alors même que je prononce ces mots, je prends conscience que j'aurais dû dire huit. Huit ans. J'ai dû mal à y croire. Je me souviens que ça m'a fait un choc quand Emmy m'a gentiment expliqué qu'il était temps de cesser d'utiliser le portrait qui ornait la jaquette pour mon profil Facebook.

— C'est une belle photo, m'avait-elle rassuré. C'est juste que ça ne te ressemble pas trop.

C'est le « *plus* trop » implicite qui avait continué à résonner dans ma tête, longtemps après sa remarque.

Le photographe me demande de quoi parlait le livre – la question que détestent les écrivains –, l'emploi de l'imparfait me donnant le coup de grâce. À une époque, j'aurais sans doute rétorqué que si j'avais pu résumer le sujet de mon roman en une ou deux phrases, je n'aurais sans doute pas eu besoin de l'écrire. Dans une autre disposition d'esprit, je lui aurais peut-être dit que mon livre ne s'adressait qu'aux gens qui ne posent pas ce genre de questions. Mais j'espère ne plus être le crétin suffisant que j'ai pu être autrefois, et je lui réponds que ça parle d'un type qui épouse un homard. Il se marre, et je le trouve plus sympathique, tout à coup.

Il a été plutôt bien reçu à sa sortie, mon bouquin. Texte de quatrième de couverture généreusement signé Louis de

Bernières. Livre de la semaine dans le *Guardian*. Critiqué avec une dose modérée de condescendance dans le *London Review of Books* et une dose marquée d'enthousiasme dans le supplément littéraire du *Times*. Option sur les droits cinématographiques. Photographie de l'auteur en noir et blanc sur le deuxième rabat de la jaquette : vêtu d'un blouson en cuir et nonchalamment appuyé contre un mur de brique, je fume avec l'air d'un homme qui contemple un avenir radieux.

Le livre était en librairie depuis quinze jours lorsque j'ai rencontré Emmy.

Le premier regard que j'ai posé sur elle, à travers la salle bondée, restera un des grands moments de mon existence.

C'était un jeudi soir au cœur de l'été, l'ouverture du bar d'un ami commun dans Kingsland Road, une soirée si chaude que la plupart des invités s'étaient massés sur le trottoir. Les boissons avaient été offertes dans un premier temps, mais à mon arrivée il ne restait que des bouteilles de vin vides et des glaçons fondus. La journée avait été longue et je manquais d'énergie pour percer les trois rangées de buveurs qui ne décollaient pas du bar. Et puis j'avais des choses à faire le lendemain matin. Je balayais la salle du regard à la recherche des propriétaires, que je voulais féliciter avant de m'éclipser, quand je l'ai repérée. Debout devant la vitrine du bar, elle avait glissé son corps élancé dans une combinaison qui révélait son dos. Légèrement plus longs qu'aujourd'hui et d'un blond à peu près naturel, ses cheveux n'avaient pas encore pris cette teinte cerise plus adaptée à l'univers d'Instagram. Elle mangeait une aile de poulet avec les doigts et j'ai décidé sur-le-champ que jamais je n'avais vu de plus bel être humain. Emmy a levé les yeux. Nos regards se sont croisés. Elle a esquissé un sourire, l'air interrogateur, le front un peu plissé. Je lui ai rendu son sourire. Il m'a semblé qu'elle n'avait rien à boire et je me suis frayé un passage jusqu'à elle pour lui proposer de la ravitailler. La suite appartient à l'Histoire. Ce soir-là, elle a passé la nuit chez moi. Trois semaines plus tard, elle s'installait à la maison. Je l'ai demandée en mariage dans l'année.

Ce n'est que bien plus tard que j'ai compris à quel point Emmy était myope. Il lui a fallu des mois et des mois pour m'avouer qu'elle avait dû retirer ses lentilles de contact ce soir-là – ses yeux la brûlaient à cause du taux élevé de pollen, je crois –, et qu'elle avait attribué ce visage flou dont elle devinait le regard insistant à une connaissance quelconque, sans doute un des nombreux attachés de presse qu'elle fréquentait pour son travail de directrice artistique. J'ai également dû attendre un bon moment avant de découvrir qu'elle avait déjà quelqu'un dans sa vie, un garçon prénommé Giles, qui vivait à Zurich pour raisons professionnelles et qui avait été aussi surpris d'apprendre mon existence que moi la sienne. Peu après qu'Emmy s'était installée à la maison, il y avait eu un léger malaise lorsque, répondant à un énième appel de ce garçon, je l'avais sommé d'arrêter de harceler Emmy et qu'il m'avait rétorqué qu'ils étaient en couple depuis trois ans.

Elle a toujours eu un rapport assez particulier avec la vérité, ma femme.

Je suppose que cette histoire avec Giles aurait pu en refroidir certains et tuer dans l'œuf une relation naissante. Très sincèrement, je ne me souviens pas que ça m'ait troublé outre mesure, et Emmy encore moins. Si mes souvenirs sont bons, c'était déjà un sujet de plaisanterie quelques jours plus tard, et l'incident est très vite devenu la pièce maîtresse de ce catalogue d'anecdotes que nous racontions à deux voix lors de dîners entre amis, nos répliques naturellement réparties au cours de la représentation, chacun mettant l'autre en valeur et se gardant d'empiéter sur ses morceaux de bravoure.

— Dans la mesure où j'ai su que Dan était l'homme de ma vie à l'instant où je l'ai rencontré, disait toujours Emmy, le fait d'avoir déjà un amoureux m'a semblé sans importance. Dans ma tête, j'avais déjà quitté Giles, il appartenait au passé. Ce n'était pas avec Dan que je devais mettre les choses au point, mais avec Giles, et je n'avais pas encore trouvé le temps de le faire, c'est tout.

Elle prononçait ces derniers mots avec un haussement d'épaules et un sourire penaud, avant de me lancer un regard à travers la table.

Je dois admettre que je trouvais tout ça délicieusement romantique.

En vérité, nous étions probablement insupportables à cette époque. J'imagine que la plupart des jeunes couples le sont.

Je me revois au téléphone avec ma mère (je me baladais dans la maison au sortir de la douche, une serviette autour de la taille, à la recherche d'un briquet) lui annonçant que j'avais trouvé l'âme sœur.

Je n'avais jamais rencontré une fille comme elle, et aujourd'hui encore, elle reste unique à mes yeux. Pas seulement la plus belle femme sur laquelle mes yeux se soient jamais posés, mais aussi la plus drôle, la plus brillante, la plus vive d'esprit, la plus ambitieuse. Une de ces personnes que l'on ne peut suivre que lorsqu'on est au sommet de sa forme. Une de ces personnes qui saisit toutes les allusions, toutes les références au quart de tour, et même un peu plus vite. Qui porte en elle cette magie capable de faire disparaître tous ceux qui se trouvent dans la même pièce qu'elle. Qui vous fait dire des choses que vous n'avez jamais racontées à personne alors que vous la connaissez depuis seulement deux heures. Qui change le regard que vous posez sur la vie. Nous avions l'habitude de passer la moitié du week-end au lit, et l'autre au pub. Nous allions dîner dehors au moins trois fois par semaine, dans des restaurants éphémères qui proposaient une kyrielle de petits plats orientaux ou dans des grills où l'on pouvait débarquer à n'importe quelle heure. Nous allions danser le vendredi soir et nous n'avions rien contre un petit karaoké certains dimanches après-midi. Nous nous échappions aussi de Londres pour de longs week-ends à Amsterdam, Venise ou Bruges. Nous traînions nos gueules de bois sur cinq kilomètres de jogging, en riant et en poussant dans le dos celui des deux qui commençait à tirer la jambe. Quand nous ne sortions pas le soir, nous aimions passer des heures ensemble dans le bain avec nos livres du moment et une bouteille de chardonnay, versant de temps à autre du vin bien frais dans nos verres ou de l'eau bien chaude dans la baignoire.

— Mieux, ce n'est pas possible, avions-nous l'habitude de plaisanter. Ça ne peut que se dégrader.

Tout ça semble si loin, aujourd'hui.

Emmy

Vous savez ce que font celles qui ont les moyens d'avoir une femme de ménage, juste avant son passage ? Mais si… Elles courent partout dans la maison, ramassent les choses les plus embarrassantes qui traînent par terre, donnent un coup de lingette sur la cuvette des toilettes, font des petits tas d'objets et de fringues pour que le désordre qui règne chez elles ne les ensevelisse pas sous une honte brûlante.

Eh bien moi, je ne le fais pas. Je ne l'ai jamais fait. Certes, nous avons une femme de ménage qui vient deux fois par semaine, mais notre maison est généralement bien rangée. Elle l'était avant l'arrivée des enfants et elle l'est restée depuis. Les jouets retrouvent leur place avant l'heure du coucher. Les livres illustrés retournent sur l'étagère. Les piles sur les marches de l'escalier ne sont pas autorisées. Pas de mugs à demi bus abandonnés çà et là. Les chaussettes qui traînent par terre trouvent rapidement le chemin du panier de linge sale.

Ce qui veut dire que les heures précédant la venue d'une journaliste et d'un photographe sont consacrées à *mettre du désordre*. Comprenez-moi bien, on ne parle pas de cartons à pizzas vides ou de sous-vêtements sales, mais d'un habile saupoudrage de dinosaures tricotés, de briques de Lego et de licornes chantantes. D'un journal vieux de quelques jours « oublié » ici, d'une cabane de coussins effondrée là, et de chaussures naufragées partout où l'on s'attend le moins à les trouver. Organiser le bon dosage de chaos demande des efforts, mais le sale n'est pas source d'inspiration, et l'on ne s'identifie pas au parfait. Il faut se ressembler pour s'assembler, et s'il y a bien quelqu'un en qui les mamans se reconnaissent, c'est Mamapoil.

Bien entendu, je ne peux m'attaquer à élaborer le désordre qu'après avoir pris la température de mon flux Instagram. Ce n'est pas une routine que Dan apprécie particulièrement, mais il doit s'occuper d'Orson la première heure de chaque journée, parce que j'ai besoin de mes deux mains et de mon cerveau tout entier pour absorber tout ce qui s'est passé entre l'heure où je me suis endormie et celle où je me suis réveillée.

Le meilleur moment pour mettre mes publications en ligne se situe juste après le coucher des enfants, lorsque les mamans de mon million d'abonnés se versent leur premier verre de vin avant de se laisser happer dans un scroll frénétique au lieu de rassembler assez d'énergie pour s'intéresser à leurs maris. C'est donc l'heure que je choisis pour envoyer mes posts apparemment spontanés, improvisés, sur le vif, mais qui en réalité ont été soigneusement mis en scène, photographiés et écrits longtemps à l'avance. Hier soir, j'ai publié une photo où j'apparaissais, sourire contrit, adossée à un mur jaune, désignant du doigt mes tennis visiblement dépareillées, avec un Orson hurlant contre ma poitrine dans son écharpe de portage dont il a, allez savoir pourquoi, une sainte horreur. J'étais tellement en manque de sommeil, expliquait la légende de ce cliché monté de toutes pièces, que j'avais quitté la maison ce matin avec mon sweat-shirt sens devant derrière, le pied gauche couvert d'une Nike rose et le droit d'une New Balance verte. Et vous savez quoi, les mamans ? Mon étourderie a été qualifiée de « carrément stylée » par un de ces ados cool que j'ai croisé dans le bus, sur la ligne 38.

Cela aurait tout à fait *pu* arriver. Mes posts reposant sur le principe de l'honnêteté, il est bon qu'ils renferment un grain de vérité. C'est mon mari, le romancier, pas moi – il semblerait que je n'ai pas d'aptitude pour la pure fiction. J'ai besoin de l'étincelle de la vraie vie pour allumer mon imagination et lui permettre d'élaborer une anecdote aux accents véridiques. Ce grain de vérité m'aide également à garder le fil de mes fabulations, à ne pas m'emmêler les pinceaux lorsque je reviens sur mes mésaventures maternelles lors d'une interview, d'une table ronde en ligne ou quand je fais mon petit numéro sur scène.

Dans le cas de ce dernier post, il n'y avait ni adolescent cool, ni tennis dépareillées, ni transport public. J'étais juste allée faire une course au supermarché du coin avec mon cardigan sens devant derrière.

J'avais conclu le post en demandant à mes abonnées de me raconter, elles aussi, un de ces moments tragi-comiques de la vie d'une maman privée de sommeil – ruse classique pour générer davantage d'engagement en poussant les followers à publier une réponse. Et bien entendu, plus le taux d'engagement de vos abonnés est élevé, plus les marques sont prêtes à vous rémunérer pour que vous fourguiez leur marchandise.

Depuis hier soir, j'ai reçu 687 commentaires et 442 DM, pour lesquels je tiens à ce que mes abonnés reçoivent tous un « vu », un « j'aime », voire une réponse personnalisée. Certains jours, ce travail prend plus de temps que d'autres ; si je reçois un DM d'une mère dont le découragement me semble inquiétant, ou d'une autre qui perd pied parce que son bébé souffre de coliques et hurle du matin au soir, je prends soin d'envoyer un message personnel, quelque chose de gentil. C'est compliqué de trouver les bons mots quand on n'a jamais vécu les situations dans lesquelles se trouvent ces femmes, mais je ne peux pas me résoudre à les laisser tomber alors qu'elles semblent avoir été abandonnées par tous ceux sur qui elles comptaient.

J'écris : *Bonjour Tanya. Je sais combien c'est dur quand ils ne font que pleurer, pleurer, pleurer. Est-ce que le petit Kai fait ses dents ? Coco a vraiment eu mal quand ses deux dents de devant sont sorties. Ronger un tronçon de banane congelée a semblé lui faire du bien. Et ces remèdes homéopathiques, vous les avez essayés ? Promettez-moi de prendre aussi soin de vous, d'accord ? N'oubliez pas de vous reposer dès que possible, de faire la sieste en même temps que lui ! Je suis certaine que vous êtes une super maman, et je sais que vous allez surmonter tout ça. Je serai à vos côtés tout au long de ce moment difficile.*

Ma réponse est lue instantanément, comme si tinytanya_1991 était restée les yeux rivés à l'écran de son téléphone depuis l'instant où elle a envoyé son DM, et je peux voir qu'elle est déjà en train d'écrire sa réponse tandis que je passe au message suivant.

Vous n'êtes PAS une mère lamentable, Carly, et vous ne devez jamais douter de l'amour de votre petit bonhomme. Cela dit, vous devriez vraiment parler de tout ça à quelqu'un. Un médecin, peut-être ? Votre mère ? Et si, pour commencer, vous alliez marcher un peu, jusqu'à un café sympa ? Parfois, discuter avec une serveuse ou une autre cliente peut faire un bien fou. Je vous envoie aussi un lien vers une plate-forme d'écoute et de soutien psychologique.

Cette fois-ci, le message n'est pas lu. Au suivant.

Oh, Elly, vous êtes trop gentille. Et bien sûr, je me souviens de vous avoir rencontrée à ce meet-up, *la semaine dernière.*

Mon sweat-shirt vient de chez Boden – incroyable de lire qu'il est beau même à l'envers !

Je ne sais pas trop comment j'ai réussi cet exploit, mais ce matin je termine dans les temps, et je parviens même à me doucher dans les limites de l'heure allouée. J'entends Dan qui rôde près de la porte de la chambre, sans nul doute lancé dans un compte à rebours, seconde par seconde, depuis 6 h 58. En plus de toutes les tâches habituelles qu'il me faut affronter aujourd'hui, je dois trouver la tenue adéquate pour la séance photo. Le look Mamapoil a un jour été décrit par mon mari comme celui d'une « présentatrice d'émission télé pour enfants qui serait passée en coup de vent dans la loge maquillage ». Beaucoup de robes imprimées, de tee-shirts à slogans colorés, de salopettes. M'habiller est devenu un moment un peu douloureux depuis que la naissance de Coco m'a laissée avec quelques kilos en trop que je ne peux pas perdre, parce que revenir à un 36 brouillerait l'image de Mamapoil.

Alors, va pour une de mes jupes à la fois élégantes et gaies ! Celle-ci est verte et couverte de petits éclairs. Mon tee-shirt jaune proclame *Mon superpouvoir est d'être maman*. Je sais, je sais… Mais je reçois tellement de tee-shirts sur le thème de la parentalité ; il faut bien que Coco et moi les portions de temps en temps.

Je brûlais d'envie d'aller faire un tour au salon de coiffure pour reprendre mes racines et refaire mon brushing, mais je savais que cette séance photo arrivait, et il y avait aussi la réunion d'hier soir – une de ces rencontres avec mes fans que Dan appelle mes « causeries ». Des cheveux trop lisses et brillants passeraient mal auprès des abonnées, et je vais donc me faire immortaliser avec une raie bien sombre et un brushing vieux de deux jours. Je leur donne un coup de peigne rapide et crêpe une mèche pour qu'elle jaillisse presque à quatre-vingt-dix degrés sur le côté de ma tête. Cette mèche indomptable a tenu la vedette dans mes Instastories, tout au long de la semaine : *Argh ! Je n'arrive pas à maîtriser ce truc ! Quelqu'un d'autre a une mèche qui n'en fait qu'à sa tête ?!* J'ai désormais une pièce remplie de lotions et de potions destinées à plaquer pour de bon la mèche récalcitrante, ainsi qu'un chèque de dix mille livres de Pantene, dont le nouveau produit va se révéler être la solution miracle à mes déboires capillaires.

Quand on accepte autant d'argent pour fourguer à ses abonnées quelque chose qu'on est censé utiliser, on doit imaginer un scénario en plusieurs épisodes, mettre en scène un problème épineux dont seul le produit sponsorisé viendra finalement à bout.

Coco est restée sagement dans sa chambre pendant tout ce temps, assise devant un dessin animé plein de fleurs, de châteaux, et de choses qui brillent. Je fouille dans sa commode et en sors un tee-shirt assorti au mien (*Ma maman a des superpouvoirs !*) que je brandis devant elle.

— Que dirais-tu de porter ça, aujourd'hui, Cocopop ? C'est le même que celui de maman, dis-je en enroulant une boucle blonde autour de sa petite oreille.

J'écrase un baiser sur son front, les yeux fermés un instant comme pour mieux respirer son odeur poudrée. Elle retire son casque audio rose, pose précautionneusement son iPad sur l'oreiller.

— Ils veulent dire quoi, tous les mots ? demande-t-elle, la tête légèrement inclinée.

— Tu veux essayer de les lire, mon champignon ?

— M-a… m-a-m-a-n… a…, déchiffre-t-elle lentement, avant de hausser les épaules. Je ne sais pas lire la suite, maman.

— Bien joué ! Tellement intelligente, cette petite fille. Il y a écrit : « Ma maman a une jolie couronne. »

Je lui souris et l'aide à sauter du lit.

— Et tu sais ce que ça veut dire, Coco ? Si ta maman est une reine avec une belle couronne, toi tu es…

— UNE PRINCESSE ! s'exclame-t-elle d'une voix stridente.

Entre nous, l'obsession de Coco pour les princesses est loin d'être idéale pour créer du contenu. De toute évidence, la maman moderne éprouve une certaine aversion pour le rose, ou alors juste pour les garçons. Les fillettes sont censées être toutes des rebelles ou des féministes en herbe, mais Coco est résolument de l'ancienne école – celles des princesses de contes de fées. Et comme je n'ai qu'une envie modérée de devoir faire face à des hurlements désespérés, c'est dans cet univers qu'elle évolue pour le moment. Ou du moins, c'est dans cet univers qu'elle pense évoluer. Dieu merci, elle ne sait pas encore vraiment lire.

— Dis-moi, tu voudrais m'aider pour un travail super ultra important et super ultra secret ? dis-je en lui donnant une poignée de myrtilles qu'elle gobe distraitement.

— C'est quoi, le travail super ultra secret, maman ?

— On va mettre du *désordre* ! dis-je d'un ton triomphal en la soulevant dans mes bras.

Une fois en bas, je supervise les travaux de démolition tandis qu'elle renverse à coups de pied un monticule de coussins en velours. Puis c'est ensemble que nous balançons quelques peluches contre le radiateur, jouons au curling avec des livres illustrés qui glissent avec aisance sur le parquet et éparpillons les pièces d'un puzzle en bois pour parfaire la scène de crime. Toute au plaisir absolu de vandaliser le salon et manquant de m'étouffer de rire, je remarque juste à temps que Coco serre ma bougie Diptyque à trois mèches dans ses menottes, avec l'intention manifeste de la jeter contre la cheminée.

— Bon, mon petit champignon, on va reposer ça, tu veux bien ? Je crois qu'on a dignement accompli notre mission, dis-je en lui prenant la bougie des mains pour la placer sur une étagère haute. Et si on retournait dans ta chambre pour chercher ton diadème et compléter ta tenue ?

Une fois le diadème en plastique doré déniché sous le lit de Coco, je m'accroupis à sa hauteur.

— Des gens vont bientôt venir pour parler à maman et nous photographier, ma Cocopop.

Je lui prends les mains et la regarde dans les yeux.

— Tu vas être gentille et leur faire des beaux sourires, d'accord ? Et si tu as envie, tu peux même montrer au photographe tes danses magiques de princesse ! Je suis sûr qu'il sera impressionné.

Elle hoche la tête au moment où j'entends retentir la sonnette.

— J'arrive ! dis-je, tandis que Coco descend l'escalier devant moi.

Quand mon agente a accepté cette interview, je me suis sentie un peu nerveuse à l'idée que « les dangers d'exposer sa vie de famille sur les réseaux sociaux » soit l'angle choisi pour l'article, comme c'est souvent le cas quand les journaux sérieux s'intéressent aux gens comme moi. Mais mon agente et le rédacteur en chef se sont mis d'accord sur une liste de sujets à éviter, et me voilà face au photographe du journal et à une pigiste qui me pose des questions bien balisées auxquelles j'ai déjà répondu mille fois. Elle conclut l'entretien en ouvrant grand les bras.

— Pourquoi pensez-vous que les gens vous aiment tant ? demande-t-elle, accompagnant son geste théâtral d'un grand sourire.

— Oh, mon Dieu, c'est vous qui le dites… En tout cas, si c'est le cas, je crois que c'est parce que les mamans qui me suivent sur Instagram se sentent sur la même longueur d'onde que moi. Et ce lien existe parce que je suis exactement comme elles, que je m'autorise à me sentir vulnérable, moi aussi ; je demande leur aide tout autant qu'elles demandent la mienne. C'est un échange, vous comprenez ? Une vraie communauté. On est mamans toutes ensemble, et non chacune de notre côté. Toutes à se soutenir dans nos galères de manque de sommeil, de taches de petits pots et de kilos en trop.

En réalité, vous savez pourquoi elles m'aiment ? Parce que c'est mon *métier* d'être appréciée de mes abonnées, et qu'il se trouve que je suis une excellente professionnelle. Vous pensez vraiment qu'on a un million de followers par hasard ?

Peaufiner le concept de Mamapoil m'a pris du temps. En toute honnêteté, j'avais cru rafler la mise dès ma première tentative, avec Vanupieds. Je pensais qu'en travaillant dur, un blog sur les chaussures et ses déclinaisons sur les réseaux sociaux parviendraient à générer suffisamment de revenus pour compenser la perte de mon salaire de directrice artistique. J'étais obsédée comme tout le monde par les influenceuses de mode les plus en vue, même si la part rationnelle de mon esprit savait que tout ça n'était que de la poudre aux yeux. J'avais gâché de nombreuses soirées à comparer leurs vies parfaitement chics aux approximations de la mienne, l'heure du coucher sans cesse repoussée tandis que mes yeux devenaient vitreux à force de faire défiler des images de femmes déambulant dans Manhattan en Prada ou posant à Nothing Hill, devant des maisons aux couleurs pastel. Au moins, mon nouveau projet allait me permettre de me justifier auprès de Dan, de lui présenter tout ce temps passé à regarder la vie rêvée d'inconnues comme des recherches pour mon futur blog.

L'agente qui me représente aujourd'hui venait de laisser tomber les actrices qui peuplaient les pages des magazines pour ces influenceuses à qui ma rédactrice en chef snobinarde refusait l'honneur de son papier glacé, mais quand j'ai proposé mon idée de génie à Irene, elle m'a répondu sans détour que j'avais un train de retard. Avoir le goût des belles chaussures n'était pas suffisant en soi, apparemment, pas un thème assez fort ni assez original pour se démarquer dans un marché déjà bien encombré. Je me présentais au casting d'une pièce de théâtre dont les grands rôles étaient déjà distribués depuis longtemps, m'avait-elle expliqué, et elle ne travaillait pas avec les figurantes. Si je voulais qu'Irene prenne ma carrière en main, j'allais devoir me tourner vers la santé mentale ou la maternité, les deux prochains grands marchés à exploiter.

— Que cela ne vous empêche surtout pas de commencer votre blog sur les chaussures afin de comprendre les rouages du mécanisme, m'avait-elle dit. D'autant que ça nous fournira de la matière pour créer une histoire et apporter un peu de substance à votre personnage ; pour donner à votre démarche un côté aussi naturel, spontané et authentique que possible. Ensuite, une fois que vous aurez choisi, si vous préférez avoir une dépression nerveuse ou un bébé, revenez vers moi et nous opérerons la transition vers votre nouveau centre d'intérêt.

Quatre mois plus tard, j'étais dans son bureau et je lui brandissais ma première échographie sous le nez.

Quand ma fille est née, j'ai commencé à publier des photos où l'on me voyait radieuse, le visage rayonnant de la fierté des nouvelles mamans, savamment maquillée pour donner l'impression que je ne l'étais pas ; des photos d'après-midi tachetés de soleil, dans le parc, de gâteaux saupoudrés de vermicelles multicolores que je venais tout juste de sortir du four. Je racontais mon bonheur ; mon mari merveilleux et Coco si adorable, si sage, qui ne pleurait presque jamais. Naïvement, je pensais que cela me ferait aussitôt gagner une foule d'abonnées.

Mais je me suis vite rendu compte que ça ne marchait pas vraiment comme ça pour une influenceuse britannique. Il s'avère qu'en matière de parentalité sur Instagram chaque pays a ses petites particularités. Je m'étais inspirée de mamans américaines dont j'aimais le style, des femmes qui semblaient flotter à travers une vie douce comme leurs pulls en cachemire, caressant des plans de travail immaculés en marbre de Carrare ou la tête bien peignée d'enfants en chemises écossaises, le tout passé au filtre Gingham pour donner à leurs photos un subtil effet vintage. La suite de mon enquête sur Google Images a révélé que les mamans australiennes photographient souvent leurs corps élancés devant une planche de surf, vêtues de bikinis au crochet et les cheveux collés par le sel, entourées de bambins blonds et bronzés. Les instamums suédoises aiment se coiffer de couronnes de fleurs tandis qu'elles s'extasient devant des bébés en bonnets de feutre gris qui flemmardent sur le pastel délavé de draps en lin.

Vous voyez, grâce aux réseaux sociaux, quelques clics permettent de comprendre à quoi les gens s'identifient à travers le monde. Le nombre d'abonnés et le taux d'engagement grimpent ou chutent selon que votre coupe de cheveux est considérée comme réussie ou ratée ; que votre pose semble drôle et spontanée ou plutôt mise en scène ; que votre gamin est craquant ou banal sous cet angle ; selon que vous êtes ou non capable de conserver une même palette de couleur, un même style et une même ambiance dans toutes vos publications. Il s'agit donc de trouver le rouge à lèvres, la décoration intérieure, la vie de famille et le filtre les mieux adaptés au public auquel on s'adresse.

Et que m'a appris ce rapide tour du monde d'Instagram considéré sous l'angle anthropologique ? Qu'ici, au Royaume-Uni, les m'as-tu-vu n'ont pas la cote. Nous voulons des femmes à la beauté naturelle, au sourire bon enfant ; nous voulons les couleurs de l'arc-en-ciel, des mots simples et sincères, et un désordre photogénique. Nous nous autoproclamons peut-être superhéroïnes sur de coûteux tee-shirts à slogans et nous en faisons des tonnes sur le (super)pouvoir d'agir qui gronde en nous – l'« empouvoirement » des mamans ! –, mais comme le sait toute instamum qui n'a pas volé son nombre d'abonnés à six chiffres, admettre que l'on est capable ne serait-ce que de réussir des œufs à la coque peut vous faire perdre mille followers du jour au lendemain. Vous devez être infoutue de sortir de chez vous sans, au minimum, une tache de sauce bolognaise ou une giclée de vomi de bébé sur votre chemise. Au moins une fois par semaine, vous devez impérativement arriver en retard à la maternelle pour chercher votre enfant – quelques minutes seulement, cela dit ; personne n'aime se faire détrousser de son bon argent [2].

Je me suis vite aperçue que, plus j'avais l'air « authentique », plus je gagnais d'abonnées, et plus ces abonnées me likaient. Si ces propos vous paraissent condescendants, sachez que ce n'est pas du tout le sentiment qui m'anime. Navrée, Solidarité féminine, mais dans la vie numérique, les mères n'apprécient

2 Au Royaume-Uni, de plus en plus d'écoles maternelles infligent aux parents retardataires de coûteuses amendes qui croissent à chaque nouvelle minute de retard.

pas vraiment le succès des autres mères – si la comparaison est une voleuse de joie [3], alors Instagram est un cambrioleur de contentement.

La dernière chose que je veux faire est donner le sentiment à une femme qu'elle n'est pas à la hauteur de je ne sais quel idéal inaccessible de la maternité, et c'est pourquoi j'ai inventé la maman parfaitement imparfaite pour mes followers. Parce que ce n'est qu'en devenant maman qu'on se rend pleinement compte à quel point les jugements se nichent dans les moindres recoins de nos vies, un peu comme ces magasins bio qu'on ne remarque pas avant d'avoir une tension trop élevée ou les aires de jeux invisibles avant d'avoir des enfants en bas âge. Quoi que vous fassiez, il y a toujours quelqu'un – mari, belle-mère, soignant à la science infuse, passagers réprobateurs d'un train ou d'un avion – qui pense que vous ne savez pas vous y prendre avec votre descendance. Voilà précisément ce que je ne fais jamais avec les mamans qui me suivent sur Instagram. Le concept tout entier tient dans la notion d'un pétrin commun dans lequel je me débats tout comme elles, et que, tout comme elles, je fais au mieux. Le monde est rempli de gens qui attendent la moindre occasion pour gronder les mamans, alors quand elles m'envoient leurs questions par DM ou lèvent la main lors d'une de mes conférences, je hoche la tête avec un sourire bienveillant et trouve les mots qui rassurent, quitte à légitimer leurs choix. Je leur dis que j'ai fait exactement pareil ou je leur parle de ce que j'ai ressenti dans une situation similaire. Elles dorment avec leur bébé, voire avec un enfant plus grand ? *Et alors ? C'est une pratique qui existe depuis l'âge des cavernes, chère maman – profitez des câlins sans vous sentir coupable !*

---

3 Citation de Theodore Roosevelt, qui estimait que se comparer aux autres nuit au bonheur.

Il n'accepte de manger que des aliments beiges ? *Ma fille a eu des lubies alimentaires, elle aussi. Le petit Noah finira bien par s'en lasser.*

Je suis toujours stupéfaite que des gens puissent être à ce point virulents à propos des réseaux sociaux et de l'inatteignable perfection qu'ils promeuvent ; stupéfaite de les entendre affirmer, avec la suffisance de génies qui auraient tout compris du mystère des trous noirs, que la vie des influenceurs n'est sûrement pas aussi idyllique derrière le filtre Instagram. Des romans sont écrits sur le sujet, d'interminables articles dans les journaux de tous bords, de mauvais films dans lesquels des vies se délitent derrière leurs parfaites façades numériques, les apparences seulement sauvées pour continuer à faire tourner la machine à fric.

Il semblerait qu'il ne soit venu à l'esprit de personne que cela puisse être parfois l'inverse.

Encore plus jolie en personne que sur Instagram, Emmy Jackson dévale les escaliers de sa maison de ville géorgienne, située dans un des quartiers les plus en vue d'East London, noyant les présentations sous un flot d'excuses : « Désolée pour ces horribles racines, je n'ai pas eu le temps de m'y attaquer depuis la naissance de notre petit Orson. Ne faites pas attention au désordre – il faut absolument que je trouve une femme de ménage, c'est sur ma to-do list ! J'espère que vous êtes venus avec cet appareil photo qui amincit d'une taille, parce que là, je suis un gâteau sur pattes ! »

Lovée sur le canapé en velours moutarde, elle ramène ses pieds nus sous elle tandis que nous discutons. Coco, son adorable petite fille de trois ans, dont le casque de boucles blondes et le visage mutin sont familiers aux aficionados du flux de sa maman (sur lequel elle apparaît depuis le jour de sa naissance), exécute de joyeux bonds à côté de l'influenceuse. Le nouveau venu dans la famille, prénommé Orson – « On a fait une liste des traits de caractère qu'on espérait pour lui, et ensuite une liste des animaux qu'on associait avec ces qualités. Et c'est l'ours qui est sorti vainqueur ! » –, se trouve aussi avec nous, dans les bras d'Emmy. Elle m'explique que les photos du bébé ont été likées plus de deux millions de fois avant qu'il n'atteigne les cinq premiers mois de sa vie. Sous une couche assez dense de jouets, de jeux créatifs et de crayons de couleur éparpillés sur le parquet, se dévoile un salon élégamment décoré. Son mari Dan, un écrivain à classer sans hésitation dans la catégorie des beaux ténébreux, se tient comme il se doit devant la grande bibliothèque, tournant nonchalamment les pages de son propre roman, dont la lecture lui arrache de petits rires intermittents.

Emmy – connue sous le pseudonyme de Mamapoil par le bon million d'abonnées qui la suivent sur Instagram, première instamum britannique à atteindre un nombre de followers à sept chiffres – tend la main vers un mug Mamapoil et avale lentement une gorgée. Rien de tel qu'une bonne tasse de thé, me dit-elle, avant d'aussitôt reconnaître qu'à l'instar de ses admiratrices, elle a rarement le temps de s'asseoir pour siroter sa boisson favorite. « Boire son Earl Grey quand il est encore chaud équivaut à une semaine dans un spa pour une maman qui a des enfants en bas âge », plaisante-t-elle. « Si partager ma modeste vie avec un million d'autres mamans sur Instagram m'a appris une chose, c'est bien qu'on est toutes les mêmes, vraiment – on fait comme on peut, de notre mieux, une journée après l'autre. » Elle boit une nouvelle gorgée de thé, puis s'exclame gaiement : « Allez, les mamans ! Chaque nuit à laquelle on survit est une nouvelle victoire ! »

J'avais dû m'arrêter à ce stade de ma lecture. Je sentais quelque chose monter en moi, une boule se former dans ma gorge.

Il m'avait fallu un bon moment avant d'être capable de la reprendre. De lire cet article jusqu'au bout. Bien sûr, il n'y avait rien dans ces lignes que je ne savais déjà. Aucune déclaration qu'elle n'ait déjà faite sous une forme ou une autre, aucune anecdote qui n'ait été recyclée pour la énième fois.

J'avais espéré un démolissage en règle, mais la journaliste était venue servir la soupe ; article à la une, suivi de cinq pages intérieures avec photos des quatre membres de la famille – maman, papa, la petite fille et le bébé – dans leur belle maison, groupés sur leur luxueux canapé, le soleil s'invitant dans la pièce à travers une fenêtre derrière laquelle on devinait une rue pour dépliant touristique. Quatre personnes sans le moindre souci. Quatre personnes pour qui la définition de la tragédie est cette chaussette d'enfant, rouge, oubliée au milieu des chemises blanches de papa. Quatre privilégiés qui de leur vie entière n'ont rien perdu de plus cher qu'un hamster ou un trousseau de clefs.

En dépit de la pression qui doit peser sur vos épaules lorsque vous êtes une des familles les plus observées du Royaume-Uni, Emmy et Dan sont visiblement restés profondément amoureux – il suffit de voir la façon dont ils se regardent. Emmy me désigne une photographie de mariage qui joue des coudes sur l'étagère avec des images encadrées de leurs enfants. Face à l'objectif, les mariés sont radieux. « C'est écœurant, je sais », dit-elle avec un rire, « mais sincèrement, je me sens toujours comme ça avec Dan. À l'instant où je l'ai rencontré, j'ai su qu'il était l'homme de ma vie. » Elle regarde tendrement son mari, qui vient s'asseoir tout près d'elle, sur le bras du canapé. « J'ai épousé mon meilleur ami – l'homme le plus drôle, le plus attentionné et le plus intelligent qui soit. Il arrive qu'on se rende dingues, tous les deux, mais je n'aurais voulu m'embarquer avec personne d'autre dans la grande aventure de la parentalité. »

C'est alors que je les avais repérées. Juste là, sur la grande photo où ils sont tous les quatre dans le salon. Depuis, je ne vois plus que ces trois lettres – le haut d'un « r », l'extrémité d'un « d » suivi d'un espace, et ensuite la partie supérieure de ce qui ressemble à un « N » majuscule. Trois lettres qui apparaissent dans un coin du miroir, au-dessus de leurs têtes, ce vieux miroir un peu piqué dans lequel se reflète un fragment de rue, un fragment de nom, celui d'un pub situé juste en face de leur maison. … rd N…

C'est tout ce dont j'ai besoin.

Chapitre trois

Emmy

C'est un drôle de truc, la célébrité acquise sur les réseaux sociaux. Quand je vois quelqu'un marquer un temps d'arrêt sur mon passage ou donner un coup de coude à son voisin avant de faire un geste dans ma direction, il me faut une seconde pour me souvenir que des centaines de milliers de personnes savent très bien qui je suis. L'espace d'un instant, je me demande si ma jupe est coincée dans ma culotte, avant de me rendre compte qu'ils fixent Mamapoil du regard, et non mes fesses à l'air. Souvent, les gens qui me reconnaissent veulent aussi échanger quelques mots, ce qui au fond vaut mieux qu'être dévisagée en silence, une pratique qui peut rendre un peu mal à l'aise. Vraiment, je ne devrais pas me plaindre – se faire aborder dans la rue est tout simplement ce qui se passe lorsqu'on est quelqu'un de très abordable.

Ça m'arrive trois fois aujourd'hui, entre la maison et le bureau de mon agente. Le premier est un type qui me fixe – déshabille ? – du regard dans le métro. Entré en même temps que moi dans la station, ce reluqueur ne m'aide même pas à descendre les marches avec la poussette. Il pourrait s'agir d'un simple quidam libidineux comme on en croise tous les jours, mais quelque chose dans sa façon de me mater laisse à penser qu'il m'a vue en sous-vêtements. J'ignore qui est la personne qui a lancé #fièredemoncorpsdemaman, mais elle mérite de se faire rouer de coups. Par sa faute, une vague de #corpsdemaman a récemment submergé nos *feeds*, et les instamums se sont senties tenues de poster des images pleines de bourrelets pour prouver l'amour qu'elles portent à leurs vergetures et à leurs bouées de sauvetage – parce qu'« on a fait grandir un être humain, là-dedans ». Aucune d'entre nous n'a osé dire qu'en réalité elle *pourrait* se réjouir de perdre quelques kilos.

Ally, une instamum en herbe du Devon, est la deuxième. Elle me repère depuis l'autre bout du quai (un des inconvénients d'être habillée en permanence avec les couleurs primaires caractéristiques de Mamapoil est que je suis facilement repérable) et se précipite vers moi pour me demander une photo avec elle devant le panneau « Oxford Circus ». Puis elle enrôle son mari mort de honte pour prendre le cliché, lui aboyant des consignes et lui arrachant l'appareil des mains entre chaque tentative pour vérifier le résultat : « Plus haut, l'objectif ! », « Tu le fais exprès ou quoi ? Je t'ai dit que je voulais voir le panneau "Oxford Circus" ! », « Mes chaussures ne sont même pas dans le cadre ! »

— C'est notre premier week-end en amoureux depuis la naissance d'Hadrian. Il vient d'avoir deux ans. Je n'arrive pas à croire qu'on soit tombés sur vous. Je vous jure, vous êtes mon idole. Vous m'avez donné confiance en moi en tant que mère. Ce que je veux dire, c'est que j'ai compris grâce à vous qu'avoir un bébé ne devait pas m'empêcher d'être *moi*, débite-t-elle à cent à l'heure tandis qu'elle passe les photos en revue sur l'écran de l'appareil.

Je hoche la tête et ouvre la bouche, mais impossible d'en placer une.

— C'est vous qui m'avez donné envie de devenir influenceuse, moi aussi, quand je me suis fait virer alors que j'étais enceinte de six mois. Je me suis dit, voilà une maman qui a construit son business comme elle l'entendait, et qui n'a pas peur de montrer qui elle est vraiment. Une femme puissante avec un bébé et des choses importantes à dire. Le feed de Mamapoil est une véritable bible pour moi.

Elle se frappe les mains l'une contre l'autre et secoue une tête incrédule en me regardant avec des yeux ronds.

Orson s'est mis à pleurer au milieu de ce beau discours et mon admiratrice semble sur le point de l'imiter.

— C'est formidable d'entendre ça, Ally ! Merci, vraiment, mais je n'ai rien d'une sainte ! Je suis désolée, il faut que je file, Orson réclame sa tétée. Je montre presque tout, je sais, mais pas encore mes nichons dans le métro ! Taguez-moi et soyez certaine que je vais suivre votre compte, moi aussi, dis-je en m'éloignant avec un sourire.

La troisième, qui se présente sous le nom de Caroline, m'aborde devant les barrières de sortie du métro pour me parler de son combat contre la dépression post-partum. Je lui ai été, m'assure-t-elle, d'un grand secours. Le simple fait de savoir qu'il existait quelqu'un qui la comprenait – quelqu'un qui, comme elle, avait traversé des moments sombres – l'avait aidée à se sentir moins seule. L'avait empêchée de faire une bêtise, de craquer complètement. Elle sort un mug de voyage #joursdegrisaille de son sac à main et m'agite sa coque de téléphone #Mamapoil sous le nez.

— N'oubliez jamais : vous êtes la meilleure maman que vous puissiez être, Caroline. Pour votre petit être humain, vous êtes une superhéroïne, dis-je en la prenant un instant dans mes bras.

Poussette sous le bras, je me hisse hors de la station de métro, parvenant à trois marches de la sortie avant que quelqu'un ne me propose enfin de l'aide. Je réponds d'un bref sourire en assurant que je m'en sors, merci, mais l'idée de monter les cinq étages qui mènent à l'agence d'Irene me donne déjà des sueurs froides. On s'attendrait vraiment à ce qu'une des plus grandes agentes d'influenceuses ait des bureaux accessibles par ascenseur, d'autant que la plupart de ses protégées sont de jeunes mamans. Cela dit, Irene n'a jamais montré le moindre intérêt pour les bébés. C'est à se demander si elle n'a pas délibérément choisi des locaux perchés au sommet de l'escalier le plus étroit qu'elle ait trouvé dans le seul but de décourager ses clientes de lui rendre visite avec leur progéniture.

Je plie la poussette et fouille dans mon sac à la recherche du téléphone. Sept appels manqués, tous de Dan. Avec un soupir excédé, j'imagine Dan ouvrir et refermer dix fois de suite les trois mêmes placards avec une irritation croissante, pendant que Coco réclame son déjeuner d'une voix de plus en plus plaintive. *Oh, Dan… C'est quoi, l'urgence, cette fois-ci, hein ? Tu ne trouves pas la putain de passoire ?*

Mais l'idée qu'il pourrait y avoir un vrai problème se substitue bientôt à l'agacement, et l'angoisse finit par m'envahir lorsque Dan s'obstine à ne pas décrocher.

Ça sonne, ça sonne, mais il ne répond pas. Je me dis que tout va bien et que je suis ridicule.

Je continue à tomber sur sa boîte vocale. Il a dû aller faire une course en oubliant son téléphone à la maison. Ouais, c'est sûrement ça.

Toujours sonnerie, toujours boîte vocale. Ou alors il m'a m'appelée sans s'en rendre compte, une série d'appels de poche, et là il est sur silencieux, en train d'aider Coco à glisser sur le grand toboggan de l'aire de jeux. Oui, je suis sûre qu'il se trouve au parc avec notre fille et qu'ils passent un bon moment.

Sonnerie, boîte vocale.

Sonnerie, boîte vocale.

Le nom du pub. Trois lettres. Un « r », un « d » et un « N » majuscule. Une chance que je sois douée pour les mots croisés. Maintenant que j'y songe, Grace les aimait aussi. Le truc marrant avec ce genre d'exercice, c'est que même une fois qu'on pense avoir donné sa langue au chat et qu'on pose le journal pour aller faire autre chose, le cerveau continue à travailler en silence, à traiter des informations qui avaient laissé perplexe son double conscient. Et lorsqu'on se rassied devant le journal quelques heures plus tard, crayon à papier en main, les réponses émergent comme par magie, à portée de pensée, prêtes à être couchées sur le papier.

J'avais d'abord cru que ça allait être du gâteau. Le « r » et le « d », étaient presque à coup sûr les deux dernières lettres de « Lord », un mot qu'on retrouve sur la façade d'un très grand nombre de pubs. Lord N… ? Voyons voir… Eh bien, ça devait être Lord Nelson, bien sûr !

J'avais la bouche sèche, le cœur battant.

En étudiant les publications de Mamapoil, en lisant attentivement les interviews d'Emmy, en écoutant et réécoutant ces podcasts où on l'entendait discuter avec d'autres influenceuses, j'étais parvenue à glaner de précieuses informations sur son lieu de résidence. Je savais, par exemple, qu'Emmy et sa famille habitaient une maison à l'est de la ville et à dix minutes d'un centre commercial Westfield. Je savais qu'ils étaient suffisamment proches d'un grand parc pour y aller à pied avec une poussette, et je savais aussi qu'Emmy écrivait auparavant pour un magazine de mode et qu'elle se rendait parfois au travail en vélo, en empruntant les berges de Regent's Canal. Je savais qu'il y avait une station de métro et une supérette Tesco à proximité de chez eux, et qu'ils se trouvaient dans un secteur géographique commun à deux écoles primaires (la « bonne école et l'autre », selon la formule consacrée d'Emmy). Je savais que leur maison n'était située dans aucun des quartiers qu'Emmy avait plusieurs fois désignés comme « beaucoup trop chers pour les gens normaux », et je l'avais entendue dire à au moins deux reprises qu'elle regrettait de ne pas vivre plus près d'un supermarché Waitrose. Je savais qu'à quelques pas de chez elle il y avait une station-service où elle allait parfois acheter des couches et/ou des magazines et/ou une tablette de Cadbury lorsqu'une envie urgente de chocolat se faisait sentir, juste après la naissance de Coco.

Rien de suffisamment précis pour la localiser, du moins jusque-là : ce pub était sûrement le morceau de puzzle qui me manquait.

Selon Google, ils étaient huit à porter le nom de Lord Nelson à Londres. Trois d'entre eux se trouvaient trop à l'ouest de la ville. Un trop au sud. Un autre à l'autre bout du monde, à la toute limite du Grand Londres, presque dans le Middlesex.

Il en restait donc trois. Le premier Lord Nelson semblait prometteur une fois l'adresse tapée dans Street View. Je voyais bien quelqu'un comme Emmy vivre dans ce genre de rue. Il y avait une bouche de métro toute proche, ainsi qu'une station-service et une supérette Tesco à peine plus lointaines. C'était la maison en face du pub qui ne collait pas du tout. Impossible qu'Emmy Jackson vive derrière ces vilains voilages blancs qui tournaient au gris ; derrière cette porte mal peinte gardée par une paire de nains de jardin. Les deux maisons mitoyennes n'étaient guère plus crédibles. La baie vitrée de celle de gauche était couverte d'affiches pour une association de défense animale, et des mauvaises herbes poussaient devant celle de droite, à travers les fissures d'une allée en béton qui menait à une voiture sans roues, posée sur quatre cales.

Le second Lord Nelson était intégré au bas d'un immeuble d'habitation, au cœur d'un lotissement.

Des rideaux métalliques masquaient les vitrines du troisième Lord Nelson, dont l'état général laissait à penser qu'il n'accueillait plus de clients depuis longtemps. J'avais vérifié la date de la photo de Street View : elle était récente.

Perplexe et déçue, j'étais allée chercher le journal dans la pile des déchets recyclables pour m'assurer que je ne m'étais pas trompée d'une façon ou d'une autre, que je n'étais pas passée à côté d'un détail crucial. Mais tout était là, tel que je m'en souvenais : sans nul doute un pub, sans nul doute juste en face de la maison, et c'était bien les trois lettres avec lesquelles j'avais composé le nom de Lord Nelson, visibles dans le miroir qui reflétait la fenêtre sur rue. Quelque chose m'échappait forcément. Et si tout ce que disait et écrivait Mamapoil, dès qu'elle mentionnait son quartier, était délibérément trompeur ? Et si elle vivait en réalité dans une partie de Londres bien différente de celle dont elle traçait les contours au fil de ses publications et de ses interviews ?

Mais les autres pubs Lord Nelson ne correspondaient pas, eux non plus. L'un se trouvait face à un parc. Un autre face à une route à deux voies. Et de toute façon, aucune des huit façades ne ressemblait à celle qu'on devinait sur la photographie du journal.

J'avais rabattu le capot de l'ordinateur dans un geste de frustration, avant de filer dans la cuisine pour me préparer une tasse de thé. Il était presque vingt-deux heures. L'enthousiasme avec lequel j'avais démarré cette soirée s'était peu à peu estompé, avant de virer à l'aigre comme du lait tourné. Je m'étais rendue dans le salon et j'avais allumé la télévision. Que des mauvaises nouvelles aux informations ! Cinq minutes plus tard, j'avais éteint le poste et j'étais allée me coucher.

La chambre plongée dans le noir et l'alarme du radio-réveil vérifiée, je pensais à tout autre chose – deux ou trois obligations matinales –, quand la réponse s'est imposée à moi.

Lord Napier.

Il y avait un pub qui s'appelait comme ça, juste en face de la gare, dans la ville où j'ai grandi.

J'avais rallumé la lampe de chevet et rouvert le capot de l'ordinateur, mes doigts tambourinant impatiemment sur le bord du clavier tandis que l'écran s'éveillait.

Lord Napier avait donné son nom à trois pubs londoniens, dont un seul était situé à East London.

Quelques secondes plus tard, Google Maps m'avait appris que ce pub se trouvait à cinq minutes à pied d'une station de métro et à deux pas d'une station-service. La supérette Tesco était là aussi, suffisamment proche pour qu'Emmy puisse y faire ses courses à pied si elle habitait bien devant ce Lord Napier, et quelques vigoureux coups de pédale permettaient à une jeune femme en forme de rejoindre assez vite Regent's Canal. La fonction « Itinéraires » de Google Maps m'avait indiqué le temps nécessaire pour se rendre au centre commercial Westfield depuis le pub (ou plutôt depuis la maison d'en face). Résultat : tout juste dix minutes en métro, trajet direct avec la Central line.

De retour sur Street View, j'avais tapé l'adresse du pub, le journal posé sous mes yeux pour comparer les images. Mon regard avait fait plusieurs allers-retours entre la photographie imprimée et l'écran, mais le premier coup d'œil avait suffi pour crier victoire. D'une main tremblante, j'avais fait pivoter l'image jusqu'à ce qu'elle me montre la maison qui lui faisait face, de l'autre côté de la rue. Rideaux neufs, élégante porte d'entrée gris foncé, volets assortis.

Coucou, Emmy.

Dan

Décroche, décroche, décroche. Réponds, putain !

Ça sonne, mais elle ne répond pas. Ça sonne et ça sonne et ça sonne encore, et je finis par tomber sur son message d'accueil. Emmy a dû sortir du métro à l'heure qu'il est. Pourquoi ne répond-elle jamais ?

Et merde !

J'imagine que tout le monde a connu ça à un moment ou à un autre de sa vie de parent. Cette horrible sensation de vide, ce désarroi, le ventre qui se noue et la gorge qui se serre, ce picotement de la peau, cet emballement du cœur tandis que les yeux balaient frénétiquement la foule à hauteur de hanche. Mais l'enfant qui vous tenait la main un instant plus tôt reste introuvable, volatilisé, noyé dans la masse, emporté par le courant. Une partie de votre cerveau vous dit de ne pas être ridicule, il a dû s'échapper pour aller jeter encore un œil à la vitrine du magasin de jouets devant lequel vous êtes passés une minute plus tôt, ou alors quelque chose a attiré son attention (une affiche, un stand de crêpes, un autre enfant), et il s'est arrêté net pendant que vous poursuiviez votre chemin, persuadé qu'il trottinait toujours à vos côtés. Une autre partie de votre cerveau se laisse happer par des scénarios d'épouvante, à peu près certain que le pire, d'une manière ou d'une autre, s'est produit.

Nous sommes à Westfield, le centre commercial, celui qui se trouve près du parc olympique. Coco et moi avons déjà fait une longue halte dans deux magasins de chaussures, et je suis à présent dans un troisième où nous venions, ô miracle, de lui trouver une paire de chaussures pas trop moches, et qu'elle ne détestait que modérément. J'ai lâché sa main le temps de régler mon achat et de récupérer les chaussures, et quand j'ai tourné la tête pour lui demander si une glace lui ferait plaisir, elle avait disparu.

Je ne panique pas encore, pas vraiment. Elle est sans doute dans une des allées, invisible derrière un mur de chaussures, aimantée par ces baskets pailletées qu'elle m'a supplié d'acheter tout à l'heure. Celles avec les lumières clignotantes dans la semelle.

Le magasin n'est pas immense et il est loin d'être submergé de clients en ce jeudi après-midi. Il suffit d'à peine deux minutes pour établir que Coco a quitté les lieux. En l'espace d'une centaine de secondes, je suis passé de la contrariété à l'anxiété, puis de l'anxiété à la panique complète. Je vois deux employés visiblement désœuvrés. Pourquoi restent-ils là, les bras ballants, alors que ma fille s'est évaporée dans la nature ?

— Une fillette de trois ans, dis-je en indiquant sa taille de la main. Elle était avec moi. Vous n'avez pas vu où elle est partie ?

Ils secouent tous les deux la tête, l'air pas franchement concernés. Alors que je quitte le magasin à grands pas, j'entends une voix me crier que j'ai oublié mon achat. Je ne rebrousse pas chemin.

À l'extérieur du magasin, je fouille les alentours du regard, mais pas de Coco en vue. Je me trouve au premier étage, tout près des Escalators. Je les grimpe quatre à quatre en m'efforçant de ne pas imaginer Coco seule sur ces marches roulantes. Si elle avait essayé de s'engager là-dessus, quelqu'un l'en aurait forcément empêchée, non ?

J'enchaîne avec une nouvelle volée de marches pour m'assurer qu'elle n'est pas en pleine ascension vers l'étage supérieur, dissimulée entre deux jambes adultes –, mais toujours aucune trace de ma fille.

C'est là que j'essaie d'appeler Emmy pour la première fois. Mon intention est de lui demander s'il existe un magasin ou un recoin du centre commercial que Coco aime particulièrement. Dans la mesure où je déteste cet endroit et tout ce qu'il représente, ce sont d'ordinaire les filles qui vont y faire des courses pendant que je promène Orson dans sa poussette. Je me creuse le cerveau pour essayer de me souvenir de quelque chose qu'auraient pu me dire Emmy et Coco à propos de leurs virées à Westfield. Y a-t-il une boutique à laquelle notre fille veut toujours rendre visite ? Une aire de jeux ou une zone qui l'attire spécialement ? Un passage obligé sans lequel l'expérience n'aurait pas la même saveur pour elle ? Rien ne me vient à l'esprit. Une fois de plus, mon appel finit par s'échouer sur le message d'accueil d'Emmy.

Disons les choses comme elles sont : j'ai l'air passablement affolé, à présent. Les gens me regardent à la dérobée, me jettent des coups d'œil inquiets.

— Une petite fille, dis-je à toute personne qui passe à portée de voix. Vous avez vu une petite fille ?

Je refais ce geste absurde de la main, comme si leur donner une idée de sa taille allait permettre de la retrouver.

Des têtes qui font non, des sourires désolés, des haussements d'épaules, des gestes de commisération. Mon cœur fait un bond chaque fois que je repère un enfant, puis sombre aussitôt lorsque je réalise que je me suis trompé : pas le bon manteau, pas la bonne taille, pas le bon sexe.

Pas ma Coco.

Chaque décision que je prends maintenant, chaque mauvaise décision, me coûte un temps précieux, j'en suis douloureusement conscient. Dois-je courir dans telle direction pour la chercher ? Qu'est-ce qui me dit qu'elle n'est pas en train de s'éloigner dans l'autre sens ? Cette idée me paralyse, mais toute seconde passée à hésiter peut également la séparer davantage de moi et la rapprocher d'un danger. Est-elle déjà descendue au niveau de la sortie ? S'amuse-t-elle à prendre l'ascenseur ? Cherche-t-elle à retrouver ce petit parc de loisirs où elle se rend parfois avec Emmy ? Comment ça s'appelle, déjà ? Quelque chose avec « Play »... Soft Play, non ? Je ne sais même pas si c'est dans ce bâtiment. Je me souviens vaguement d'un château gonflable et d'une piscine à boules dans un espace intérieur.

J'essaie une nouvelle fois de joindre Emmy.

Tout autour de moi, les gens déambulent, vaquant à leurs occupations avec, me semble-t-il, une lenteur exaspérante. Je décide de commencer par les ascenseurs. Je me faufile comme un slalomeur entre un couple qui se tient la main et un type qui traîne une petite valise sur laquelle je manque de trébucher. Tandis que je cours le long d'un magasin, sa vitrine me renvoie brièvement le reflet d'un homme au visage défait, l'air traqué, au bord de la crise de nerfs.

Ce que je n'arrive pas à comprendre, c'est qu'elle ait pu s'éloigner autant sans que personne ne l'arrête. Qui peut laisser une fillette de trois ans errer dans un centre commercial sans lui demander où sont ses parents ? Je veux dire, des gens l'ont forcément vue trottiner seule au milieu d'une forêt de jambes. Comment imaginer que nul n'ait songé à s'assurer qu'elle n'était pas perdue ? C'est ce que ferait toute personne avec un minimum de jugeote. Du moins, c'est ce qu'on se dit. Ce qu'on espère.

À tort, semble-t-il.

Je déboîte pour doubler un grand dadais qui se traîne, la tête basse et les yeux rivés à son portable, et manque de me prendre de plein fouet une femme bien en chair qui arrive en sens inverse en faisant exactement la même chose.

Coco reste introuvable aux alentours des ascenseurs. Une cabine est à l'arrêt au rez-de-chaussée, m'informe l'écran de contrôle, tandis que l'autre remonte vers le troisième et dernier étage où je me trouve. Je fais volte-face et me précipite vers le garde-corps. J'ai beau me pencher dangereusement, pas de Coco devant les ascenseurs du rez-de-chaussée. J'en suis arrivé au point où ma peur qu'il se soit passé quelque chose d'affreux – de vraiment affreux – se mue un peu plus en certitude avec chaque minute qui passe. Le genre de choses qu'on vous raconte et que vous évacuez aussitôt avec un frisson glacé. Le genre de choses dont on entend parler aux informations.

C'est alors que je la vois. Coco. Devant la vitrine d'une librairie au rez-de-chaussée.

— Coco !

Le centre commercial semble s'être figé sous la puissance de mon cri, mais elle ne lève même pas les yeux vers moi.

— Coco ! Reste où tu es !

Je descends l'Escalator comme un fou, volant à moitié au-dessus des marches et les mains ricochant sur les rampes caoutchouteuses, indifférent aux protestations de deux adolescents qui se tiennent côte à côte et entre lesquels je passe sans ménagement.

Parvenu au premier étage, je me penche à nouveau au-dessus du garde-corps :

— Coco !

Cette fois-ci, elle regarde vers le haut, cherchant à déterminer d'où vient cette voix qui l'appelle. Je crie encore son prénom, et ses yeux se posent enfin sur moi. Elle m'adresse un vague sourire et un petit signe de la main, puis reporte son attention sur la vitrine entièrement dédiée à la promotion d'un seul livre, dernier tome des aventures d'une famille de fées et d'enchanteurs.

Merci mon Dieu. Merci mon Dieu. Merci mon Dieu. Merci mon Dieu. Merci mon Dieu.

Non seulement j'ai retrouvé ma fille, mais je vois qu'une adulte l'a prise sous son aile. Encore une raison de remercier Dieu, le destin ou peut-être les fées que Coco admire derrière la paroi de verre. Heureusement, elle a fini par croiser le chemin d'une personne douée d'un minimum de bon sens. Une personne que la vue d'une fillette haute comme trois pommes vagabondant dans un centre commercial a naturellement alertée. Presque collées l'une à l'autre, Coco et son ange gardien semblent toutes les deux absorbées par les personnages qui animent la vitrine.

Une grosse bouffée de soulagement détend mes muscles d'un seul coup.

De là où je me trouve, l'angle de vue et la distance ne me permettent pas de bien distinguer la personne qui a retrouvé ma fille – je la vois de dos, le verre me renvoyant un reflet indistinct de son visage –, mais je dirais qu'il s'agit d'une vieille dame, une gentille mamie. Si j'ai décidé qu'il s'agissait d'une femme, c'est dans doute à cause du rose et du violet de son anorak. J'ai l'impression d'entendre les mots d'excuses que je vais prononcer, les remerciements chaleureux qui se bousculent déjà dans ma bouche.

Je me laisse emporter par l'ultime Escalator vers Coco et la mamie.

L'espace d'une seconde, de deux peut-être, un large pilier cylindrique les dissimule à ma vue.

Ma fille est maintenant seule devant la librairie.

Dans un premier temps, mon esprit refuse tout simplement d'absorber cette information.

Puis mes yeux se cramponnent à Coco et ne la lâchent plus pendant que l'escalier mécanique m'entraîne vers le rez-de-chaussée. C'est comme si mon cerveau, échaudé par la disparition soudaine de la mamie, craignait que ma fille ne se volatilise à son tour si je prenais le risque ne serait-ce que de cligner des yeux.

Les trois ou quatre dernières marches sont franchies d'un bond.

J'atterris avec un grognement sourd.

Moins de dix mètres me séparent de ma fille. Une distance que je comble en trois longues foulées.

— Ouille, papa.

J'ai conscience de la serrer trop fort contre moi, mais je ne peux pas m'en empêcher, tout comme je ne peux m'empêcher de la soulever dans mes bras et de la faire tournoyer dans les airs.

— Papa…

Je finis par la reposer et elle rajuste sa robe.

À en croire la force avec laquelle il bat, mon cœur n'a pas encore été informé de ce dénouement heureux.

— Qu'est-ce qu'on t'a dit, Coco ? Combien de fois on t'a dit de pas t'éloigner de maman ou de moi quand on n'est pas dans la maison ?

J'essaie de paraître calme, mais ferme. Déçu, mais pas vraiment en colère.

C'est l'éternelle question dans ce genre de situation : comment concilier l'envie simultanée de gronder votre enfant (parce que vous avez eu peur) et celle de le couvrir de baisers (parce que vous l'adorez et que vous tenez à ce qu'il le sache) ?

Je fais de mon mieux pour croiser le regard de ma fille, accroupi à sa hauteur comme le recommandent sûrement les pédiatres aux papas morts de trouille qui ont besoin d'avoir une conversation sérieuse avec leur petite fille fugueuse.

— Tu m'entends, Coco ? Tu ne dois jamais, jamais, jamais, jamais refaire ça, d'accord ? Tu comprends ce que je te dis, ma chérie ?

Coco hoche la tête, très légèrement, les yeux irrésistiblement attirés par la vitrine de la librairie.

Elle ne court plus de danger, c'est le principal. Ça aurait pu très mal se terminer, mais elle va bien. Quant à cette mamie que j'avais prise pour son ange gardien…

Il doit pleuvoir dehors, parce que c'est un défilé de cirés, d'imperméables et d'anoraks, autour de nous, tous âges confondus. Certains ont gardé la capuche sur la tête. Je promène le regard sur la foule, mais personne ne semble nous prêter attention. Et aucun de ces anoraks ne me rappelle celui de la grand-mère. Ils sont noirs, bleus, verts, jaunes…

Je me suis peut-être trompé. Peut-être que personne n'a pris Coco sous son aile. Peut-être que la dame à l'anorak rose et violet se trouvait par hasard à côté de ma fille ; juste une flâneuse qui s'est arrêtée une minute ou deux pour regarder l'animation dans la vitrine, elle aussi. Peut-être – *peut-être* – n'était-ce qu'un jeu de lumière trompeur, une défaillance passagère de mon cerveau paniqué, le reflet d'un reflet.

Ne nous voilons pas la face : mes pensées, à cet instant précis, ne sont pas des plus cohérentes.

Je serre de nouveau Coco dans mes bras, plus longtemps cette fois-ci. Au bout d'un moment, je sens qu'elle perd patience, qu'elle se tortille un peu contre moi. Il me faut encore quelques secondes pour trouver la force de me détacher d'elle.

C'est là que je remarque ce qu'elle tient à la main.

Chapitre quatre

C'est fou tout ce qu'on peut apprendre sur une personne, une fois qu'on connaît son adresse.

14 Chandos Road.

Dès qu'on connaît l'adresse de quelqu'un, on peut se rendre directement sur le site Zoopla et voir le prix que valait son logement, lors de sa dernière mise en vente. On peut également jeter un œil à quelques photos des pièces et même, avec un peu de chance, étudier le plan de niveau des lieux. La dernière fois que la maison du 14 Chandos Road était sur le marché, elle a trouvé preneur à 550 000 £. Sur son blog, Emmy a fourni pas mal de détails sur les modifications effectuées dans la foulée de son emménagement. Ils ont ajouté une véranda vitrée et réalisé une extension de la cuisine, à l'arrière de la maison. Ils ont supprimé un mur dans le salon, ils se sont débarrassés de la cheminée électrique avec sa lumière rougeoyante et ses fausses braises en plastique, ainsi que de la moquette de la salle de bain et du carrelage turquoise dans les toilettes du bas, et ils ont aménagé une chambre d'enfant au rez-de-chaussée. Ce qui veut dire que cette grande chambre avec salle de bain, à l'avant de la maison, doit toujours être celle des parents. C'est tellement simple. Tout est là, accessible au public. Deux clics, trois peut-être, et tandis que vos doigts frôlent l'écran comme s'ils glissaient sur le parquet, vous vient le sentiment de se promener librement chez eux, invisible, un fantôme numérique. Emmy dit souvent qu'elle aimerait avoir un plus grand terrain. Je comprends pourquoi, à présent. Dieu sait comment ils sont parvenus à y insérer cet abri de jardin où le mari d'Emmy se réfugie pour écrire quand il y a trop d'agitation dans la maison.

Une fois que l'on sait précisément où réside une personnalité qui dévoile sa vie sur les réseaux sociaux, il n'est pas bien compliqué de deviner quel est son café de quartier, celui où elle raconte faire une halte chaque matin, celui où son mari va parfois s'attabler pour peaufiner un article ou un chapitre de son prochain roman. Sur Street View, il est possible d'emprunter le même itinéraire qu'elle, d'avoir l'impression de lui emboîter le pas tandis qu'elle marche vers le métro ou le parc. Oui, une simple adresse permet décidément de récolter un tas d'informations par simple déduction : l'école maternelle qui accueille sa fille une partie de la journée, le trajet le plus rapide pour s'y rendre le matin, la petite aire de jeux devant laquelle Emmy dit qu'elle passe en chemin, la boutique de friandises qui attire irrésistiblement Coco…

C'est un bien curieux sentiment que de se glisser ainsi dans le quotidien de cette femme, de cette famille. Un peu vertigineux, même…

Parfois, ça me donne l'impression de me pencher sur un bassin – comme celui qui se trouvait à l'entrée de la classe de sciences naturelles – et de regarder les poissons nager tranquillement dans leur élément. Ils vaquent à leurs occupations de poissons, inconscients d'être observés par quelqu'un qui, dans un coin de son esprit, sait qu'il lui suffirait de lancer un caillou ou d'agiter un bâton dans l'eau pour qu'ils se dispersent dans un mouvement de panique.

Quelqu'un qui pourrait, sur un coup de tête, en attraper un et le laisser s'étouffer à l'air libre, pendant que ses congénères affolés fileraient vers les plantes aquatiques avec des battements désespérés de la queue. Et puis parfois, cette personne se sent tout bonnement incapable de faire une chose pareille à un être vivant, elle se dit qu'elle n'est pas comme ça.

Et puis parfois, elle n'en est plus si sûre.

J'étais une fille tellement aimable, autrefois. Une écolière si polie. Si gentille. C'est ce qu'on disait toujours de moi, à l'époque.

Ces derniers temps, il m'est arrivé d'être purement et simplement terrifiée par les pensées qui me traversent l'esprit, par les choses que je m'imagine faire. Il m'est arrivé d'avoir peur de l'être humain que je semble devenir.

Dan

C'est parfaitement hideux. Voilà ce qui me frappe d'abord quand je vois l'objet que Coco tient dans sa main. Je ne pense pas exagérer en disant qu'il s'agit de la peluche la plus moche et la plus crasseuse que j'ai jamais vue. Les boutons cousus pour figurer ses yeux sont cassés. Ses oreilles, d'une saleté repoussante, semblent avoir été allégrement suçotées. Une des bretelles de sa salopette pend, déchirée. Sa bouche ressemble à une cicatrice chirurgicale. Mon premier réflexe est d'arracher cette horreur de la main de ma fille et de la balancer aussi loin que possible. Ou alors de la faire disparaître à jamais dans la première poubelle qui se présente, puis de fouiller dans mon sac à dos à la recherche de lingettes ou de gel antibactérien.

Ce qui me frappe ensuite, c'est que Coco n'a pas quitté la maison avec cette… chose.

Le sujet des grossièretés proférées devant les enfants est parfois abordé sous notre toit. En ce domaine, me fais-je alors un plaisir de souligner, c'est Emmy qui dérape le plus souvent. Elle qui lâche un *Fait chier!* sonore quand un sachet de farine s'échappe du placard et explose dans un nuage blanc sur le plan de travail. Elle qui traite de connard (entre ses dents, mais pas assez bas pour échapper aux petites oreilles à l'affût) le type qui nous double dans la queue pour enregistrer les bagages, à l'aéroport. Elle qui doit s'en tirer par une pirouette lorsqu'au beau milieu du dîner Coco lui demande ce qu'est une tête de nœud. Mais alors que je découvre cette ignoble peluche dans la main de ma fille – mettez ça sur le compte de l'adrénaline qui coule encore dans mes veines, sur mes nerfs toujours à vif – c'est moi qui, cette fois-ci, me laisse déborder par mes émotions.

— Putain, Coco, où tu as trouvé cette saloperie ?

Après qu'on a crié sur un enfant, il y a toujours ce moment horrible où l'on voit ses yeux s'agrandir et s'humidifier ; où on le regarde se fermer comme une huître. Ce moment où l'on voudrait tant ravaler ses mots, les empêcher de résonner dans l'air.

Elle cache naïvement la peluche derrière son dos.

— Nulle part, papa.

— Donne-la-moi.

Au bout de quelques secondes, elle s'exécute avec des gestes réticents. Je m'attendais à davantage de résistance.

— Merci, dis-je.

Je m'accroupis pour inspecter la chose. Est-ce censé représenter un chien ? Un ours ? Un singe, peut-être ? Impossible à dire. Si cet animal a un jour disposé d'une queue, il l'a perdue depuis longtemps. J'espère seulement que ce n'est pas ma fille qui a suçoté ses oreilles.

— Où as-tu trouvé ça, Coco ? dis-je encore, d'un ton que j'espère plus cajoleur que fâché.

— C'est à moi, répond-elle.

— Je suis désolé, ma chérie, mais je ne pense pas que ce soit à toi.

Je tiens la chose du bout des doigts, presque du bout des ongles.

— Tu veux bien me dire où tu as trouvé ça, Coco ? Tu t'en souviens ?

Elle évite mon regard.

— Tu l'as trouvée ou on te l'a donnée ?

Elle hausse une épaule, évasive.

Si elle parvient à se souvenir de l'endroit où elle a trouvé cette peluche, lui dis-je, nous pourrions aller la reposer là où elle a été égarée. Elle doit appartenir à quelqu'un, fais-je valoir : cet animal est sûrement l'ami d'un petit garçon ou d'une petite fille qui l'a fait tomber en se promenant avec ses parents, ou alors il a glissé d'une poussette, et imagine un peu comme l'enfant qui l'a perdu va être triste quand il s'apercevra, une fois arrivé chez lui, que son copain a disparu…

— C'est à moi, dit-elle encore.

— Pourquoi tu dis que c'est à toi ?

Pas de réponse.

— Si tu refuses de m'expliquer d'où vient cette peluche, Coco, lui dis-je avec ma voix de papa la plus ferme et la plus imposante, elle va aller droit dans la poubelle.

Coco secoue la tête d'un air buté.

— Je ne plaisante pas, tu sais.

Toujours pas de réponse.

— Dernière chance, dis-je avec emphase.

Haussement d'épaules.

La chose disparaît dans la première poubelle que je trouve.

Décision stupide. Complètement conne. Le faux pas parental dans toute sa splendeur. Tandis que nous traversons le centre commercial, elle cherche sans cesse à retirer sa main de la mienne pour rebrousser chemin. Sur l'Escalator qui descend vers le quai du métro, elle se laisse tomber comme si ses membres étaient en guimauve. Il faut que je la porte lorsque le métro s'arrête à notre station. Des regards se posent sur nous. Quand Emmy rappelle enfin, nous ne sommes plus qu'à deux minutes de la maison. Elle me demande si c'est Coco qu'elle entend hurler derrière moi. Je lui confirme que c'est bien elle, et que ce cinéma dure depuis dix bonnes minutes. Emmy veut aussitôt savoir ce que j'ai bien pu faire pour la mettre dans un état pareil.

— Rien, dis-je.

— Tout va bien ? me demande-t-elle. J'ai vu que tu m'avais appelée un million de fois. Tu m'as fichu la trouille, Dan. J'ai annulé mon rendez-vous avec Irene et là je suis dans un Uber, en route vers la maison. Qu'est-ce qui s'est passé ?

— Rien, dis-je à nouveau. Inutile de t'inquiéter. Tout va bien, maintenant.

Je n'ai vraiment pas envie de discuter au téléphone de ces huit minutes et demie durant lesquelles j'ai égaré notre fille de trois ans.

Tout au long du trajet du retour, je me suis repassé l'échange que j'ai eu avec Coco – les questions que je lui ai posées, la façon dont je l'ai cuisinée, le ton que j'ai employé –, en me demandant si je n'aurais pas dû m'y prendre autrement. Tout au long du trajet de retour, j'ai essayé de me souvenir de ce que j'ai vu exactement du haut de l'Escalator, de la couleur de l'anorak, de ce qui m'a donné l'impression qu'il s'agissait d'une femme, sans doute assez âgée. Était-ce seulement le rose du vêtement, avec ses carrés violets dans le dos ? D'ailleurs, n'était-il pas plutôt violet avec des carrés roses dans le dos ? Et si je ne peux même pas être certain de ça, de quoi puis-je être certain, tandis que j'essaie de me rappeler ce que je crois avoir vu ?

La mémoire étant ce qu'elle est, il est tout à fait possible que mon cerveau ajoute sa touche personnelle, qu'il brode ici et là pour remplir les trous et me donner l'illusion d'avoir des souvenirs utiles à mon enquête.

Chaque fois que je demande à Coco ce qui s'est passé, elle répond « librairie ».

Une part de moi peut facilement imaginer cet incident recyclé en savoureuse anecdote dans une vingtaine d'années, lorsque Coco sera romancière, universitaire ou agente littéraire ; facilement en imaginer les grandes lignes, la façon dont on la racontera, Emmy et moi, traitant avec humour ou indulgence les délicates questions que cette mésaventure pourrait bien soulever quant à mes aptitudes paternelles – à moins qu'on ne décide tout bonnement d'éviter le sujet. Je peux même nous imaginer reproduire les inflexions de Coco lorsque arrivera le moment de l'histoire où notre petite fille répétait inlassablement le mot « librairie » en réponse à mes questions.

Et une autre part de moi est secrètement ravie que Coco ait été fascinée par une librairie plutôt que par une boutique Disney Store ou un McDonald's.

Cela dit, pour le moment, c'est vers cette peluche miteuse que mes pensées ne cessent de revenir.

Une fois à la maison, je pose Coco sur la banquette d'angle de la cuisine et lui prépare des haricots blancs sur du pain de mie, qu'elle mange l'air renfrogné. Quand je lui demande si elle veut un yaourt pour le dessert, elle secoue vigoureusement la tête.

— Un petit bain avec plein de mousse ?

Visage fermé, elle ne desserre pas les dents.

— Écoute, Coco, on va t'acheter un autre… nounours, d'accord ? Une autre peluche. Et si tu veux, on pourra retourner à la librairie pour regarder les livres de fées.

Elle pivote sur sa chaise, fait semblant de s'intéresser au jardin. Une pluie fine s'est mise à tomber, posant des reflets mouillés sur les feuilles dans la lumière déclinante. Les lèvres de Coco m'ont tout l'air d'exprimer une bouderie en bonne et due forme.

— Le problème, ma chérie, c'est que ce n'est pas bien de partir toute seule et de ramasser des choses que tu trouves par terre. On ne sait pas d'où ça sort.

— C'est à moi, dit-elle pour la énième fois.

J'opte pour la combinaison sourire indulgent et ton pédagogique.

— Sauf qu'en fait, je ne l'ai pas achetée pour toi. Ni maman. D'ailleurs, elle était toute vieille et toute abîmée, cette peluche. Nous, on t'en aurait acheté une neuve, une beaucoup plus belle. Alors, elle vient d'où ? C'est ça, la question, mon trésor. C'est ça que je veux savoir.

Je connais les mots qui vont sortir de sa bouche avant même que ses lèvres aient fini de former le premier.

Je m'assieds à la table et tourne doucement Coco par les épaules jusqu'à ce que nos visages soient vraiment face à face.

— J'ai une question très sérieuse à te poser, mon trésor. Tu veux bien me regarder, s'il te plaît ? Regarde-moi, Coco. Merci. Cette peluche, j'imagine que ce n'est pas quelqu'un qui te l'a donnée ? Comme un cadeau, tu vois ? Tu t'en souviens ?

Elle secoue fermement la tête.

— Non ?

Elle secoue de nouveau la tête, encore plus vigoureusement cette fois-ci.

— Ça veut dire, *non*, tu ne t'en souviens pas, ou *non*, personne ne te l'a donnée ?

— Non.

Je me redresse sur ma chaise, décontracte mes épaules, me masse la nuque. Le moment est venu d'adopter une nouvelle tactique.

— Coco ? dis-je en prenant sa petite main dans la mienne. Tu te souviens de la conversation qu'on a eue, l'autre jour, sur la vérité et les mensonges ? Les choses qui arrivent vraiment et celles qu'on invente ?

Elle hoche une tête hésitante, évite mon regard.

— Et tu te souviens qu'on était d'accord, toi et moi, pour dire que c'est drôlement important de ne jamais mentir ? Surtout à sa maman et à son papa…

Elle semble réfléchir, refusant toujours de croiser mon regard, puis hoche une nouvelle fois la tête.

— Eh bien, je vais te redemander comment tu as eu cette…

— Trouvée.

— Tu l'as trouvée ?

— Trouvée.

Ouf. C'est un soulagement. Un poids ôté de mes épaules.

Je lui demande où elle l'a trouvée, et Coco me répond dans un magasin.

— Un magasin ? dis-je.

Elle hésite, l'air pensif, puis confirme.

— Quel magasin, Coco ?

Elle n'est pas capable de me le dire.

Je prends une profonde inspiration et compte jusqu'à vingt, avant d'annoncer que c'est l'heure du bain.

Ma foi, il semblerait que cette grande conversation sur l'importance de toujours dire la vérité n'ait pas pénétré l'esprit de notre fille aussi profondément que nous l'avions espéré.

La maîtresse de Coco avait estimé qu'il serait préférable qu'Emmy et moi soyons présents pour la discussion qu'elle comptait avoir avec notre enfant ; que nous puissions nous réunir tous les quatre pour parler de « deux ou trois choses ». Par cette formule vague, la maîtresse désignait la fâcheuse habitude récemment prise par notre fille de se servir dans les cartables accrochés aux patères du couloir, puis de prétendre que ces menus larcins étaient en réalité des cadeaux de ses camarades de classe. De renverser des choses et d'accuser les autres. De raconter des histoires abracadabrantes sur l'immensité de notre richesse, l'étendue de notre célébrité ou notre dernière destination de vacances (la lune, ni plus ni moins). L'enseignante nous avait demandé de venir parce qu'elle voulait savoir si notre fille avait tendance à nous mentir ou à fabuler, si nous pouvions penser à quoi que ce soit qui puisse la mettre en colère ou la perturber, et si d'une manière générale nous avions une idée de ce qui poussait Coco à agir de la sorte. « Elle a toujours eu beaucoup d'imagination », avait plaidé Emmy, quelque peu sur la défensive. « J'étais comme elle à son âge. »

Je n'en doutais pas une seconde.

Nous avions installé les chaises en cercle et nous avions fait une sérieuse mise au point avec Coco, lui expliquant combien il était important d'être honnête. Combien il était important de ne pas fabriquer des histoires de toutes pièces, de ne pas travestir la réalité, de ne pas romancer. Qu'il ne servait à rien d'essayer d'impressionner les gens en s'inventant un personnage. Qu'elle ne devait pas utiliser son intelligence pour obtenir des choses qui ne lui appartenaient pas. La maîtresse saluait nos propos de bruits de gorge très empathiques, de hochements de tête très convaincus.

N'allez surtout pas vous imaginer qu'Emmy et moi étions inconscients de l'ironie de la situation. Le point sur lequel je ne cessais de mettre l'accent, chaque fois que l'occasion m'en était donnée, était qu'il n'y avait nulle malveillance dans les actes que l'on reprochait à Coco. Elle n'avait pas un gramme de méchanceté en elle, ma fille. De même, sa capacité à faire la distinction entre réalité et imagination ne faisait aucun doute dans mon esprit. Elle aimait simplement divertir ses petits camarades, les faire rire. Là où je voulais en venir, c'est que cette gamine était incroyablement futée. Bien plus intelligente que les autres enfants de sa classe. Bien plus intelligente que la plupart des gens qui seraient chargés de l'éduquer tout au long de sa jeunesse, pour dire le fond de ma pensée. Ses prétendus soucis de comportements étaient manifestement des plaisanteries, clairement des canulars. Comme lorsqu'elle avait mélangé les chaussures de toute la classe. Ou qu'elle avait pris l'assiette de son voisin et déclaré qu'elle allait manger les deux repas.

Emmy et moi avions ri de certaines de ses frasques, ce soir-là, une fois Coco au lit. Nous avions ri, mais j'avais bien vu qu'Emmy n'avait pas digéré cette convocation, elle non plus. « Et l'autre connasse qui se permet de juger », avait-elle brusquement sifflé entre ses dents, alors que nous parlions de toute autre chose et que le sujet semblait clos depuis un bon moment. « Tu sais à qui s'adressait *vraiment* son petit numéro, j'espère ? »

J'avais répondu de quelques mots neutres que je voulais apaisants.

— Tu penses qu'elle nous aurait parlé comme ça – qu'elle *m'aurait* – parlé comme ça, si j'étais avocate ou si je travaillais dans une banque ? Si je faisais quoi que ce soit d'autre pour gagner ma vie ? Il y a un gamin dans la classe de Coco avec deux piercings dans les oreilles, un autre qui baigne dans son caca tous les matins, un qui ne mange que des saucisses et une qui a des poux depuis le printemps dernier, et c'est moi, le parent qu'on essaie de culpabiliser ?

— C'est parfaitement absurde, avais-je dit.

Ma femme était restée silencieuse.

— Tu as raison, Emmy.

Elle avait continué à se taire, visage fermé.

— Les enfants inventent des trucs tout le temps, avais-je fait remarquer. Ce qui serait bizarre, ce serait qu'elle ne le fasse pas.

Nouveau blanc.

Nous aurions davantage de raisons de nous inquiéter de ces incidents, avais-je alors souligné, si notre fille faisait preuve d'un réel talent pour mentir. Pour être un menteur efficace, il faut être capable de se souvenir de tout ce qu'on a inventé, enjolivé ou falsifié ; capable de garder en tête la moindre entorse à la vérité ; être à même de retomber sur ses pieds en toutes circonstances, de toujours présenter une histoire qui tienne debout. Emmy est incroyablement douée pour ça. Pas Coco. Sans sourciller, elle se contredira trois fois dans une même phrase. Avec aplomb, elle prétendra n'avoir jamais commis la bêtise qu'elle vient de faire sous vos yeux. Je ne serais même pas surpris si elle me soutenait ne pas dessiner sur le mur sans pour autant cesser son gribouillage. Ma fille est une *horrible* menteuse, et je dis ça dans tous les sens du terme.

Pour être tout à fait honnête, les calembredaines de Coco me font plutôt rire, dans des circonstances ordinaires. Comme quand elle raconte aux autres bambins qu'il y a une pièce secrète dans notre maison, et qu'elle est remplie de bonbons. Ou qu'elle partage avec eux les détails de nos vacances sur la lune. La plupart du temps, ses mensonges sont tellement à dormir debout qu'on ne peut qu'en rire.

Mais il ne s'agit pas de circonstances ordinaires.

Si la violente émotion de retrouver ma fille saine et sauve a fini par se calmer, ignorer ce qui s'est vraiment passé durant ces huit minutes et demie a éveillé en moi un sentiment de frustration qui a suivi le chemin inverse. Je ne sais toujours pas pourquoi Coco m'a faussé compagnie, ce qu'elle a fait pendant ce laps de temps ou comment elle a réussi à rejoindre le rez-de-chaussée du centre commercial. Je ne sais toujours pas comment cette peluche s'est retrouvée dans sa main. Je continue à lui poser des questions tandis que je lui donne son bain, que je lui brosse les dents, et je continue à recevoir des réponses vagues, invraisemblables, ou qui contredisent ce qu'elle m'a dit deux minutes plus tôt.

Je demande à Coco ce qui lui a donné envie de partir à l'aventure sans son papa, et elle me répond qu'elle ne sait pas. Je lui demande pourquoi elle s'est dirigée vers la librairie, et elle me dit qu'elle ne s'en souvient plus. Quelqu'un est-il venu lui parler, lui demander où étaient ses parents ? Elle bâille. Mon enquête se heurte à un mur d'un mètre. Coco devrait déjà être au lit, et j'entends Emmy dans l'entrée, qui se débarrasse de ses chaussures d'un coup de pied, avant d'accrocher son manteau au poteau de la rampe d'escalier.

Je n'aurais pas dû quitter ma fille des yeux. Pas un instant.

Le pire, c'est que j'ai toujours été parano, avec ce genre d'histoires. Trois mois environ après avoir appris la première grossesse d'Emmy, nous sommes allés au cinéma. L'histoire d'un taré qui kidnappait un gamin, et j'ai dû déranger tout le monde et écraser quelques orteils au passage pour sortir de la salle avant la fin de la séance. Il ne s'agissait pas d'un film d'horreur, mais d'un film policier assez inoffensif pour n'être déconseillé qu'aux moins de douze ans. Pourtant, j'ai trouvé ça horrible. Une expérience traumatisante. Assis dans le noir, je sentais ma gorge se serrer et mon cœur s'emballer. Ce n'était pas le film en lui-même qui me terrifiait, mais l'idée qu'il puisse vraiment exister des gens comme ça dans la réalité. Des barjots. Des prédateurs. Des pédophiles. Et c'était *avant* que nous décidions de partager notre existence sur Instagram. Avant que des centaines de milliers de gens sachent – ou croient savoir – combien ce job nous rapporte ; avant qu'ils connaissent précisément nos visages et ceux de nos enfants ; avant qu'ils aient toutes sortes de renseignements sur la vie que nous menons.

Comment faire comprendre à son enfant qu'il ne faut pas faire confiance aux inconnus, quand il voit sa maman accueillir chaque admiratrice qui l'aborde dans la rue comme une amie perdue de vue depuis bien trop longtemps ?

Je soupçonne qu'il existe dans tous les couples un ou deux sujets importants qu'il est impossible d'aborder sans que les choses ne s'enveniment rapidement. Des sujets embusqués sous la surface du quotidien qu'on parvient à éviter habilement la plupart du temps, voire à ignorer complètement. Des sujets qui ont suscité tant de débats acharnés ou de féroces disputes qu'on sent ses poils se hérisser au douloureux souvenir des empoignades passées chaque fois qu'ils reviennent sur le tapis ; qu'on sent ses défenses se dresser en prévision de l'affrontement auquel on sait ne plus pouvoir échapper.

Tout comme le jour où j'ai cru voir quelqu'un prendre une photo de Coco à la dérobée, dans le café du parc, ou comme le jour où je me suis convaincu qu'un type la fixait du regard à la piscine, je sais déjà que la discussion que je suis sur le point d'avoir avec Emmy – du moins celle que nous aurons une fois que je lui aurai relaté l'incident et que j'aurai cessé de m'excuser – ne va mener nulle part. C'est toujours le cas, lorsque nous nous risquons sur ce terrain glissant. Avons-nous commis une terrible erreur ? Que pouvons-nous faire pour nous protéger davantage ? Avons-nous, en exposant nos vies et celles de nos enfants sur Internet, pris une décision stupide, parfaitement insensée ? Mettons-nous Coco et Orson en danger ? Tout cela est-il mauvais pour eux ? L'image qu'ils ont d'eux-mêmes et leur regard sur le monde en seront-ils déformés ? Cela va-t-il, à long terme, les détraquer d'une façon ou d'une autre ? Sommes-nous d'affreux parents ? Des êtres humains en dessous de tout ?

Ainsi va se dérouler notre conversation, tournant en rond jusqu'à se mordre la queue, l'un s'accusant de tous les maux, l'autre s'efforçant de le rassurer, de plaider notre cause, Emmy soulignant bientôt les faiblesses de mon argumentation et moi de la sienne, chacun s'agaçant de lui-même autant que de l'autre, le ton montant pour une tournure de phrase malheureuse, pour une intonation ironique, nos nerfs de plus en plus tendus, l'air bientôt irrespirable. Et la conclusion de tout ça, la cruelle vérité, la morale immorale de l'histoire, le facteur limitant de *toutes* nos discussions sur ce sujet, inquiétudes ou pas inquiétudes, scrupules ou pas scrupules, followers givrés ou pas followers givrés, sera la suivante : si nous mettons un terme à cette aventure, nous ne parviendrons plus à payer les factures.

Emmy

Je ne peux pas dire que je n'ai pas été prévenue.

Avant de m'ouvrir les portes de son agence, Irene m'a expliqué en long et en large ce qu'impliquait le métier d'influenceuse. Je lui ai montré mon compte personnel Instagram – emmyjackson, 232 abonnés, tous des gens que j'avais rencontrés en personne – et elle s'en est servi pour m'expliquer pourquoi je faisais tout de travers. Pourquoi mes photos de brunch mal éclairées, l'occasionnel bouquet de fleurs ou cupcake, mes amis peu photogéniques et les selfies sur le trône avec les joues creusées me cantonneraient à tout jamais au statut d'amateur. Pour que cela devienne ma profession, j'allais avoir besoin de hashtags, de contenu multimédia et de thèmes d'actualité méticuleusement planifiés, d'influenceurs amis que je pourrais identifier et qui m'identifieraient en retour, de séances photo prévues des semaines à l'avance et d'images retouchées à la perfection (ou dans mon cas, s'est-il avéré, à l'imperfection).

À l'entendre, devenir l'influenceuse Mamapoil reviendrait un peu à créer et à éditer mon propre magazine, chaque nouvelle publication Instagram constituant la page d'un numéro. Et d'une certaine façon, c'est comme ça que je l'ai vécu, au début. Les abonnées commentaient mes posts d'un cœur ou d'un clin d'œil. Aucune d'entre elles ne semblait avoir conscience qu'on pouvait m'envoyer un message privé, et si elles le savaient elles ne s'en donnaient pas la peine. Twitter était pour les critiques et les sarcasmes ; Instagram pour les belles images et les émoticônes souriantes.

L'évolution a d'abord été imperceptible. Lentement, les commentaires ont cessé de n'être qu'un grand *love-in* numérique. Puis les DM se sont mis à arriver, au compte-goutte dans un premier temps, essentiellement en provenance de mamans bienheureuses défoncées à l'ocytocine pendant la tétée de quatre heures du matin. Mais bien vite, le maigre filet s'est fait torrent impétueux ; une avalanche de DM auxquels les abonnées – qu'elles me reprochent d'exploiter ma famille sur les réseaux sociaux ou me félicitent pour la couleur de mon rouge à lèvres – me sommaient de répondre sur-le-champ. Les sites et les journaux people se sont mis de la partie, reprenant mes posts et épiloguant sur la santé de mon mariage comme si j'étais une authentique célébrité.

Dan et moi avons longtemps été un couple si demandé que nous étions contraints de décliner des invitations à dîner tant notre carnet de bal était plein – l'écrivain prometteur et la fashionista sexy que tout le monde s'arrachait. Nous débarquions avec l'air d'avoir fait l'amour dans le taxi (c'était souvent le cas), les bras chargés de deux bouteilles de vin choisies avec soin, et enchaînions les bons mots et les anecdotes à deux voix toute la soirée avant d'être les premiers sur la piste de danse improvisée. Mais ça fait bien longtemps que nous avons cessé de nous rendre à ce genre de soirées, conscients que mon téléphone serait inévitablement sorti avant que ne soit débouchée la seconde bouteille de vin, et qu'il me faudrait pianoter à tout va pour garder la cadence, sous peine de me faire ensevelir sous les messages et les commentaires. Maintenant que j'y pense, nous avons peut-être tout simplement cessé d'être invités.

Au bout d'un certain temps, ma nouvelle vie sur Instagram s'est mise à ressembler moins à la création de mon propre magazine et davantage à une sorte de talk-show radiophonique au cours duquel des milliers d'auditeurs pouvaient intervenir à l'antenne, quel que soit leur degré de méchanceté ou d'incohérence. Du jour au lendemain, les Instastories – ces vidéos de quinze secondes qui dévorent nos vies – ont pris le meilleur sur les charmantes photos déclinées en petits carrés, me donnant le sentiment d'avoir une GoPro fixée sur le front du matin au soir. Aujourd'hui, c'est tout juste si je peux aller faire pipi sans ressentir un besoin tout aussi pressant de rendre la chose publique pour nourrir la curiosité de mes fans.

Il m'arrive de faire une visite nostalgique au compte emmyjackson, que je n'ai jamais supprimé, avec ses quatre-vingt-dix-sept publications pleines d'innocence, aujourd'hui conservées dans le formol d'Internet, et d'avoir du mal à me reconnaître. Je fais défiler les images d'une Emmy tout sourire au-dessus d'un toast à l'avocat, enlaçant Polly sur une nappe de pique-nique, collée à Dan sous la tour Eiffel ou vidant une coupe de champagne à son mariage, et je me sens un peu jalouse d'elle.

Qui aurait pu prévoir l'ampleur du phénomène Instagram ? Plus de cent millions de photos et de vidéos mises en ligne chaque jour. Un bon milliard d'utilisateurs. Ça dépasse l'entendement.

Cela dit, je ne suis pas une ingénue qui serait devenue influenceuse professionnelle par je ne sais quel hasard. Et Dan savait, lui aussi, dans quoi nous mettions les pieds. Nous avons longuement discuté de tout ça avant la naissance de Mamapoil, mais ni lui ni moi n'avions vraiment anticipé, lorsque nous avons décidé de tenter le coup, la vitesse à laquelle ça allait décoller et à quel point ça mettrait notre famille sous les feux de la rampe. Ni lui ni moi n'avions vraiment anticipé à quel point nous nous sentirions exposés.

Dan a eu la peur de sa vie, hier.

Je l'ai mis en garde mille fois ; mille fois, je lui ai dit qu'il ne fallait pas quitter Coco des yeux – pas un instant, pas une seconde. C'est une des raisons pour lesquelles laisser ma belle-mère s'occuper d'elle me rend si nerveuse : le temps qu'elle ouvre son sac pour trouver de quoi essuyer le petit nez encombré de Coco, notre fille et son vélo peuvent passer du trottoir aux roues d'un camion. Sans compter qu'aux accidents domestiques classiques dont peut être victime une fillette de trois ans qui échappe à la surveillance des adultes – parce qu'elle a décidé d'introduire une fourchette dans une prise électrique, disons, ou de sucer une pièce de monnaie –, s'ajoute le million et quelques d'inconnus qui connaissent le visage de Coco, son prénom, son âge ou encore son plat et son programme télévisé préférés.

Dan étant l'homme qu'il est, l'incident du centre commercial nous a valu une telle séance d'autoflagellation – si dramatique quant à ce qui aurait pu se passer, si emphatique pour exprimer l'horreur de ce qu'il a ressenti – que me mettre en colère et lui crier dessus n'était pas envisageable. J'ai donc dû ravaler toute l'irritation inquiète que m'avait inspirée cette série d'appels manqués qui sentait la panique à plein nez, toute trace de ressentiment pour le rendez-vous annulé avec mon agente, tout agacement de ne pas pouvoir laisser mon mari seul avec un de nos enfants pendant plus d'une malheureuse heure sans qu'il finisse par m'appeler au secours. Au lieu de quoi, je lui ai tendrement caressé l'épaule et je lui ai dit que ce n'était pas si grave, que ça aurait pu arriver à tout le monde, surtout avec une petite fugueuse comme notre Coco.

Sauf que ce n'est pas arrivé à quelqu'un d'autre. C'est arrivé alors qu'elle était sous *sa* surveillance. Certes, j'ai renoncé à lui passer le savon qu'il méritait, mais je n'en suis pas moins furieuse contre lui. D'autant que j'imagine assez bien comment les choses se sont passées. Je suis prête à parier n'importe quoi que Dan avait la tête ailleurs quand Coco s'est fait la malle. Qu'il pianotait une idée sur son téléphone ; un nouveau rebondissement pour son bouquin ou une réplique qui venait de lui traverser l'esprit. C'est comme si je voyais l'expression de son visage tandis qu'il oubliait notre enfant au profit de son roman. Le front exagérément plissé. Les lèvres pincées. Le regard comme tourné vers l'intérieur. Entièrement retranché dans ses pensées.

Quiconque a deux enfants et a été marié depuis aussi longtemps que Dan et moi connaît cette légitime colère qui s'empare de vous à l'idée de ce qui aurait pu se passer, ou ce ressentiment qui bout sous votre crâne lorsque vous songez à ce que faisait probablement votre conjoint alors qu'il aurait dû faire toute autre chose – surtout quand cette autre chose était, comme ici, de surveiller votre fille de trois ans. Une tâche qui figure – du moins l'avais-je cru jusque-là – en bonne place dans le palmarès des responsabilités à ne surtout pas prendre à la légère.

Cela dit, je ne serais pas surprise que Dan ait réussi à se convaincre que tout ça était, d'une manière ou d'une autre, ma faute.

Après mon rendez-vous d'hier annulé à la dernière minute, j'avais espéré m'en sortir avec une simple conversation téléphonique, mais Irene a insisté pour me voir aujourd'hui.

Parce qu'Orson le glouton ne peut pas rester trop longtemps éloigné de mes nichons, je l'ai emmailloté dans une combinaison d'hiver avant de refaire le pénible trajet pour la seconde journée d'affilée, mon petit ours vorace calé au fond de la Bugaboo. Consciente qu'il ne faut pas présumer de ses forces, j'ai refusé de me farcir la montée des cinq étages avec la nacelle et je viens de confier le précieux paquet à une stagiaire d'Irene, avec pour mission de maintenir Orson endormi en lui faisant faire un tour de poussette dans le quartier.

Entre nous, j'évite autant que possible de me rendre dans les bureaux de mon agente. Les inévitables œuvres d'art en néons colorés, les dessins heurtés de Tracey Emin et les coûteux meubles modernistes ne manquent jamais de me rappeler ce que lui rapporte les vingt pour cent qu'elle ponctionne sur mes revenus annuels. Je préférerais ignorer à quel point Irene est riche, mais dans la mesure où elle possède une des agences d'influenceuses les plus prospères de l'Ancien Monde (avec quarante employés et des bureaux dans Regent Street), un immense appartement dans un immeuble Art déco de Bayswater et une maison dans le sud de la France, mon petit doigt me dit que sa fortune n'est pas négligeable.

Avoir passé la plus grande partie de ma soirée de la veille à convaincre Dan de ranger les chaînes avec lesquelles il se flagellait depuis son retour du centre commercial, puis à répondre à un nombre particulièrement élevé de DM, n'a rien fait pour améliorer mon humeur, d'autant que la frange la plus tordue de ma communauté semblait s'être donné le mot pour me bombarder de messages. Bien entendu, j'ai répondu à chacun d'entre eux avec mon habituel entrain, consciente que, si je ne traite pas mes followers avec délicatesse, ils me le feront payer dans les commentaires ou sur les sites people, en se plaignant que mes chevilles enflent dangereusement. C'est donc une réponse enjouée qu'a reçue le retraité qui me suit depuis l'époque Vanupieds et réclame avec insistance des images de mes pieds nus. *« Ha, ha, désolée, Jimmy, les durillons de mes arpions sont déjà emmitouflés dans leurs chaussons Marks & Spencer ! »* Il y avait aussi l'homme qui célèbre l'accouchement à travers de longs poèmes dont il tient à me réserver la primeur : *« Merci du fond du cœur, Chris, je suis impatiente d'avoir un moment à moi pour lire ça tranquillement. »* Et encore la femme qui veut faire un portrait à l'huile de Coco en robe victorienne et ne cesse de me demander quand ma fille serait libre pour poser.

Penser qu'Irene allait me témoigner un quelconque soutien sur le sujet relevait de la naïveté.

— Emmy, tu sais bien que ces messages font partie des risques du métier, dit-elle avec un rire. Et encore, là, ça reste assez inoffensif. Tu aurais affaire à des gens bien plus dingues et agressifs si tu bossais dans une mairie ou un centre d'appels.

Le côté direct de mon agente a quelque chose de tonifiant, je trouve.

Quoi qu'il se soit passé la veille au centre commercial et quelles que soient les conséquences de cet incident sur Dan et moi, sur notre relation, Irene n'a aucune envie d'en savoir davantage – c'est pour ça qu'elle m'offre des consultations avec le docteur Fairs. Psychothérapeute également représentée par Irene, le docteur Fairs s'est taillé un créneau sur les réseaux sociaux en prenant en charge les influenceurs angoissés et les rageux. Elle-même dispose désormais d'une communauté de cent mille abonnés sur Instagram, construite à coup de #meditationpleineconscience et autres #amourdesoi quotidiens. Dans tout contrat que fait signer Irene, une clause stipule que ses clientes doivent passer au moins une heure par mois sur le divan de cette psy.

Elle impose également un test de personnalité à toutes ses nouvelles recrues avant de les accueillir au sein de son écurie.

— J'aime savoir si mes influenceuses sont des narcissiques ou des psychopathes, a-t-elle plaisanté lorsque je me suis étonnée de cette exigence. Si elles ne sont ni l'un ni l'autre, pas question de signer un contrat avec elles.

Du moins, je suppose qu'il s'agissait d'une plaisanterie.

En toute honnêteté, la clause psy arrange sans doute tout le monde. Je connais Irene depuis des années et elle a toujours dégagé autant de chaleur humaine qu'un Mr Freeze ; l'ambition est son principal trait de caractère. Nous nous sommes rencontrées à l'époque où elle était l'agente de toutes les actrices en vue du royaume et qu'elle alimentait en stars et starlettes les pages du magazine qui m'employait. Les séances photo était la partie de mon travail que je préférais – créer chaque mois des mises en scène tout droit sorties de mon imagination avec des filles et des fringues sublimes. S'échapper de la grisaille de Londres pour travailler en studio ou en extérieur à Los Angeles, Miami ou dans l'île Moustique, passer des journées avec des brassées de vêtements de créateurs et des armées de photographes, de maquilleurs et de voir son œuvre quelques semaines plus tard sur les présentoirs des marchands de journaux.

Jamais il ne s'est émoussé, le plaisir de regarder ces images sur papier glacé, d'y découvrir mon nom imprimé. De songer que j'avais créé quelque chose qui allait être vu, commenté, manipulé, apprécié, conservé. Il m'arrivait souvent de penser aux adolescentes qui achetaient le magazine, puis le ramenaient dans leur chambre de banlieue où elles en savouraient chaque photo, chaque mot, comme moi à leur âge. J'imaginais leurs mains se tendre pour attraper un numéro dans la pile qui s'était formée au bas du lit, puis leurs regards avides plonger dans ces pages peuplées de paysages et de femmes de rêve qui leur permettaient de s'échapper un moment d'une vie suffocante et monotone. Mais bien entendu, je sais que plus aucune adolescente ne fait ça aujourd'hui, ce qui explique pourquoi j'ai changé de boulot.

Irene a su discerner suffisamment tôt la direction que prenaient les choses. Nous étions éméchées toutes les deux après un shooting lorsqu'elle m'a parlé pour la première fois du nouveau business dans lequel elle comptait se lancer.

— J'ai eu une vision, m'a-t-elle dit. L'avenir de ma profession est dans les réseaux sociaux. Ras-le-bol des actrices. Trop d'ambitions artistiques, trop de points de vue personnels. C'est du côté des influenceurs que se trouve le fric, aujourd'hui. Et puis, ils sont tellement malléables. Ils sont comme des gens, mais en deux dimensions.

Assez lucide pour savoir qu'elle ne pourrait pas signer de contrat avec les influenceuses mode et beauté les plus connues, elle s'est attaquée à ce qui n'était encore qu'un marché de niche. Je suis devenue l'une de ses premières clientes, et si elle a peut-être un peu triché au début en réunissant mes premiers milliers de followers à l'aide de *bots* Instagram pour lancer la machine, ceux qui ont suivi ont été bien réels, et gagnés à la sueur de mon front. Depuis, je cultive ma première position au sein de ma constellation – un club très sélect de cinq instamums qui caressent l'algorithme dans le sens du poil en likant et en commentant immédiatement toutes les publications des autres pour les envoyer au sommet du feed de nos abonnées – avec le soin d'un

PDG qui surveille le classement de son entreprise à l'indice FTSE 100 [4].

Irene ôte ses lunettes Chloé et les pose sur le bureau, dégage d'un revers de la main les cheveux qui tombent sur ses épaules, puis soulève un sourcil arqué à la perfection. Pas une mèche ne dépasse du noir profond de sa coupe droite dont le tracé impeccable encadre des traits anguleux et une peau si lisse qu'on la croirait passée au filtre Clarendon. Non qu'elle ait jamais utilisé un filtre Instagram – à l'instar d'un dealer qui refuse de se défoncer avec sa propre came, aucune photographie d'Irene n'existe sur les réseaux sociaux. Elle égrène la liste des obligations de Mamapoil qui sont déjà dans les tuyaux, parmi lesquelles on compte une séance photo pour une marque de papier hygiénique, l'enregistrement d'un podcast et la soirée des Mamans radieuses où je dois recevoir un prix.

— Pour ton projet sur la BBC Three, je les harcèle mais je n'ai toujours pas de retour. Je te tiendrai au courant, dit-elle avec un petit haussement d'épaules.

Irene a beau dire qu'elle soutient mon projet de basculer vers une carrière d'animatrice à la télévision ; de m'appuyer sur mon million d'abonnées pour me faire un nom dans la vraie vie – une Emmy Jackson indépendante de Mamapoil –, je vois bien qu'à ses yeux je ne suis pas taillée pour être la prochaine Stacey Dooley. Malheureusement, cette opinion semble partagée par la plupart des gros bonnets de la télévision. Je reconnais que je ne suis pas naturellement à l'aise, seule, devant une caméra de télévision – je ne sais trop pourquoi, mon petit numéro de maman lambda, si plausible sur Instagram, semble factice et forcé quand je

4 Le FTSE 100 est un indice boursier des cent entreprises britanniques les mieux capitalisées cotées à la Bourse de Londres.

joue les présentatrices. J'ai beaucoup plus de mal à trouver le ton juste sous l'œil inquisiteur d'une caméra qui scrute les moindres expressions de mon visage, et je finis généralement par buter sur les mots en balayant le plateau avec des yeux affolés. D'un autre côté, Rome ne s'est pas faite en un jour et modeler mon personnage Instagram m'a demandé du temps. Je mise sur le long terme pour ce qui concerne ma carrière sur le petit écran, et chaque audition est un peu moins affreuse que la précédente, chaque bout d'essai un peu moins embarrassant.

Je ne peux pas passer le restant de ma vie à répondre chaque jour à 442 messages d'inconnus.

— Il faut que je te parle d'autre chose, Emmy. Le mois prochain s'annonce chargé et je ne vois pas comment tu vas pouvoir à la fois honorer tes engagements, gérer tes DM et tes posts, et t'occuper de ton nouveau marmot. Alors je t'ai trouvé une assistante.

Irene lève la main avant que je n'aie le temps de protester.

— Ne t'en fais pas, ça ne te coûtera pas un rond. C'est moi qui régale. En fait, c'est une de mes nouvelles recrues. Je lui ai vendu ça comme une occasion d'engranger de l'expérience auprès d'une de mes stars. Une belle petite plante avec un faible pour les couvre-chefs, dit-elle. La gamine s'appelle Blanche et elle se présentera chez toi lundi matin à dix heures tapantes.

De toute évidence, la discussion s'arrête là.

Irene passe les cinq dernières minutes de notre tête-à-tête à énumérer mes prochaines invitations à la télévision et à la radio, là où j'endosse le rôle de la maman de service. Mes interventions consistent le plus souvent à partager quelques points de vue consensuels sur une question d'actualité ayant trait à la vie parentale, puis, si possible, à glisser un mot sur ma campagne #joursdegrisaille. Pour un influenceur, avoir une cause chère à son cœur (et le faire savoir haut et fort) est un moyen d'avoir quelque chose à dire quand on ne sait plus quoi raconter sur soi-même.

Sauf que les problèmes de santé mentale ne font pas vraiment bon ménage avec mes affaires. Certaines marques préfèrent se tenir à distance de mes publications déprimantes – difficile de vendre du gel douche à la suite d'un post où vous parlez longuement du sentiment de s'oublier en tant qu'être humain lorsque vous venez d'avoir un bébé. Puisqu'on ne peut pas laisser tomber complètement #joursdegrisaille de crainte que quelqu'un d'autre ne reprenne l'idée à son compte, nous avons décidé d'introduire une nouvelle campagne, #joursdelumière, afin de rééquilibrer un peu les choses. Pour la lancer officiellement, il s'agit à présent d'organiser une réception qui en jette, de trouver une occasion bien réelle de faire la fête, un événement susceptible d'attirer le reste de ma constellation d'instamums premium, sans qu'elles exigent d'être rémunérées.

Parmi les idées qui me traversent l'esprit, une candidate s'impose : l'anniversaire des quatre ans de Coco.

Chapitre cinq

Dan

Nous ne nous disputons pas souvent, Emmy et moi. Dès les premiers mois de notre histoire, j'ai compris que c'était inutile. Que nous soyons ou non d'accord sur un sujet, elle finit toujours par trouver un moyen d'obtenir ce qu'elle veut. Alors, quitte à n'avoir jamais gain de cause, autant éviter de la voir bouder pendant des heures ou d'être contraint de m'excuser. D'autant que la plupart du temps, je dois admettre qu'une fois la concorde revenue – ou du moins la colère retombée –, il s'avère presque toujours qu'elle avait raison. La drôle d'alliance en argent, très large, que je voulais pour notre mariage ? Raison sur toute la ligne. L'éclairage du salon ? Tellement raison. En fait, bien des prises de position que j'ai essayé de défendre à cor et à cri au fil des ans se sont révélées absurdes avec le recul.

Sans doute le mariage est-il vraiment affaire de compromis. Ce qui ne veut pas dire que la part du chemin fait par chacun des époux pour se rejoindre en terrain commun est toujours égale, et par conséquent que nous nous retrouvons toujours à mi-chemin de nos positions respectives. Ce qui ne veut pas dire non plus que je pense toujours qu'Emmy a bien réfléchi à l'impact qu'auraient ses choix de vie sur les êtres qui vivent sous le même toit qu'elle ; à la pression qu'ils feraient peser sur nous en tant que famille. Il n'empêche que nous n'en restons pas moins une famille, une équipe, et que si vous cessez d'être une équipe, alors le mariage n'en est plus un. Si j'avais été autorisé à écrire mes vœux de mariage – Dieu merci Emmy a tué cette idée dans l'œuf –, c'est probablement une des choses que j'aurais dites.

Cela dit, il est des sujets sur lesquels il me semble important de faire valoir mon point de vue, quitte à taper du poing sur la table. L'anniversaire de ma fille, par exemple.

Comme toujours, quand je finis par réfléchir à quelque chose, Emmy a déjà fait le tour de la question depuis longtemps. Sans doute n'aurais-je même pas mis le sujet sur la table si ma mère ne m'avait pas rappelé l'imminence de l'anniversaire de Coco, avant de me demander ce que nous avions prévu pour fêter ses quatre ans. J'avais répondu que je ne savais pas trop, mais que j'étais à peu près certain qu'Emmy avait une idée en tête. Ça avait fait rire maman, même si je ne saurais dire quel élément de ma réponse elle avait trouvé drôle. À dire vrai, bien que cela me hérisse parfois d'être toujours contraint de demander à Emmy le programme du week-end, ou si je peux disposer librement de ma soirée tel soir de la semaine, comme bien des maris modernes je compte sur elle pour se souvenir de nos obligations et organiser notre vie sociale, voire notre vie tout court.

Sans surprise, Emmy a pensé à tout pour l'anniversaire de notre fille, mais je ne m'attendais pas à ce que ce *tout* prenne la forme d'un événement people, suivi par un pourcentage non négligeable de la population britannique.

— Tu es sûre de vouloir faire ça ? dis-je.

J'avais imaginé quelque chose d'un petit peu plus modeste. Plus privé, aussi. Avec moins de placements de produits.

Elle a déjà tout planifié avec son agente, m'explique-t-elle.

Où ça va avoir lieu, qui va être invité, qui parrainera l'événement – tout ça au nom du sacro-saint contenu, bien évidemment. Ça fait des semaines qu'elles sillonnent Londres à la recherche de l'endroit parfait et qu'elles comparent les propositions de sponsoring.

— Alors, si je comprends bien, c'est un instanniversaire, dis-je.

Elle me regarde légèrement de travers.

— Et qui va venir ?

Elle me fournit une réponse assez détaillée.

— Et les copains de classe de Coco, alors ? Et mes amis ? J'ai le droit d'inviter des membres de ma famille ? La grand-mère de Coco, par exemple ?

Elle commence par admettre, sans le moindre enthousiasme, qu'il va falloir inviter ma mère. Quoique, en y réfléchissant bien, rectifie-t-elle aussitôt, il serait sans doute préférable d'organiser un second anniversaire après la fête officielle, quelque chose de plus simple pour les amis proches, les parents ; enfin, ce genre de personnes, quoi.

— Deux anniversaires ? dis-je. Comme la reine [5] ?

Emmy hausse les épaules.

— Et je suppose que les autres instamums de ta bande vont venir parader à la fête officielle, c'est ça ?

— Oui, Dan, c'est le boulot que je fais, tu te souviens ? répond-elle. C'est comme ça que ça fonctionne, on en a déjà parlé mille fois.

Je suppose que mon visage exprime avec suffisamment d'éloquence ce que je ressens à la perspective de passer la fête d'anniversaire de ma fille avec la « constellation » d'Emmy

5 Une tradition multicentenaire veut que la reine d'Angleterre fête son anniversaire une fois en avril et une fois en juin.

(c'est le terme officiel). Sa constellation ? Son gang, plutôt. Sa mafia. Croyez-moi, vous n'avez jamais rencontré pires femmes que celles qui composent le reste de cette coterie d'instagrameuses. Le genre de personnes qui regardent par-dessus leur épaule pendant que vous leur parlez, et qui ne prennent même pas la peine de le faire discrètement (une fois sur deux, vous réalisez qu'elles cherchent leur reflet dans tout matériau vaguement réfléchissant). Le genre de personnes qui s'adressent à quelqu'un d'autre au milieu de l'anecdote que vous êtes en train de leur raconter. Le genre de personnes, pour faire court, que je méprise.

Et pourtant, insidieusement, elles ont fini par envahir ma vie. Je passe désormais plus de temps en leur compagnie qu'avec les gens que j'ai vraiment plaisir à voir et avec qui j'ai des choses en commun.

La constellation des instamums se compose de cinq étoiles, Emmy comprise.

Aucune, je crois, ne m'horripile autant qu'Hannah Bagshott, qui se trouve également être la rivale la plus sérieuse d'Emmy avec ses six cent mille abonnés. Pseudo Instagram : tétée_ou. Apparence : blonde, coupe au carré, tee-shirt blanc à slogan, salopette, lèvres peintes en rouge. Gimmick : aurait exercé le métier de doula. Questions abordées : fuites de lait, mamelons irrités, ainsi que les vicissitudes de sa vie de couple (les posts sur les sempiternelles fluctuations de sa relation avec son mari Miles sont souvent accompagnés de photos en noir et blanc des tourtereaux, le jour de leur mariage). Enfants : quatre (Fenton, Jago, Bertie et Gus). Cause à défendre : allaiter en public. Un acte naturel dont elle promeut l'acceptation en organisant des manifestations où des dizaines de mamans donnent le sein dans des lieux où des femmes ont été priées de le couvrir – hôtels, restaurants, pubs, et un célèbre grand magasin londonien. Soit dit en passant, son mari est un crétin fini.

Bella Williams, alias coachmamanpouvoirement – la plus âgée de la constellation, chasseuse de têtes à temps partiel, équipée d'une nounou à plein temps –, est celle avec qui je redoute le moins de me retrouver coincé en tête-à-tête (ce qui en dit long sur l'opinion que j'ai des autres). Séparée. Ismael, le père de son enfant, est un peintre turc qui, me semble-t-il, est reparti vivre dans son pays. Je n'ai jamais vraiment compris si cet homme peignait, disons, des portraits et des paysages, ou bien des murs et des clôtures. Apparemment, je l'aurais rencontré une fois. Bella organise des journées de coaching pour mamans actives, qu'elle facture une fortune. Cause Instagram : le syndrome de l'imposteur – ou, plus précisément, le « syndrome de la mèrepostrice », une variante que je la soupçonne fortement d'avoir inventée et qui désigne le sentiment de se sentir à la fois mère indigne et employée lamentable, illégitime au travail comme à la maison. De toute évidence, l'ironie n'est pas le fort de Bella.

Suivante dans le classement en nombre d'abonnées, voici la_hackney_mama, Sara Clarke de son vrai nom. Passion : la décoration intérieure. Possède aussi une boutique où elle vend des pots suspendus en macramé, des bijoux imposants et des peintures de femmes en costumes d'époque, mais avec des têtes d'animaux. Parle beaucoup des deux ou trois mois où elle aurait vécu, plusieurs années auparavant, sur une péniche. Enfants : Isolde, Xanthe et Casper, qui ont tous exactement la même coupe de cheveux bien que l'un d'eux soit un garçon. Le saviez-vous ? A croisé lamamanpouvoirement dans sa jeunesse, au Cheltenham Ladies' College. Sujet dont elle estime que le monde ne parle pas assez : les fuites urinaires post-partum. J'imagine que lorsqu'elle s'est mise en quête d'un tabou maternel à s'approprier, les bons étaient déjà tous pris.

Dernière étoile de la constellation des instamums, mais pas la moins pénible : Suzy Wao, connue sous le nom d'utilisatrice mapenderiedemaman. Signes particuliers : a les yeux éternellement cachés sous des verres colorés, dont la forme et la couleur semblent différentes chaque fois que je la croise ou que je la vois en photo. Quant à ladite penderie, elle contient exclusivement des robes vintage des années 1950. Il a fallu une bonne dizaine de rencontres pour que Suzy Wao admette que ce n'était pas la première, et au moins vingt de plus pour qu'elle daigne se souvenir de mon prénom et de mon métier. Il est arrivé plusieurs fois qu'elle me présente autour d'elle sous le nom de « Ian ». Son mari, un homme de peu de mots au visage mangé par une énorme barbe, sirote généralement une bière dans un coin de la pièce, sempiternellement vêtu d'une de ses vestes bleues d'ouvrier français. Je me demande si quelqu'un ne m'a pas dit un jour qu'il était potier. Enfants : Betty et Etta. Sujet de prédilection : le « body-posi [6] ».

Je demande si on doit vraiment *toutes* les inviter.

— On a été invités aux anniversaires de leurs enfants, me rappelle Emmy.

Précisément. N'avions-nous pas assez souffert comme ça ?

À la fête d'anniversaire de Xanthe, les invités avaient été réunis sur une étroite péniche, repeinte pour l'occasion avec des rayures et des pois aux couleurs vives. Nous avions navigué d'Islington à King's Cross, puis de King's Cross à Islington. Trois heures sur l'eau, qui venaient s'ajouter à celle passée à photographier toutes sortes de combinaisons

---

6 Ou « Body Positive ». Courant qui promeut l'acceptation de son corps (et plus généralement de soi).

de mamans et d'enfants devant le bateau. Le temps que la péniche quitte le quai, la pluie s'était mise à tomber. Il n'y avait de place que pour la moitié des passagers dans la partie abritée, et j'étais en bras de chemise. À un moment, le grain s'était transformé en déluge et mon verre de vin en verre de pluie. Alors que nous repassions devant le quartier d'Angel, j'avais sérieusement envisagé de nager jusqu'à la berge pour mettre fin au supplice. De toute façon, j'étais déjà trempé.

On raconte – sans doute s'agit-il hélas d'une légende – qu'en prévision du voyage de Catherine la Grande en Crimée, son amant le prince Potemkine avait fait construire une série de faux villages constitués de façades en trompe-l'œil, disposées de sorte à jalonner le parcours du canot d'apparat de son amante. Afin de parfaire l'illusion d'une terre prospère où l'on vivait heureux, le prince avait également engagé des acteurs bien nourris en tenues de paysan qui agitaient les mains au passage de l'impératrice.

Je vois souvent ces réjouissances, ces événements d'instamums, comme des « fêtes Potemkine » : du pur spectacle organisé dans le seul but d'alimenter le contenu en ligne. Il ne s'agit pas de faire plaisir aux enfants, de bien manger et de bien boire, ou que quiconque passe un bon moment. Il s'agit avant tout de créer le décor géant d'une séance photo ; ce qui compte vraiment, c'est cette image filtrée d'une guirlande de fanions déployée contre un mur en brique ; ce cliché parfait, comme saisi à la volée, d'un enfant qui fait semblant de sourire en faisant semblant de donner un grand coup de bâton sur une piñata ; la couleur pastel des cupcakes et le glaçage du gâteau d'anniversaire qui forme des mots tendres, parfaitement tracés ; les ballons géants en aluminium ; la vidéo bien léchée d'une maman soufflant un nuage de bulles… Sans parler de la quantité contractuelle d'images de la salle et de mentions de son nom, du nombre soigneusement négocié de tags et de hashtags pour chaque marque qui apporte sa contribution à l'événement – le traiteur, le fleuriste, le maquilleur, la société qui fournit les boissons, celle qui fournit les animations… C'est une excellente publicité pour toutes ces entreprises, bien sûr.

Ceux qui sont enrôlés pour participer à la mascarade, en revanche, ne passent pas un excellent moment.

Je n'oublierai jamais le regard de stupeur et presque de haine que m'a jeté Suzy Wao lorsque je me suis emparé d'un cronut [7] lors d'une de ses fêtes, avant qu'elle n'ait eu le temps de photographier sa composition culinaire.

Quand je m'étais plaint un jour que ces événements n'avaient rien de marrant, Emmy m'avait expliqué – avec un petit sourire en coin – que les fêtes « marrantes » étaient une occupation réservée aux moins de trente ans.

Sauf que moi, je voulais dire que ça n'avait rien de marrant pour les enfants. Chaque fois que vous voyez un gamin qui semble s'éclater lors d'une fête sur un post Instagram, songez un peu au nombre de poses qu'il a dû prendre devant l'objectif pour que l'on obtienne cette image parfaite. Au nombre de fois où il a dû faire semblant de rire aux éclats en mimant une activité désopilante, au nombre de fois où des adultes lui ont dit de recommencer. Au nombre de fois où il a dû prétendre qu'il sautait, plein d'allégresse, à travers un cerceau, ou qu'il glissait, ravi, le long d'un toboggan. Songez un peu à tout ce temps qu'il a passé à faire semblant de s'amuser au lieu de vraiment s'amuser.

---

7 Pâtisserie à mi-chemin du croissant et du donut.

Je finis par lui demander où va avoir lieu la fête d'anniversaire de notre fille, et Emmy me le dit. Le grognement que je pousse me vaut un regard aux airs de mise en garde.

— Écoute, Dan, si tu veux organiser quelque chose toi-même…

— C'est ce que je vais peut-être faire.

Pourquoi pas, après tout ? Une vraie fête, avec de vrais amis. Le genre de chose que font les familles normales. Pas de peintures murales commandées spécialement pour l'occasion. Pas de petits sacs remplis de cadeaux sponsorisés pour chacun des invités. Pas de photographe professionnel. Rien de tout ça, mais une fête d'anniversaire comme celles qui ont rythmé mon enfance et dont j'ai conservé un bon souvenir : quelques ballons colorés pour décorer la pièce, des friandises sur la table, et une nuée d'enfants déchaînés qui hurlent et s'amusent comme des fous sous les yeux d'adultes qui se bourrent tranquillement la gueule.

Coco va adorer ça.

Emmy

Je peux repérer une influenceuse à cent mètres à la ronde, et la jeune femme que je vois devant le Lord Napier en est une à coup sûr. Robe liberty jaune fermée par des boutons sur le devant, Converse blanches qui semblent avoir été achetées il y a cinq minutes, immense sac en osier porté à l'épaule et panama pour chapeauter le tout. Les pommettes tellement couvertes d'enlumineur qu'elles m'éblouissent depuis l'autre côté de la rue, des sourcils qui pourraient être dessinés au marqueur permanent, un rouge à lèvres mat couleur chair dont même un ouragan n'aurait pas raison, et des cheveux coupés au carré, peroxydés et savamment décoiffés, dont les pointes ne s'aventurent pas plus bas que le visage.

Mais c'est le petit copain occupé à la mitrailler consciencieusement avec son iPhone qui la trahit vraiment (le signe qu'on a affaire à du menu fretin – l'influenceur qui joue dans la cour des grands fait appel à un photographe professionnel). Cela dit, le type se donne à fond, tournant autour de son modèle, cherchant un angle flatteur, tandis qu'elle enroule une mèche autour de son doigt, l'invitant à tendre la main vers la porte du pub, comme si elle s'apprêtait à y entrer (ce qu'elle ne va pas faire – il est 9 h 30). Il faut admettre que pour un pub de quartier le Lord Napier est particulièrement photogénique. Sa façade, presque entièrement couverte de jardinières suspendues, est une explosion de fleurs roses et blanches mises en valeur par l'abondant feuillage qui ruisselle sur la brique.

Si je n'avais pas oublié que l'assistante imposée par Irene commençait aujourd'hui sa mission, j'aurais été moins étonnée de voir ces mêmes sourcils se lever lorsque j'ouvre la porte d'entrée, une demi-heure plus tard.

— Bonjour ! s'écrie-t-elle, son bracelet à breloques tintant lorsque sa main se tend. Je crois que vous me suivez sur Insta, du coup j'imagine qu'on n'a pas besoin de faire les présentations ! Irene m'a dit que vous aviez besoin d'un coup de main.

— Désolée, vous voulez bien me rappeler votre nom ? dis-je en berçant Orson dans l'écharpe de portage pour qu'il ne se réveille pas.

— Je m'appelle Blanche ! Ouah, c'est super beau, ici. Ça a toujours l'air en désordre sur votre feed. Et vous êtes tellement… comment dire ?… chic ? Pourtant, le bleu marine n'est pas vraiment votre couleur de prédilection, si ? D'habitude, vous êtes plus, genre, maman arc-en-ciel. Oh, dites-moi que je RÊVE ! C'est pour vous, tout ça ?

Son doigt désigne le tas de sacs cadeaux remplis de vêtements et de produits de beauté que je n'ai pas encore eu le temps d'inspecter, au milieu duquel trône ce qui m'a tout l'air d'être le dernier modèle de blender Nutribullet, encore dans son emballage en carton.

— Excusez-moi une seconde, il faut que j'envoie un WhatsApp à mon copain pour lui dire que je suis bien arrivée et que je le retrouve ce soir à l'appart. Becket est vraiment un amour, tellement protecteur. Je n'arrête pas de lui dire qu'il ferait un super influenceur, mais il préfère se consacrer à sa musique, pour le moment, me confie-t-elle avec une candeur survitaminée pendant qu'elle tape son message.

Je la fais entrer pour qu'elle se taise un peu et lui demande de retirer ses chaussures, ce qu'elle fait aussitôt. Son chapeau tressé, en revanche, reste vissé sur sa tête.

Après un rapide tour du propriétaire, j'installe Blanche dans la cuisine avec notre laptop de secours, mon vieil iPhone et tous les mots de passe dont elle pourrait avoir besoin. Irene me joint au téléphone quelques minutes plus tard pour me rappeler ce dont nous sommes convenues : Blanche va gérer mon agenda et, plus important, se glisser dans la peau de Mamapoil quand je serai occupée ailleurs – séance photo, déjeuner, dîner ou événement. Soyons honnête, je doute fort que cette fille soit à la hauteur de la tâche. Elle est déjà entrée dans le placard aménagé sous l'escalier en pensant qu'il s'agissait des toilettes.

Heureusement, il n'y a rien de technique dans ce qu'elle va devoir faire, sauf peut-être l'impression d'étiquettes d'expédition pour envoyer à l'occasion un mug ou un sweat-shirt #joursdegrisaille à une abonnée prête à débourser quarante-cinq livres, plus frais de port et d'emballage. Tous mes posts sont rédigés et photographiés au moins quinze jours à l'avance, et il n'est pas question de la laisser publier quoi que ce soit en mon nom. Mais elle va me soulager d'obligations chronophages, comme garder un œil sur les forums consacrés aux influenceurs – quel que soit l'aspect fielleux ou moralisateur de certaines remarques, j'y glane toujours des renseignements utiles sur la façon dont je suis perçue –, répondre aux DM, ainsi que liker et écrire quelques mots pour réagir aux commentaires. Ce qui signifie qu'elle doit apprendre à parler le Mamapoil. Blanche ouvre le capot de l'ordinateur portable, l'air concentré, prête à recevoir un cours accéléré. Je jette un coup d'œil à blanchecommeneige sur Instagram. Avec ses onze mille malheureux abonnés, dont au moins quelques milliers sont des bots achetés par Irene, elle fait clairement ses tout premiers pas dans le monde de l'influence numérique. Elle a déjà posté des images de sa séance photo devant le Lord Napier, sa robe voletant gracieusement tandis qu'elle jette un regard faussement timide au trottoir. La photographie est légendée « They Call Me Mellow Yellow », avec des émoticônes de boutons d'or à la place des « o ».

— Bon, dis-je, la première chose qu'il faut garder à l'esprit, c'est que ça fonctionne différemment pour les instamums. Toi, tu peux te permettre un regard d'ingénue et une légende de cinq mots. Regarde les commentaires – *Ta frange est trop stylée !* ou *Heu… bonjour, CHAUSSURES* ! Tes abonnées veulent juste savoir où tu as acheté ton sac. *Mes* abonnées, ce qu'elles veulent, c'est fouiller dans le mien.

Une fois le tutoiement proposé et accepté, je passe en revue les choses à faire et celles à éviter. Tous les commentaires doivent être marqués comme « vus ». Tous les DM doivent recevoir une réponse. Parfois, on ne peut pas éviter un échange un peu plus long, mais mieux vaut clore la discussion en adoptant un ton léger, mais réconfortant.

« Faites-vous, confiance, maman ! » est une formule tout-terrain qui fonctionne bien. Mais dans la plupart des cas, toute formule encourageante terminée par « maman » et un point d'exclamation fait l'affaire. Et Mamapoil accorde autant d'attention à ses *trolls* et à ses rageuses qu'à ses fans.

— Et même davantage, en fait, dis-je après une seconde de réflexion. Parce que ce sont celles qui en ont le plus besoin.

Avec le temps, j'ai perfectionné ma stratégie avec les rageuses, de façon à ne pas attiser leur colère. Je suis persuadée qu'il s'agit essentiellement de femmes qui n'acceptent pas de devoir dire adieu à la vie qu'elles menaient auparavant

– de véritables barils de poudre que l'injustice de la maternité a remplis de fureur. Et si c'est à mon visage qu'ils explosent, et non à celui de leur mari, du professionnel de santé qui vient voir si tout va bien ou de l'amie qui demande poliment des nouvelles (tout en espérant ne pas recevoir de réponse trop détaillée), c'est au fond parce que ces mamans se moquent que je sache, moi, qu'elles ne s'en sortent pas.

Autre leçon importante apprise avec l'expérience : bien que je me présente à mes abonnées comme une maman ordinaire, tout à fait à leur image, il me faut toujours garder à l'esprit que nous ne sommes pas pareilles, pas *vraiment*, et que je dois absolument éviter de leur jeter ça à la figure. Ces mamans ne sont pas de *véritables* amies, parce que, par nature, l'être humain se lie presque toujours avec des gens qui lui ressemblent ; des gens qui ont le même genre de logement, gagnent à peu près les mêmes sommes, et ont des conjoints similaires qui exercent des métiers similaires. Des gens avec un nombre semblable d'enfants scolarisés dans des établissements semblables. Bien sûr, certaines petites choses nous différencient, mais pour l'essentiel mes amis et les gens que je fréquente dans la vraie vie bénéficient du même type d'existence confortable et plutôt satisfaisante qu'offre une certaine aisance financière. Pour le meilleur et pour le pire, il n'en va pas de même pour ces centaines de milliers de personnes qui me suivent sur Instagram.

Au fond, il s'agit tout simplement de connaître son public, et c'est stupéfiant de voir le nombre d'instamums en herbe qui sont complètement à côté de la plaque. Pensez-vous vraiment qu'une femme au chômage ou avec un contrat à la tâche apprécie de voir un couple de bobos râler contre le coût d'une nounou ou d'une école maternelle privée ? Qu'une mère célibataire se réjouira de lire des publications dans lesquelles vous vous plaignez que votre mari ne sorte jamais les poubelles ? Pensez-vous vraiment que quelqu'un qui essaie de faire durer le plus longtemps possible ses courses hebdomadaires au Lidl trouve un quelconque charme aux jérémiades d'une influenceuse dont le ventre gargouille après une détox #monjusvert ?

Nourriture renversée, explosions de cacas, colère parce que l'épisode de *Peppa Pig* est fini, gastros… Voilà ce dont je peux me plaindre en ligne sans risquer de me mettre mes abonnées à dos. Tout ce qui entre dans le cadre du « On est toutes passées par là ». Pourtant, même en suivant cette ligne de conduite, il y aura toujours des followers qui pesteront et me feront des reproches. Et quand ça arrive, je les remercie de leur précieux *feedback*, et je leur promets de tout faire pour m'améliorer.

— On ne va pas faire un drame parce que quelques pervers rêvent de boire mon lait maternel et que des haters veulent me voir brûler vive avec toute ma famille, dis-je en riant.

Blanche semble terrifiée.

— Mon Dieu, j'étais loin de me douter… Tu n'en parles jamais sur Insta !

— Irene pense qu'il vaut mieux ne pas leur donner de l'importance, et que de toute façon ils sont inoffensifs. Ils ne nous voient pas comme des êtres de chair et de sang – juste des images qui n'existent que sur l'écran de leur téléphone. Oublie ce métier si tu n'es pas convaincue que les rageux ne passeront jamais à l'acte, quels que soient les sévices dont ils te menacent. Au fond, ils sont plus à plaindre qu'à blâmer, tu sais. Simplement des gens tristes et seuls qui rôdent sur les réseaux sociaux.

C'est pendant sa grossesse que Grace s'est mise à passer vraiment beaucoup de temps sur les réseaux sociaux. Difficile de le lui reprocher. À bien des égards, Instagram, Facebook, Twitter – tous, en fait – ont été pour elle une véritable bouée de sauvetage. Lorsqu'elle m'avait appelée pour m'expliquer qu'elle présentait une béance du col utérin, j'avais dû admettre que, malgré mon métier, je n'avais jamais entendu parler de ça. Le gynécologue lui avait dit que c'était assez rare. « Et ça signifie quoi, au juste ? » l'avais-je questionnée en m'efforçant de ne pas trop laisser transparaître mon inquiétude. Avant qu'elle ne réponde, je lui avais demandé comment elle allait, j'aurais dû commencer par ça. C'est qu'ils en avaient déjà tellement bavé, Grace et Jack, depuis le temps qu'ils essayaient d'avoir un enfant. Tous ces examens, toute cette attente, toutes ces déceptions, tout ce chagrin… Cette fois-ci, enfin, ça semblait bien se passer. Grace n'avait pas trop souffert de nausées matinales, jusque-là. Elle n'était pas fatiguée comme elle l'avait été les fois précédentes. Et avant de se rendre à ce rendez-vous de routine avec le gynécologue, elle ignorait complètement qu'il y avait un problème avec son col de l'utérus. C'étaient des choses qui arrivaient, avait dit le médecin, une bizarrerie génétique. Son col était plus court que la normale, ce qui pouvait l'amener à s'ouvrir trop tôt, d'où un risque élevé d'accouchement prématuré. Cela expliquait-il?... avais-je demandé, laissant ma question en suspens. Selon le gynécologue, ça avait pu jouer un rôle, m'avait-elle répondu.

Il lui avait expliqué qu'on pouvait intervenir de différentes façons, mais que la procédure habituelle était le cerclage, un fil passé dans la paroi du col, de manière à former une boucle fermée et à empêcher la patiente d'accoucher longtemps avant terme. Un acte chirurgical relativement simple, avait-il assuré, même si ça pouvait sembler impressionnant dit comme ça. Grace était prête à les laisser faire tout ce qui serait nécessaire pour sauver son bébé.

L'intervention avait eu lieu à douze semaines. Ça n'avait pas fonctionné – son col était trop court ou il s'était déjà trop ouvert, ça n'avait jamais été vraiment clair. À ce stade, on l'avait prévenue que les périodes prolongées en position debout, ainsi que toute forme d'activité, même peu fatigante, étaient à proscrire à tout prix.

Finalement, elle avait passé presque toute sa grossesse allongée. Imaginez. Imaginez seulement. Elle n'avait pas le droit de se dégourdir les jambes alors qu'elle vivait entourée de nature. Pas le droit de conduire non plus. Elle n'était même pas autorisée à marcher jusqu'à la cuisine pour se préparer un thé. Il lui était interdit de rester debout plus que les cinq minutes nécessaires pour prendre sa douche, le matin.

Heureusement, son employeur s'était montré très compréhensif. Et heureusement, elle avait Jack. Il avait été tout bonnement formidable. Même quand Grace était au plus bas, quand elle n'en pouvait plus de rester clouée au lit, il parvenait à lui remonter le moral, à lui donner la force de tenir, parfois même à lui rendre le sourire. Il trouvait mille petites idées pour l'aider à passer le temps, lui découpait des articles, lui rapportait des livres, lui racontait ce qui se passait derrière ces murs qu'elle ne pouvait plus franchir. Il avait monté la télévision dans la chambre pour qu'elle puisse la regarder, s'assurait que la pièce soit toujours propre et coquette, toujours fleurie. Il faisait la cuisine et le ménage, se précipitait pour lui apporter tout ce qu'elle demandait. Je me souviens que pour la taquiner Jack parlait d'installer une sonnette sur sa table de chevet.

Bien sûr, elle avait connu des moments d'ennui profond. Des moments de découragement, de désespoir, parfois. Ses amies ne l'avaient pas oubliée – elles l'appelaient, lui envoyaient des textos et des e-mails, mais elles étaient souvent happées par le tumulte de leur propre vie, entre le bureau et la famille. Et puis la plupart d'entre elles vivaient toujours à Londres, ce qui leur faisait au moins une heure de route pour se rendre chez Grace et Jack, sans compter le retour.

Il m'arrive de me demander si les choses se seraient passées autrement s'ils ne s'étaient pas installés à la campagne après leur mariage, s'ils n'avaient pas vu ce maudit panneau « À vendre » depuis la route, et qu'ils n'étaient pas revenus le week-end suivant pour se renseigner ; s'ils n'avaient pas finalement décidé que c'était au milieu des champs, des fermes et de l'air pur qu'ils souhaitaient voir grandir leurs enfants. Entendons-nous bien, c'était un superbe cottage. La vue était magnifique, tout comme l'immense terrain vallonné, tellement charmant avec ce petit ruisseau qui coulait tout au fond. Et ils avaient rénové la maison avec beaucoup de goût. Seulement, c'était vraiment isolé. Pas le genre d'endroit où l'on pouvait emprunter du sel à un voisin ou faire ses courses à pied. Pas le genre d'endroit où famille et amis risquaient de passer à l'improviste. Même le facteur se plaignait de devoir aller jusqu'au bout de cet interminable chemin cahoteux et souvent boueux pour une seule boîte aux lettres. Malgré la distance, j'allais rendre visite à Grace dès que je le pouvais. Nous passions toujours un bon moment à regarder un film, à discuter autour d'un thé.

Mais le plus souvent, elle restait seule entre quatre murs, en tête-à-tête avec les fissures du plafond et le peignoir suspendu derrière la porte ; avec le même morceau de ciel et le même bout d'arbre pour tout horizon. Grace passait énormément de temps sur son téléphone portable. Elle commençait généralement par le site du Daily Mail, *puis elle allait faire un tour sur Facebook, puis sur Twitter, puis sur Instagram, avant de consulter ses mails. Le temps qu'elle les lise et qu'elle y réponde, de nouveaux articles étaient parus sur le site du* Daily Mail, *et le cycle se répétait.*

Elle disait apprécier la franchise des mamans qu'elle suivait sur Instagram, l'honnêteté avec laquelle ces femmes se dévoilaient pour raconter leurs combats présents ou passés, pour partager leurs doutes, leurs déceptions ou leurs chagrins. Ça lui donnait vraiment le sentiment d'être moins isolée, moins seule, m'expliquait-elle. Elle en appréciait une en particulier. C'était comme retrouver chaque jour une amie, disait Grace ; quelqu'un qui pouvait se mettre à sa place et comprendre ce qu'elle traversait.

Je suppose que c'est formidable de ce point de vue, Internet. Parfois, se sentir seul est une vraie souffrance.

Très rarement, une ou deux fois par mois peut-être, il m'arrive d'oublier, l'espace d'une fraction de seconde, que Grace n'est plus là. Quand je suis encore dans un demi-sommeil, par exemple, juste avant la sonnerie du réveil, et que je me réjouis à l'idée de lui raconter le rêve amusant que je viens de faire. Et là, presque dans le même instant, je prends brutalement conscience que je ne pourrai plus jamais partager quoi que ce soit avec elle. Je me mets alors à penser à tout ce que j'ai envie de lui dire et qui se heurte désormais au silence. Des choses simples, les mots d'une mère pour sa fille. À quel point je l'aime. À quel point j'ai toujours été fière d'être sa maman. À quel point elle me manque.

C'est dans ces moments-là que la colère, la véritable colère, s'empare de moi.

Chapitre six

Dan

Lorsqu'on est plus proche de la quarantaine que de la vingtaine, inviter ses amis une semaine à l'avance à vous rejoindre pour un samedi après-midi de réjouissances peut être plus compliqué qu'on ne l'imaginait.

Je suppose que, d'une certaine manière, je comptais sur la fête d'anniversaire de Coco pour retrouver le parfum d'insouciance qui flottait dans cette maison à l'époque où je l'ai achetée et que j'y vivais avec Will et Ben. À l'époque où nous nous retrouvions tous les trois au Lord Napier, presque chaque soir après le travail. Le pub a aussi été le témoin privilégié des premiers pas de ma relation avec Emmy, le théâtre de notre deuxième rendez-vous, puis du troisième, et peut-être même bien du quatrième. Plus tard, quand Emmy avait emménagé dans la maison et que mes amis avaient suivi le chemin inverse, nous traversions souvent la rue pour satisfaire une fringale nocturne ; si le frigo était vide, nous débarquions au Napier juste avant la fermeture pour dévorer un hamburger sur le pouce, parfois en pyjama sous nos manteaux. Nous aimions aussi nous y échouer le dimanche en compagnie des journaux du week-end, pour un déjeuner qui pouvait se prolonger tout l'après-midi.

Disons-le tout net : la fête d'anniversaire de Coco n'a pas eu le charme désinvolte de cette époque où les bons moments semblaient s'organiser d'eux-mêmes.

Nous étions déjà lundi, lorsque j'ai réussi à parler à la bonne personne pour louer une salle du pub, et mardi lorsque j'ai trouvé le temps de rédiger puis d'envoyer les invitations. Les premières réponses avaient été deux fins de non-recevoir sous la forme de messages indiquant que mon adresse e-mail n'avait pas été reconnue par le premier destinataire, et que le second était absent du bureau. Puis, plus rien pendant quelques heures, avant que les refus polis ne commencent à s'empiler dans ma boîte mail, au compte-goutte mais avec une belle constance. J'avais invité cinquante personnes au total. Une vingtaine d'entre elles avaient déjà répondu positivement à d'autres invitations lancées par de plus prévoyants que moi (une petite moitié promettant néanmoins d'essayer de passer en coup de vent). Une douzaine d'autres avaient quitté Londres pour le week-end. Un des couples invités m'a rappelé qu'ils vivaient à Dubaï depuis maintenant dix-huit mois (ce qui a fait remonter à la surface le vague souvenir d'une invitation à une soirée d'au revoir à laquelle je ne m'étais pas rendu). Trois avaient acheté des billets pour un match de football. Un couple venait littéralement d'avoir un bébé et un autre attendait l'heureux événement d'une minute à l'autre. Un ami – dont le premier roman était paru à peu près en même temps que le mien – devait se rendre à un festival littéraire en Finlande pour y lire des pages de son tout nouveau livre. Polly avait une obligation professionnelle. Quelques autres m'avaient répondu avec enthousiasme au cours des jours suivants, m'expliquant qu'ils étaient emballés par l'idée mais qu'ils devaient d'abord s'assurer auprès de leur moitié que rien d'autre n'était prévu ce samedi-là – je n'ai plus entendu parler d'eux. Un nombre non négligeable n'avait même pas pris la peine de me répondre.

À quinze heures le jour dit, seuls une dizaine d'invités s'étaient présentés – dont deux étaient déjà repartis pour honorer d'autres engagements.

Aux alentours de seize heures, le propriétaire du pub m'a pris à part pour me dire qu'il allait devoir ouvrir la salle où nous nous trouvions aux autres clients. C'était plein à craquer en bas, a-t-il expliqué sur un ton d'excuse.

Je ne pouvais décemment pas protester.

Au moins, les enfants semblaient passer un bon moment, tapant dans des ballons de baudruche ou essayant de s'asseoir dessus, et j'étais heureux de voir Coco participer, s'amuser et pousser des cris aussi perçants que ceux des autres gamins.

Pendant qu'ils jouaient entre eux et qu'Emmy distribuait des parts de gâteau, je m'étais retrouvé coincé avec Andrew, un ami d'école qui avait fait le trajet depuis Berkhamsted avec sa femme. Il semblait déçu qu'il n'y ait pas davantage de membres de notre ancienne bande de copains et ne cessait de me demander si ce bon vieux Millsy allait venir, si je voyais toujours Simon Cooper ou Phil Thornton. La réponse était non. Je n'ai plus revu Phil depuis que je suis tombé sur lui dans une boîte de nuit de Clapham, en 2003. Il travaillait pour un réseau d'agences immobilières, si je me souviens bien. Andrew m'avait demandé si j'étais toujours écrivain et, avec un sourire légèrement forcé, je lui avais répondu que j'aimais à le penser.

— Tu bosses sur un roman, en ce moment ?

J'avais hoché la tête, le même sourire toujours accroché aux lèvres. Un petit peu plus crispé, peut-être.

Il se trouve que ça fait huit ans que je travaille sur le même roman. Une situation qui a pu, à certains moments, causer quelques tensions dans notre couple. Au fil des années, Emmy m'a parfois incité à envoyer le manuscrit à mon agente littéraire, à laisser un ami ou une connaissance le lire, et il est même arrivé qu'elle propose d'y jeter un coup d'œil pour voir si elle pouvait m'aider d'une façon ou d'une autre. Aujourd'hui, nous nous efforçons d'éviter le sujet.

Je suis, d'une certaine manière, victime de circonstances trop favorables.

Jusqu'au début de la trentaine, je n'ai pas ressenti la nécessité de gagner ma vie ; pas de pression financière pour achever l'écriture de mon second roman. À la mort de mon père, au cours de l'été qui séparait mes deux premières années à Cambridge, je me suis retrouvé à la tête d'un joli pactole, administré par un tiers jusqu'à mes vingt-cinq ans. J'ai vécu presque uniquement sur cet argent depuis lors. L'achat de la maison en a englouti une bonne partie, bien sûr. Et il a fallu puiser encore un peu plus profond dans mes réserves pour la rénover. Au cours des années qui ont suivi ces grosses dépenses, je ne me suis pas trop mal débrouillé pour faire durer ce qui restait sur mon compte. J'ai touché un modeste à-valoir pour mon roman, et une somme plus rondelette lorsque les droits cinématographiques ont été vendus. Pendant un moment, l'adaptation sur grand écran a semblé en bonne voie. J'ai pondu deux scénarios (non rémunérés parce que non sollicités), rencontré plusieurs producteurs télé, et je me suis essayé à l'écriture de nouvelles. J'ai passé environ six mois à torcher un thriller dans le seul but de me renflouer un peu, mais mon agente a estimé qu'il ne mettait pas en valeur mes qualités d'auteur. Quant à mon second roman, celui sur lequel je planche depuis toutes ces années, j'ai été bien souvent à deux doigts de tout supprimer et de repartir sur une idée complètement différente. Mon ordinateur est plein de premiers chapitres qui m'ont brièvement excité et que j'ai abandonnés au bout de cinq paragraphes. Combien de fois, généralement au milieu de la nuit, ai-je envisagé d'abandonner purement et simplement l'écriture pour me reconvertir dans l'enseignement, la magistrature ou la plomberie ? La dernière fois que j'ai consulté mon compte en banque pour voir ce qu'il restait de mes économies, le total s'élevait à mille sept cents livres.

Il m'arrive parfois de songer, avec un pincement au cœur, que je ne figurerai jamais dans la liste des meilleurs jeunes romanciers britanniques de *Granta* [8].

J'ai bien conscience qu'il s'agit là d'un malheur difficilement exploitable sur Instagram. Pas vraiment le genre de contenu auquel on peut s'identifier.

Aux environs de 16 h 30, alors que nos derniers invités étaient sur le départ, manteaux sur le dos et pourchassant leur progéniture, avant de faire un dernier tour des lieux pour s'assurer de n'avoir rien oublié, Emmy m'avait lancé un regard que je n'avais eu aucun mal à décrypter : il était temps que nous songions à les imiter.

Si je devais tirer une morale de tout ça, je dirais que ce n'est pas un hasard si d'ordinaire on ne me confie pas l'organisation de ce genre d'événement.

Durant tout l'après-midi, une femme – cheveux blancs, au moins soixante-cinq ans, vêtue avec soin – était restée attablée devant un Coca Light dans un angle de la salle, sans jamais ôter son imperméable. Un sourire indulgent se dessinait brièvement sur ses lèvres lorsqu'un enfant bousculait l'arrière de sa chaise, puis son regard attendri revenait se poser sur les bruyantes pitreries de Coco. De temps à autre, nos regards se croisaient et nous échangions un petit signe d'intelligence. Je n'avais pas eu le cœur de lui dire que

---

8 Célèbre revue littéraire britannique qui publie, tous les dix ans, un palmarès des vingt meilleurs jeunes romanciers britanniques.

la salle était réservée pour une fête privée et j'avais même été tenté, vu la faible affluence, de lui proposer une part de gâteau.

La fête organisée par Emmy, en revanche – la fête d'anniversaire « officielle » de Coco –, est un triomphe absolu.

Comment aurait-il pu en être autrement ? Emmy n'a pas ménagé ses efforts pour s'assurer que tout serait parfait.

Les gens se font une idée fausse du métier de ma femme. Ils s'imaginent que tout cela est simple – organiser des événements, prendre la photo qui convient, penser au moindre détail pour agencer une pièce, à ces petites touches de décoration qui peuvent sembler anodines et font pourtant toute la différence. Ils s'imaginent qu'eux aussi pourraient le faire, s'ils le voulaient – mais bien entendu, ils ne le veulent pas. C'est à peine s'ils jettent un coup d'œil à Instagram, pas plus de cinq ou six fois par jour, quand ils viennent prendre des nouvelles de ma femme, découvrir ce qu'elle a fait aujourd'hui, ce qu'elle a publié, et ce qu'en pensent une foule d'autres gens.

C'est aussi ce que j'ai cru, au début. Qu'être influenceur était une partie de plaisir, je veux dire. Que c'était à la portée de tout le monde, ou presque. Qu'il suffisait d'être plutôt en forme, physiquement, de savoir à peu près manier un appareil photo pour se tirer le portrait ou immortaliser un bon plat, et d'écrire, une ou deux fois par jour, quelques mots dans l'air du temps et d'une consensuelle banalité. Que tant qu'on n'était pas trop moche et suffisamment dans la norme, les abonnés se mettaient forcément à pleuvoir par centaines de milliers, l'ampleur du succès ayant pour seule limite la valeur qu'on accordait à sa vie privée.

C'est n'importe quoi.

Ce n'est pas que les gens manquent de cynisme envers les

réseaux sociaux et les influenceurs, c'est que le cynisme dont ils font preuve en la matière est d'une naïveté confondante.

Ainsi, j'ai longtemps cru que les mots d'une publication Instagram n'avaient aucune importance. Que le premier venu pouvait écrire ça. Pourtant, que sa syntaxe soit bancale et qu'il échoue à exprimer clairement l'idée pourtant simpliste qu'il souhaite faire passer ne signifie pas que l'influenceur a pondu sa légende à la va-vite. Ça ne signifie pas qu'il a bâclé le contenu du message et qu'aucun effort, aucune réflexion, aucun planning n'ont été nécessaires pour aboutir à ce résultat.

C'est le genre de snobisme intellectuel dans lequel ma mère tombe souvent quand nous discutons du métier d'Emmy – un sujet, soit dit en passant, que je m'efforce autant que possible d'éviter. « Bien sûr », dit-elle volontiers, « ce que fait Emmy n'est pas un vrai travail d'écriture comme celui d'un romancier. » Ce qu'elle veut dire par là, je suppose, est qu'Emmy n'a jamais passé une matinée entière à se demander s'il fallait ou non retirer une virgule ; qu'elle n'a jamais réécrit cent fois une phrase pour lui donner cette fluidité qui masque l'effort, qu'elle ne s'est jamais arraché le moindre cheveu pour donner à sa phrase le rythme qui murmure en elle, qu'elle ne s'est jamais sentie gagnée par le désespoir en s'apercevant que le mot juste qu'elle vient de passer des heures à chercher est le même mot juste qu'elle a utilisé deux ou trois lignes plus haut. Ce que ma mère veut dire par là, je crois, c'est que les lecteurs d'Emmy sont des gens comme tout le monde, qui consultent ses posts dans leur voiture, en attendant que leurs enfants sortent de l'école. Des gens qui interagissent avec elle jour après jour, qui lui font tout de suite savoir qu'ils ont aimé ce qu'elle a écrit, qu'ils ont été touchés, que ça leur a parlé. Alors que mes lecteurs quotidiens à moi – ceux que j'imagine penchés sur mon épaule quand j'écris – prennent les formes hétérogènes du fantôme de Flaubert, d'un professeur d'université narquois que je ne suis jamais parvenu à impressionner, de quelques critiques littéraires (que pour la plupart j'abomine), de mon défunt père, et de mon agente, dont je soupçonne qu'elle a abandonné depuis belle lurette tout espoir que ma plume puisse de nouveau rapporter un peu d'argent. La vérité, c'est qu'il y a quelque chose de bluffant dans la capacité d'Emmy à trouver les mots qui permettent de nouer un lien fort avec les mamans qui la lisent. Et si ses mots sont justes, ce n'est pas au regard de la maîtrise académique de la langue écrite, mais dans le sens où ils servent parfaitement le but pour lequel ils ont été choisis et assemblés. C'est un talent. Une aptitude qui est loin d'être commune. Et même si elle avait sans doute des dispositions naturelles, elle a consacré beaucoup de temps et de réflexion à les faire fructifier pour obtenir ce résultat.

Parce qu'un autre aspect de ce métier que les gens n'arrivent pas à comprendre, c'est que ça demande du travail. Un travail *acharné*. Emmy doit tout planifier. Savoir quand, où et comment mentionner les marques partenaires. Trouver des moyens de glisser les noms de Pampers, Gap ou Boden comme si ces marques faisaient partie du tissu de sa vie et qu'elles lui étaient naturellement venues à l'esprit, et non pas qu'elle les cite pour honorer un contrat de plusieurs milliers de livres. Emmy ose peut-être des constructions hasardeuses et des emplois fautifs lorsqu'elle rédige ses publications, mais si vous croyez qu'elle fait ça par-dessous la jambe, vous vous mettez le doigt dans l'œil. Jamais elle ne perd de vue son objectif, et son succès ne doit rien au hasard. Sa stratégie se décline sur des tableurs et des calendriers prévisionnels qui s'étirent sur des mois. Des années, peut-être. Je soupçonne qu'il existe des facettes du grand plan directeur qui me sont encore secrètes.

Et puis, de même que le ferait quelqu'un qui travaille dans un restaurant, une université ou une banque, les instagrameurs se composent un personnage en adéquation avec leur activité professionnelle. Et quand Emmy se rend à un événement comme l'instanniversaire de Coco, où nous nous trouvons à présent, elle est au travail. Elle s'assure que le photographe compose les images qui lui conviennent (c'est-à-dire qui trouveront un écho auprès de ses abonnées) et prend soin de se rendre disponible pour tous ceux qui veulent passer un moment avec elle (dès lors qu'elle peut en tirer un quelconque bénéfice, bien entendu). Elle a toujours quelques coups d'avance, s'arrangeant pour ne jamais se retrouver coincée avec un indésirable et faisant en sorte que la personne dont elle se débarrasse ne réalise pas (« Bella, sublime créature stellaire, il faut absolument que tu rencontres la captivante Lucy ! Ça fait des semaines que j'essaie de vous réunir ! ») ce qui vient de lui arriver. Lorsqu'elle parle pour la première fois à quelqu'un qu'elle est appelée à revoir, elle note dans un coin de sa tête une information que lui confie cette personne ; un détail qu'elle pourra ressortir lors d'une prochaine rencontre, de manière à lui donner le sentiment qu'elle a été pleinement considérée dès leur premier contact. Elle garde un œil sur Coco – ou au moins sur la personne chargée de garder un œil sur Coco. Du coin de l'autre œil, elle observe discrètement le jeu social à l'œuvre, qui parle à qui, les alliances qui se forment, les tensions qui frémissent sous les sourires de façade et qu'elle pourra peut-être exploiter à son avantage. Elle rit. Elle plaisante. Elle parle boutique. Elle écoute. Avec elle, les gens se sentent uniques.

Parfois, je regarde ma femme qui rayonne au milieu de la pièce et je suis tout bonnement ébloui.

Emmy

Faire en sorte que cette fête d'anniversaire soit exactement comme je la souhaitais m'a demandé presque autant d'efforts que l'organisation de notre mariage. Les décorations, la liste des invités, le gâteau, ma tenue – chacun des éléments nécessaires à la réussite du projet a été considéré et reconsidéré, chaque détail pesé puis peaufiné pour s'assurer que tout contribue à rendre la fête aussi partageable que possible.

Je ne peux pas m'attribuer tout le mérite de cette réussite, bien entendu. Certes, c'est moi qui invite, mais c'est Irene qui s'est occupée de faire monter les enchères entre les sponsors pour le lancement de #joursdelumière à l'occasion des quatre ans de Coco. Et c'est finalement une grande marque de vêtements qui a remporté le droit de prendre en charge les coûts non négligeables de cet événement, ainsi que d'associer son nom à ma nouvelle campagne #joursdelumière, contre un chèque de quarante mille livres sterling. Elle fournira également les tee-shirts que nous allons proposer aux mamans, aux papas et aux enfants, avec #joursdelumière imprimé devant et #joursdegrisaille dans le dos. Et comme toujours, une partie des profits sera consacrée à des actions en faveur des mamans aux prises avec la dépression.

Irene et moi avons failli renoncer, conscientes que mes abonnées ne pourraient pas s'identifier à un événement de cette ampleur, et si manifestement coûteux à organiser. Seulement voilà, une grande marque n'aurait jamais eu envie d'accoler son nom à une kermesse improvisée dans une salle paroissiale exposée à tous les vents, avec des tranches de Papy Brossard sur une table à tréteaux et un jeu de pêche à la ligne, pas plus que les autres influenceuses ne m'auraient honorée de leur présence. Il nous a finalement semblé qu'opter pour l'angle de la bienfaisance – en soulignant à quel point mon petit ange au grand cœur était heureuse que sa fête d'anniversaire puisse aider les mamans tristes à retrouver le sourire – allait permettre de limiter les réactions critiques.

Mon sponsor du jour a validé la liste des invités, parmi lesquels dix influenceuses avec chacune plus de cent mille abonnés. Je savais pouvoir compter sur ma constellation d'instamums, et faire venir les autres ne m'a pas demandé beaucoup de persuasion. On trouve également une poignée de rédactrices en chef et de journalistes sur la liste – dont Jess, la pigiste du *Sunday Times*, que je compte remercier en personne pour son article laudateur –, et un modeste banc de micro-influenceuses.

Ils me fichent un peu la trouille en tant que groupe, ces petits poissons pilotes. Bien que je sois impressionnée par leur détermination à rejoindre le haut du panier, ainsi que par le dévouement avec lequel ces filles nous soutiennent, nous, les gros poissons dans le sillage desquels elles nagent – toutes commentant et likant immédiatement le moindre de nos posts, toutes créant des podcasts dans le seul objectif de nous y inviter –, certaines d'entre elles présentent un côté obsessionnel quelque peu inquiétant. Si l'une d'entre nous arbore une nouvelle coupe de cheveux, un rouge à lèvres rose vif ou une paire de Nike édition limitée, vous pouvez être certain qu'au moins trois d'entre elles l'auront imitée avant la fin de la semaine. C'est une des raisons pour lesquelles les micro-influenceuses forment pour ainsi dire une masse indistincte. Heureusement qu'Irene leur a envoyé à chacune un tee-shirt #joursdelumière personnalisé avec leur nom inscrit dans le dos, faute de quoi il serait impossible de les différencier.

Polly, qui n'a pas pu se rendre à l'anniversaire organisé par Dan, fait également partie des invités. Elle tenait absolument à voir Coco et à faire la connaissance d'Orson. Ça m'a un peu surprise, parce que Polly a toujours été du genre à fuir les grosses fêtes. Lorsque nous étions adolescentes, je devais utiliser un mélange de force et de ruse pour la persuader d'enfiler un haut sexy et des bottines à hauts talons avant de se rendre chez une copine dont les parents avaient commis l'erreur de s'absenter quelques jours. Et à vrai dire, les choses n'avaient pas changé lorsque nous avions atteint la vingtaine. Même si elle parvenait à se détendre un peu pendant un moment, et parfois même à s'amuser, c'était toujours elle qui sifflait la fin de la récréation, me tirant par la main pour me faire évacuer les lieux ou me relever de l'endroit où j'avais fini par m'écrouler, après que ce dernier verre de Malibu avait été suivi de quatre ou cinq autres. Mais elle fait toujours un effort pour Coco.

Il m'a toutefois fallu batailler dur pour convaincre Irene de gâcher une précieuse invitation au profit de ce qu'elle appelle avec dédain « une civile », même si cette civile-là est capable de vous donner de mémoire le numéro de la ligne fixe de mes parents, version 1992. Mon agente a sa propre vision de l'amitié entre femmes. Pour elle, si vous avez quelque chose de gentil à dire à une amie, faites-le sur Instagram afin que tout le monde puisse en profiter.

— À quoi bon l'inviter, Emmy ? Elle est prof d'anglais et n'utilise aucun réseau social. Pour la marque qui parraine l'événement, elle n'existe tout simplement pas. Et l'assurance ne nous couvre plus au-delà de soixante-quinze personnes, dans cette salle.

Elle avait soupiré, l'ajoutant de mauvaise grâce au crayon en soixante-seizième position.

— Il n'y a plus qu'à espérer que quelqu'un tombe malade. Et elle ne pourra pas venir accompagnée, avait-elle ajouté d'un ton ferme.

Polly n'avait pas besoin d'une invitation pour deux. Je n'ai jamais été dans les petits papiers de Ben, le professeur de mathématiques qu'elle a épousé, et je ne crois pas qu'il serait venu s'il avait été convié. Pour lui, je n'ai jamais rien apporté de bon à Polly – juste l'amie délurée qui lui empruntait sa femme intelligente et raisonnable pour une soirée et lui ramenait une ado éméchée qui pouffait comme une gamine. J'ai vaguement essayé de lui tendre la main, au début de leur relation, invitant les amoureux à déjeuner le dimanche et proposant des week-ends à quatre au bord de la mer. Mais la réticence de Ben a vite été perceptible, et les excuses de Polly sont devenues de moins en moins convaincantes au fur et à mesure qu'ils déclinaient mes invitations.

J'ai également le net sentiment que Ben ne voit pas d'un bon œil le métier que j'exerce aujourd'hui, et Dan m'a dit sans ambages qu'il préférerait passer un dimanche ensoleillé dans le sous-sol d'Ikea plutôt que d'écouter une fois de plus Ben lui parler en long et en large de ses passe-temps – parmi lesquels la pratique du kayak, l'escalade de bloc et le krav-maga – de son ton affreusement monocorde. En conséquence de quoi, nous ne nous voyons plus jamais tous les quatre. Je ne vois pas beaucoup Polly seule non plus, à dire vrai, même si elle sait forcément qu'elle compte toujours beaucoup pour moi.

Tout le monde n'a pas la chance d'avoir une meilleure amie aussi loyale, ou aussi réservée, que Polly.

Après ma mère, Polly est sans doute la personne au monde qui me connaît le mieux. En fait, selon l'heure à laquelle vous interrogez ma mère, Polly risque d'en savoir plus long qu'elle. Jamais elle ne se plaint si elle ne reçoit pas de réponse, une semaine après avoir vu les deux encoches devenir bleues sur WhatsApp, ou quand je promets de la rappeler et que je ne le fais pas, ou si je me contente de répondre à un long message par deux baisers sous forme d'émoticônes. Je ne sais pas comment elle se débrouille, mais elle m'appelle toujours au mauvais moment, alors que je descends dans la station de métro, quand je suis sur le point de faire dîner Coco ou de donner un bain à Orson. Je la rappelle plus tard mais tombe sur sa boîte vocale, ou alors j'ai l'intention de la rappeler, mais j'oublie de le faire.

Je n'ai pas été une très bonne amie pour elle, ces derniers temps. Pour personne, en fait. Mais quand vos revenus dépendent entièrement de votre capacité à donner à de parfaits inconnus le sentiment que vous les connaissez intimement, trouver l'énergie de maintenir le contact avec ceux qui vous sont vraiment proches peut être difficile. Et quand votre concept d'influenceuse tourne autour de l'idée de s'ouvrir aux autres, tout ce que vous avez envie de faire lors d'un moment de répit est de rentrer dans votre bulle.

En vérité, je n'ai jamais été une de ces personnes qui conservent la même bande d'amies pendant des années. Je n'ai pas de groupe WhatsApp qui réunirait des filles rencontrées il y a vingt ans aux jeannettes ou dans un cours de danse classique ; des filles qui auraient traversé côte à côte les années et leur lot de mecs lamentables, de boulots foireux et de chefaillons, de vacances bas de gamme et de gueules de bois plus sordides encore. Je sais que ça déconcerte Dan, qui entretient des contacts réguliers avec les mêmes cinq ou six potes depuis l'université, tous ayant partagé un toit avec au moins un autre membre de la bande, tous se choisissant les uns les autres comme témoins de mariage ou parrains de leurs enfants. Et même si on ne peut pas compter sur eux pour venir à l'anniversaire d'une gamine sans avoir été prévenu plus d'une semaine à l'avance, le lien qui les unit depuis des années ne se rompt pas. Je suppose que la vraie différence entre la bande de Dan et la bande de filles que je n'ai jamais eue est la simplicité des relations. Eux se retrouvent au pub, s'enfilent des bières, parlent de livres, de films et de podcasts. J'ai du mal à imaginer un de ses potes l'appeler en larmes parce qu'il s'est senti rabaissé dans une réunion de travail, ou lui envoyer un texto pour réclamer une conversation à cœur ouvert arrosée de pinot grigio quand son couple bat de l'aile. Les amitiés entre femmes, pour la plupart en tout cas, sont à l'image d'un jardin. Elles demandent à être cultivées, arrosées, sans cesse entretenues. Et je n'ai jamais eu beaucoup de goût pour ça. Je n'ai jamais été douée pour l'amitié IRL.

C'est peut-être ce qui explique que mon amitié avec Polly dure depuis si longtemps. Elle n'a pas de penchant pour le drame – pour les grandes démonstrations théâtrales –, pas plus qu'elle ne cherche à être le centre de l'attention. Quand j'y songe aujourd'hui, je me dis que c'est sans doute pour ça que notre duo adolescent fonctionnait si bien – Polly, fille à lunettes effacée et toujours soucieuse de faire plaisir, vêtue de la tête aux pieds en Marks & Spencer par sa mère ;

et moi, pleine d'assurance en chaussures plateforme Kickers et minijupe River Island. Au fond, rien n'a vraiment changé, hormis les Kickers.

Dernière sur la liste des invités mais première à passer la porte de la salle, Polly respire la prof d'anglais à plein nez en robe portefeuille bleu marine, cardigan, collants couleur chair et ballerines. En fait, on dirait tellement qu'elle porte notre ancien uniforme scolaire que je ne peux m'empêcher de sourire, surtout quand j'aperçois l'oreille d'un ours en peluche dépasser de l'emballage cadeau déchiré qu'elle serre sous le bras. Je fonce droit sur elle.

— Polly Pocket !

Je passe les bras autour de son cou et la serre un instant contre moi.

— C'est tellement gentil à toi d'être venue !

— Ne dis pas de bêtises, Ems. Comment aurais-je pu ne pas souhaiter un bon anniversaire à Coco ? Désolée pour l'autre fête, j'ai été enrôlée pour le spectacle de l'école.

Elle me sourit.

— Ça me fait vraiment plaisir de te voir, en tout cas.

Je me penche vers son oreille.

— Je vais devoir aller caresser quelques ego pour mon boulot, mais ensuite, promis, tu auras mon attention pleine et entière.

Je lance le menton en direction de Dan qui erre comme une âme en peine près de la poussette où Orson fait une sieste. Parfois, je le plains vraiment quand il m'accompagne à ce genre d'événement, quand je le vois s'ennuyer à mourir tandis qu'il parle de portée, de nombre d'impressions, de couverture et de taux d'engagement avec mes invitées. Il n'a pas vraiment apprécié que je lui fasse remarquer, ce matin, qu'une chemise impeccable serait appréciable sur les photos – je l'ai entendu pester tandis qu'il se battait avec la table à repasser.

Ça va lui faire du bien d'avoir quelqu'un à qui parler. Polly est tout l'opposée de la nuée d'instamums en baskets Adidas fluo et vestes en jean qui se pressent bientôt derrière elle. Je prends une bonne respiration et commence ma tournée de salutations enjouées, chacune ayant droit à un accueil personnalisé.

— Tabitha, espèce de légende ! Ne me dis *pas* que tu as accouché il y a seulement quinze jours ! Tu es resplendissante ! dis-je en la serrant dans mes bras comme si ma vie en dépendait, avant de réaliser que son tee-shirt, orné de son pseudo Instagram maviedetabi, est entièrement maculé de lait maternel – ainsi que le mien, désormais.

Mes yeux se posent sur Blanche, assignée au poste de gardienne du buffet pour s'assurer que les enfants ne le défigurent pas avant qu'il ait alimenté le contenu des instamums, et je traverse la salle dans sa direction.

— Tu as pensé à apporter mes tee-shirts de rechange ? Je ne suis pas certaine que ces énormes taches de lait soient vraiment raccord avec #joursdelumière, dis-je à voix basse.

— Oh, merde, Emmy, je suis vraiment désolée. J'ai complètement oublié. Tu veux que j'aille les chercher chez toi ? demande-t-elle en se mordant la lèvre inférieure.

— Ça ne t'ennuie pas ? Tu n'as qu'à sauter dans un Uber et lui demander de t'attendre devant la maison pour le retour. Je t'en appelle un tout de suite.

Tandis qu'elle détale, je suis satisfaite de voir que le mur à selfies installé près de la porte d'entrée connaît un beau succès, les invités se recoiffant et ajustant leurs vêtements pour poser devant les pois et les arcs-en-ciel qui entourent les lettres jaune orangé d'un éclatant *#joursdelumière*, inscrit dans une bulle de bande dessinée géante. Quelques mètres plus loin, d'autres braquent leur téléphone sur un énorme gâteau rouge (un red velvet cake à trois étages qui laissera échapper une pluie de Smarties une fois découpé), sur les quatre ballons géants qui épèlent le prénom de ma fille, sur une piñata en forme de licorne suspendue au plafond. Il y a également un mur de fleurs rose vif au milieu duquel se détache MAMAPOIL écrit avec des roses jaunes, ce qui était mon idée. Cela dit, maintenant que je vois le résultat, je dois admettre qu'Irene avait raison – c'est vrai que ça ressemble un peu à une couronne mortuaire pour l'enterrement de notre regrettée mamie.

Coco, en tee-shirt et tutu, une de ses tenues fétiches accessoirisée avec des ailes de fée et un casque de pompier, joue avec une poupée sur un canapé. Je m'inquiète qu'elle puisse penser que ce genre de fête est la norme et qu'elle se mette à regarder de haut les anniversaires McDonald's de ses copains de maternelle, mais la plupart du temps les paillettes et les *goody bags* la laissent indifférente. Je sens qu'elle préférerait faire de la balançoire au parc ou inventer des histoires avec ses peluches.

Après avoir passé en revue la garde d'honneur des instamums et m'être assurée qu'elles avaient toutes pu faire leurs photos et leurs *stories*, je balaie la salle du regard à la recherche de Polly, que je finis par repérer dans un coin, en grande conversation avec Jess, la pigiste du *Sunday Times.* Je suis sur le point de les rejoindre quand ma mère fait son apparition. Même en retard et éméchée tendance bourrée, Virginia est toujours tirée à quatre épingles. Elle a passé la semaine à solliciter la société qui parraine l'événement d'aujourd'hui, un coursier effectuant plusieurs allers-retours entre le siège londonien de mon sponsor du jour et la maison à colombages néo-Tudor de Winchester où vit ma mère, son fourgon lesté d'une vaste sélection de tenues. Elle a aussi raflé tous les soins auxquels elle pouvait songer (« Chérie, que penses-tu du *microblading* ? Sur Instagram, elles ont toutes des sourcils bien fournis. Comment ça, c'est un tatouage ? Ne dis pas de bêtises, voyons, qui aurait l'idée saugrenue de se faire *tatouer le visage* ? »), démarchant au culot les attachés de presse à qui elle s'est présentée comme « la mère de l'instamaman la plus influente du monde », avant de faire valoir les cinquante-quatre mille followers de son propre compte.

D'ordinaire hermétique à la notion de gêne, Irene avait fini par me supplier d'intervenir. Elle sait pourtant que Virginia est ingérable, puisque c'est elle qui gère sa carrière.

Les instamamies sont devenues une lucrative activité secondaire pour l'agence d'influenceuses d'Irene, et ma mère a embrassé cette nouvelle profession comme si elle avait passé sa vie sur les réseaux sociaux.

Elle n'a pas besoin d'argent, mais ça ne l'empêche pas d'engranger des produits gratuits comme un survivaliste stockerait des conserves, de réclamer des remises dans les restaurants et des nuits à l'œil dans des hôtels avec spa, et même de recevoir une Range Rover flambant neuve – son plus haut fait d'armes –, tout ça en brandissant son iPhone et en lançant « Vous ne savez pas qui est ma fille ? » au nez de toute personne susceptible de l'aider à gonfler son butin. Quand je vois la détermination acharnée dont elle fait preuve pour obtenir ce qu'elle veut, l'engagement qu'elle met dans tout ce qu'elle fait, ça me rend triste qu'elle n'ait jamais eu de métier dans lequel s'investir. Avec son intelligence et sa beauté, elle aurait pu faire tout ce qu'elle aurait voulu si papa ne lui avait pas pompé toute son énergie.

Je me suis toujours promis de ne pas suivre son exemple, de ne pas gâcher mon potentiel – et ma vie par la même occasion.

L'ironie de tout ça, bien entendu, c'est que nous sommes les mêmes à bien des égards. Ou du moins, c'est d'elle que je tiens mes principaux traits de caractère. Ils trouveraient même tous leur origine du côté de Ginny et de son alcoolisme, à en croire le docteur Fairs. Difficulté à accorder sa confiance ? Case cochée. Peur des conflits ? Ouais, ça aussi. De l'abandon ? Itou. Besoin de contrôler tout et tout le monde ? Pareil. Je suppose qu'il est tentant de réduire un alcoolique aux effets négatifs qu'il a sur les gens qui l'aiment, mais ce que ne voit pas le docteur Fairs c'est l'énergie qu'a toujours dégagée maman, sa capacité à changer l'atmosphère d'une pièce, ce pouvoir d'attraction qu'elle exerce sur les gens, aimantés par sa personnalité comme des enfants par un paquet de Schoko-Bons. Ma mère peut être la pire emmerdeuse que vous ayez jamais rencontrée, mais elle finira toujours par vous mettre dans sa poche.

Une vague de murmures excités parcourt les invités lorsqu'ils comprennent qui est ce tourbillon de Chanel N° 5 et de chablis, cet ouragan taille 34. Elle est tellement occupée à en faire des tonnes près de la piñata qu'elle ne voit pas sa petite-fille s'approcher pour lui faire un câlin et lui donne accidentellement un coup sur la tête, l'envoyant au tapis. Coco se relève et s'époussette consciencieusement, ses petits sourcils se fronçant tandis que sa lèvre inférieure se met à trembloter. Inconsciente du petit drame qui s'est joué dans son dos, ma mère me repère parmi son public et marche vers moi d'un pas chaloupé.

— Ma chérie ! s'écrie-t-elle. J'ai failli choisir la même jupe que toi ! Mais au bout du compte j'ai trouvé qu'elle faisait un peu négligée. Mon Dieu, c'est quoi ces ignobles taches, sur ton tee-shirt ? Bon, et où est ma jolie Coco, hein ?

Elle va se planter devant le mur floral qu'elle regarde de haut en bas avec une moue désapprobatrice.

— Un peu funèbre, non ?

— Maman, je te présente la journaliste qui a écrit cet article formidable dans le *Sunday Times*. Et tu te souviens de Polly, bien sûr ? On est amies depuis l'école et elle était mon témoin de mariage.

Ginny fouille sa mémoire avec un effort manifeste qui fronce ses sourcils fraîchement microbladés.

— Mais oui, bien sûr, dit-elle. Tu n'as pas changé d'un iota, Polly ! Toujours aussi belle, même si tu n'as pas l'air d'être au courant. Je disais tout le temps à Emmy que ce serait *toi*, la plus jolie des deux, si seulement tu faisais un effort !

Polly lui adresse ce sourire si familier, un peu tordu et la bouche fermée, tandis que ma mère fait un pas de côté pour éviter une fillette en robe à fleurs qui fonce droit sur le gâteau.

— Les enfants sont d'un mal élevé, de nos jours, dit-elle avec un petit bruit de bouche agacé. Et les tiens, Polly, ils sont venus avec toi ?

— Oh, nous ne… En fait, je n'ai pas…

Je me rends compte, avec une pointe de remords, que je ne sais même pas si Polly et Ben essaient d'avoir un enfant, et je m'apprête à changer de sujet lorsque j'aperçois Irene du coin de l'œil, le bras autour des épaules de la représentante du sponsor. Elle articule quelque chose à mon intention, sa main libre me faisant signe de les rejoindre. Dieu merci, Blanche arrive trois secondes plus tard avec les tee-shirts de rechange. Je presse le bras de Polly et lui montre les taches de lait qui ont formé des cercles blanchâtres en séchant.

— Désolée, Pol. Je reviens dans une minute. Il faut absolument que je m'occupe de ça avant qu'on découpe le gâteau !

Quand je la cherche dix minutes plus tard, elle a fichu le camp.

— Tu exagères, Maman ! Qu'est-ce que tu lui as encore dit pour la faire fuir ? dis-je sur le ton de la plaisanterie, bien que je ne plaisante pas vraiment.

Virginia lève le nez du verre de bordeaux qu'elle vient d'aller chercher et me considère d'un air faussement outragé.

— Comment ça, ce que je lui ai dit ? Je n'ai rien dit du tout, si tu veux savoir. On papotait gaiement quand Coco est arrivée avec sa poupée et a demandé à Polly si elle voulait jouer au papa et à la maman. Ton amie a pris ses jambes à son cou et a traversé la salle comme une fusée, avec la tête de quelqu'un qui se retient de fondre en larmes.

Doigt tendu, elle m'indique la direction dans laquelle s'est enfuie Polly.

Je plante mon regard dans le sien, l'œil légèrement plissé.

— Tu es *sûre* que tu n'y es pour rien ?

Elle boit une gorgée puis presse le verre sur son cœur, le vin clapotant dangereusement dans sa main.

— Tu veux que je te dise ? J'ai toujours trouvé qu'il y avait quelque chose de pas très net chez cette fille.

Westfield était un galop d'essai, une sorte de tir à blanc. Je voulais me mettre à l'épreuve, voir jusqu'où j'étais prête à aller. Jusqu'où je serais capable d'aller, la prochaine fois.

J'aurais pu partir avec elle. Aussi simplement que ça. Je ne pensais pas que ça se passerait aussi bien, sans le moindre accroc. J'attendais devant chez eux et je les ai suivis jusqu'à la station de métro, le long des escaliers qui descendent vers le quai, dans la première voiture de la rame qui n'a pas tardé à arriver. J'étais assise presque en face d'eux, une fois à l'intérieur. Lui, Dan, lisait un de ces journaux gratuits qu'on trouve dans le métro. Elle regardait quelque chose sur le téléphone de son papa. À un moment, elle a levé les yeux, m'a surprise en train de l'observer et son front s'est un peu plissé. Je lui ai adressé un grand sourire amical, très rassurant, et elle a reporté son attention sur l'écran.

J'imagine qu'une fillette comme Coco Jackson est habituée aux inconnus qui la dévisagent avec un drôle d'air, qui se tournent sur son passage parce qu'ils l'ont reconnue. Moi, bien sûr, c'est tout le contraire. Les gens ne me prêtent aucune attention. Une femme qui a la soixantaine est à peu près invisible. Trois jours durant, confortablement installée dans un angle du Lord Napier avec une tasse de café, ou une théière et un sandwich, je les ai regardés aller et venir – Emmy qui avait du mal à passer la porte de leur maison avec la poussette ; l'un emmenant

Coco à la maternelle le matin et l'autre la ramenant l'après-midi. J'ai vu les innombrables livraisons, le ballet incessant des coursiers à vélo, à scooter ou en fourgon. Une pluie de colis. Personne ne s'est intéressé à moi. Les clients venaient s'asseoir à la table voisine, discutaient, riaient, déjeunaient, buvaient une Guinness et finissaient par partir, souvent sans m'avoir jeté un regard et en tout cas jamais deux. La plupart d'entre eux n'ont même pas dû remarquer que j'étais là.

Dan ne m'a pas remarquée, lui non plus, lorsque je les ai suivis.

Seul un couple nous séparait dans la queue chez Starbucks. Alors qu'ils arpentaient les allées de la librairie Foyles – Dan voulait savoir s'ils avaient son roman en stock ; la réponse était non –, je n'étais jamais à plus d'une trentaine de livres de Coco et de son papa. Tandis qu'ils regardaient un château de princesse dans la boutique Lego, je faisais semblant de me passionner pour le bateau pirate exposé dans la vitrine. Lorsqu'ils ont fait une pause pour manger une pâtisserie dans l'espace restauration, j'étais attablée à un jet de pierre d'eux, à peine cachée par la fontaine.

À un moment, alors qu'ils en étaient à leur troisième magasin de chaussures, j'ai senti que Dan Jackson était gagné par la lassitude. Il avait regardé l'heure toutes les cinq minutes sur son téléphone depuis que je les suivais, et maintenant il le consultait encore plus souvent. Pour sa défense, l'employé parti chercher la bonne taille a disparu pendant une éternité dans la réserve, et ensuite le lecteur de cartes bancaires a fait des siennes lorsqu'il a voulu régler son achat.

Coco se tenait près de la porte du magasin, devant ces baskets dont les semelles s'allument quand on court ou qu'on saute sur place.

— Elles sont jolies, ces chaussures, ai-je dit en guise d'introduction.

Mais elle n'a pas levé les yeux.

— Dis-moi, ai-je repris, j'ai trouvé ça par terre, juste là, et me suis dit, « Zut alors, une petite fille a dû jouer avec cette peluche et elle l'a fait tomber. » Elle est à toi ?

Son regard s'est posé sur moi, puis sur la peluche, puis de nouveau sur moi. Elle est restée silencieuse quelques secondes, l'air pensif, et je me suis bien gardée d'interrompre sa réflexion.

— Je crois que c'est peut-être à moi, a-t-elle fini par dire.

Grace l'adorait, cette peluche. Il suffit de voir l'état dans lequel elle se trouve aujourd'hui pour imaginer le nombre de fois où je l'ai mise à la machine. Le nombre de fois où elle est tombée sur le sol du bus ou dans une flaque d'eau. Le nombre de fois où elle a réussi à s'échapper du panier fixé à l'avant du petit vélo de Grace et qu'on l'a retrouvée plus tard, souillée d'empreintes boueuses après que des voitures lui avaient roulé dessus. Même lorsque ma fille a fini par aller vivre ailleurs, j'avais pour habitude de poser la peluche sur le lit de sa chambre quand elle venait passer la nuit à la maison. Grace et moi, on s'amusait à l'idée qu'elle servirait peut-être un jour de doudou à son propre enfant. Il serait malhonnête de ma part de prétendre que c'était délibéré, mais en voyant Coco tenir cette peluche dans ses bras exactement comme le faisait Grace, comme une Ailsa de trois ans aurait pu le faire, j'ai été frappée de sentir qu'il y avait dans le choix de cette peluche, et de l'usage que j'en faisais, comme une épouvantable ironie, une forme de pertinence sinistre.

Nous n'avons pas plus attiré l'attention en longeant les magasins main dans la main que lorsque j'ai pris Coco dans mes bras pour emprunter l'Escalator. Seule une grand-mère qui promenait un bébé endormi dans une poussette a brièvement croisé mon regard, le temps de m'adresser un petit signe d'intelligence. Alors même que je lui rendais son sourire, j'ai songé une fois de plus – avec toujours ce même sentiment de deuil; toujours ce violent mélange de colère et de chagrin – que je ne serai jamais cette grand-mère avec une poussette. Jamais je ne passerai d'après-midi à m'occuper de ma petite-fille. Jamais je ne la regarderai rejoindre le bac à sable d'un pas incertain et joyeux. Jamais je ne l'écouterai pousser des cris stridents à chaque nouvel élan que je donnerai à la balançoire, jamais je ne la verrai prendre son courage à deux mains et s'aventurer seule le long du toboggan pour la première fois. Je ne ferai jamais rien de tout ça. Et ma petite-fille non plus.

J'ai laissé Coco et sa nouvelle peluche devant la vitrine de la librairie. Je me suis dit qu'en la laissant là son père finirait forcément par la retrouver à un moment ou à un autre.

C'est ce que j'avais décidé de faire, au départ. De l'emprunter à ses parents pendant une demi-heure, une heure tout au plus, histoire de leur donner une bonne leçon. De leur faire vraiment peur. De partir avec elle et de l'abandonner dans un endroit sûr où ils finiraient par la retrouver. Qu'ils aient un aperçu de l'horreur qu'on éprouve lorsque votre enfant d'un seul coup n'est plus là. La panique. Le sentiment de culpabilité. La peur glacée qui vous tord le ventre. C'est tout ce que je voulais. Je voulais qu'ils goûtent un peu au malheur que j'ai vécu. Au malheur que Grace a vécu.

Et puis j'ai changé d'avis.

Tandis que l'Escalator nous emportait vers l'étage inférieur, j'ai senti Coco se détendre dans mes bras. Elle a posé la joue contre mon anorak et s'est mise à jouer avec la fermeture Éclair, soudain volubile, me racontant où elle était allée ce jour-là et ce qu'elle allait recevoir pour son anniversaire.

— J'ai l'impression que tu as drôlement de la chance, toi.

Bien plus qu'elle ne pouvait l'imaginer. Je reconnais qu'il m'est arrivé, dans l'un de ces moments où mon humeur s'assombrit davantage encore, d'envisager un dénouement moins heureux. De songer à ne pas la rendre si facilement à ses parents. De l'abandonner dans un endroit où ses chances d'être retrouvée saine et sauve auraient été bien plus minces. Oui, je sais. À une époque, dans une autre vie, j'aurais été aussi horrifiée que vous par cette confession. Horrifiée que l'idée ait même pu me traverser l'esprit. Horrifiée d'être incapable de prendre suffisamment de distance avec ma souffrance pour comprendre que la vengeance ne résout rien ; que faire du mal à quelqu'un d'autre, à un être innocent qui plus est, ne me rendra pas ce que j'ai perdu et n'éteindra sans doute même pas le feu qui me dévore. Peut-être ne suis-je plus la même. Ça fait déjà longtemps que j'ai l'impression d'avoir profondément changé ; comme si l'indicible douleur avait libéré quelque chose en moi, une autre personnalité jusque-là étouffée par le tas de principes moraux qu'on m'a inculqués et qui ont volé en éclats sous la violence du choc. Je me souviens d'avoir parlé de ça il y a des années avec ce psychiatre spécialisé dans les situations de deuil vers qui m'avait orientée mon médecin traitant. Je me revois lui dire que j'avais l'impression d'avoir perdu mon unité et ma cohérence, que je n'étais plus désormais qu'une femme brisée, fragmentée, incomplète. Une femme faite de morceaux disparates, éclatés. Que je baignais dans un sentiment d'irréalité. Que je n'étais plus un être humain comme les autres. Que j'avais reçu une bombe de douleur en plein cœur et qu'il s'était fendu de chagrin, que quelque chose s'était échappé par cette ouverture, que ça avait coulé hors de moi sans que jamais je ne puisse colmater la brèche, et que quelque chose d'autre, peut-être, en avait profité pour pénétrer mon âme.

Porter cette fillette dans mes bras et sentir contre moi les battements de son cœur, légers comme un baiser papillon ; sentir son visage suffisamment proche du mien pour respirer l'odeur de son shampoing – le même shampoing que j'utilisais pour laver les cheveux de Grace – m'a contrainte à regarder tout au fond de moi pour savoir si je serais capable de le faire. Si je serais vraiment capable de m'en prendre à un petit être innocent. Et j'y ai trouvé ma réponse, honnête et brutale : sachant qui était la mère de Coco et le mal qu'elle m'avait fait, je me suis sentie, à cet instant, parfaitement capable de balancer cette petite fille par-dessus la rampe de l'Escalator, de la jeter du haut d'un balcon, de la précipiter tête la première sous une voiture, sans l'ombre d'une hésitation ou d'un remords. Et, à dire vrai, si je n'ai rien fait de tout cela, si je l'ai abandonnée saine et sauve là où je savais que son père finirait par la retrouver, ce n'est pas parce que j'ai eu le trac, une bouffée de compassion ou un moment de doute à la dernière seconde.

C'est parce que j'ai en tête quelque chose d'encore pire pour Emmy Jackson et sa famille.

Chapitre sept

Dan

De retour de la fête d'anniversaire, nous découvrons que quelqu'un s'est introduit chez nous. Alors que le Uber s'engage dans notre rue, j'entends le hurlement d'une alarme et marmonne quelque chose comme « J'espère que ce n'est pas la nôtre ». Emmy lève les yeux de son téléphone.

— Tu dis ?

Je demande au chauffeur d'éteindre la radio. À l'arrière avec Emmy, Coco et Orson dorment tous les deux à poings fermés. L'alarme devient de plus en plus stridente au fur et à mesure que nous approchons de la maison. J'aperçois bientôt notre voisin d'en face debout devant sa porte, puis quelques autres riverains plantés sur le trottoir, la tête tournée vers chez nous.

— J'ai déjà appelé la police, me crie l'un d'eux alors que je bondis hors de la voiture.

Pas de signe d'effraction visible sur la façade avant. La porte d'entrée est fermée, ses carreaux en verre dépoli toujours intacts. Je longe le côté de la maison et j'essaie d'ouvrir la grille qui bloque l'accès au jardin, mais elle est également fermée.

Je reviens vers les voisins que le bruit a fait sortir de chez eux et demande si l'alarme sonne depuis longtemps.

L'un d'eux hausse les épaules.

— Une demi-heure, peut-être ?

Une fois l'alarme désactivée et le petit attroupement dispersé, il ne nous faut pas longtemps pour transporter Coco et Orson à l'intérieur et comprendre ce qui s'est passé.

La maison était inviolée lorsque Blanche y est retournée pour prendre les tee-shirts de rechange, et elle en est repartie un peu après quinze heures – Emmy a vérifié sur le reçu du Uber. On sait donc que l'intrusion a eu lieu après son passage. Notre visiteur est entré par la porte de derrière, celle qui donne dans la cuisine, sans doute après avoir escaladé la grille. Il a cassé la vitre de la porte, que je sécurise à présent comme je le peux, en bouchant l'ouverture avec du carton et en calant ensuite un tabouret contre la poignée intérieure. Un tour rapide de la maison ne m'a permis de constater ni vol ni acte de vandalisme, mais je décide de renouveler l'inspection. Non, rien ne semble avoir disparu. Pas d'empreintes boueuses de chaussures, pas de désordre dans le salon.

« Ces derniers temps, de nombreux cambriolages opportunistes de ce type ont été recensés dans le quartier », m'informe la police quand elle finit par arriver. « Bien souvent, ils sont le fait d'adolescents désœuvrés à la recherche d'appareils high-tech ou d'espèces. A-t-on remarqué la disparition de quelque chose comme ça ? Ordinateur, tablette, enceinte Bluetooth, argent liquide ? »

« D'après mes premières constatations, rien ne semble avoir été volé », dis-je avant de leur indiquer avoir pris des photos de la porte de derrière avec sa vitre cassée, ainsi que des débris de verre sur le sol de la cuisine. Je passe mon téléphone à l'un des deux agents pour qu'il puisse y jeter un œil. Son majeur balaie rapidement l'écran tandis qu'il passe de l'une à l'autre sans faire mystère du peu d'intérêt qu'elles lui inspirent.

— Vous avez eu de la chance, me dit-il. L'alarme a dû les faire fuir.

Lorsque je lui demande quelles sont les chances de retrouver ceux qui ont fait ça, il m'explique benoîtement que d'ordinaire la police ne se donne plus la peine d'enquêter sur ce type d'affaires. Si nous nous sentons inquiets après cet incident, la meilleure chose à faire est d'installer une ou deux caméras de surveillance.

— Leur présence est assez dissuasive, me dit-il. Et assurez-vous de ne laisser aucun objet de valeur en évidence.

Après quoi, il me remet un numéro de dossier sur un bout de papier et bat en retraite avec sa collègue.

Ce soir-là, j'essaie de refouler la pensée que notre maison n'a pas été visitée par hasard. Que la ou les personnes qui s'y sont introduites savaient pertinemment à qui elle appartenait et ce à quoi nous étions occupés tout l'après-midi. Il fallait être sûr de son coup pour escalader la grille en plein jour et balancer un pot de fleurs dans la vitre de la porte. La nuit n'était même pas entièrement tombée quand nous avons installé Coco et Orson dans le Uber, avant de rentrer à la maison.

Entre deux bouffées de parano, je me dis de ne pas être aussi parano.

Je me rassure en songeant à nos règles d'or et à la rigueur avec laquelle Emmy s'y conforme ; avec quel soin presque maladif elle s'assure de ne jamais écrire ou photographier le moindre détail qui puisse révéler l'endroit exact où nous vivons. Il faut que je me reprenne. Ce genre de chose peut arriver à un footballeur de *Premier League*, son hôtel particulier vidé un soir de match, mais j'imagine mal qu'un cambrioleur lambda puisse connaître Mamapoil ou considérer notre maison comme une cible alléchante – à moins, bien sûr, qu'il n'ait envie de repartir avec des tonnes de jouets en plastique souvent maculés de yaourt, une belle collection de produits de beauté, une télévision pas si grande que ça et trois ordinateurs portables déjà un peu dépassés, voire carrément vétuste en ce qui concerne le mien.

Emmy entreprend sa propre vérification, au cas où, m'explique-t-elle, je serais passé à côté de quelque chose d'évident. Ce qui me semble de plus en plus évident, au fur et à mesure que progresse son inspection, c'est que ma femme n'a qu'une idée très vague de ce qu'elle possède, peut-être parce que ses biens ont souvent été acquis sans qu'elle débourse le moindre centime. Des produits gratuits qu'elle n'avait pas encore déballés semblent manquer à l'appel, pense-t-elle, ainsi qu'un carton qui contenait probablement une espèce de blender. Une poignée de bijoux reçus en cadeau qui dormaient pêle-mêle au fond d'un bol en porcelaine, peut-être ? Elle se rappelle vaguement avoir laissé, près de la porte d'entrée, une paire de bottes Burberry qu'elle devait faire ressemeler (mais ne les a-t-elle pas déjà emportées chez le cordonnier, maintenant qu'elle y pense ? Et si c'est ce qu'elle a fait, à qui a-t-elle bien pu les confier ?). Il y a aussi ce blouson en peau de mouton Acne Studios à deux mille livres qu'elle pourrait bien, réflexion faite, avoir oublié à l'arrière d'un taxi six mois plus tôt.

Pendant qu'elle se connecte au site de notre assureur, je me mets à errer dans la maison, incapable de tenir en place. Je me disperse, absorbé par une multitude de tâches inutiles, comme vérifier que l'intrus n'est pas resté dans la maison, tapi dans le placard aménagé sous l'escalier ou derrière la porte de la salle de bain. Savoir que quelqu'un s'est introduit chez vous est une chose affreuse en soi, mais lorsqu'on est père d'une petite fille de quatre ans et d'un bébé, le sentiment est encore mille fois pire. J'ai envie d'aller de pièce en pièce et de tout nettoyer de fond en comble.

Une partie de mon esprit se laisse aller à imaginer ce qui se serait passé si j'avais surpris le salopard en flagrant délit, le plaisir que j'aurais eu à lui sauter dessus. Une autre partie réfléchit à la meilleure façon de barricader la maison et conçoit toutes sortes de pièges à intrus, plus ingénieux les uns que les autres.

Je décide de ne pas mentionner cet incident devant ma mère. Dès le départ, lorsque je lui ai parlé du projet Instagram d'Emmy, elle a entrepris de faire la liste de tout ce qui pouvait mal tourner. Étais-je certain que ce n'était pas dangereux ? Certain que nous n'allions pas le regretter ? Que se passerait-il si Coco souhaitait un jour embrasser une carrière politique ? Avions-nous songé qu'elle risquait de nous en vouloir, lorsqu'elle serait plus âgée, d'avoir publié toutes ces photos d'elle sur Internet ? J'ai fait valoir que des millions de parents postaient des images de leur famille chaque jour sur Facebook. Et quand j'étais petit, elle-même n'hésitait pas à sortir un album photo à ma gloire lorsqu'elle avait de la visite, et à en feuilleter les pages avec des gens qu'on ne connaissait pas forcément très bien.

Et si… ? « Ça suffit, maman », avais-je été contraint de lui dire au bout d'un moment.

Longtemps les personnalités de nos mères respectives ont été un sujet de plaisanterie entre Emmy et moi – impossible de trouver deux êtres plus dissemblables.

Ma mère, Sue, est attentionnée et un peu empruntée, attentive à ne pas s'imposer mais toujours prête à tendre la main à quelqu'un qui a besoin d'aide. Je comprends qu'elle tape parfois sur les nerfs d'Emmy. Le fait est qu'elle *me* tape parfois sur les nerfs. Elle se débrouille toujours pour appeler au pire moment, et même après qu'on lui a expliqué qu'on était trop occupé pour papoter, elle continue à vous raconter ce qu'elle a en tête comme si de rien n'était. Il m'arrive de poser le téléphone pour aller chercher quelque chose dans une autre pièce et de reprendre la conversation sans qu'elle ait eu conscience d'avoir parlé seule pendant de longues secondes. Elle n'est absolument pas douée pour masquer son désaccord avec tel ou tel de nos choix, et lorsqu'elle estime qu'il y avait mieux à faire en matière d'éducation, nous en sommes rapidement informés.

La mère d'Emmy, quant à elle, est un cauchemar absolu.

Emmy

C'est toujours la faute de la mère, n'est-ce pas ?

Mais s'il fallait vraiment désigner un coupable, mieux vaudrait se tourner vers mon père. Si les arrangements avec la vérité et les faux-semblants sont devenus partie intégrante du mode de fonctionnement de notre famille, c'est incontestablement à lui qu'on le doit. Il a élevé le mensonge au rang de l'art, dissimulant ses incartades sexuelles avec un tel panache qu'il devenait impossible de ne pas éprouver une forme d'admiration pour l'agilité intellectuelle que cela demandait. Et malgré ses défauts, c'était un homme intelligent, drôle et au charisme magnétique. Parce que je voulais lui ressembler, j'ai gardé ses secrets, joué le jeu, couvert ses mensonges.

Croisait-il les doigts derrière son dos lorsqu'il a promis à maman de lui être fidèle dans la joie comme dans la peine, jusqu'à ce que la mort les sépare ? Je doute qu'il ait envisagé le mariage sous cet angle. Il faisait simplement ce que je l'ai toujours vu faire : dire ce que l'autre voulait entendre. Mieux vaut être apprécié pour ses mensonges que détesté pour son honnêteté : telle était, dans les grandes lignes, sa philosophie de vie. C'était un caméléon, mon père. Un transformiste qui changeait de costume selon ce qui plaisait le mieux à son interlocuteur. Capable d'être tout ce que les gens souhaitaient qu'il soit. Hormis un bon père et un bon mari.

Quand ma mère l'avait soupçonné de fricoter avec sa secrétaire, il était parvenu à la convaincre qu'elle se faisait des idées, et au bout du compte c'est elle qui lui avait demandé pardon. J'avais un point de vue un peu plus documenté sur la question, entraînée le samedi matin dans une virée shopping pour aller acheter des sous-vêtements sexy et du parfum, mon silence acheté à coup de Barbie et de fraises Tagada. Et cette amie de la famille, récemment endeuillée, accusée par maman d'être un peu trop proche de lui ? Papa lui avait tricoté une fable dans laquelle il n'était qu'une généreuse épaule offerte aux larmes de la veuve éplorée. Pourtant, aux heures tardives où maman dormait à poings fermés et où j'étais censée faire de même, j'avais surpris des chuchotements téléphonés où il était question d'autres parties du corps.

Dans ces conditions, Ginny ne peut être tenue pour seule responsable de son goût immodéré pour l'alcool. Peut-être aurait-elle été une meilleure maman si elle avait épousé un médecin ou un enseignant ? Ou si elle avait fait usage de son diplôme de droit et de son impressionnante matière grise pour des activités plus exaltantes qu'une relecture pointilleuse de la convention de divorce ? Mais quand vous êtes aussi belle que l'était maman et que vous épousez un banquier aussi riche et arrogant que l'était papa, j'imagine que vous avez aussi lu et approuvé ce contrat-là. Peut-être s'agissait-il pour elle du choix délibéré de troquer la possibilité d'une véritable vie – une vie avec un mari qui s'intéresse à votre bonheur ; une vie où vous avez le droit de dire qu'elle ne vous convient pas – contre un style de vie : les voitures de luxe, les belles fringues, les vacances de rêve. Peut-être a-t-elle fini par estimer qu'il lui revenait de mettre en scène notre vie domestique, de nous faire jouer la pièce de la famille heureuse pour respecter sa part du contrat ? Peut-être ne se sentait-elle pas le droit de laisser tomber le masque, même avec moi ?

J'avais pris l'habitude d'étudier la façon dont les mères de mes amies se comportaient avec leurs filles, mémorisant consciencieusement les gestes tendres, les baisers et les conversations familiales autour de la table à manger chez Polly, chacun racontant ses aventures de la journée. Je ne crois pas avoir été envieuse, pas vraiment. Plutôt observatrice fascinée. J'archivais mentalement les meilleures séquences dont j'étais le témoin pour construire en pensée une sorte de maman Frankenstein – une maman qui m'inscrivait à des cours de danse classique, me conduisait à des leçons de piano et s'en fichait complètement si mes mains étaient sales quand je tendais les bras vers elle. Une maman qui était là tous les soirs pour remonter la couette sous mon menton et poser un baiser sur mon front.

Même après avoir été quittée pour un mannequin plus jeune qu'elle, maman n'a pas pu supporter d'admettre devant quiconque – pas même devant moi – que la vie telle que nous la connaissions était terminée. Nous avons juste emménagé dans une nouvelle maison et commencé une autre existence, comme si de rien n'était. L'aisance financière a sûrement mis du baume sur ses blessures, et il me semble qu'au bout du compte elle était plus heureuse sans lui. Et lui, était-il plus heureux sans elle ? Qui sait ? Je ne l'ai jamais revu.

Je prends conscience d'avoir débité tout ça d'un coup, sans presque reprendre ma respiration.

— Et ça vous inspire quels sentiments ? demande le docteur Fairs.

— De ne pas avoir revu mon père depuis toutes ces années ? Je ne suis pas sûre que ça m'inspire le moindre sentiment, dis-je d'un ton désinvolte. C'était il y a vingt-cinq ans, et je suis certaine que mon père se porte comme un charme. Quant à ma mère, j'ai l'impression qu'elle trouve sa vie très distrayante, du moins les épisodes dont elle parvient à se souvenir.

— Diriez-vous que vous avez été élevée dans un environnement sûr et serein ? Diriez-vous que c'est le cas pour vos propres enfants ?

— Oui à votre seconde question, dis-je sans hésiter. Absolument. Bien sûr, ce n'est pas très agréable de se faire cambrioler, de penser que quelqu'un est entré dans l'intimité de notre vie familiale, qu'il a fouillé dans nos affaires, qu'il y a posé ses sales pattes partout, mais on a une bonne assurance, et puis ça arrive à tout le monde, n'est-ce pas ? Ça vous rend un peu nerveux pendant quelques jours, un peu sur le qui-vive, un peu plus conscient de la fragilité de cette petite bulle dans laquelle on vit. Le plus important, c'est qu'aucun d'entre nous n'ait été à la maison quand c'est arrivé.

Le docteur Fairs m'exprime sa sympathie, même si je comprends au ton de sa voix qu'elle me soupçonne d'avoir délibérément éludé sa question.

— Il faudra qu'on parle un peu plus longuement de cette intrusion et de la façon dont vous l'avez vécue, dit-elle. Mais pour l'instant, si vous le voulez bien, j'aimerais qu'on s'attarde un peu sur le sujet dont on discutait juste avant.

— Si vous voulez.

— D'accord. Alors, permettez-moi de reformuler ma question. Quelle influence pensez-vous que votre enfance a eue sur votre vision de la famille ?

— Eh bien, la réponse est simple : je ne voulais pas en avoir une à moi, dis-je tranquillement.

Jamais, jamais, jamais. J'ai eu une phase poney. Une phase où je voulais devenir danseuse étoile. J'ai même eu une brève phase gothique. Jamais je n'ai eu de phase bébé.

— Et votre mari ? demande-t-elle.

— Dan ? Pendant les cinq premières années de notre relation, on aurait dit qu'il passait une audition pour obtenir le rôle du papa, dis-je, riant au souvenir de ses démonstrations paternelles.

C'est bien ce que font les hommes, non ? Au début, c'était plutôt mignon. Dès le début de notre histoire, chaque fois que nous nous trouvions en présence d'enfants, Dan faisait tout un cinéma pour me montrer à quel point il était doué avec eux. Si nous étions invités à un mariage, je le retrouvais à quatre pattes avec un marmot sur le dos avant même que j'aie pu avaler ma première gorgée de prosecco. Il se proposait constamment pour tenir un bébé dans ses bras le temps que sa mère ou son père aille aux toilettes, s'approchait des pousseurs de poussettes au supermarché, sourire attendri aux lèvres, pour leur demander l'âge du passager. Il m'est même arrivé de le prendre la main dans le sac alors qu'il disait à quelqu'un que nous n'avions pas *encore* de bébé.

Bien entendu, il n'avait pas la moindre idée de ce qu'impliquait le rôle de parent. Ce sentiment oppressant que rien ne sera plus jamais comme avant. Que même une fois qu'ils font leurs nuits, *vous* ne serez plus jamais capable de dormir sur vos deux oreilles, sans cesse tenaillé par la conscience lancinante que le temps où vous n'étiez responsable que de vous-même est définitivement révolu.

Lorsque Coco était encore minuscule, Dan avait l'habitude de s'asseoir au comptoir de la cuisine après qu'elle s'était endormie – c'est-à-dire après qu'il avait passé la journée à écrire pendant que je la promenais dans son landau ou que je me tapais un atelier de massage pour bébés – et de faire défiler des photos de notre fille sur son téléphone tandis que je préparais le dîner. Là, elle fait son rot. Et là, *on dirait* un sourire, non ? Regarde un peu comment je l'avais habillée ! On dirait un petit pingouin ! Il n'en revenait pas d'avoir participé à la création d'un mini-être humain. Puis nous montions nous coucher et bien entendu ce n'était pas lui qui se levait pour les tétées nocturnes. Ni pour le changement de couche de deux heures du matin, d'ailleurs.

Doit-on vraiment s'étonner que je n'aie pas été pressée d'avoir un bébé ? Adolescente, ma mère n'a cessé de me mettre en garde contre la facilité avec laquelle on pouvait tomber enceinte, me rabâchant que je devais être très prudente si je ne voulais pas gâcher mon existence. Qu'elle n'avait aucune envie de se remettre à pouponner, ce qui arriverait forcément si j'étais assez stupide pour me faire engrosser par mon adonis du moment. L'université a été le théâtre de mon premier rapport sexuel. Nous avons utilisé un préservatif *et* un diaphragme *et* une bonne dose de gel spermicide. Dan était parfaitement au courant de ma peur panique de procréer (qu'il a pu constater de lui-même). Quand nous avons commencé notre histoire, lors de ces premiers mois passionnés, une de ses spécialités au lit était de me demander, juste avant de me pénétrer, si j'avais bien pensé à prendre ma pilule. La réponse était invariablement oui.

Ce n'est qu'une fois la pilule abandonnée – je l'avais désignée comme responsable des quelques kilos dont je n'arrivais pas à me débarrasser pour le mariage – qu'il a commencé à prononcer des phrases comme « Et si on laissait le hasard décider ? » au moment où je lui tendais un préservatif. Il m'est arrivé, en de très rares occasions, d'être suffisamment ivre pour accepter. Puis, chaque fois que nous partions en week-end, il s'est mis à tourner sans cesse autour du sujet, roucoulant d'innocentes remarques comme « Tu imagines comme ça doit être chouette d'emmener son enfant à la mer ? », avant de se lancer dans la narration émue de ses souvenirs de vacances en famille. Après quoi nous rentrions à l'hôtel, et au moment de faire l'amour il s'apercevait qu'il avait oublié d'acheter des préservatifs.

Et puis un jour, c'est arrivé.

À l'instant où j'ai vu apparaître cette ligne bleue, j'ai su qu'il n'était pas question de le garder. Après deux années ensemble, il aurait sans doute été dans l'ordre des choses d'avoir un enfant, d'autant que nous étions sur le point de nous marier. Mais autant Dan rêvait d'être papa, autant j'étais certaine de ne pas vouloir être mère. Je voulais avoir une carrière. Je voulais voyager. Je voulais porter des vêtements magnifiques accessoirisés avec des sacs hors de prix, manger dans des bons restaurants, retrouver des amis dans des bars cool et avoir des choses intéressantes à raconter entre deux gorgées de bon vin. Pour Dan, c'était différent : qu'avait-il à sacrifier, au juste, en échange d'une famille ? Polly m'a accompagnée à l'hôpital.

Après l'avortement, j'ai été submergée par une extraordinaire sensation de soulagement. Peut-être était-ce le seul sentiment que je me suis autorisée à ressentir. Je ne sais pas.

La fois suivante, j'y suis allée seule.

Même si la décision n'a sans doute pas été aussi instantanée, je suis certaine de n'avoir eu aucun mal à la prendre. Je sais, je suis censée éprouver un indéfectible chagrin, m'interrogeant à jamais sur le bien-fondé de ce choix. Mais j'avais décidé en mon âme et conscience que ni peine ni culpabilité ne seraient associées à ces deux minuscules paquets de cellules. Parfois, je ressens malgré moi un pincement au cœur en lisant un post Instagram dans lequel une femme décrit la souffrance qui est encore la sienne, lorsqu'elle songe au choix difficile qu'elle a fait. Mais en dehors de ça, je ne laisse pas ce genre de pensées pénétrer mon cerveau. C'est un recoin de mon psychisme où j'ai choisi de ne jamais aller fouiner.

Sans doute Dan ressentirait-il les choses autrement, s'il savait.

Le docteur Fairs me présente un visage aussi impassible que sur l'affiche géante accrochée derrière elle, une publicité pour Alimentra, sa marque de compléments alimentaires qui « s'inscrivent dans le cadre d'une autonomisation du patient et d'une automédication responsable » (ai-je précisé que ma présence en ces lieux est une obligation contractuelle ?).

Je ne la qualifierais pas d'imposteur, pas vraiment – même si elle essaie chaque fois de me vendre un flacon de ses « gélules pleine conscience oméga 3 » et qu'elle mentionne un peu trop souvent ses conférences TED et son best-seller. Les diplômes encadrés sur le mur pour rassurer les patients font leur petit effet en ce qui me concerne, mais ça ne signifie pas que je suis ravie de devoir me traîner régulièrement jusqu'à son foutu cabinet de Marylebone pour passer une heure à parler de ce qu'elle voudrait que je ressente.

— Et qu'est-ce qui a fini par vous donner envie d'avoir un enfant, Emmy ?

Je hausse les épaules.

— Les circonstances ont changé, je suppose. Un jour, j'ai senti que c'était le bon moment.

17 586 J'aime

La_mamapoil Elles passent tellement vite, pas vrai ? Les années, les larmes, toutes ces peurs de mal faire. Mais les êtres humains miniatures se moquent bien que vous soyez un peu en sueur, au bout du rouleau, et que vous ayez l'air d'avoir dormi dans vos vêtements. L'ombre de #joursdegrisaille plane peut-être au-dessus de votre quotidien, mais parfois apparaît un lumineux intermède aux allures de miracle, une éclaircie licornesque, et les nuages s'évaporent. J'appelle ces moments les #joursdelumière – quand vous avez enfilé votre costume de superhéroïne et que les mamans solidaires de votre cercle d'amies deviennent votre potion magique. Une constellation bienveillante qui vous réchauffe et vous rappelle l'importance des petites victoires – l'importance de les reconnaître et de les célébrer. Et cette journée où Coco s'apprête à souffler une quatrième bougie est l'un de ces intermèdes lumineux. Alors, tandis que je vous invite à partager avec nous le gâteau d'anniversaire, mais aussi l'amour, les rires, et la bienveillance de mes amies si chères qui aujourd'hui entourent Coco, j'aimerais connaître vos propres #joursdelumière. Racontez-les-moi juste en dessous et taguez votre cercle de mamans pour avoir chacune une chance de gagner un chèque cadeau de 1 000 £ #joursdelumière #victoiresdemaman #4ansdeCoco #ad

Elles étaient toutes là, à la fête d'anniversaire. Toutes les instamums. Depuis quarante-huit heures, leurs publications ne semblaient tourner qu'autour de cet événement. Voici la

coach machin-chose avec la fille de Hackney, et aussi celle qui montre sa poitrine en public, et puis une autre que je n'avais jamais vue, toutes brandissant joyeusement une flûte colorée de champagne, la tête renversée en arrière comme si on ne pouvait pas rire autrement. En voilà une autre qui pose avec un petit garçon en costume de dinosaure. Et là, des gamins aux visages maquillés en fauve, montrant les griffes et les dents devant l'objectif comme s'ils rugissaient. J'isole une photo et l'examine un moment, avant de revenir voir si Emmy a publié un nouveau post. Je peux faire ça pendant des heures. Des jours, presque. Et ce dont vous finissez par vous rendre compte quand vous passez du temps sur Instagram, c'est à quel point tout ça est soigneusement coordonné. Les hashtags. La façon dont toutes les instamums likent et commentent systématiquement leurs publications respectives. La façon dont elles font sans cesse la promotion des autres influenceuses de leur petite coterie, se mentionnant les unes les autres et s'identifiant entre elles. La façon dont elles rabâchent les mêmes messages, les mêmes thèmes. Celui du jour est manifestement l'amitié entre femmes, l'importance d'être solidaires entre mamans. C'est Mamapoil qui ouvre le bal avec une image de cinq instamums photographiées de dos, bras dessus, bras dessous et visages tournés vers l'objectif par-dessus leurs épaules. Dans la légende, Emmy exprime sa gratitude d'avoir de si merveilleuses amies. À peine deux minutes plus tard, toutes ont répondu.

Il existe toutefois un fait étrange dont j'aimerais vous parler.

Pas une seule de ces femmes censées être les grandes amies d'Emmy ne semble avoir assisté à son mariage. Lorsqu'elle a publié une photographie de la noce quelques mois plus tôt, à l'occasion du jour anniversaire de celle-ci, j'ai été frappée de constater qu'en dehors des mariés, je ne reconnaissais personne. Mais qui donc étaient tous ces gens ? Aucune des cinq ou six personnes souriantes qui entouraient le couple fêté ne m'était, ne serait-ce que vaguement, familière. Quant à cette grande fille qui tenait la traîne de la mariée et devait donc être son témoin, je n'ai jamais entendu Emmy parler d'elle, que ce soit sur Internet ou dans les médias traditionnels. Pas un mot.

Ce qui, franchement, me semble assez étrange. Un peu suspect, même.

Une des choses que Grace a le plus mal vécues, après ce qui s'est passé, a été de voir tant de ses amis la laisser tomber. Des gens qu'elle considérait comme une seconde famille et qui ont choisi de disparaître de sa vie.

Ma fille avait un sens très fort de l'amitié. C'était le genre de personne qui aurait fait n'importe quoi pour ses amis, qui conservait des photos d'eux sur son frigo, toujours partante pour jouer le rôle du chauffeur sobre qui reconduit les autres après la fête, la capitaine de soirée qui s'assure que tout le monde rentrera sans encombre. Jamais elle n'oubliait un anniversaire.

La moitié des gens invités à l'enterrement ne se sont même pas donné la peine de répondre.

Certains ont toutefois fait l'effort de venir la voir. Surtout au début, bien sûr. Mais il y avait toujours un malaise. On voyait bien, disait Grace, qu'ils craignaient de faire une gaffe, de dire quelque chose qu'elle prendrait mal ou qui la blesserait. Il y avait de longs blancs. Plus d'une fois, elle a surpris les regards à la dérobée qu'ils jetaient à l'horloge.

Le pire dans tout ça, ai-je souvent pensé, ce qu'il y a eu de plus cruel, c'est qu'après la mort de George, au cours de ces premiers mois où je souffrais tant de me retrouver seule, il n'y avait que Grace pour trouver les bons mots. Que Grace pour me remonter le moral quand j'étais au plus bas et que je ne voyais plus de sens à ma vie. Elle parvenait à me faire rire en me racontant une anecdote ou une blague, exactement comme l'aurait fait George. Ou elle me disait que son père n'aurait pas voulu que je passe le restant de mes jours à me morfondre, à geindre et à dépérir. Ou bien encore, si le moment et l'humeur s'y prêtaient, il lui arrivait de me rappeler toutes ces petites choses qu'elle faisait, gamine, et qui me rendaient folle. Et parfois elle se contentait de me prendre la main, de la presser tendrement et de me dire à quel point il lui manquait, à elle aussi.

Constater que moi, sa mère, je ne savais pas lui rendre la pareille, que je ne trouvais jamais les gestes ou les mots justes lorsqu'elle sombrait dans le chagrin du deuil, que tout ce que je disais semblait l'agacer ou, pire, aggraver sa peine, m'a totalement anéantie. Je l'encourageais constamment à sortir un peu – à aller au restaurant, au cinéma, ou même à faire une petite course pour prendre l'air et changer de décor –, mais elle ne voulait pas. Ce ne serait pas convenable, disait-elle, ce serait mal vu : chaque fois qu'elle avait mis le nez dehors, elle avait eu le sentiment d'être jugée. Les gens dont elle cherchait le regard le détournaient. D'autres qui discutaient tranquillement s'étaient brusquement tus à son passage. Elle était même certaine qu'on avait crié des méchancetés dans son dos, à deux ou trois reprises. Ne dis donc pas de bêtises, la grondais-je gentiment, tu t'imagines des choses, ma fille.

Ce sentiment d'être jugés leur a énormément pesé, à tous les deux.

Je me souviens d'un dimanche de novembre où j'étais venue les voir, une de ces journées où le soleil n'arrive jamais vraiment à percer à travers les nuages. Ils m'avaient invitée à déjeuner et j'avais apporté un gâteau fait maison pour le dessert. Alors que je m'engageais dans le chemin cahoteux qui menait chez eux, j'ai aperçu la voiture de Jack garée à mi-parcours sur le côté. En me rapprochant, j'ai vu qu'il était penché en avant, tête basse et bras croisés sur le volant, et bientôt j'ai distingué les secousses qui agitaient ses épaules. L'instant d'après, tandis que je passais à sa hauteur, il a relevé un visage noyé de larmes. J'ai poursuivi jusqu'au cottage et Grace est aussitôt venue m'accueillir, alertée par le roulement des pneus sur le gravier. Elle m'a conduite dans la cuisine, où la table était mise et le repas prêt à être servi. Jack est arrivé une vingtaine de minutes plus tard, alors que nous en étions au dessert. Il nous a dit bonjour et s'est assis pour manger une part de gâteau avec nous, comme si de rien n'était. Ce dont j'avais été le témoin sur le chemin n'a jamais été évoqué.

C'est curieux comme les gens passent dans votre vie, si vite au fond ; curieux comme ils s'en vont si facilement. Quand on est jeune, on s'imagine que nos proches seront toujours là.

D'abord, ça a été George et moi. Puis George, Grace et moi. Puis George, Grace, Jack et moi. Puis Grace, Jack, Ailsa et moi. Puis seulement Grace, Jack et moi. Puis seulement Grace et moi. Puis seulement moi.

Chapitre huit

Emmy

— Vous êtes bien Holly, la RP des Mamans radieuses ? Bonjour, Emmy Jackson à l'appareil. Écoutez, je vais avoir dix minutes de retard, on a eu un petit souci à la maison. Je vous préviens, j'ai des cernes jusqu'aux genoux et du beurre de cacahouète dans les cheveux – au moins, pas besoin de me coiffer et de me maquiller, je suis irrécupérable !

J'éclate de rire, réveillant Orson qui s'était assoupi à côté de moi dans son siège auto. Je suis peut-être prête à confier Coco aux bons soins de Blanche, mais lui laisser un nouveau-né qui a besoin d'être nourri au sein toutes les heures serait sans doute pousser le bouchon un peu loin.

La journée aurait pu mieux commencer : l'œil à peine ouvert, j'ai appris que quelqu'un avait publié le nom et l'adresse de l'école de Coco sur un forum de ragots. C'est Irene qui nous a prévenus. Dan se trouvait avec moi dans la chambre quand j'ai décroché, et en voyant ma tête il a tout de suite compris que c'était du sérieux. Il est resté planté devant moi tout le temps que j'écoutais Irene me raconter les faits, m'adressant à intervalles réguliers d'impatientes mimiques censées me faire lâcher mon téléphone séance tenante pour lui fournir des explications.

Irene s'était plainte et le forum avait aussitôt retiré le post en question qui, outre les informations destinées à mettre les psychopathes sur la piste de Coco, me reprochait d'avoir le culot de me prétendre une *vraie* mère alors que j'abandonnais ma fille toute la journée à la maternelle, puis vitupérait contre le manque de scrupules d'une femme qui tirait ses revenus et sa notoriété d'une famille avec laquelle elle ne passait jamais de temps. Mais Internet n'oublie jamais – une fois qu'une information y a été diffusée, même brièvement, elle y reste à jamais. Autant les responsables du forum avaient fait preuve de diligence pour supprimer ce post, autant ils étaient incapables de nous fournir la moindre information sur l'identité de la personne qui l'avait publié, hormis qu'il s'agissait de sa première visite sur leur site. Aussi horrible que cela puisse paraître, j'avais tout de suite songé que cette diatribe pouvait être l'œuvre d'une des mamans de la maternelle.

Je sais pertinemment qu'elles médisent sur moi et me critiquent entre elles – je sens l'ambiance changer dès que je passe le portail, je vois les mains se coller aux bouches pour abriter les chuchotements des commères qui s'agrègent dans les recoins du jardin. Elles sont toutes parfaitement civiles lorsqu'il nous arrive d'échanger quelques mots, mais je suis convaincue qu'au moins deux de ces femmes me cassent du sucre sur le dos en ligne, et je ne serais pas surprise qu'une d'entre elles se cache derrière un de ces *trolls* sans abonné ni photo de profil qui déblatèrent contre la façon dont je m'occupe de mes enfants. Qui sait ? Je suis prête à parier que certaines de ces mamans viennent faire un tour sur mon compte, sans pour autant me suivre, et, après quelques verres de vin, sortent leurs téléphones pour montrer à leurs amies *cette horrible influenceuse que je croise tout le temps à la maternelle*, avant de murmurer avec des airs de conspiratrices qu'elles ont jeté un coup œil à mes comptes annuels sur le site du registre du commerce et des sociétés, et *vous vous rendez compte le fric qu'elle se fait ?* Bien sûr, elles pourraient se remplir les poches de cette façon-là, elles aussi, ça n'a pas l'air sorcier. Mais, contrairement à moi, ces femmes ne sont évidemment pas du genre à exploiter leur famille sur Internet. *Non, mais regardez-moi cette photo de Coco qui fait un caprice ! Sa maman ne pourra s'en prendre qu'à elle-même si cette gamine finit par se faire harceler à l'école. Les enfants sont parfois si cruels.*

Peut-être, mais leurs mères le sont parfois encore plus.

Ce post peut être l'œuvre de quelqu'un que nous connaissons, ou au moins que nous croisons de temps à autre, mais tout aussi bien celle d'un parfait étranger ; nous ne vivons pas vraiment incognito. C'est peut-être quelqu'un qui nous a reconnus en passant par hasard devant l'école. Ou alors une abonnée qui a envoyé un message auquel Blanche n'a pas répondu avec assez d'enthousiasme, et qui a joué les détectives dans le but de se venger. Ça peut être n'importe qui, et probablement personne de vraiment dangereux, mais étant donné les risques que cela fait potentiellement courir à Coco et l'état de nerfs dans lequel se trouve Dan depuis l'intrusion, nous n'avions pas d'autre choix que d'agir sur-le-champ.

C'est pourquoi nous avons laissé Coco à la garde de Blanche, au moins pour aujourd'hui. C'était la seule solution. Elle ne peut pas retourner dans cette maternelle et Dan a refusé tout net d'annuler son rendez-vous absolument capital avec son importantissime éditrice. J'aurais bien emmené Coco avec moi à la cérémonie, mais elle voulait rester à la maison et n'a pas lésiné sur les moyens de me le faire savoir. Avec une gamine de quatre ans au bord de la crise de nerfs et un bébé vagissant, les choix étaient donc limités.

Même s'il est peu probable que ma nouvelle assistante *trucide* Coco, cette solution est loin d'être idéale. Je ne suis resté que quatre-vingts secondes au téléphone avec la fille des Mamans radieuses, mais ce laps de temps somme toute modeste a suffi pour que mon portable accumule cinq nouveaux SMS de Blanche, perdue face aux demandes insistantes de Coco qui lui réclame des bonbons Maya l'abeille, de la peinture aux doigts ou un énième épisode de la *Pat'Patrouille*.

Tandis que le taxi se range le long du trottoir, devant l'hôtel où va se dérouler la cérémonie, je pianote rapidement : *Il fait beau, contente-toi de l'emmener au parc.* Je vois que j'ai un WhatsApp de Polly et lui réponds avec deux émoticônes – coucou de la main et bisou –, notant dans un coin de ma tête de lire son message dès que j'aurai un moment.

Bien que Coco se comporte d'ordinaire comme une petite fille bien élevée, elle a récemment développé une relation ambiguë avec mon iPhone. Selon son humeur, elle passe d'un état de grande agitation où elle exige que je la photographie tandis qu'elle prend des poses (avant de faire défiler les images pendant une éternité jusqu'à ce qu'elle en trouve une où elle n'est « pas trop moche ») à un état de grande agitation où elle essaie de m'arracher le téléphone des mains en hurlant : « Je veux que tu me regardes, MOI ! Pas le téléphone, maman ! Regarde-MOI ! » Je ne suis nullement immunisée contre ce type de culpabilisation, mais ce rapport amour-haine avec mon outil de travail est particulièrement déstabilisant.

Quant à Blanche, si elle se révèle plus compétente que je ne m'y attendais en assistante personnelle, elle est tout sauf Mary Poppins. La condition d'enfant semble être pour elle un concept assez nébuleux, ainsi que les raisons qui peuvent pousser à en avoir, et d'une manière générale elle considère Coco comme l'un de ses nombreux chapeaux : un accessoire photogénique. Maintenant que j'y pense, je me souviens avoir surpris une conversation où la mère de Dan disait à peu près la même chose de moi.

J'applique une nouvelle couche de rouge à lèvres, m'ébouriffe si bien les cheveux qu'on pourrait croire que j'ai plongé dans ce taxi par le toit ouvrant, m'asperge le visage avec mon brumisateur Évian, et regarde un instant le résultat sur l'écran de mon téléphone avant d'appuyer sur « Enregistrer ».

— Deux ou trois trucs que j'ai appris à propos des projets de sortie qu'on fait quand on a des enfants. Pour commencer, *n'en faites pas.* Ensuite, si vous avez la chance d'avoir une nounou, ne la laissez *jamais* rentrer chez elle. Imposez-lui un confinement strict à votre domicile si vous ne voulez pas être bonne à essorer comme moi. Je veux dire, regardez-moi un peu ça…

Je m'essuie la joue et exhibe mes doigts luisants face à l'objectif de l'iPhone.

— Quelqu'un peut me dire comment on fait pour ne pas avoir l'air d'une babouchka au sortir du sauna après une journée entière avec ses garnements ? Ce n'est pas pour moi que je demande, c'est pour une amie…

Petite pause, petit sourire complice.

— Et enfin, si vous vous rendez à une soirée comme c'est mon cas ce soir, assurez-vous d'avoir une robe de rechange prête à vous sauver la mise, au cas très probable où un bout de chou imprimerait un baiser plein d'amour et de yaourt sur celle que vous portez, pile au moment où vous allez franchir la porte. Je veux dire, pouvez-vous seulement prétendre au titre de maman si vous ne vous êtes pas changée au moins trois fois avant d'arriver à sortir de chez vous ? Bon, il ne me reste plus qu'à enfiler ce tee-shirt #joursdelumière par-dessus ma robe de soirée ! Regardez, c'est du plus bel effet, non ? Ooh, me voilà arrivée à destination !

Je filme la façade du CubHouse, à la fois club privé et hôtel de charme, et agite la main avant de conclure l'enregistrement. À l'intérieur, l'atmosphère est celle de ces clubs-hôtels londoniens pour trentenaires évoluant dans les milieux vaguement artistiques, en version « j'ai pondu un ou deux marmots ». Il y a des superhéros asexués peints en élégants tons gris sur les murs, des nuages en néon suspendus au plafond, et une pièce entière a été transformée en piscine à boules de diverses teintes rose millénial. Des jouets en bois clair – du genre que seuls les gens sans enfant offrent en cadeau – sont savamment dispersés au sol. Alors que je viens de garer le landau, des hôtesses en combinaisons pastel se précipitent vers Orson et moi et nous conduisent à l'étage réservé aux événements, puis en coulisses.

Je repère aussitôt Irene. Quatre des cinq étoiles de ma constellation ont remporté un prix aujourd'hui, et on dirait bien que notre agente s'est offert une nouvelle tenue pour fêter ça – je suis certaine de n'avoir jamais vu ce tailleur pantalon Gucci en velours rouge, très *working girl* des années 1980. Je baisse les yeux vers mes Stan Smith éraflées et je ressens un douloureux accès de nostalgie en songeant à mon ancienne vie.

Les trois autres instamums récompensées sont là, et je lève les pouces à leur intention. Hannah a remporté le prix de la Mamangagée de l'année et je suis heureuse pour elle (même si les *trolls* auront beau jeu de dire que sortir ses nichons en public pour nourrir un enfant en âge de se verser lui-même un verre de lait demi-écrémé ne constitue pas vraiment une cause à défendre). Suzy et ses robes sur lesquelles le temps n'a pas de prise a empoché le prix de la Mamanbeauté, et Bella s'est vue attribuer le prix de la Mamantrepreneuse, ce qui lui permettra sans doute de faire payer deux fois plus cher ses journées de coaching « Réveillez la *Mumboss* qui sommeille en vous ».

Une bouffée de fierté me submerge par surprise tandis que je les regarde poser sur scène avec leurs trophées, une couche Pampers dorée sur un socle en plexiglas rose. Quoi qu'on puisse penser de la façon dont nous gagnons notre vie, comment ne pas être impressionné par ce que nous avons accompli ? Nous sommes parvenues à être mamans *et* femmes d'affaires, à construire des petits empires avec des anecdotes et des selfies, des petites fortunes avec des photos de famille et des vidéos de quinze secondes. Les instamums de second ou troisième rang, surtout celles qui ne font pas ça pour l'argent, pour qui la vie d'influenceuse n'est qu'un agréable divertissement, une activité secondaire qui leur permet de recevoir des produits gratuits et de se faire offrir, ici et là, quelques jours de vacances ; celles-là ne joueront jamais dans la cour des grandes. Jamais elles ne poseront avec une statuette en forme de couche dorée. Nos trophées du jour sont les Oscars que leurs productions amateurs ne leur vaudront jamais.

— Dieu merci tu es là, Emmy. J'ai cru que tu n'arriverais jamais à temps, dit Irene. Où est Coco ?

— Je l'ai laissée avec Blanche, lui dis-je en baissant la voix. Je n'ai pas vraiment eu le choix, elle a tout bonnement refusé de quitter la maison.

Si j'en crois le regard qu'elle me lance, cette décision ne lui semble pas des plus sages.

— J'aimerais comprendre un jour pourquoi tu n'engages pas une nounou, dit-elle d'un ton exaspéré. Oh, je sais, je sais… Dan veut qu'elle fréquente des enfants « normaux » de son âge pour qu'elle garde la tête sur les épaules.

Irene n'a pas besoin de dessiner les guillemets avec les doigts pour que les derniers mots qu'elle prononce en soient indéniablement entourés. D'ailleurs, lorsque je me laisse moi-même gagner par le cynisme, il m'arrive de penser que laisser Coco toute la journée à l'école permet surtout à Dan d'avoir la maison à lui tout seul pour que personne ne dérange ses précieux travaux d'écriture.

Irene fronce les sourcils, le regard posé du côté de mon épaule.

— Tu as conscience que ton fils vient de faire un rot au lait sur ton tee-shirt ? dit-elle en pointant d'un doigt accusateur Orson qui gazouille joyeusement dans son écharpe de portage motifs léopard.

On m'appelle sur scène et je hausse les épaules avant de m'élancer vers la lumière, souriant de toutes mes dents et agitant la main vers le public au moment où je me place face au micro.

— Tout d'abord, merci de faire preuve d'indulgence et d'excuser Orson d'avoir allégrement régurgité sur mon épaule, dis-je en désignant la petite flaque blanchâtre qui finit d'imprégner le tissu. Je crains que mon fils ne sache pas se tenir en société ! Mais vous voulez que je vous dise ? Cet incident me fournit la parfaite analogie parentale. Parce qu'être une maman, c'est continuer à avancer coûte que coûte, même quand le ciel vous tombe sur la tête ou que le vomi vous asperge le tee-shirt.

D'un geste théâtral, je sors un mouchoir de l'écharpe léopard et fais de mon mieux pour absorber la tache humide. Des exclamations ravies parcourent l'assistance.

— C'est quoi, au juste, une maman parfaite ? Qui sait, et au fond, quelle importance ? Ce qui est certain, c'est que je n'en suis pas une ! Mais ce qui me console, c'est que je n'en ai jamais rencontré… Vous et moi, nous sommes simplement des femmes, des femmes qui essaient d'être à la hauteur sans prétendre toujours réussir ; qui font leur possible sans être tenues à l'impossible. Des femmes avec des sourires embués de larmes, qui s'efforcent de ne pas ajouter leurs sanglots de frustration aux colères enfantines, qui font passer ces précieux petits êtres humains avant leurs propres besoins, heure après heure et jour après jour. Nous distribuons les câlins et les pansements quand les genoux s'éraflent, nous faisons bouillir la marmite et nous coupons les légumes qui y mijotent, nous retrouvons les ailes scintillantes d'un déguisement sous le canapé, même quand la fée qui les a égarées s'est transformée en sorcière. Nous donnerions n'importe quoi pour que cet épuisant tourbillon cesse, et nous pleurons l'instant d'après…

Je ferme les yeux et embrasse le petit crâne d'Orson.

— … à l'idée que ça ne pourra pas durer éternellement.

Je distingue une femme au premier rang qui hoche furieusement la tête en écrasant une larme.

— Je suppose qu'être une maman c'est tout ça, et bien plus encore. Et c'est ce qui est fêté, aujourd'hui. C'est la raison pour laquelle j'ai lancé la campagne #joursdelumière. C'est pour les mamans qui donnent le meilleur d'elles-mêmes, les mamans qui nous inspirent toutes, les mamans qui ont accompli quelque chose de remarquable, et dont l'histoire mérite une plus large audience. Mamans qui n'ont pas renoncé à leur carrière. Mamans débutantes. Mamans à plein temps. Mamans adoptantes. Mamans qui sont aussi des papas. Recevoir le Prix de la Maman de l'année est pour moi un immense honneur, mais je ne peux accepter cette récompense que si vous voulez bien, toutes autant que vous êtes, la partager avec moi. Parce qu'on est toutes embarquées dans cette folle aventure !

L'idée qu'Emmy Jackson ait pu recevoir un prix pour ses qualités de maman me fait hurler de rire. Un rire jaune, bien sûr, grinçant. Ça doit être une mauvaise blague. Non mais franchement, de qui se moque-t-on ? Et qui décerne ces récompenses en toc, d'abord ? Qui se réunit dans une pièce et décide qu'une femme est la meilleure jeune maman, la maman de l'année, ou la super mamie devant laquelle toutes les autres grand-mères devraient s'incliner ? Qui nomme ces jurés ? La cérémonie est retransmise en direct sur Internet, bien entendu. la_hackney_mama et *mapenderiedemaman ont déjà livré leur vision de la maman idéale.*

Là encore, c'était risible.

Grace était une mère magnifique, comme j'étais persuadée qu'elle le serait. Combien de fois s'est-elle inquiétée auprès de moi ? Combien de fois m'a-t-elle dit : « Maman, je ne suis pas sûre d'en être capable. Je ne sais pas si je suis douée pour ça. » Je lui répétais qu'elle serait une maman formidable, et je ne me suis pas trompée. Je l'entends encore me dire qu'elle n'avait presque pas dormi, la nuit qui a suivi la naissance d'Ailsa. Elle ne faisait que la regarder et la regarder encore, incapable de détacher le regard de son bébé si joli, si précieux, de cette responsabilité magnifique et immense. Comment fait-on pour être une maman formidable ? Pareil que pour être un papa formidable. On fait passer son enfant avant tout le reste – et pas juste quand ça vous chante, que ça vous arrange ou quand on se dit qu'il va faire bien sur la photo. Ça signifie prendre des décisions, réfléchir à ce qu'on doit faire pour le bien de l'enfant et être prêt à dire non quand c'est nécessaire (même si ça vous coûte). Ça signifie s'inquiéter. Ça signifie être attentionné, constamment attentif. Ça signifie vivre dans un monde où la joie n'est jamais loin de la terreur. Ça signifie se demander sans cesse si on fait le bon choix, et à qui il profite vraiment. Ça signifie être un parent dévoué de jour comme de nuit, où qu'on soit et quel que soit ce qui réclame par ailleurs votre attention. C'est parce qu'elle faisait tout ça que Grace était une maman exceptionnelle.

Et puis il y a la maternité selon Emmy.

Il y a son approche laxiste qui se traduit par des conseils pratiques lamentables, comme ces astuces pour rester cinq minutes de plus au lit le matin ou occuper un enfant pendant qu'on fait autre chose. Il y a cette façon de se plaindre continuellement qu'elle ne peut plus fréquenter les bars jusqu'à trois heures du matin pour s'imbiber de cocktails ou passer des vacances dans des endroits chics ou faire des galipettes à l'improviste dans le salon. Tout ce côté « Ça fera l'affaire, on ne va quand même pas sacrifier nos petites habitudes égoïstes, on est toutes des héroïnes simplement parce qu'on a su verser des céréales dans un bol ou qu'on n'a pas laissé notre enfant se noyer dans son bain », érigé en méthode d'éducation. Tout ce côté « Comment profiter de ma condition de parent pour gagner du fric ? », et « Laissons nos petits chéris se goinfrer de chips pour qu'ils se tiennent tranquilles – tout va bien, les chips sont bio ».

Devinez laquelle des deux a remporté un prix – un prix officiel, avec cérémonie, trophée et applaudissements – en récompense de ses qualités maternelles ? Devinez qui se fait grassement rémunérer pour pérorer sur la parentalité devant des centaines de milliers de mamans ? C'est terrible de dire ça – terrible de le penser –, mais parfois j'ai le sentiment que certaines personnes ne méritent pas leurs enfants.

Dan

Au fil des ans, la magnificence des déjeuners avec mon éditrice n'a cessé de suivre une courbe descendante. Ils ont commencé, une fois le contrat de mon premier (et unique) livre signé et faxé, dans un restaurant où les chemises des serveurs et les serviettes de table, impeccablement repassées, étaient d'un même blanc immaculé (et si amidonné pour ces dernières qu'on avait presque du mal à les déplier) ; où les cartes épaisses déclinaient les plats en caractères tarabiscotés qui leur donnaient l'air d'un de ces plans de table posés devant le chapiteau d'un mariage chic. J'avais commandé la caille rôtie. Outre mon éditrice, j'étais entouré de mon agente littéraire et de quelques autres membres de la maison d'édition, tous riant de mes bons mots et jamais à court de superlatifs pour décrire l'enthousiasme que leur inspirait mon roman. Une jeune assistante d'édition m'avait expliqué que son compagnon, à force de l'entendre rire le soir dans le lit, avait fini par lui confisquer le manuscrit – il l'avait adoré tout autant qu'elle. Le département marketing, m'assuraient-ils en chœur, ne parlait plus que de mon livre.

Après le déjeuner, nous nous étions tous rendus dans les bureaux de la maison d'édition pour une visite émaillée de poignées de main et de compliments, tandis qu'on présentait le jeune écrivain prometteur au moindre employé croisé en chemin.

D'autres déjeuners un peu moins fastueux avaient suivi la sortie du livre, de simples tête-à-tête avec mon éditrice le temps de la pause de midi, un verre de vin par personne, entrée et plat principal – ni dessert ni café, elle devait retourner travailler. Très vite, elle ne s'est plus souciée de mon premier roman, dont le sort semblait déjà scellé, mais à l'état d'avancement du prochain. Au bout de deux ou trois de ces déjeuners, j'avais remarqué que j'étais désormais seul à commander du vin, et bientôt les entrées avaient été abandonnées. Cette éditrice avait fini par changer de crémerie et une autre s'était chargée de mon cas. Nous avions déjeuné ensemble une première fois pour faire connaissance – dans un Pizza Express. Rien ne m'avait permis d'affirmer qu'elle avait lu mon premier roman ni qu'elle s'intéressait particulièrement au second. Pendant près de la moitié du repas, il n'avait été question que de la maison qu'elle espérait acheter avec son fiancé à Crystal Palace. C'était il y a un an et demi tout juste. Nous n'avons plus déjeuné ensemble depuis.

Percevez-vous de l'amertume dans ces mots ? Eh bien, qu'il en soit ainsi !

Imaginez donc ma surprise quand cette même éditrice m'a récemment contacté à brûle-pourpoint pour me dire que nous ne nous étions plus vus depuis bien trop longtemps. Étais-je libre lundi ? Je n'avais rien de prévu, ai-je répondu sans me donner la peine d'ouvrir mon agenda. Après tout, ce n'est pas comme si Emmy me consultait chaque fois qu'elle prend un rendez-vous professionnel. Pour cadre de nos retrouvailles, l'éditrice a proposé un restaurant gastronomique indien qui venait d'ouvrir, du côté de King's Cross. *Un gastro indien ?* ai-je écrit dans ma réponse. *Voilà qui pique ma curiosité.*

Ce n'est qu'après avoir reçu mon e-mail qu'elle m'a parlé de mon second roman, me demandant de lui envoyer ce que j'avais réussi à produire jusque-là, de sorte qu'elle puisse lire ça pendant le week-end.

Aussitôt, une peur glacée m'a saisi aux entrailles. Au fil des années, il m'est arrivé de partager quelques extraits de mon livre en chantier avec des amis ou des connaissances et, dans l'enthousiasme des débuts, j'avais même pris l'habitude d'en lire des passages à Emmy (ceux dont j'étais particulièrement satisfait). Mon agente et moi avions beaucoup discuté du projet, lorsque je m'étais remis au travail après la publication de mon premier roman, et je lui avais envoyé quelques chapitres. Elle s'était montrée plutôt encourageante, mais elle m'avait aussi dit qu'elle avait besoin d'en lire davantage pour se faire vraiment une idée. C'était il y a cinq ans.

Sans doute me faut-il clarifier un point : je ne souffre pas du syndrome de la page blanche ni d'une paresse chronique. Je ne passe pas mes journées, tétanisé, à fixer les touches de mon clavier, pas plus que je ne traîne en slip en grignotant des chips. En réalité, je crois faire partie des écrivains plutôt assidus et travailleurs. Depuis que j'ai entamé la rédaction de mon second roman, les mots que j'ai couchés sur le papier ont sans doute produit suffisamment de matière pour quatre ou cinq bouquins. Le problème, c'est ma manie de les effacer du premier au dernier chaque fois que je me relis.

Ce qu'on ne vous dit pas, lorsque vous vous lancez dans une carrière d'écrivain, c'est que votre premier roman sera de loin le plus simple à écrire. Vous êtes si jeune. Si arrogant. Un jour vous vient une idée, et le soir même vous vous mettez à écrire. Il s'avère que le résultat n'est pas mal du tout, et à la fin de la semaine vous vous retrouvez à la tête de cinq mille mots ; de vingt mille à la fin du mois. Vous les faites lire à des potes et leur enthousiasme vous incite à poursuivre vos efforts. Et vous allez au bout. Le simple fait d'être parvenu à écrire un livre suffirait presque à votre bonheur, mais vous l'envoyez tout de même à un agent littéraire parce que vous êtes jeune et arrogant et que vous ne doutez de rien. Quand celui-ci vous en dit du bien, vous êtes tellement satisfait du livre et de vous-même que vous passez vos journées à fredonner comme un bienheureux. Et voilà qu'un éditeur se dit intéressé. Et voilà que votre roman se retrouve dans les librairies. Et voilà que du jour au lendemain, vous êtes devenu un écrivain, un véritable écrivain, un écrivain publié. Peut-être est-ce pour cela que le second livre est si difficile à écrire. Parce que parvenir à terminer un bouquin et à le faire publier ne vous semble plus quelque chose de si extraordinaire. Et parfois, alors que vous venez d'écrire des pages que vous pensez dignes d'intérêt, vous ne pouvez pas vous empêcher de vous demander si elles ne sont pas trop similaires à ce que vous avez écrit dans votre premier roman. Et parfois, alors que vous avez le sentiment que les choses avancent enfin, vous ne pouvez pas vous empêcher de vous demander si, au contraire, ce livre n'est pas trop différent du précédent. Plus vous passez du temps sur un bouquin, plus la pression monte et plus les attentes que vous imaginez de la part des futurs lecteurs vous semblent hors de portée. La peur de décevoir vous pousse à tout effacer, à tout recommencer, encore et encore.

J'ai fini par lui envoyer plusieurs chapitres à dix-sept heures, accompagnés d'un mail dans lequel je semblais m'excuser d'avance pour la qualité de mon travail. J'ai passé le week-end à vérifier si mon mail avait reçu une confirmation de lecture, si elle m'avait envoyé quelques lignes pour me livrer ses premières impressions. Rien. Et maintenant, je suis tenté de lui écrire pour m'assurer que mon fichier lui est bien parvenu – et pourquoi pas en profiter pour lui demander, mine de rien, de m'en toucher un mot. À défaut de me raisonner, je parviens finalement à me retenir.

Un des avantages d'être à la fois écrivain et père de jeunes enfants, me semble-t-il, est qu'il y a toujours quelque chose pour vous distraire de ce genre de tourments.

Il n'était pas question de laisser Coco retourner à la maternelle aujourd'hui. Ni aujourd'hui, ni demain, ni jamais, d'ailleurs. Une nouvelle qu'on peut qualifier d'assez désastreuse, quand on sait le mal que nous nous sommes donné pour lui obtenir une place dans cette école privée. Quand on sait à quel point il est difficile de trouver la moindre structure de qualité pour accueillir un enfant de cet âge dans la partie de Londres où nous vivons. Sans compter que c'est loin d'être la journée idéale pour affronter ce genre de problème. J'ai rappelé à Emmy que j'avais ce déjeuner avec mon éditrice. Elle m'a rappelé qu'elle devait se rendre à la cérémonie des Mamans radieuses. J'ai demandé à ma mère, mais elle a promis de conduire son voisin de quatre-vingts ans à l'hôpital pour un examen de la jambe, et de l'attendre sur place afin de le ramener chez lui. J'ai proposé d'appeler Ginny à la rescousse, et Emmy a semblé envisager cette solution pendant au moins trois secondes, ce qui en dit long sur notre état de désespoir.

Mon téléphone émet ce son aigu qui annonce l'arrivée d'un SMS de ma mère. Elle peut venir chez nous aux alentours de seize heures. Est-ce que ça peut nous aider ? Pas vraiment, en fait.

Pendant que nous nous démenons pour trouver quelqu'un qui puisse garder Coco, l'intéressée arpente la maison en donnant ici et là des coups de pied ponctués de longs soupirs exaspérés, nous demandant pourquoi elle ne peut pas aller voir ses copains de classe et répétant inlassablement sa question malgré nos efforts pour lui fournir une réponse acceptable. Elle a déjà exprimé son refus catégorique d'accompagner Emmy, d'abord en grimaçant et en montrant les dents comme un petit animal furieux (lorsque nous lui avons proposé de se rendre à un événement « vraiment drôle » avec sa maman), et maintenant en secouant la tête quand Emmy a le malheur d'insister, avec une telle vigueur qu'elle en perd l'équilibre.

— Attention, Coco, dis-je en l'attrapant au vol avant qu'elle ne se cogne au mur.

— Non, me répond-elle fermement avant de s'éloigner d'un pas lourd et incertain. Non, non, non, non, non.

Lorsque Blanche passe la porte de la maison, le caprice de notre fille est en train de prendre des proportions alarmantes.

— Je pourrais peut-être la garder, finit par dire l'influenceuse en herbe, l'air terrifié.

Tandis qu'elle remercie Blanche de se porter volontaire, le regard d'Emmy croise un instant le mien et m'interroge silencieusement : est-ce vraiment une bonne idée ? Ne risque-t-on pas de le regretter ? Je lui adresse, en guise de réponse, l'équivalent facial d'un haussement d'épaules. Bien que je ne l'engagerais pas comme baby-sitter, Blanche doit tout de même être capable de confectionner un sandwich et d'emmener une fillette de quatre ans dans un parc tout proche, non ? Quelques minutes plus tard, nous nous confondons en remerciements et quittons précipitamment la maison, chacun de notre côté.

Au bout du compte, j'arrive au restaurant pile à l'heure – certes au prix d'un sprint pour rejoindre la bouche de métro, puis d'une foulée de marathonien entre la station King's Cross et le restaurant. L'accueil de mon éditrice est plein de promesses : j'ai droit à un signe enthousiaste de la main et à un sourire jusqu'aux oreilles en phase d'approche, puis elle se lève lorsque j'atteins la table et me prend carrément dans ses bras.

— Dan, dit-elle, en penchant légèrement le visage sur le côté tandis qu'elle m'observe de la tête au pied, le visage toujours barré d'un grand sourire.

Le serveur tire respectueusement ma chaise et j'attends que mon éditrice soit assise pour faire de même.

— Ça fait bien trop longtemps, n'est-ce pas ? dit-elle.

J'acquiesce. Dois-je comprendre qu'elle a aimé les chapitres que je lui ai envoyés ? En tout cas, elle se montre infiniment plus chaleureuse que lors de notre dernière rencontre, où elle était arrivée en retard et m'avait aussitôt informé qu'elle n'avait que trois quarts d'heure à me consacrer, avant de jeter des coups d'œil peu discrets à sa montre pendant tout le déjeuner. On dirait qu'il s'agit d'une personne entièrement différente. En moi frissonne quelque chose qui ressemble à de l'espoir. Elle me précise ce qu'elle compte commander en entrée et m'explique qu'elle prendra ensuite un plat léger parce qu'elle veut garder de la place pour le dessert. Ce sont surtout les desserts qui font la réputation naissante de ce restaurant, m'informe-t-elle. Pourquoi ne commanderait-on pas une bonne bouteille de vin ? lance-t-elle brusquement avec un air de défi. On ne peut pas toujours être raisonnable, n'est-ce pas ? En tout cas, elle en boira si j'en bois. J'en boirai si elle en boit, lui dis-je. Elle fait signe au serveur et commande une bouteille située au bas de la carte des vins, une zone où l'on hésite d'ordinaire à s'aventurer.

C'est un déjeuner des plus agréables. Elle me parle des départs et des arrivées dans la maison d'édition, des récents changements d'organisation, des dernières tendances dans le monde du livre. Elle m'indique quelques romans qui sont sur le point de sortir et qui me plairont, pense-t-elle, puis me promet de me les envoyer.

Ce n'est qu'une fois les desserts servis et prêts à être dégustés dans une atmosphère parfaitement détendue qu'elle me parle d'Emmy. Entre deux bouchées, mon éditrice m'assure qu'elle est une grande admiratrice du style de Mamapoil. C'est si drôle, si rafraîchissant, si authentique, dit-elle. Je plaisante sur le style d'Emmy, sur le monde qui sépare ses posts d'un travail littéraire comme le mien. Un sourire poli accueille mon trait d'humour.

— Combien d'abonnés a votre femme, aujourd'hui ?

Je lui donne les derniers chiffres en ma possession, arrondis au millier près. Mon éditrice me demande si Emmy a déjà songé à écrire quelque chose de plus substantiel ; un roman, peut-être, ou alors une autobiographie ? Je réponds par la négative. Pas que je sache, en tout cas. Je bois une longue gorgée de vin. En suis-je sûr ? veut savoir ma compagne de table. Elle est convaincue qu'Emmy a l'écriture dans le sang, qu'elle n'aurait aucun mal à trouver son public – d'autant que, d'une certaine manière, elle l'a déjà trouvé. Peut-être devrais-je lui souffler l'idée. Peut-être devrais-je organiser une rencontre. Mon éditrice serait ravie de prendre en considération tout projet d'écriture qu'Emmy pourrait avoir.

J'hésite à lui demander si elle n'aurait pas dû inviter plutôt Emmy à déjeuner, puisque manifestement c'est avec ma femme qu'elle souhaite parler de littérature, et pas avec moi.

J'hésite à lui demander quand ma maison d'édition a découvert que j'étais marié à l'inspirante Emmy Jackson, dont le prêt-à-penser transcrit à la va-vite et noyé dans un océan de photographies soigneusement mises en scène constituerait une offre commerciale tellement plus alléchante que le roman dans lequel je m'investis corps et âme depuis près d'une décennie.

J'hésite à lui suggérer de programmer la sortie du livre d'Emmy pour la fête des mères.

J'hésite entre les larmes, le rire ou pousser un cri déchirant.

Au lieu de quoi, je me contente de dire que j'en toucherai un mot à Emmy. Mon éditrice semble aux anges. Elle regarde mon dessert à peine entamé et s'inquiète que ça ne m'ait pas plu.

— C'est délicieux, lui dis-je, mais j'ai manifestement eu les yeux plus gros que le ventre, parce que je n'ai plus faim du tout.

D'un ton désinvolte, comme s'il s'agissait d'une question sans importance qui me traversait l'esprit, je lui demande ce qu'elle a pensé des chapitres que je lui ai envoyés. Elle me répond qu'elle n'a pas eu le temps de s'y pencher sérieusement.

— Désolée, Dan. Le week-end a été plus chargé que prévu.

Dehors, une pluie fine s'est mise à tomber. Quand je sors mon téléphone de ma poche pour commander un Uber, je vois que j'ai un WhatsApp de Blanche.

Il y a eu un accident.

Chapitre neuf

Emmy

Le message vocal était précipité, affolé, confus. Quelques secondes de pleurs étouffés, puis Blanche m'annonçait qu'elle était à l'hôpital avec Coco, il fallait que je vienne tout de suite. Des bruits confus avaient suivi, et la voix de Blanche s'était faite plus lointaine tandis qu'elle demandait autour d'elle le nom de l'hôpital.

« Il y a eu un accident, Emmy. C'est Coco, elle est aux urgences. Viens tout de suite ! »

Il est impossible d'expliquer à quelqu'un qui n'a pas d'enfant ce que l'on ressent en écoutant un tel message.

Alors que je quitte la cérémonie dans un brouillard de panique, alors que je déboule dans la rue en agitant le bras pour héler un taxi, je me repasse le message de Blanche, encore et encore, à la recherche du moindre indice qui me permettrait d'en savoir davantage sur ce qui est arrivé à Coco ; sur l'état dans lequel elle se trouve. Tout ça en entamant des négociations serrées avec Dieu en qui je ne crois pas et à qui je promets des tas de choses en échange de ma Coco en un seul morceau. Je veux bien mourir, dis-je à bout d'arguments, pourvu qu'Il épargne ma fille. Quoi qu'il soit arrivé à Coco, je veux en être victime à sa place. Ça a peut-être l'air d'un cliché, mais c'est absolument, viscéralement, ce que je ressens.

Il m'arrive de l'oublier parfois, cette chance que nous avons d'être les parents de deux adorables enfants en bonne santé, quand je trébuche sur une petite couronne de princesse ou qu'elle me tanne pour que je lui lise encore une histoire avant de s'endormir. Mais l'idée que ma fille ou mon fils puissent souffrir dépasse en horreur tout ce qui pourrait m'arriver. Coco est mon enfant, mon premier enfant, que j'ai tenu dans mes bras avant même qu'elle sache ce qu'est la douleur ou la peur. Je me souviens que nous avions dû raccourcir ses minuscules ongles lorsqu'elle avait peut-être deux semaines et que le bout de son doigt s'était pris entre les mâchoires du coupe-ongles. Je ne pourrai jamais oublier le cri teinté d'incompréhension qu'elle a poussé tandis que nous regardions ce petit croissant de sang se dessiner sur sa peau, et encore moins son regard qui semblait nous demander pourquoi nous l'avions trahie. Dan et moi étions restés pétrifiés un instant, conscient l'un et l'autre qu'elle venait de ressentir sa première douleur, et que c'était nous qui venions de la lui infliger.

Je me souviens de cette journée au parc où Coco avait voulu m'impressionner en faisant la folle sur la plate-forme tournante d'un tourniquet, et qu'elle était tombée, son menton heurtant une barre métallique. Elle s'était entaillé la lèvre supérieure avec une dent, et j'avais ressenti tout aussi intensément qu'elle ce passage brutal d'un état de joie euphorique à la douleur et au chagrin. Et ces nuits où Coco était fiévreuse et où nous hésitions sur ce qu'il fallait faire ; l'emmener aux urgences ou la laisser dormir ? Savoir qu'il est arrivé quelque chose à ma fille pendant que je recevais mon prix me donne le sentiment de revivre tous ces moments à la fois, sauf que c'est encore bien pire parce que j'ignore ce qui s'est passé et à quel point c'est grave.

J'agite le bras avec l'énergie du désespoir chaque fois que je vois un taxi rouler dans ma direction, jusqu'à ce qu'il soit suffisamment proche pour constater que son lumineux ne l'est pas. Allez savoir pourquoi, le temps d'attente le plus court pour un Uber est de dix-sept minutes. Un taxi libre se présente enfin, et je passe le quart d'heure suivant dans la circulation, à composer frénétiquement le numéro de Blanche qui ne répond jamais.

Poussant le landau d'Orson comme une furie, je remonte la file des gens qui attendent aux urgences et me rue vers la première infirmière que je vois, agrippant sa blouse en lui demandant qu'elle me conduise sur-le-champ à ma fille.

— Calmez-vous, Madame. Vous êtes la maman de Coco Jackson ? Suivez-moi.

Nous longeons un couloir, et bientôt elle s'arrête à hauteur d'une porte. C'est seulement lorsque sa main se pose sur le haut de mon bras que je réalise à quel point je tremble.

— Prenez une minute pour souffler avant d'aller la voir, me dit-elle en se tournant vers une table roulante en métal.

Elle s'empare d'une carafe et remplit un gobelet de liquide orangé.

— Tenez, buvez ça. Vous allez lui faire peur si vous entrez dans cet état. Vous êtes pâle comme un linge.

J'avale quelques longues goulées d'air, puis autant de sirop à l'orange affreusement dilué pendant que l'infirmière m'explique ce qui s'est passé.

Quand j'arrive au chevet de Coco, je la trouve tranquillement assise sur le lit, le dos calé contre deux oreillers, occupée à regarder *Les Octonautes* sur le téléphone de Blanche qui, si j'en crois l'infirmière, a été sommée par ma fille de se mettre en quête de friandises. Un bandage lui couvre le poignet. Je ne peux pas m'empêcher d'éclater de rire.

— Qu'est-ce que tu as encore fait, mon champignon ? dis-je en me penchant pour presser les lèvres contre son front. Tu m'as fichu la pétoche, tu sais.

— Maman, Blanche elle regardait son téléphone comme toi tu fais tout le temps, mais je voulais qu'elle me regarde moi quand j'allais tout en haut dans le ciel avec la balançoire. Alors je me suis mise debout sur le siège pour qu'elle me voie mieux, mais je suis tombée et je me suis cogné la main très fort, m'explique-t-elle. Je l'ai pas fait exprès, tu sais, c'est un naxident.

Je vois bien qu'elle est plus fière que contrite, sans doute secrètement ravie de sa mésaventure et de son tout premier séjour à l'hôpital.

Blanche revient de mission, les mains chargées de ce qui pourrait bien être le contenu entier du distributeur automatique. Elle se fige en m'apercevant, probablement persuadée que ses fesses taille 34 sont sur le point de se faire botter par mes soins. Elle a les yeux rougis et son mascara, emporté par les larmes, a coulé sur ses joues.

— Je suis tellement, tellement désolée, Emmy. Je ne comprends pas comment ça a pu arriver. Elle était tranquillement sur la balançoire, et le temps que je baisse les yeux vers mon téléphone, elle était par terre. Je n'ai regardé mon écran qu'une seconde, je te le promets, et quand j'ai relevé la tête, elle… elle…

Blanche se met à bégayer tandis que les larmes reviennent inonder ses grands yeux.

— L'infirmière pense que rien n'est cassé, mais ils doivent f-f-faire une radio pour s'en assurer. Elle…

Blanche lutte un court instant contre les sanglots qui font trembler ses lèvres, avant de s'y abandonner.

J'ouvre la bouche pour lui passer le savon de compétition auquel elle a déjà eu droit en pensée dans le taxi, mais le cœur n'y est plus.

— Oh, Blanche, inutile de pleurer, je t'assure. Coco n'est pas si amochée que ça. Elle n'a même pas l'air d'avoir mal. Pas vrai que tu vas bien, Cocopop ?

Mais Blanche peine à se remettre de ses émotions et je comprends, avec une pointe d'irritation, qu'au bout du compte c'est moi qui vais devoir la réconforter.

Je passe le bras autour de ses épaules agitées de petits soubresauts.

— On n'aurait pas dû te demander de garder Coco, dis-je. Tu es mon assistante, pas ma nounou.

— Ce n'est pas pour ça que je pleure, Emmy, finit-elle par bredouiller. Enfin, si. Mais pas seulement... En fait, si j'ai regardé mon téléphone, si j'ai été distraite, c'est que... Becket m'a larguée. Il souhaite se concentrer à cent pour cent sur sa musique, pour le moment, et il ne veut pas se laisser distraire par quoi que ce soit d'autre.

Elle se met à brailler de plus belle en m'agitant son portable sous le nez.

— Qu'est-ce que je vais devenir ? Et où je vais *vivre*, maintenant ?

Becket, le musicien sensible et attentionné, a mis fin à son histoire avec Blanche par DM. Un très, très long DM. Plutôt une sorte de poème épique, si j'en crois ce que je parviens à distinguer sur l'écran. Je comprends que je vais devoir prodiguer des conseils sentimentaux en attendant la venue du médecin. Je vérifie qu'Orson est bien endormi dans son landau et laisse Coco piocher dans le butin ramené par Blanche, lui caressant distraitement la nuque tandis qu'elle enfourne des boules chocolatées dans sa bouche.

— Viens ici, dis-je à Blanche en lui faisant signe de s'asseoir à côté de moi sur le bord du lit. Qu'est-ce qui s'est passé ? Vous vous êtes disputés ?

— Non, Emmy. Il ne veut plus de moi, c'est tout. J'avais l'impression qu'on s'entendait super bien. On ne s'engueule jamais, on est... on était... fous l'un de l'autre. On allait tellement bien ensemble, Becket et moi. Je ne comprends pas. Je ne sais plus du tout où j'en suis, là.

Les mots laissent place à des hoquets et elle me tend son téléphone pour que je juge par moi-même. Je n'ai pas le courage de lire entièrement cette missive au ton pleurnichard qui transpire la suffisance et l'égoïsme, mais je comprends vite l'idée générale. Blanche s'efforce de se construire une carrière et lui – l'artiste – estime qu'elle ne lui consacre pas suffisamment d'attention. Le temps qu'elle passe au service de sa nouvelle ambition la distrait de sa véritable mission, qui est d'aduler son homme et son génie musical. Il dresse la liste des concerts auxquels Blanche ne s'est pas rendue, lui rappelle son retard lors de ce *DJ set*, la fois où elle n'a pas voulu qu'il publie une photo de son EP sur son flux Instagram parce que ça interférait avec le sponsor qu'elle avait dégoté. Sans compter qu'il s'attendait à ce qu'elle en fasse davantage dans l'appartement, « genre cuisiner des bons petits plats ou des trucs comme ça, tu vois ? », pour qu'il puisse se concentrer sur son truc à lui, à savoir la création.

Ma foi, ce mec m'a tout l'air d'être un sacré connard.

— Blanche, je sais que, là, tu as l'impression que c'est la fin du monde. Mais franchement, j'ai enchaîné ce genre de relation quand j'avais ton âge, et en définitive ça m'a été profitable. Ces mecs sexy qui te brisent le cœur, il faut les considérer comme des galops d'essai, des tours de chauffe avant que la course ne commence vraiment. Ils t'aident à définir ce dont tu as *vraiment* besoin. Et si on est de la même espèce toutes les deux – ce qui, je crois, est le cas à bien des égards –, ce dont tu as besoin c'est d'un homme qui te soutienne. Quelqu'un qui ne cherche pas tout le temps à entrer en compétition avec toi. Qui te suive dans toutes tes initiatives, même s'il ne les comprend pas toujours, et qui ne se sente pas menacé dans sa virilité ou son estime de soi parce que tu as du succès, dis-je en pressant la paume sur son genou. Et je te promets qu'il existe des hommes comme ça.

Blanche essuie une grosse larme du talon de la main.

— Tu parles de toi et Dan, là ? demande-t-elle. C'est dingue, parce que je n'arrive carrément pas à vous voir comme ça, tous les deux. Pour moi vous êtes, genre, une maman et un papa, quoi.

Elle me regarde d'un air perplexe, et je suis certaine qu'elle essaie de nous imaginer jeune couple ; qu'elle essaie d'imaginer le genre de personnes que nous étions à son âge.

Oh, je t'en prie, ne puis-je m'empêcher de penser, *c'est si difficile que ça ?*

— Tu trouveras quelqu'un d'autre, dis-je en posant la main sur son bras. Quelqu'un qui se mettra en quatre pour que tu te sentes unique au monde et surtout unique à ses yeux ; quelqu'un qui saura t'écouter, rire avec toi et t'aimer comme tu le mérites. Tu trouveras ton Dan, toi aussi.

Allez savoir pourquoi, ces mots remettent une pièce dans la machine à larmes. Je lui tends un mouchoir en papier dont elle se tamponne les yeux avant de s'y moucher.

— Ouah…, gémit-elle, c'est super romantique et tout, mais… le truc, c'est que… c'est que… En fait, tu vois, c'est les parents de Becket qui ont acheté l'appart. Je n'ai pas encore vraiment réussi à gagner de l'argent, depuis que j'ai quitté mon boulot à plein temps pour me lancer dans le business de l'influence, et là je suis déjà tellement dans le rouge que je n'ose plus regarder mon compte. Tout le monde disait que c'était du gâteau, de faire ça. Et quand Irene a accepté de prendre ma carrière en main, j'ai cru que le plus dur était fait. Elle m'a laissé entendre que j'allais me faire un paquet de fric dès le début, sauf que non, en fait. Je veux dire, c'est vrai, on m'envoie des trucs gratuits et tout. Mais c'est, genre, jamais des trucs dont on a vraiment envie, pas vrai ? Des sacs d'une couleur qui ne me plaît pas trop, des robes importables. Et certains chapeaux que je reçois...

Elle plisse le nez avec dégoût.

— ... ils sont si moches que je n'arrive même pas à les revendre sur eBay. On ne peut pas manger des fringues ni s'en servir pour payer son loyer. Ni ses vacances, le lait doré au curcuma, les *smoothie bowls* pour le brunch avec les copines, les bouquets de fleurs géants et les autres accessoires pour les prises de vue, tous les soins capillaires, les produits de beauté, et puis il faut avoir l'air différente sur chaque post et... et... je n'ai même pas d'appareil photo digne de ce nom...

De grosse bulles sortent à présent de son nez et des larmes gouttent de son menton.

— Je suis la seule à ne pas avoir d'*Olympus PEN*! lance-t-elle dans un élan de désespoir.

Je pourrais embrasser le médecin qui pénètre dans la chambre pour jeter un coup d'œil à la blessure de Coco et me donne l'excuse dont j'ai besoin pour mettre un terme aux lamentations de Blanche. Je la serre dans mes bras et lui dis de rentrer chez elle. Le médecin palpe doucement le poignet de ma fille et confirme le diagnostic de l'infirmière : pas de fracture à son avis, mais il préfère s'en assurer. On viendra la chercher dans un petit moment pour lui faire une radio, qu'elle reste tranquille d'ici là.

Je sors l'iPad et le casque audio de mon sac et les tends à Coco, qui s'installe devant un nouvel épisode des *Octonautes*.

Orson dort toujours, et quand je sors mon téléphone j'y trouve plusieurs appels manqués de Dan, et un de Polly. J'envoie un SMS à Dan pour le rassurer et un à Polly pour lui dire que Coco est à l'hôpital – je la rappellerai plus tard. Elle me demande aussitôt si je veux qu'elle vienne s'occuper du bébé, apporter des affaires de rechange ou peut-être quelque chose à manger ? Mais je la rassure : il ne s'agit sûrement que d'une petite foulure.

Je soulève le casque pour libérer une oreille de ma fille, qui ne quitte pas pour autant l'écran des yeux.

— Écoute, mon champignon, tu vas rester ici bien sagement pendant que je pars chercher des habits propres pour toi dans la boutique de l'hôpital. Parce que, franchement, tu es un peu cracra avec toute cette boue séchée !

Je pousse Orson jusqu'à la boutique où le seul vêtement à la taille de Coco est un ignoble pyjama Peppa Pig, que j'achète quand même. Je prends aussi des feutres géants, pour pouvoir dessiner des images de princesses sur son plâtre au cas où la radio réserverait une mauvaise surprise.

De retour dans la chambre, je la trouve assoupie, la joue écrasée sur l'iPad. Une bouffée de tendresse répand sa chaleur dans ma poitrine. Les airs de grande fille qu'elle se donne ont disparu : endormie, Coco redevient mon bébé. L'émotion qui m'étreint m'inspire une pensée que je mets aussitôt en pratique, dégageant tout doucement la tablette de sous son visage, puis fermant les rideaux qui entourent le lit avant de tirer la couverture bleu pâle sous son petit menton. Je considère la scène un instant, puis prends une photo. Délicatement, je m'empare de sa main gracile et prends une nouvelle photo. Puis je grimpe sur le lit pour en prendre une dernière, Coco lovée contre moi, adorable boule d'innocence protégée par sa maman.

Bien entendu, je n'ai pas l'intention de publier ces images, mais elles constituent une précieuse police d'assurance au cas où les choses tourneraient mal. Une flopée de scandales qui ont touché d'autres instagrameurs m'ont appris que la diversion est la meilleure des tactiques quand ça se met à sentir sérieusement le roussi : commencer par s'excuser pour ce dont vous accuse Internet, puis enchaîner rapidement avec un problème personnel suffisamment sérieux pour détourner l'attention. Franchement, qui aurait le cœur de traîner dans la boue une mère dont l'enfant est hospitalisé ?

Dan

Lorsque je trouve enfin le temps de consulter mes messages, Emmy, déjà à l'hôpital, a pris les choses en main. Je l'appelle aussitôt et lui demande s'il faut que je demande au Uber de faire demi-tour. Et au fait, de quel hôpital s'agit-il, déjà ? Le chauffeur tend le cou pour me regarder dans le rétroviseur, mais Emmy m'assure que c'est inutile, le médecin devrait bientôt les laisser partir. Coco a une petite foulure au poignet, rien de méchant, et elles ne vont pas tarder à rentrer à la maison.

— C'est bon, dis-je au chauffeur, pas de changement de programme.

Parvenu à destination, je suis un peu surpris de constater que le verrou supérieur de la porte n'a pas été enclenché. J'ai pourtant donné des instructions fermes à Blanche en ce qui concerne les mesures de sécurité élémentaires à respecter avant de quitter la maison. Depuis que quelqu'un s'est introduit chez nous, je tiens à ce qu'on prenne soin d'enclencher l'alarme même si on s'absente dix minutes, de laisser des lampes et une radio allumées, et bien entendu de verrouiller soigneusement les portes avant et arrière de la maison. Songer qu'un inconnu est entré chez nous est certes désagréable, mais je m'inquiète encore plus à l'idée que cette ou ces personnes observent nos allées et venues, attendant le moment opportun pour recommencer.

Je vais désactiver l'alarme et découvre qu'elle n'est pas enclenchée.

— Il y a quelqu'un ?

Le sentiment d'une présence dans la maison m'a saisi à l'instant où j'ai posé le pied dans l'entrée. Je ne sais pas comment l'expliquer. Une sorte de sixième sens. D'instinct animal. Comme un changement d'atmosphère.

— Blanche ?

Pas de réponse. J'entends quelque chose bouger dans la cuisine.

— Emmy ?

Le mouvement cesse, comme si quelqu'un – quelque chose ? – se figeait. Je me fige moi aussi, souffle retenu. Il me semble entendre un placard qu'on ferme dans la cuisine – ou n'est-ce pas plutôt un tiroir qu'on ouvre ?

Trois grandes enjambées, et me voilà plaqué contre le mur de la cuisine, prêt à bondir sur un cambrioleur avec un hurlement, effrayé mais aussi plein de cette excitation qui s'empare de l'homme prêt à défendre son bien. Je serre les poings, muscles tendus et ongles enfoncés dans la paume, puis passe la tête par l'embrasure de la porte.

Ma mère se prépare un sandwich sur le plan de travail.

Elle tressaille légèrement en voyant apparaître mon visage, et je me défais aussitôt de mon expression hostile.

— Bonjour, mon chéri, dit-elle. Tout va bien ?

Ça me revient d'un coup : j'ai complètement oublié de rappeler maman pour lui dire qu'elle n'avait pas besoin de venir.

— J'avais un petit creux et j'ai fait comme chez moi, dit-elle avec un sourire d'excuse. J'espère que ça ne te dérange pas.

Bien sûr que non, lui dis-je, avant de la regarder dévorer son sandwich avec appétit et de l'entendre m'expliquer entre deux bouchées qu'elle est venue directement ici après avoir ramené son voisin de l'hôpital, et qu'elle n'a rien avalé de la journée.

— Gogo néba avé doi ?

J'hésite un instant avant de répondre.

— Non, maman, Coco n'est pas avec moi. Ne t'inquiète pas, mais elle est à l'hôpital.

Elle avale à la hâte le morceau qu'elle vient de croquer et pose le reste du sandwich sur le comptoir, éloignant l'assiette du revers de la main.

— Je te demande pardon ?

— Rien de grave, vraiment. Juste un accident idiot. La personne qui s'occupait d'elle l'a emmenée au parc et s'est laissée distraire un mo…

Maman m'interrompt pour me demander qui s'occupait d'elle.

— Une jeune fille qui s'appelle Blanche. Tu ne la connais pas.

L'air pensif, elle chasse une miette qui avait élu domicile sur sa lèvre inférieure.

— Et qui c'est, au juste, cette Blanche ?

Je lui explique qu'elle aide Emmy depuis peu. Son assistante, en quelque sorte.

— Et Emmy, où était-elle ?

— À une cérémonie de remise de prix. Coco a refusé de l'accompagner, et moi j'avais un déjeuner avec mon éditrice.

J'ai le sentiment qu'Emmy et moi baissons un peu plus dans son estime à chacune de mes réponses.

— Dans quel hôpital a-t-elle été conduite ? demande-t-elle.

J'ignore cette question.

— Elle sera bientôt là et elle va très bien, maman. Elle te le confirmera elle-même si tu restes un peu.

Fidèle à elle-même, maman s'empresse de se flageller : si seulement elle avait gardé Coco comme je le lui avais demandé, si seulement elle avait demandé à Derek de trouver quelqu'un d'autre pour l'emmener à l'hôpital… Elle s'en veut terriblement. Je m'efforce de la rassurer, lui répétant qu'elle n'y est pour rien et que, de toute façon, l'accident de Coco n'a aucun caractère de gravité.

— Mais ça aurait pu mal tourner, dit-elle. Je pense à Coco, bien sûr, mais pas seulement. Imagine un peu si tous ces gens sur Internet apprenaient ce qui s'est passé. Les choses qu'ils diraient. Sur Emmy, sur sa façon de s'occuper des enfants. Toutes ces choses horribles et injustes.

La précarité du métier qu'a choisi Emmy figure parmi les plus grandes inquiétudes de ma mère. La concurrence féroce entre influenceuses, cette lutte permanente pour trouver des marques qui parrainent vos événements ou vous rémunèrent pour une publicité, un lien dans une publication ou un placement de produit ; tous ces efforts pour « transformer l'abonné en dollar », selon la formule d'Irene. Combien de temps cela va-t-il pouvoir durer ? Combien de temps va-t-elle réussir à maintenir cet équilibre précaire, à reproduire quotidiennement ce tour de passe-passe ? Jusqu'à ce que nos enfants soient tous les deux au collège ? Et que se passera-t-il quand ils sauront lire et qu'ils comprendront ce qu'Emmy écrit ?

Je m'efforce – Emmy et moi nous efforçons – de faire en sorte que Coco garde les pieds sur terre. Nous lui rappelons sans cesse qu'il n'est pas normal de se faire offrir toutes ces choses ; pas normal d'être reconnu où qu'on aille ; pas normal d'être abordé par des inconnus qui se comportent comme s'ils vous connaissaient. Je lui raconte souvent comment c'était à l'époque où son papa a grandi (pas d'iPhone ! Pas d'iPad ! Pas de dessins animés à la demande !) et je lui explique, dès que l'occasion se présente, que des millions et des millions d'enfants à travers le monde ont beaucoup moins de chance qu'elle, sans parler du pays où nous vivons. Avec un certain succès, j'ai instauré une soirée sans téléphone par semaine ; une soirée où nous discutons tous ensemble pendant le dîner et où Emmy et moi inventons une histoire à deux voix à l'heure du coucher – voire à trois si Coco souhaite y mettre son grain de sel. Lorsqu'elle a reçu un nombre absurde de jouets lors du dernier Noël (parmi lesquels deux chevaux à bascule de chez Hamleys, plusieurs animaux en peluche grandeur nature et une maisonnette en bois qui n'avait pas grand-chose à envier à mon abri de jardin), nous avons remisé une partie de ces cadeaux au grenier et donné presque tout le reste à des associations caritatives. L'argent que gagne Mamapoil n'est pas dépensé sans compter.

Mais quand ma mère compare le business d'Emmy à un joli château de cartes qu'un vent mauvais pourrait souffler d'un coup, je dois reconnaître qu'elle n'a pas tort.

Certes, certains contrats qu'Irene a négociés pour Emmy peuvent paraître juteux, sans pour autant demander beaucoup de travail. Si vous jetez un œil aux comptes de Mamapoil Inc. (il s'agit bien entendu d'une société à responsabilité limitée), les affaires vous sembleront assez florissantes. Mais il faut prendre en compte toutes ces histoires qui font froid dans le dos. Toutes ces choses qui sont arrivées à des gens qui nous ressemblent un peu trop. Récemment, j'ai lu un article dans le *Guardian* sur une influenceuse qui s'est fait voler l'ensemble de ses abonnés en l'espace de cinq minutes. Son compte Instagram a été piraté ; son adresse e-mail, son nom d'utilisateur et son mot de passe changés. Fin de partie. Instagram n'a pas bougé le petit doigt pour lui venir en aide. Le compte a disparu dans les profondeurs du cyberespace et n'a jamais été retrouvé. Des années d'efforts pour construire une communauté, et patatras ! Tout s'effondre en quelques minutes.

Quand je ne m'inquiète pas pour la sécurité de Coco, des dégâts psychologiques que nous pourrions lui infliger, ou lorsque je crains que les bruits qu'il me semble percevoir en bas ne soient le signe d'une nouvelle intrusion, voici ce qui me tourmente, les nuits sans sommeil : qu'un faux pas, une connerie quelconque, un commentaire irréfléchi, un *signalement vertueux* maladroit puissent mettre un terme brutal à l'aventure. Les apparitions rémunérées, les sponsors, les cadeaux, les privilèges… en un clin d'œil, tout peut partir en fumée. Vous vous souvenez de justeuneautremaman ? Ça m'étonnerait. Pourtant, il y a un an et demi, elle avait autant d'abonnées qu'Emmy. Plus, sans doute. Elle commençait à jouer dans des publicités télévisées, elle était sur le point de signer un gros contrat avec Pampers et animait une émission (très) matinale à la radio. Il lui a suffi d'une seule soirée pour réduire son petit empire à néant. Au-delà de l'apparence physique assez craquante de ses jumeaux et du fait qu'ils vivaient à la campagne, ce qui multipliait les occasions de prendre des photographies respirant l'air pur et la bonne santé (on les voyait boire le lait au pis de la vache, s'ébattre au milieu des animaux de basse-cour et plonger joyeusement leurs bottes crottées dans des flaques d'eau), la véritable marque de fabrique de justeuneautremaman était son infinie douceur. Une femme absolument adorable, bienveillante, équilibrée. Et puis un soir, pour une raison quelconque – une journée particulièrement épuisante suivie de caprices à l'heure du coucher, par exemple, ou bien l'annonce d'une mauvaise nouvelle, ou encore un commentaire vicieux qui était parvenu à l'atteindre –, elle s'est assise avec un verre de vin (peut-être pas le premier de la soirée) pour répondre à ses DM. Et là, elle a disjoncté. *Complètement* disjoncté. Elle s'est mise à dire leurs quatre vérités aux rageux, et en dégainant les mêmes armes qu'eux : des tombereaux d'insultes. Elle les a traités de pervers, de décérébrés, de sales connards. Elle leur a dit qu'ils n'étaient qu'une bande de ratés et de frustrés, que leur vie n'était qu'un putain de néant. Qu'elle les méprisait du fond du cœur, eux, leur haine, leurs esprits et leurs existences étriqués. J'imagine la satisfaction qu'elle a dû éprouver en envoyant sa réponse. En songeant à la tête qu'allaient faire tous ces *haters*. J'imagine le plaisir que ça a dû lui procurer, de rendre enfin les coups qu'elle recevait. Tout le monde a déjà fait ça, il me semble, au cours d'une dispute : tenir des propos outranciers pour rabattre le caquet d'une personne particulièrement virulente en espérant vaguement ne pas le regretter le lendemain matin.

En l'espace d'un quart d'heure environ, des captures d'écran ont commencé à fleurir sur la toile – sur Instagram, sur Twitter, sur les sites pour parents. Trois heures plus tard, l'histoire avait sa place parmi les pièges à clics de BuzzFeed. Le lendemain matin, le site Web du *Daily Mail* publiait tout un article sur sa « diatribe enragée », agrémenté de captures d'écran et de photographies issues de son flux Instagram. Dans la même journée, le même site ajoutait des photos pixélisées prises au téléobjectif où on voyait l'influenceuse monter dans sa Land Rover, pour illustrer un nouvel article où il était question d'un partenariat annulé par Pampers et de son émission de radio qui risquait de connaître le même sort. Les patrons de la station devaient rendre leur décision dans les heures à venir et le journal croyait savoir qu'elle ne serait pas favorable à « l'enragée », comme ils la surnommaient désormais. Sans doute cette femme a-t-elle aujourd'hui renoué avec le métier qui était le sien avant de devenir influenceuse, si toutefois la possibilité lui en a été donnée. La dernière fois que j'ai voulu voir ce qui se passait sur son compte, elle l'avait supprimé. Il ne s'agissait pas d'une de ces disparitions éphémères accompagnées d'un *Désolé, les amis, j'ai besoin de m'éloigner quelques jours de ces petits carrés pour me recentrer* qu'on voit parfois lorsqu'un instagrameur se fait trop critiquer, ou qu'il a besoin d'une dose supplémentaire d'attention ou de réconfort. C'était le genre d'adieux en bonne et due forme qui sent à plein nez l'inscription à un programme de reconversion professionnelle.

Je vous parle d'une femme qu'il nous arrivait de croiser lors d'événements et avec qui nous avions toujours plaisir à discuter ; d'une femme avec qui Emmy s'est retrouvée en compétition pour l'attribution de je ne sais plus quelle récompense, il n'y a même pas deux ans. Une femme dont je pourrais reconnaître les gamins dans la rue, dont je pourrais vous décrire le salon.

Un jour, j'ai proposé à Emmy de lui envoyer un e-mail pour prendre de ses nouvelles, et ma femme m'a demandé pourquoi nous ferions une chose pareille. Elle semblait sincèrement perplexe.

Vingt-trois ans. C'est ce que les gens me disaient toujours, le point sur lequel ils insistaient tous. Vingt-trois ans dans le même hôpital, dans le même service. Et les mêmes fonctions, les dix dernières années. Certains de mes plus jeunes collègues avaient du mal à imaginer qu'on puisse travailler autant de temps au même endroit. À vrai dire, il m'arrivait d'avoir moi-même du mal à y croire.

Je n'ai pas été triste de partir à la retraite. Ce n'est pas un boulot facile, d'être infirmière dans une unité de soins intensifs. C'est le premier commentaire que font les gens, quand je leur parle de mon métier. De mon ancien métier. Que ça devait être dur. C'était certainement intense, ai-je l'habitude de répondre. Savoir, au moment de prendre votre service, que vous serez le premier visage que verra un patient admis pour une opération chirurgicale lourde. Savoir que vous allez passer la journée à prendre en charge des gens apeurés, désorientés, qui souffrent. Savoir que pour chacun des patients dont vous allez vous occuper, votre diligence, votre expérience, votre capacité à déceler quelque chose qui n'est pas tout à fait normal pourra faire basculer son destin du côté de la vie ou de la mort.

Ce n'est pas rien, n'est-ce pas ? Tout le monde ne peut pas en dire autant de son métier. Tout le monde ne peut pas dire qu'il passe ses journées à sauver des vies.

Parfois, quand je songe à tous les gens que j'ai aidé à maintenir en vie au cours de ma vie professionnelle, et à tous ceux qui m'ont été retirés dans ma vie privée, j'ai presque le sentiment d'être en droit de réclamer des comptes à l'univers. En droit de rétablir un peu la balance. Juste d'une vie ou deux.

Parfois, je me regarde dans le miroir et je me demande quel genre de personne je suis devenue. Quel genre de personne a de telles pensées.

Parfois, je me dis que c'est mon travail qui m'a toujours permis de canaliser ces violentes émotions. Quand George est mort. Quand nous avons perdu Ailsa. Quand j'ai perdu Grace. C'est peut-être ça qui m'a donné la force de continuer à avancer – le fait de passer le plus clair de mon temps à l'hôpital et de porter, jour après jour, mon attention et mes pensées sur la souffrance d'autrui. On n'a pas vraiment le loisir de se pencher sur ses propres malheurs, dans une unité de soins intensifs.

Mais ce n'est pas parce qu'on les fait passer au second plan que le chagrin et la colère disparaissent pour autant.

Je n'ai cessé de répéter à mes collègues que je ne voulais pas de pot d'adieu. Pendant des semaines et des semaines, j'ai essayé de leur faire comprendre que je n'avais pas envie qu'ils en fassent toute une histoire ; pas envie de me retrouver dans un décor de fête, contrainte de prononcer un discours au milieu des ballons, des gâteaux et de tout le tralala. Même quand tout allait bien dans ma vie, j'ai toujours détesté être au centre de l'attention, et au cours de mes derniers mois de travail à l'hôpital, il me semble que j'avais de bonnes raisons de ne pas souhaiter me donner en spectacle.

Ils l'ont quand même fait. Une fête surprise, rien que ça. Ou du moins était-ce leur intention. Je venais juste de finir de tout ranger et de tout nettoyer à la fin de mon service, quand j'ai reçu un texto me demandant de bien vouloir passer dans la grande salle de réunion, celle du septième étage. J'ai eu un moment de désespoir, certaine qu'un tas de collègues allaient m'y attendre, tapis dans l'obscurité, et qu'ils se dresseraient comme un seul homme dès que j'ouvrirais la porte, rallumant la lumière et criant d'une même voix : « Surprise ! » Et c'est ce qui s'est passé. Comme je le redoutais également, ils s'étaient cotisés et m'avaient acheté des fleurs, des chocolats, un mug humoristique (« Au revoir la tension, bonjour la pension ») et un livre sur le jardinage. Il y a eu des discours. Et tandis que j'écoutais tous ces gens expliquer à quel point j'étais « gentille », « attentionnée », « patiente », « douce » et « adorable » ; tandis qu'ils disaient ne jamais m'avoir vue paniquer, perdre mon sang-froid ou avoir un mot plus haut que l'autre, mon regard passait de visage en visage et je ne cessais de penser, les dents serrées derrière mon sourire :

« Si seulement vous saviez… »

Chapitre dix

Dan

Certains jours, aussitôt l'œil ouvert, tout semble déjà aller de travers. Ce matin, par exemple. Allez savoir pourquoi, alors que ça ne lui ressemble pas du tout, Orson s'est réveillé à quatre heures trente et a décidé de se mettre à hurler. Je me suis levé, j'ai changé sa couche et je l'ai calmé dans mes bras. Un quart d'heure plus tard, rebelote. Emmy s'en est chargée, et pendant une demi-heure environ, j'ai entendu ses cajoleries derrière le mur, la comptine qu'elle lui chantait tandis qu'elle le berçait tout doucement dans ses bras. À peine l'avait-elle reposé dans son lit qu'il s'est remis à pleurer toutes les larmes de son petit corps. Du côté de la chambre de Coco, une voix plaintive s'est alors fait entendre.

Il est maintenant cinq heures quinze, et dans la mesure où Emmy et les enfants ont un tournage dans la matinée, je me lève une nouvelle fois, proposant de m'occuper du bébé pendant quelques heures.

Avant qu'Orson ne vienne agrandir la famille, je crois que j'avais oublié ce que c'était, de s'occuper d'un nouveau-né. L'attention incessante que cela réclame. Le flot ininterrompu de choses auxquelles il faut penser. L'interminable liste de tâches liées d'une manière ou d'une autre au bébé. La pression que cela met sur le couple, même quand tout va bien par ailleurs.

Quand je manque de sommeil, je deviens à la fois grincheux et maladroit. Pas la meilleure combinaison. Dans la cuisine, j'ouvre un placard pour m'emparer d'un biberon, puis je me tourne pour prendre quelque chose dans le réfrigérateur et me mange la porte du placard en pleine poire lorsque je pivote encore une fois la tête – juste entre les yeux.

Emmy élève la voix pour me demander si ça va et je crie en retour que ce n'est rien. « Alors pourquoi avoir juré comme un charretier ? » veut-elle savoir.

Je cherche désespérément le biberon que je viens de sortir de ce foutu placard et qui semble s'être mystérieusement volatilisé. Après de longues minutes et quelques nouveaux jurons (cette fois-ci marmonnés), je le retrouve juste devant moi, sur le plan de travail.

Tout ça a pris bien trop de temps pour Orson qui s'est mis à geindre sous le coup de la faim et à devenir aussi irritable que son papa.

Les matins comme ça, je songe souvent aux hommes des précédentes générations, et au peu de temps qu'ils consacraient aux jeunes enfants. A-t-il jamais changé une couche, mon père ? Une fois peut-être, à la va-vite. Je sais qu'il se plaignait parfois de l'odeur qui s'échappait de la poubelle à couches, celle qui se trouvait près de la porte de derrière et dans laquelle, selon la légende familiale, son pied se serait enfoncé alors qu'il partait travailler un matin dans son plus beau costume (que j'imagine en acrylique, avec un pantalon à pattes d'éléphant et une veste à larges revers). Mais je ne me souviens pas d'histoires dans lesquelles papa me donnait le biberon au milieu de la nuit ou me faisait faire le tour du pâté de maisons dans mon landau pour m'endormir. Il me semble même n'avoir jamais entendu dire qu'il m'emmenait seul au parc ou dans une aire de jeu. Et c'est du début des années 1980 dont nous parlons ici, pas des années 1950. Ma mère avait étudié à l'université, avait lu *La Femme eunuque* et travaillait à plein temps, elle aussi, et pourtant c'est elle qui préparait le dîner tous les soirs. Je ne comprends pas comment les hommes se débrouillaient pour échapper à toutes ces corvées, avant.

Il est huit heures quinze lorsque Emmy et Coco se lèvent et entreprennent de farfouiller dans leurs affaires, à la recherche d'une tenue pour le tournage, et j'ai l'impression d'avoir déjà une journée entière de travail derrière moi.

De toute évidence, Emmy et moi avons besoin de revoir la répartition des tâches domestiques, et vite.

La délicate mission qui m'échoit ce matin, pendant que ma femme et mes enfants iront se faire filmer, est de trouver une nounou. Pour la mener à bien, cette mission, nous avons finalement décidé d'emprunter la voie traditionnelle après qu'Emmy et Irene ont échoué dans leur quête d'un partenariat avec une agence de nounous et que j'ai mis mon veto, la veille, à la proposition d'Irene d'organiser un concours sur Instagram pour dénicher la perle rare. Si l'on considère que l'agente d'Emmy plaisantait sans doute au moins à moitié en suggérant ce concours, ma réaction a sûrement été un peu dure, sur le moment. D'où le regard glacial qu'Emmy m'avait lancé.

— Eh bien, tu n'as qu'à t'en occuper toi-même, si nos idées ne te conviennent pas, avait-elle dit.

Sur ces mots, elle était partie dans notre chambre, faire quelque chose qui s'était traduit par toute une gamme de claquements sonores de portes et de tiroirs, tandis que je battais en retraite dans la cuisine où je m'étais préparé un thé avant de m'asseoir devant mon laptop.

Une vingtaine de minutes plus tard, j'avais passé la tête par la porte de notre chambre et informé Emmy que nous étions désormais inscrits sur un nouveau site qui mettait en relation les familles à la recherche d'une nounou et les nounous à la recherche d'une famille. Plus tard dans la soirée, nous nous étions installés dans le salon avec un verre de vin et nous avions rempli un formulaire en ligne pour expliquer qui nous étions et le genre de personne que nous cherchions.

Ce matin, tandis qu'Emmy habille Orson et que Coco regarde des dessins animés à côté de moi dans la cuisine, je me connecte de nouveau au site de nounous et vois que nous avons déjà reçu sept réponses depuis la publication de notre annonce, hier soir. J'élimine la candidate au C.V. truffé de mystérieux trous. Idem pour celle qui a réussi à faire trois fautes d'orthographe dans son petit texte de présentation. Je ne suis pas mis en confiance par la tête de celle qui a un anneau qui lui sort des narines, un léger strabisme et des cheveux violets. Je sais, c'est mal de juger sur les apparences. Cela nous laisse quatre candidates prometteuses. Trois d'entre elles me font un beau sourire et la dernière fixe l'objectif avec le plus grand sérieux. Les souriantes ont respectivement vingt-deux, quarante-cinq et soixante-quatre ans. J'imagine sans mal la réaction d'Emmy si mon choix se porte sur la plus jeune. Dans la section « mon profil », la quarantenaire se présente comme un « être spirituel ». Et donc, après dix minutes de clics et de savantes comparaisons, nous avons notre grande gagnante : Annabel Williams, soixante-quatre ans, native d'Édimbourg, nourrice londonienne forte de trois décennies d'expérience. Apparence ? Simple et efficace. Nounouesque, si vous préférez. Une femme sérieuse, digne de confiance, capable de conserver son calme et de prendre les bonnes décisions en toutes circonstances.

Exactement ce que nous recherchons. Une nounou aguerrie avec des références en béton. Et elle est disponible tout de suite.

Bien joué, Dan.

Je clique sur « candidature retenue » et le site réunit nos deux profils côte à côte au centre de l'écran, avant de m'inviter à proposer une date et une heure pour un entretien d'embauche. Ce que je fais aussitôt.

Je suis déjà en train d'imaginer la façon dont je vais annoncer ce triomphe à Emmy au détour d'une conversation, avec la nonchalance et la modestie feintes qui siéent aux grandes victoires, quand un message m'indique que notre demande n'a pas été acceptée, sans plus d'explication.

Tandis que l'eau frémit dans la bouilloire et que je réfléchis au moyen de surmonter ce revers, Blanche finit par arriver. En retard comme toujours et visiblement persuadée d'être seule, elle a un petit mouvement de recul en découvrant notre présence dans la cuisine. Elle me dit bonjour, jette un coup œil à l'horloge, fait semblant de s'étonner qu'il soit si tard, pose son gobelet Starbucks sur la table et demande à Coco comment va son poignet.

— Bien, répond Coco sans lever les yeux de son iPad.

Et c'est là que les choses commencent sérieusement à se gâter.

C'est là que – après s'être débarrassée de son manteau, s'être installée au comptoir face à moi, avoir mis son téléphone à charger et avoir pris une gorgée de café – Blanche me demande où est l'ordinateur portable qu'elle utilise pour travailler.

Où l'a-t-elle laissé, la dernière fois qu'elle s'en est servie ?

D'un geste vague, elle désigne le bout du comptoir où se trouvent les chargeurs.

C'est le moment que choisit Emmy pour entrer dans la cuisine avec Orson (qui, je le note, porte un costume d'ourson).

— Quoi ? dit-elle, sans nul doute alertée par mon visage contrarié.

Je lui explique la situation.

La demi-heure suivante est consacrée à fouiller la maison de fond en comble pour s'assurer que le laptop a bel et bien disparu. Tandis que Blanche explore toutes sortes d'endroits improbables (panier de linge sale, huche à pain…) et qu'Emmy inspecte les chambres, je retourne des caisses et des caisses de jouets, de puzzles et de livres illustrés dans la salle de jeux.

Le doute n'est plus permis, l'ordinateur ne se trouve plus chez nous. Pour expliquer cette disparition, une conclusion s'impose : il a été volé lors de la récente intrusion. Entre le week-end et le petit drame de la veille, Blanche n'a pas eu l'occasion de s'en servir depuis que nous avons eu de la visite en notre absence. Quant à Emmy et moi, nous ne l'utilisons jamais.

Pendant qu'Emmy est au téléphone avec Irene pour lui expliquer la situation, je me répète que ça n'a rien de grave. Ce n'est pas comme s'il coûtait une fortune, ce vieil ordinateur, et l'assurance le remboursera peut-être. Surtout, ses nombreux dossiers confidentiels étaient protégés par un mot de passe. Celui qui l'a volé – sans nul doute un junkie – a dû effacer toutes les données avant de le revendre aussitôt. Irene n'a qu'à en fournir un autre à Blanche, ce n'est pas ça qui fera un trou dans son budget. Il faut simplement en informer la police et modifier notre déclaration de sinistre. Blanche n'y est pour rien, vraiment. J'aurais dû le ranger dans un endroit moins en vue avant de quitter la maison.

Lorsque Emmy met fin à sa conversation téléphonique, elle a déjà près d'une heure de retard.

— Bon, dit-elle en se tournant vers Blanche et moi. Dan, il faut que tu appelles les flics et l'assurance, d'accord ?

— Ben oui, dis-je. Figure-toi que ça m'a déjà traversé l'esp…

— Blanche ?

La jeune fille pose précipitamment son téléphone.

— Irene va t'envoyer un autre laptop par coursier. Il devrait être là dans l'heure. Même nom d'utilisateur, même mots de passe que ceux que tu utilisais jusque-là. Une fois que tu l'auras réceptionné, tu n'auras plus qu'à t'y remettre.

Blanche fait une drôle de tête.

— Il y a un problème ? demande Emmy.

— Le problème, répond-elle, ce sont les mots de passe.

— Tu ne t'en souviens plus, c'est ça ?

Elle fait une grimace bizarre, comme quand on attend qu'un objet vous tombe sur la tête.

— Je les avais tous notés, dit-elle. Pour les avoir sous les yeux pendant que je travaillais.

— Notés où ? demande Emmy.

— Sur un Post-it.

— Et où tu l'as collé, ce Post-it ?

Blanche nous le dit.

— Oh, non… dit Emmy.

— Je suis vraiment désolée, dit Blanche.

Il y a des circonstances, me dis-je en regardant le visage défait de ma femme, où les regrets ont quelque chose de dérisoire.

Emmy

Tous. Sans. Exception.

Les mots de passe se trouvaient tous, sans exception, sur ce Post-it.

Et pour être certaine de ne pas le perdre, elle l'a collé au bord de l'écran de ce putain d'ordinateur.

Ce qui signifie que la personne qui l'a volé a eu trois jours d'accès illimité à *tout* ce que Mamapoil a fait depuis la création de son compte Instagram et qui avait été sauvegardé soit sur le disque dur du laptop, soit sur le cloud. Des milliers et des milliers de photos, d'e-mails, de contrats. La tâche que j'ai confiée à Dan et Blanche, cet après-midi, est de dresser la liste d'absolument tout ce à quoi le cambrioleur a pu avoir accès. C'est-à-dire pas seulement ce qui se trouvait sur l'ordinateur, bien entendu. Toutes les photos prises par mon téléphone ou celui de Dan. Tous les DM reçus par Mamapoil. Les textos. Les messages et les fichiers multimédia WhatsApp. Les scans de nos passeports. La liste des invités à l'anniversaire de Coco.

Je n'ai tout simplement pas le temps de m'occuper de ce bordel aujourd'hui. Je n'ai même pas le temps d'y penser. J'aurais pu étrangler Blanche, j'aurais vraiment pu. Peut-être l'aurais-je fait, si je n'avais pas été aussi en retard.

Et il a fallu que ça arrive aujourd'hui.

Je rappelle Irene depuis le taxi qui me conduit sur le lieu du tournage et elle me promet de parler à Dan et à Blanche, de prendre les choses en main, de leur donner des instructions.

— Je ferais peut-être bien d'aller chez toi pour diriger les opérations, dit-elle finalement.

Il va falloir changer un grand nombre de mots de passe, pour commencer. Prévenir beaucoup de gens. Elle me demande comment je vais. Me dit de me concentrer sur ce que j'ai à faire maintenant, me rappelle l'importance de ce tournage. Elle est certaine qu'ils ne m'en voudront pas de mon retard, tant que je leur donne ce qu'ils attendent de moi une fois là-bas.

Je lui dis de ne pas s'en faire pour ça. Grandir dans une telle famille m'a appris très jeune à maîtriser l'art du cloisonnement. Compartimenter les différents aspects de ma vie en zones étanches, c'est ce que je fais quotidiennement pour avancer.

Et puis Irene n'a pas besoin de me rappeler la chance que j'ai de participer à ce tournage. Je vais être – et croyez-moi, c'est un coup plus fumant que ça en a l'air – l'un des visages de #objectifpleinelune, une campagne de hashtag lancée par une des plus grosses marques de papier toilette pour la fête des mères.

Coup fumant de Mamapoil et coup de maître d'Irene, pour qui ce contrat a un parfum de triomphe personnel.

Pour cette campagne, elle est parvenue à faire engager non seulement les cinq instamums de ma constellation, mais aussi nos mères et nos enfants. Ce n'est pas un hasard si le clan que nous formons couvre une large gamme de personnalités, à la manière d'un groupe d'hommage aux Spice Girls, en version moins excitée. Il y a Hannah, avec son gimmick de maman naturelle, Bella et son « empouvoirement », Sara et sa boutique, Suzy et son style vintage. Nos mamans respectives constituent un assortiment encore plus hétérogène – seule la mienne ayant embrassé sans réserve la cause de l'influence.

Virginia me bombarde de textos depuis près d'une heure, inquiète de savoir ce que je fabrique.

Après avoir affiché un certain mépris pour ma carrière dans le milieu de la mode – sans parler de mon choix marital : qui voudrait d'un époux écrivain quand on peut opter pour un capitaine d'industrie ? –, ma mère a applaudi des deux mains ma reconversion sur les réseaux sociaux une fois qu'elle a compris les bénéfices qu'elle pouvait en tirer. Le statut de *grande dame*[9] d'Instagram lui va comme un gant, et il n'est que justice de souligner à quel point son rôle d'extension de marque pour Mamapoil s'est révélé utile.

Il y a pour moi quelque chose de fascinant à voir Ginny dispenser ses bons conseils de mère poule dans ses propres petits carrés (de plus en plus coincés entre des publicités pour des crèmes antirides, des teintures pour cheveux gris et des manteaux Windsmoor – même si elle vit assez mal le fait que seules les « marques pour vieilles », comme elle les appelle, soient prêtes à mettre la main au porte-monnaie). Lire ses envolées lyriques sur les comptines qu'elle me chantait, sur tous ces gâteaux que nous avons préparés ensemble, sur tous ces bons moments que nous avons partagés parviendrait presque à me faire croire, à moi aussi, que j'ai eu une enfance idyllique.

La photo extraite de l'album de famille où l'on me voit à six ans, pointant du doigt le trou laissé par la dent de devant que je venais de perdre, avec cette interminable légende où maman parle de la pièce de cinquante pence et du poème manuscrit qu'elle a glissés sous mon oreiller ? Je suis certaine

9 En français dans le texte.

que ma mémoire ne flanche pas lorsque je la revois, au lendemain d'une soirée alcoolisée, me jeter un billet de cinq livres au visage quand j'ai fondu en larmes parce que la petite souris n'était pas passée. Et ce touchant récit qu'elle a publié le 25 décembre, et dans lequel on apprend que j'ai cru au barbu en costume rouge jusqu'à mes treize ans parce qu'elle entretenait la magie de Noël en disposant des carottes croquées (par les rennes, bien sûr) sur la terrasse et en dessinant de larges empreintes de pas dans du sucre glace ? Des fêtes de fin d'année de mon enfance je ne conserve que des images de maman s'enfilant des carafes entières de vin chaud, brûlant les choux de Bruxelles [10] et me lançant, quand la reine prononçait son discours à la télévision, des *chuuuut!* exaspérés qui dévoilaient ses dents tachées par le gros rouge.

J'aimerais pouvoir dire qu'elle est meilleure grand-mère qu'elle n'a été mère, mais toutes ces photos de câlins, de sourires et de bougies d'anniversaire soufflées avec Coco n'existent que pour Instagram. Selon le docteur Fairs, ma mère a toujours abordé les relations humaines en partant du principe de l'arbre qui tombe sans témoin [11]. En d'autres termes, les marques d'affection n'ont d'intérêt pour elle que si elles sont vues par d'autres gens, et sa tendresse est à la mesure du nombre de spectateurs. Avant même qu'elle ne devienne une instamamie, j'ai souvent eu le sentiment que passer du temps avec Coco lui importait moins que de se prendre en photo avec elle pour montrer l'image à ses amis du club de bridge. Jamais elle ne passe un coup de fil pour prendre seulement de nos nouvelles. Jamais elle ne nous rend une visite impromptue pour le simple plaisir de venir

10 Repas traditionnel de Noël au Royaume-Uni.

11 « La chute d'un arbre qui tombe dans la forêt produit-elle vraiment un son si personne n'est là pour l'entendre ? »

embrasser ses petits-enfants. Si ce trait de caractère a déteint sur moi, c'est en me donnant le parfait exemple de ce qu'il ne faut pas faire : laisser l'image qu'on donne de soi et de sa vie de famille prendre le pas sur la réalité – non que je sois moi-même irréprochable sur la question, Dieu sait. Mais au moins, j'essaie.

Lorsque j'arrive enfin au studio de tournage, cela fait plus d'une heure que Virginia nous attend sur le trottoir – elle tient à ce que nous fassions notre entrée tous ensemble. Elle ne s'enquière pas des raisons de notre retard et je dois l'inciter à dire bonjour à sa petite-fille dont le visage s'illumine, ravie que sa grand-mère lui consacre un peu d'attention. L'espace d'un instant, j'ai le sentiment de voir en Coco la fillette que j'étais, et mon cœur se serre pour nous deux.

À l'intérieur, nous sommes accueillis par une pyramide de rouleaux de papier hygiénique géants. Virginia passe devant comme si elle ne l'avait pas remarqué, marque un temps d'arrêt, puis se retourne avec une expression horrifiée.

— C'est parce que le tournage va être merdique ?

Elle s'esclaffe, visiblement conquise par sa propre blague. L'attachée de presse qui est venue à notre rencontre semble moins convaincue.

Le plateau a été aménagé de sorte à ressembler à une gigantesque salle de bain, avec des rouleaux de la taille de ceux qui sont empilés à l'entrée du studio, une collection de pots pour les plus jeunes et d'énormes W.-C. en forme de trônes sur lesquels nous serons assises lors de nos interviews. Nous n'aurons qu'à ressortir les clichés habituels : être maman, c'est le travail le plus difficile au monde ; rien n'est plus précieux qu'une maman ; elle a toujours été ma meilleure amie ; elle m'a dit que rien ne me serait impossible... tout ça pendant que les gamins s'ébattront autour de nous dans du quatre épaisseurs, comme une portée de chiots golden retriever. C'est en tout cas ce que le réalisateur a en tête. Je le soupçonne de ne pas avoir d'enfant.

Shootés aux pains au chocolat barbotés sur la grande table du buffet, une horde de douze marmots courent en tous sens dans un vacarme assourdissant, enveloppés comme des momies dans du papier toilette blanc. Seul Orson, dorloté par une maquilleuse, manque à l'appel. Nous, les mamans, faisons de notre mieux pour ignorer le chaos tandis que nous circulons nonchalamment autour dudit buffet en filmant, entre deux bouchées de toast à l'avocat, d'enthousiastes retrouvailles pour nos Instastories.

— Sara, corps lumineux, je suis tellement excitée à l'idée de passer un moment avec ma sœur de cœur ! s'exclame Bella en envoyant un baiser théâtral de la main à l'objectif de son iPhone.

Je me fraie un passage jusqu'à la machine à café où sont disposés des mugs #joursdelumière – Irene ne manque jamais une occasion de faire de la pub pour nos produits dérivés. Sara me rejoint, abandonnant sa mère à la logorrhée de Suzy Wao, dont les boucles d'oreilles géantes, à chaque balancement, menacent le bord de ses verres colorés. Sara sort son téléphone et je lève le mug comme si je portais un toast, renversant la tête en arrière pour éclater de rire. Sara publie immédiatement la photo avec la légende : *C'est un miracle : une maman qui arrive à boire son café avant qu'il ne refroidisse !*

C'est tout un art, voyez-vous. Je ne dis pas que c'est un art majeur, mais il n'empêche que *c'est tout un art.*

Quand c'est à nous de prendre place sur le trône, je serre Orson contre moi et demande à Coco de venir s'asseoir sur mes genoux.

Elle ne veut pas.

Un des assistants vient à la rescousse et tente de la persuader, doigt tendu vers Orson, les trônes et moi, d'aller gentiment s'insérer dans le tableau.

Coco croise les bras et nous tourne le dos.

Me sachant observée, je compose un sourire patient, fourre Orson dans les bras de ma mère et me dirige vers ma fille.

— Mon champignon, dis-je.

Coco ne répond pas. Consciente du nombre de regards désormais posés sur nous, du nombre de gens qui s'intéressent à la négociation en cours, je m'accroupis pour que mon visage soit à la hauteur du sien.

— Qu'est-ce qui se passe, mon champignon du bois joli ?

Elle chuchote quelque chose, si bas que je ne parviens pas à l'entendre.

— Je n'ai pas compris ce que tu as dit, Coco. Tu veux bien répéter un tout petit peu plus fort ?

— Je ne veux pas m'asseoir devant tout le monde, maman. Je suis trop timide.

— Qu'est-ce qu'elle dit, chérie ? crie ma mère, qui a réussi à refiler Orson à une des maquilleuses. Explique-lui que tout le monde l'attend !

— Une minute, maman ! dis-je d'une voix aussi légère que possible, avant de m'adresser de nouveau à Coco. Tu ne te souviens pas qu'on en avait parlé, toutes les deux ? On s'était dit qu'on allait bien s'amuser. Qu'on allait s'asseoir sur le trône comme si on était une reine et une princesse. Qu'on allait raconter des histoires amusantes sur mamie Ginny et sur moi. Je suis sûre que tu t'en souviens ! On s'était même entraînées à raconter les histoires…

Il y a une éternité, lors de la création de Mamapoil, Dan et moi étions convenus qu'il faudrait écouter notre fille si un jour elle ne voulait plus jouer le jeu. Qu'il faudrait mettre un terme à tout ça à partir du moment où Coco serait assez grande pour dire non.

Je me souviens que nous en avions discuté au restaurant, que nous nous étions promis de nous en tenir à cette décision, que nos mains s'étaient solennellement serrées au-dessus des desserts pour ratifier notre accord. Pas de « sauf si », pas de « oui, mais » ou autres clauses dérogatoires. Juré, craché.

Cela dit, tout jeune parent comprend vite qu'il n'a d'autre choix que de contraindre quotidiennement son enfant à faire des choses qu'il n'a pas forcément envie de faire. Mettre une couche. Enfiler un manteau. Prendre un bain. Avaler un médicament. Manger autre chose que des sucreries. Se brosser les dents. Aller au lit. Si l'on n'imposait rien à son enfant, on ne pourrait plus sortir de chez soi, et notre progéniture passerait sa journée en costume de Superman ou en robe de princesse, à regarder des dessins animés, la main plongée dans un paquet de bonbons.

Sans compter que tout ça ne produirait pas beaucoup de contenu.

Je pourrais vous citer un tas de choses qu'il m'a fallu faire, lorsque j'étais petite, alors que je n'en avais pas la moindre envie. Rester bien sage tout au long d'interminables repas. Répondre sans délai, à haute et intelligible voix, à quiconque me posait une question. Aller dire bonjour à chacun des invités lorsque mes parents recevaient du monde ; affronter tous ces hommes avec leurs grosses voix et leurs visages piquants ; toutes ces femmes avec leurs rires de jument ; le nuage de tabac qui flottait à hauteur de ma tête ; l'haleine fétide d'un invité qui insistait pour poser ses lèvres poisseuses sur mon front ; ceux qui me décoiffaient ou me pinçaient la joue… Je me revois supplier mes parents de ne pas partir chaque année au même endroit en vacances ; de ne pas louer cette maison en Provence où j'allais encore passer quinze jours allongée sur mon lit à écouter leurs disputes dans la chambre voisine ; à attendre que la porte claque et que les assiettes commencent à se briser. Je me souviens qu'ils m'ont envoyée en pension à sept ans. Je me souviens d'avoir découvert, de retour à la maison à la fin du premier trimestre, que ma mère s'était débarrassée de mon cochon d'Inde parce qu'elle en avait marre de s'en occuper.

Tout cela a-t-il causé quelques dégâts psychologiques sur ma personne ? Eh bien, c'est fort probable. Si on creusait vraiment (comme cherche toujours à le faire le docteur Fairs), on pourrait établir un lien entre ma peur de me retrouver seule dans le noir et le soir où ma mère m'a enfermée dans ma chambre parce que je n'arrêtais pas de descendre au salon où elle recevait des amis, et on pourrait encore plus sûrement établir un lien entre mon désir d'être appréciée du plus grand nombre et le peu de compliments que je recevais de mes parents, leur avarice en ce domaine étant si prononcée que ma poitrine se gonflait de joie et d'orgueil au moindre hochement de tête vaguement approbateur. Les gens adorent trouver une explication psychologique bien carrée pour chaque névrose, n'est-ce pas ?

De la même manière, il est inutile d'être un fin connaisseur des arcanes de l'âme humaine pour établir un lien entre mon choix de construire une famille avec Dan et le sentiment que cet homme ne me trompera ni ne me quittera jamais. Au cours de mon enfance, j'avais pleinement conscience que ma mère et moi ne pouvions jamais être certaines qu'il en irait de même avec mon père. Et si j'en étais à ce point consciente, c'est entre autres choses parce que maman avait l'habitude de me rendre des visites nocturnes pour m'instruire de ses malheurs, posant précautionneusement son verre de vin sur ma table de chevet avant d'élever la voix pour s'assurer que son mari n'en perdrait pas une miette et m'obligeant à écouter ses jérémiades alcoolisées alors que je ne pensais qu'à dormir. Bien sûr, la responsable d'une bonne part des névroses de maman n'est sans doute autre que sa propre mère, dont elle n'était pas l'enfant préféré et qui trouvait toujours un moyen de lui dire qu'elle n'était ni la plus jolie ni la plus intelligente à ses yeux. Sa propre mère qui, pour des raisons que les nombreuses versions de l'histoire qui m'ont été racontées n'ont jamais vraiment pu éclaircir, est allée jusqu'à refuser de quitter la voiture le jour du mariage de mes parents, vissée au siège dans son manteau de fourrure pendant qu'à quelques mètres de là tout le monde l'attendait dans l'église et que mon grand-père cognait désespérément à la vitre, la suppliant d'être raisonnable.

La vérité est peut-être que je suis issue d'une très longue lignée de très mauvaises mères. Et, bien entendu, c'est ce type de réalité que servent à dissimuler toutes ces conneries de « Reste toi-même, ne change rien ! » et autres « N'oubliez pas de vous féliciter, les filles, parce que vous le méritez tellement ! ». Le fait qu'en définitive toutes les mamans ne sont pas des superhéroïnes. Que devenir mère ne vous confère pas automatiquement le statut de sainte si vous étiez une connasse avant d'expulser un bébé hors de votre Origine du monde. Qu'en définitive, les mères sont des gens comme les autres. Certaines d'entre nous sont douces, gentilles, d'un dévouement et d'une générosité sans faille. D'autres sont amères, insatisfaites, chaque jour davantage convaincues d'avoir commis une terrible erreur. Certaines font du mieux qu'elles peuvent, quand d'autres se contentent du minimum syndical en attendant le gin tonic de dix-neuf heures trente. On rencontre des mamans qui s'attendaient au pire et s'étonnent de s'épanouir dans ce rôle, et d'autres qui déchantent après avoir idéalisé la maternité. Certaines sont merveilleuses, d'autres franchement nulles. La plupart d'entre nous constituent une combinaison de toutes ces mères, un mélange dont les proportions varient selon les jours.

Tout ça pour dire, je crois, que même si Coco n'a manifestement pas envie de participer à cette publicité, je ne vais pas faire cet acte héroïque qui consisterait à dire à tout le monde que ce contrat n'est rien en comparaison du bien-être de ma fille, avant de la soulever dans mes bras et de l'emmener faire une longue promenade, main dans la main, à travers des prairies caressées de soleil. Parce que je n'ai pas ce courage, certes, mais au moins autant parce que Coco aura sans doute changé d'avis le temps de regagner la voiture, et qu'il se pourrait bien qu'elle passe tout le trajet du retour à hurler et à donner des coups de pied dans mon siège en me suppliant de faire demi-tour. Et enfin parce que j'imagine sans mal la fortune qu'il a fallu dépenser pour louer ce studio et son matériel, pour créer ce décor, pour réunir et nourrir tout ce beau monde… Pas question de laisser l'avenir financier de ma famille dépendre des caprices d'une fillette de quatre ans qui, la plupart du temps, est incapable de décider si elle veut porter une écharpe au moment de quitter la maison. Si je quitte ce plateau maintenant, je sais qu'il sera le dernier sur lequel je mettrai les pieds. Voilà pourquoi tout le monde retient son souffle autour de moi. Ils sont conscients de l'enjeu. Je suis consciente de l'enjeu. Seule Coco s'en fiche royalement.

Et j'agis donc comme le ferait toute maman active qui serait au bout du rouleau dans des circonstances similaires.

Je dis à Coco que si elle surmonte sa supposée timidité, nous ferons un détour par le McDonald's sur le chemin du retour – un lieu où nous avons toujours catégoriquement refusé de l'emmener –, et qu'elle pourra y commander absolument tout ce qu'elle désire. Et ensuite, autant d'iPad qu'elle le souhaite avant d'aller au lit.

C'est une offre alléchante – je l'espère même irrésistible –, mais Coco prend tout de même le temps d'y réfléchir.

— Un Happy Meal avec le jouet ? demande-t-elle.

Je ne sais même pas comment elle connaît ça.

— Marché conclu ! lui dis-je.

Nous voilà bientôt tous assis sur le trône, ma mère et moi côte à côte, Orson sur mes genoux et Coco sur les siens. Le réalisateur commence à tourner. Mon baratin est au point, ma gestuelle assurée. Alors qu'il me pose la première question, je me tourne un instant vers Virginia, l'air attendri, et lui saisis doucement le poignet.

— Cette femme, dis-je en regardant droit dans l'objectif de la caméra, les yeux embués, est *tout* pour moi. C'est mon roc. C'est mon phare dans la nuit.

J'observe un temps d'arrêt. Je sais déjà que cette prise sera la bonne.

— Mais avant tout, c'est ma maman.

Quelque part dans l'obscurité, derrière les rampes de puissants projecteurs, des applaudissements crépitent.

Puis c'est au tour de ma mère. J'ai beau savoir qu'il s'agit d'un texte appris par cœur, et qu'Irene en est l'auteur, j'éprouve une vague irritation lorsqu'une irrépressible bouffée de joie diffuse sa chaleur dans ma poitrine tandis que je l'écoute couvrir d'éloges cette fille si belle et intelligente qu'elle s'enorgueillit d'avoir mise au monde.

Je vois quelqu'un murmurer à l'oreille du réalisateur qui plisse le front et lance :

— Coupez !

Il fait quelques pas dans notre direction en soupirant ostensiblement.

— On va la refaire. Vous pensez que la petite fille pourrait avoir l'air un petit peu moins désespérée, cette fois-ci ?

J'avais besoin de quatre éléments principaux pour ce que j'avais prévu de faire, dont trois que j'ai aisément pu me procurer. Il m'a fallu déployer un peu plus de ruse pour mettre la main sur le quatrième.

On ne travaille pas pendant deux décennies dans une unité de soins intensifs sans amasser un grand nombre de connaissances sur les méthodes de sédation. Vingt-trois années durant, j'ai surveillé des pouls, mesuré des taux d'oxygène et de CO_2 expiré, je me suis assurée que les voies respiratoires des patients étaient bien dégagées, que les perfusions et les capnographes fonctionnaient normalement, que rien n'était emmêlé, coincé ou obstrué. Vingt-trois années durant, j'ai appris à détecter les signes annonciateurs d'un problème.

Maintenir quelqu'un en vie, mais inconscient, est une entreprise délicate. Quoi que vous puissiez voir dans les séries policières ou les films hollywoodiens, il n'est pas possible de mettre quelqu'un hors service avec une dose massive de telle ou telle substance, de le laisser ligoté dans une cave, et d'espérer le voir se réveiller quelques jours plus tard un peu vaseux, mais en parfaite santé. Ça ne marche tout simplement pas comme ça. D'abord, parce que le dosage ne s'improvise pas. Si vous y allez un peu trop fort, votre prisonnier aura une fâcheuse tendance à cesser de respirer. Et si vous y allez vraiment trop fort, il y a de bonnes chances pour que son cœur s'arrête de battre. Ensuite, parce que si vous faites ingérer à votre victime une dose massive d'un sédatif quelconque que vous êtes parvenu à vous procurer – une bonne quantité de somnifères, disons, noyés dans un flacon de Nytol ou broyés dans son verre de vin –, son corps essaiera probablement de tout rejeter, c'est-à-dire qu'elle se mettra à vomir. Et vomir lorsqu'on est inconscient est un moyen assez sûr de mourir étouffé. J'agaçais souvent Grace et son père, quand nous regardions la télévision ensemble, parce que je ne pouvais pas m'empêcher de souligner les imprécisions et les inexactitudes médicales du scénario, d'expliquer pourquoi tel personnage s'y prenait mal pour s'occuper d'un patient ou en quoi tel rebondissement était une aberration sur le plan pharmacologique.

Je suppose que, d'une certaine manière, j'ai le sentiment de nous devoir à tous la réussite de mon projet.

J'ai beau être infirmière, mettre la main sur tout ce dont j'avais besoin n'a pas été si simple. Il ne s'agissait pas simplement d'emprunter les clefs de la réserve dans l'armoire de la salle des infirmiers, puis de rentrer chez moi avec un flacon de benzodiazépines dans la poche de mon manteau.

Le propofol n'a pas posé de problème. M'en constituer un stock s'est révélé d'une facilité presque inquiétante ; on en utilise tellement en chirurgie et en soins postopératoires que le conserver en lieu sûr n'est tout simplement pas pratique. J'en ai ramassé autant que je le pouvais sur le chariot d'urgence et j'ai quitté l'hôpital, le sac à main rempli de petits flacons. Du gâteau, vraiment : si vous m'aviez placée sous monitoring, je doute que l'écran ait affiché la moindre accélération de mes battements cardiaques. C'était comme sortir d'un bureau avec une poignée de stylos volés dans le placard à fournitures.

Pour le réservoir d'oxygène et le masque qui va avec, je suis allée me servir dans la réserve. Je les ai rangés dans un sac de sport que j'ai entreposé dans mon casier en attendant un moment plus favorable pour le transférer discrètement dans la voiture. C'est ce que j'ai fini par faire un soir où j'ai terminé tard. Les rares personnes que j'ai croisées ne m'ont pas prêté la moindre attention. Le sac a fait un bruit métallique un peu suspect quand je l'ai posé dans le coffre, mais il n'y avait pas d'oreilles indiscrètes pour l'entendre.

La pompe à perfusion a été achetée sur Internet, même si j'aurais sans doute pu en sortir une en douce de l'hôpital.

Pour le midazolam, ça a été une autre affaire. En partie, je suppose, parce qu'il s'agit à la fois d'un décontractant musculaire, d'un anxiolytique et d'un sédatif, et que certaines personnes s'en servent pour se défoncer, comme ils disent. Le fait que des gens soient prêts à payer pour ce moment d'ivresse médicamenteuse explique qu'il soit gardé sous bonne surveillance : le code d'accès au réfrigérateur n'est donné qu'à certaines personnes et il faut signer un registre chaque fois qu'on en prend.

Cela dit, les soignants qui s'en servent n'utilisent pas tout. Si, par exemple, vous êtes un anesthésiste, que vous devez mettre un patient sous sédatif et que vous avez besoin de 10 ml de midazolam pour ce faire, vous allez tout de même prendre un flacon de 50 ml pour y puiser la quantité nécessaire.

Certes, un chirurgien consciencieux, une équipe scrupuleuse, prendra soin de se débarrasser des 40 ml de midazolam inutilisés avant de jeter le flacon.

Mais quelqu'un d'un peu moins scrupuleux, d'un peu moins consciencieux, considérera qu'un infirmier ou une infirmière s'en chargera sûrement.

Au terme de cette fête surprise organisée pour mon départ, j'avais réuni tout ce dont j'avais besoin.

Chapitre onze

Emmy

Coucou ma belle,

J'ai essayé à quelques reprises de te joindre par téléphone et par texto, mais je sais à quel point tu es occupée. Je voulais juste discuter de tout et de rien, en fait. J'ai pensé que je parviendrais à te voler un moment à l'anniversaire de Coco, mais tu avais tellement à faire. Désolée si tu m'as trouvée un peu taciturne. Tu as compris pourquoi j'étais comme ça? Tu as toujours été si perspicace, si douée pour deviner les autres, pour avoir le mot juste en toute circonstance... Alors je me dis que tu as peut-être réussi à lire en moi, mais que tu as pensé que ce n'était pas le bon moment pour en parler. C'est vrai qu'on était là pour faire la fête.

Ça fait longtemps que je songe à te parler de tout ça ; longtemps que j'hésite à me confier à toi. Ça va sans doute te paraître absurde, mais je crois avoir éprouvé un peu de gêne – un peu de honte, même. Pourtant, je ressens aujourd'hui le besoin de m'ouvrir à toi, parce que j'ai le sentiment que tu ignores tout un pan de mon existence et de la personne que je suis. J'ai le sentiment qu'en gardant le silence c'est comme si je niais à ces petites vies que nous avons perdues le droit d'avoir jamais existé. Alors qu'en réalité ces enfants ont existé et existent toujours en moi ; alors que je les aime comme s'ils étaient présents en ce moment même, dans la pièce où je t'écris.

Ben et moi avons perdu trois bébés, Em. Trois fausses couches. Et cette souffrance, ce sentiment de culpabilité et de désespoir refusent de me laisser en paix. Je peux être heureuse une minute – enfin… peut-être pas heureuse, mais du moins pas triste à pleurer –, et la suivante tout me revient d'un coup avec une brutalité qui me cloue sur place. Trois êtres qui auraient fait partie de notre vie, disparus. Ma première grossesse ne s'est pas prolongée au-delà de trois mois. Une « grossesse arrêtée », nous a dit la gynécologue. Il n'y a pas eu de saignement, rien. On était là, main dans la main au premier rendez-vous, impatients d'entendre battre le cœur de notre bébé. Ces battements de cœur, on ne les a pas entendus. C'est impressionnant, tu sais, ce visage impassible du médecin pendant l'échographie, quand ça ne se déroule pas comme prévu. Je suppose que ça n'a rien d'exceptionnel pour eux. Il a fallu que je passe sur la table d'opération, cette fois-là.

Et puis ça a recommencé. On s'était organisé un week-end dans le Norfolk et je me suis mise à saigner alors qu'on se promenait sur la plage. Le troisième bébé, on l'a perdu à cinq mois. Personne n'a été capable de nous expliquer pourquoi. L'espoir… c'est ce qu'il y a de pire, je crois. Cet espoir que tu t'efforces de réprimer dès l'instant où tu vois apparaître cette petite ligne bleue, mais qui finit par se libérer, la nuit, du coffre-fort où tu as voulu l'enfermer, tandis que tu t'imagines avec ton bébé dans les bras, là, dans ce même lit où tu es en train de pleurer. Si je ne t'ai jamais raconté ça avant, c'est que je ne trouvais pas les mots pour le dire. Peut-être n'existe-t-il pas de mots qui puissent vraiment traduire cette douleur ? Disons que j'ai fait comme j'ai pu. Le principal était de réussir à t'en parler. Parce que tu sais, Em, j'ai tout essayé pour surmonter ma peine, et que rien ne m'a vraiment aidée. Alors, qui sait ? Peut-être qu'en parler à ma plus ancienne amie est la seule façon de retrouver un peu de paix intérieure.

La NHS [12] ne rembourse pas les FIV, là où nous vivons, et nous n'avons pas les moyens de financer ça nous-mêmes. De toute façon, je ne pense pas pouvoir supporter le chagrin de perdre un autre bébé. Alors faut-il vraiment que je me résigne? Est-ce la fin de mes espoirs d'être un jour maman?

Je ne sais même pas pourquoi je te raconte tout ça. Ça aurait peut-être moins l'air d'une espèce de radotage sans queue ni tête si on avait l'occasion d'en discuter en tête-à-tête... Tu me manques vraiment, tu sais. Tu crois qu'on pourrait se voir bientôt, Em? Aller boire un café ou un verre, toutes les deux?

C'est que j'ai bien besoin de ma meilleure amie, en ce moment.

Je t'embrasse,

Polly

Je prends une grande inspiration, commence à taper une réponse, la supprime, puis relis l'e-mail de Polly tandis que je marche vers le parc, Orson cuvant son lait dans le porte-bébé. Avant sa naissance, j'avais oublié le peu de temps que les nouveau-nés passent éveillés. Manger, roter, pioncer, recommencer. Je regarde sa petite tête coiffée d'un bonnet en cachemire qui dodeline au rythme de mes pas, juste sous mon menton. Je sens les battements de son cœur contre ma poitrine. J'essaie d'imaginer comment serait ma vie sans lui, sans Coco. Comment ce serait, si j'étais à la place de Polly. Je presse les lèvres contre le bonnet et pense à tout ce chagrin; à tout ce que Polly a dû endurer sans jamais m'en parler.

12 *National Health Service* (équivalent de la Sécurité sociale française).

Je dois également réprimer une sensation désagréable, une bouffée presque imperceptible de ce qui pourrait bien être une forme de jalousie.

Parfois, je me demande ce que nos anciennes copines de classe pensent de ce que nous sommes devenues, Polly et moi. Quand je suis tendre avec moi-même, je me dis qu'elles doivent m'envier, être impressionnées par ce que j'ai accompli – un million de followers, numéro un au Royaume-Uni dans le domaine de la parentalité. Quand je suis d'une humeur de chien, je me dis qu'elles n'ont probablement jamais entendu parler de Mamapoil. Qu'être une célébrité Instagram est comme être milliardaire au Monopoly, et que c'est Polly et son mari, avec leur joli pavillon de banlieue et leurs postes d'enseignants dans une prestigieuse école privée qui les impressionneraient le plus. Rien ne vaut la sécurité de l'emploi, ce n'est pas moi qui vous dirai le contraire.

Ce qui est d'une ironie terrible quand je songe à cet e-mail, et dont je ne prends pleinement conscience que maintenant, c'est qu'il m'est arrivé d'envier ce qu'a Polly, ou ce qu'elle n'a pas ; cette vie tranquille et confortable qu'elle semble mener, si loin des complications de la mienne. Mais toutes les mères du monde n'imaginent-elles pas parfois ce que serait leur vie sans enfant ? Eh bien, de toute évidence, je ne serais pas en chemin vers une réunion #joursdegrisaille. Mais à quoi occuperais-je mes journées, alors ? Dans mes fantasmes, je suis rédactrice en chef de *Vogue* et mariée avec un lauréat du Booker Prize [13]. *Ça* – ce parc désolé, ce ciel bas tapissé de nuages, ces détritus dispersés par le vent, ce bébé sanglé sur ma poitrine, ces putains de leggins, ce tee-shirt barré d'un slogan –, ce n'est certainement pas la vie que je rêvais

13 Équivalent britannique du prix Goncourt.

de mener. Mais ça se passe toujours comme ça, n'est-ce pas ? Vous faites une série de choix mineurs quand vous avez la vingtaine, et ils vous ligotent lentement jusqu'à devenir une camisole de force. Rester ou non pour boire ce troisième verre. Lui donner ou non votre numéro de téléphone. Décrocher ou pas quand il appelle. Tomber amoureuse ou passer son tour. Ce qui finit par entraîner d'autres choix qui vous engagent nettement plus, comme : accepter de porter ses enfants, et quand.

Je ne dirais pas ce genre de choses à Polly, bien entendu. Mais pour le moment, quand j'essaie de trouver quoi lui dire, *rien* ne me vient à l'esprit. Parce que, vraiment, que peut-on dire à une amie qui souffre de ne pouvoir mettre un enfant au monde ? Je les ai vus sur Instagram, tous ces conseils stupides, maladroits, lourdingues, voire carrément blessants que les gens donnent aux femmes qui font des fausses couches à répétition : *Au moins, tu sais que tu peux tomber enceinte… Tu as pensé à adopter ?… Tu as essayé l'acupuncture ?… Tu as pris de l'acide folique ?… Tu devrais devenir vegan… Il n'y rien que le yoga ne puisse résoudre… Tu as déjà placé un œuf de yoni en quartz rose dans ton frifri avant de le contracter ?* Je ne peux pas la rassurer, lui dire que ça va finir par arriver, parce que parfois le corps des femmes refuse tout simplement de jouer le jeu. Les choses ne s'arrangent pas toujours.

Polly n'est pas une de mes abonnées qui se satisfera d'un émoticône et d'une platitude – mieux vaut prendre le temps d'élaborer une réponse sensible et réfléchie plutôt que de me précipiter sur mon clavier, au risque de commettre un impair. Je marque son e-mail d'un drapeau et le téléphone retrouve les profondeurs de mon sac.

Il me faut parfois une minute, lorsque j'évolue dans le monde réel, pour quitter la peau d'Emmy Jackson et me glisser dans celle de Mamapoil. Mettre le cynisme en veilleuse et réveiller l'empathie. Donner un peu de rugosité à mon accent façonné sur les bancs des meilleures écoles privées. Inspirer profondément et me muer en bête de scène. Parce qu'il n'est pas exagéré de dire que pour les femmes que je m'apprête à retrouver, je ne suis rien de moins qu'une rock star.

Ces réunions #joursdegrisaille ont commencé peu de temps après que j'ai lancé cette campagne de hashtag, l'idée étant de rencontrer mes abonnées en chair et en os afin de renforcer toujours plus les liens avec elles. Les chiffres trop faibles du taux d'engagement sur mes posts liés à cette campagne m'ont confirmé que je n'ai pas su trouver le ton parfaitement juste, celui qui sonne vrai. Avec mon éducation, qui m'a appris dès le plus jeune âge à ravaler mes émotions et à trouver embarrassante l'expression de tout sentiment un peu trop personnel, parler d'un sujet comme la lutte contre la dépression me demande un effort qui transparaît dans mon écriture et affecte l'authenticité de mes posts. Mais je n'avais pas le choix. On attend des femmes comme moi qu'elles se livrent, qu'elles révèlent des blessures intimes et qu'elles grattent la plaie pour divertir le public ; nous sommes censées avoir un riche catalogue d'angoisses, de complexes et d'échecs passés où puiser pour alimenter les podcasts et les publications Instagram avec une supposée légitimité. Ce n'est qu'après avoir échangé face à face avec mes abonnées – après avoir écouté leurs récits et les mots dont elles se servaient pour décrire leurs épreuves et les sentiments qu'elles leur inspiraient – que j'ai compris comment faire ça d'une façon qui puissent les toucher, qui puisse trouver un véritable écho en elles.

La meilleure approche, ai-je découvert, est de rester aussi vague que possible – notion suggérée d'angoisse, bouffée esquissée de tristesse, idée de deuil effleurée. Je prends soin de ne jamais entrer dans les détails, de sorte que chacune puisse lire ce qu'elle veut dans mes épanchements en ligne. À la manière d'un horoscope ou d'un test de Rorschach, mes abonnées donnent à mes taches d'encre le sens qui leur convient ; celui qui les aide le mieux à faire face à l'épreuve qu'elles traversent. Et je pense que mes publications constituent vraiment un précieux soutien pour ces femmes en détresse, de même que ces réunions mensuelles, aimables promenades dans le parc rapidement devenues d'impressionnantes marches de mamans qui partagent leurs combats avec la DPP, le SPM et la FIV[14].

Une femme à l'air épuisé m'emboîte le pas alors que je viens de franchir les grilles. Fixée à l'arrière de sa poussette, une planche à roulettes accueille un petit garçon qui se dresse au-dessus du bébé endormi sous la capote en toile.

— Emmy ! C'est bien vous, n'est-ce pas ? Je m'appelle Laura. On s'est déjà croisées lors de précédentes réunions, à l'époque où j'étais en congé maternité avec Wolf, dit-elle en pointant du doigt le gamin qui tape du pied sur la planche à roulettes, une banane rageusement écrasée dans sa main. Il a trois ans, maintenant.

Le petit garçon veut des chips, si j'arrive bien à décrypter ses hurlements furieux.

— C'est la première fois que je sors seule avec lui et ma petite Rosa, poursuit-elle d'une voix essoufflée. On dit que c'est plus facile avec le second. Surtout que, comme vous le savez, j'ai souffert d'ESPT[15] après mon premier accouchement. J'avais espéré que je serais rodée, cette fois-ci, mais il faut croire que je me laisse facilement déborder. Je n'arrive pas

14 DPP : dépression post-partum, SPM : syndrome pré-menstruel, FIV : fécondation in vitro.

15 ESPT : état de stress post-traumatique.

à m'occuper de tout, et… parfois j'ai juste l'impression d'être nulle. Je voulais vous en parler, parce que j'ai l'impression que vous me comprenez, vous.

Les larmes s'accumulent dans ses yeux, prêtes à déborder. Rien ne pourra les empêcher de jaillir si je la laisse vider son sac, et je n'ai pas envie de passer les cinq prochaines minutes à frotter son dos secoué de sanglots.

Je me rapproche d'elle jusqu'à ce que nos épaules se frôlent.

— Bien sûr que je me souviens de vous, Laura. C'est fou comme le petit Wolf a grandi ! Il doit avoir presque le même âge que Coco !

Je tends la main pour caresser les cheveux du garçon, qui recule vivement la tête.

— Rosa et Orson ont presque le même âge, eux aussi, dit-elle. C'est presque comme si je l'avais fait exprès ! Désolée de faire ma *fangirl*, mais c'est tellement bon pour le moral de connaître quelqu'un qui vit les mêmes choses que moi, qui ressent ce que je ressens, ajoute-t-elle en tripotant un bouton de son cardigan qui me semble sur le point de tomber. On dirait que vous pouvez lire en moi comme dans un livre ouvert.

Autrefois jolie, j'en suis certaine, Laura a aujourd'hui un impressionnant masque de grossesse, une couronne de cheveux fins et clairsemés qui viennent de repousser et un ventre qui a oublié de dégonfler. Elle marche comme si quelqu'un lui avait découpé l'entrecuisse avant de la refermer avec une agrafeuse de chantier. Donner la vie peut être franchement brutal.

— C'est tellement incroyable d'entendre ça, dis-je en lui pressant la main, tête légèrement inclinée. C'est tellement émouvant, que mon histoire ait touché quelqu'un. Et n'oubliez pas, Laura : ce que vous êtes suffit.

Elle se tamponne les yeux avec la manche de son cardigan et hoche la tête. Le problème de ces femmes – Laura, qui sèche ses larmes devant moi et le million et quelques qui me suivent sur Instagram –, c'est qu'elles ont le sentiment d'avoir cessé d'exister. Qu'il s'agisse des médias, de leurs maris ou de leurs amis, personne ne prend vraiment la mesure de ce que ça signifie, de passer son temps, jour après jour, à nettoyer du vomi, du caca et le contenu d'un petit pot qui n'a jamais atteint la bouche de son bébé. De se creuser la cervelle chaque nuit pour chercher un moyen de mettre un peu de diversité dans des journées éternellement semblables, avant que l'ennui ne vous rende à moitié folle – pas un énième tour au bac à sable et aux balançoires ; pas un énième après-midi dans ce parc de jeux en salle avec son éternelle odeur de pieds ; pas une énième humiliation dans ce café qui ne fait que vous tolérer, vous, votre poussette encombrante et votre mioche qui chouine et renverse son chocolat chaud.

Oui, bien sûr, certains papas vivent la même chose, mais ce ne sont pas les pères qui s'abonnent à mon compte et je n'ai jamais vu d'hommes venir à ces réunions #joursdegrisaille, ce qui m'a d'ailleurs longtemps laissée perplexe. Jusqu'à ce que je songe aux réactions auxquelles Dan a droit quand il promène Orson dans sa poussette, où qu'il emmène Coco sur son scooter. Les sourires amicaux. Les compliments. Les petits hochements de tête approbateurs, clins d'œil complices et autres gestes d'assentiment ou d'encouragement. Le fait indiscutable est que lorsqu'un homme s'occupe d'un bambin, tout ce qu'il fait – peu importe qu'il le fasse mal ou de mauvaise grâce – devient charmant et digne de félicitations. Tandis que lorsqu'une femme passe dans la rue avec un bébé, les gens ne la remarquent que si elle fait quelque chose de travers.

Peut-être suis-je égoïste. Peut-être suis-je cynique. Mais pour autant, Mamapoil ne fait-elle pas œuvre de salubrité publique ?

Je rencontre ces femmes, je les écoute, je les comprends. Je ne les juge pas et je les encourage à se juger un peu moins durement.

Et elles m'aiment pour cela.

Dan

C'est grâce à ma mère, vraiment. C'est elle qui, alors qu'elle passait un moment au parc avec Coco, a engagé la conversation avec une femme assise sur le même banc qu'elle ; une infirmière à la retraite qui travaille aujourd'hui comme nounou, lui a-t-elle expliqué au détour d'une phrase. Elle était sur le point de chercher un nouvel enfant à qui prodiguer ses bons soins, cette Madame Doreen Manson (ainsi qu'elle s'était poliment présentée, en tendant la main à maman), parce que celui dont elle s'occupait jusque-là – elle avait fait un geste en direction d'un garçon aux cheveux mi-longs qui jouait sur une balançoire à bascule – allait intégrer l'école élémentaire en septembre et n'aurait plus besoin de ses services.

— Vraiment ? Quelle coïncidence, avait dit maman avant de lui demander où elle vivait.

Doreen Manson avait donné son adresse. C'était à un quart d'heure de marche environ de chez nous. Maman connaissait ce lotissement qu'elle avait traversé des dizaines de fois avec Coco, s'y arrêtant même parfois pour profiter de la petite aire de jeux installée pour les résidents. Selon ma mère, il suffisait d'entendre Doreen parler des enfants dont elle avait eu la charge pour comprendre à quel point elle aimait passer du temps, jouer et échanger avec eux.

Elle gardait le contact avec tous ses anciens protégés, lui avait-elle dit, ne manquant jamais de leur envoyer un petit mot pour leur anniversaire et recevant chaque année une collection de gentilles cartes de Noël de leur part. Doreen dégageait quelque chose de très rassurant, avait déclaré maman. On voyait tout de suite qu'elle avait les pieds sur terre et qu'elle connaissait son métier.

— J'espère que tu as pris son numéro de téléphone, avais-je dit.

Trouver un moyen sûr et abordable de faire garder son enfant à Londres est si difficile que ça en devient absurde. On penserait que dans un quartier plein de jeunes couples aisés, un quartier comme le nôtre, la mairie aurait pris le problème à bras-le-corps depuis longtemps, non ? Que des parents prêts à faire des recherches et à dépenser un peu d'argent finiraient forcément par dénicher une solution acceptable ?

On aurait tort de penser ça.

J'ai essayé. J'ai passé des heures et des heures sur Internet. J'ai envoyé des tonnes d'e-mails. J'ai demandé autour de moi. J'ai appelé toutes les structures d'accueil des environs. Je suis même allé visiter une crèche qui acceptait les enfants jusqu'à quatre ans, l'autre jour. Je m'y suis présenté aux heures d'ouverture et personne n'a répondu quand j'ai sonné. J'ai tourné la poignée de la porte, qui s'est ouverte sans la moindre résistance. Pas très rassurant, ai-je songé. L'entrée formait un long couloir bordé de patères basses. Sous les manteaux suspendus étaient alignées des paires de petites chaussures de toutes les couleurs. Je me suis avancé vers un escalier au sommet duquel venait d'apparaître un bambin qui suçait une cuiller en plastique. Il m'a regardé un instant avant de faire demi-tour. Les hurlements d'un autre enfant me parvenaient d'une pièce située sur ma gauche. Des relents de chou bouilli imprégnaient tout l'espace.

J'en avais assez vu comme ça.

Il a donc fallu se résoudre à attendre qu'une place se libère dans l'un des cinq établissements où nous avons inscrit Coco, et dont les interminables listes d'attente nous permettent d'espérer, dans le meilleur des cas, un appel au début de l'année prochaine. J'ai bien essayé de me servir de la notoriété d'Emmy lors de ma dernière tentative, mais la femme à l'autre bout du fil m'a demandé, avec un fort accent provincial, de m'épeler son nom.

Quand Emmy s'est inquiétée de savoir si mes recherches avançaient, je lui ai dit que j'avais pris les choses en main. C'était il y a trois jours. Coco ne cesse de réclamer son ancienne maternelle et ses copains de classe.

— Ça ne te fait pas plaisir de rester avec nous et bonne-maman ? lui ai-je demandé.

En guise de réponse, Coco a haussé les épaules avec une mimique désolée.

Doreen Manson décroche presque aussitôt lorsque je l'appelle, m'assurant qu'elle peut venir aujourd'hui même si je le souhaite.

— Et quel âge a la petite Coco ? demande-t-elle.

Je lui réponds qu'elle vient d'avoir quatre ans et Doreen se dit impatiente de la rencontrer. Il faudra d'abord s'assurer, précise-t-elle, que tout le monde s'entend bien et que nous sommes d'accord sur les modalités de notre collaboration.

— Absolument, dis-je en croisant littéralement les doigts.

Nous convenons d'une heure de rendez-vous et je lui donne notre adresse.

Par bonheur, la rencontre entre Coco et Doreen a quelque chose d'un coup de foudre mutuel. Le temps que je lui prépare une tasse de thé – deux sucres –, je la retrouve à quatre pattes en train de jouer avec Coco, les deux semblant s'amuser autant l'une que l'autre. Lorsqu'elle me voit revenir dans le salon, Doreen se relève en s'appuyant sur le bras d'un fauteuil. Nous commençons à discuter et, de sa propre initiative, ma fille vient se lover contre elle sur le canapé.

— Elle est adorable, dit Doreen une fois que Coco est partie jouer à l'autre bout de la pièce. Et j'aime beaucoup son prénom.

— En fait, c'est une idée de ma femme, dis-je, comme chaque fois que l'occasion m'en est donnée.

Son tarif horaire me semble tout à fait raisonnable, à peine plus élevé que ce que nous demandait la maternelle, et je lui propose de la régler en espèces, si ça l'arrange. Elle m'assure qu'un chèque fera parfaitement l'affaire.

— Oh, j'allais oublier. Je voulais vous demander si Coco avait des allergies.

— Pas que nous sachions, dis-je avec une petite grimace indécise. Cela dit, elle a tendance à avoir le nez qui coule lorsqu'il y a beaucoup de pollen dans l'air, en été. Mais pas de problème avec les fruits à coque, le lait, les œufs, la pénicilline, ou je ne sais quoi.

— Tant mieux, dit-elle. De nos jours, ces allergies sont si fréquentes chez les enfants.

Le petit garçon dont elle s'occupe en ce moment, Stephen, doit éviter à tout prix les fruits de mer. Doreen ne se sépare jamais de l'auto-injecteur d'adrénaline que lui a donné la mère du gamin. Pas question de prendre le moindre risque.

— Vous feriez pareil à ma place, n'est-ce pas ? Imaginez qu'il arrive quelque chose à un enfant dont vous avez la charge et que ce soit votre faute. Ça doit être terrible, non ?

Je ne peux qu'être d'accord avec elle.

Ses yeux reviennent sans cesse se poser sur la bibliothèque tandis qu'elle boit son thé.

— Vous aimeriez peut-être savoir ce qu'on fait dans la vie, ma femme et moi ?

Doreen soulève doucement les épaules et esquisse un sourire.

— Quelque chose qui a un rapport avec les livres, c'est ça ?

Je lui dis que je suis écrivain et elle hoche la tête comme si ça expliquait beaucoup de choses. Essayer de décrire le métier d'Emmy se révèle plus délicat. Chaque fois qu'elle semble avoir compris, elle me pose une question comme « Et Instagram, qu'est-ce que c'est ? » ou s'étonne que les gens puissent se connecter à Internet depuis leur téléphone. Elle est presque sûre d'être sur Facebook, me dit-elle. Une de ses petites-nièces lui a créé un compte, si elle se souvient bien.

Nous décidons de faire un essai d'une demi-journée dès le lendemain matin.

— Si vous venez à huit heures, lui dis-je, vous pourrez rencontrer ma femme.

— Je suis impatiente de faire sa connaissance, répond-elle. Et de te revoir, Coco.

Coco lève les yeux et lui adresse un signe de la main accompagné d'un grand sourire.

— À demain ! lance Doreen.

Aussitôt la porte refermée derrière elle, je consulte ma montre en me demandant ce que fabrique Emmy. Sa réunion dans le parc est sûrement terminée ; c'est presque l'heure du goûter de Coco. Je suis impatient qu'elle rentre pour lui dire ce que nous avons fait, Coco et moi, et voir sa réaction.

L'un dans l'autre, je dirais que la journée a été couronnée de succès. Au sein de notre couple, mon statut de partenaire responsable auquel on peut faire confiance pour s'acquitter d'une mission d'importance – en l'occurrence trouver une solution pour la garde de notre fille qui ne mette ni ma mère ni Blanche à contribution – a été renforcé. Et pour couronner le tout, j'ai appris qu'une maison située à trois rues de la nôtre a été victime, deux jours plus tôt, d'une intrusion similaire à celle que nous avons subie, ce qui veut dire que notre voleur s'intéressait très certainement à l'ordinateur en lui-même et non à son contenu.

Voilà une pensée qui me soulage infiniment.

Comment s'étonner que leur couple se soit brisé après ce qui s'est passé ? Je suis certaine qu'ils ont fait de leur mieux pour traverser cette épreuve, pour se soutenir mutuellement dans la douleur. Mais au fond, ils ne pensaient pas s'en remettre un jour, et comment ne pas les comprendre ? L'idée même de tourner la page leur était insupportable. Lors de l'enterrement, Grace et Jack sont restés enlacés, Jack redressant Grace quand elle flanchait, et Grace redressant Jack. Au cours de l'audition judiciaire, ils étaient assis côte à côte, mains serrées sous la table. Quand leur avocat a commencé à lire leur déclaration commune, les doigts de Grace ont agrippé la manche du costume de Jack et ne l'ont plus lâchée jusqu'à ce que le dernier mot ait franchi les lèvres du magistrat.

Mort accidentelle, telle a été la conclusion du coroner.

Ce n'est qu'après avoir traversé toutes ces épreuves, je crois, que ça a vraiment commencé à se dégrader. Une fois le petit cercueil sous terre, l'enquête terminée et tout le monde rentré chez soi, ils se sont retrouvés en tête-à-tête avec le reflet de leur propre chagrin, contraints d'affronter ensemble le reste de leur vie.

La première personne à avoir remarqué l'étrange comportement de Grace n'a pas été Jack ni moi. C'est mon amie Angie, qui pourtant connaissait à peine ma fille. Nous étions attablées derrière la vitrine d'un café du voisinage, un samedi matin, lorsque Grace est passée devant nous. Ça m'a surprise, parce qu'elle ne m'avait pas prévenue qu'elle comptait faire le trajet depuis leur lointain cottage, mais je me suis dit qu'elle avait dû organiser un brunch à la dernière minute avec une de ses anciennes amies du quartier, quelque chose comme ça.

Quand Angie a cru reconnaître Grace sur le trottoir, elle m'a demandé si c'était bien elle. Ma première réaction a été de dire que c'était impossible. Puis j'ai regardé dans la direction que pointait son doigt, et oui, c'était bien elle. J'ai cogné contre le verre de la vitrine et Grace s'est tournée dans ma direction, un drôle de petit sourire se dessinant sur ses lèvres lorsqu'elle m'a aperçue derrière la vitre. Ce n'est que plus tard que je me suis vraiment demandé pourquoi Grace déambulait comme ça si loin de chez elle au milieu de la matinée. Sur le moment, je n'ai pu m'empêcher de remarquer – réflexe de maman – que ses cheveux semblaient un peu gras et d'hésiter – réflexe de maman – à lui en faire la remarque. Elle semblait un peu ailleurs lorsqu'elle nous a rejointes dans le café, mais je me suis dit qu'elle devait être dans ses pensées. Et même si j'ai noté sa maigreur, je savais qu'elle n'avait pas beaucoup d'appétit, ces derniers temps. Ça n'avait rien de surprenant.

Ce n'est qu'après son départ, lorsque Angie m'a demandé si Grace prenait soin d'elle, que je me suis vraiment mise à m'interroger. À me demander s'il n'y avait pas lieu de s'inquiéter pour sa santé mentale. À songer à ces quelques moments où son attention s'était entièrement dérobée à la conversation, son regard soudain perdu dans le vide. Certes, Angie ne raconte pas toujours des choses captivantes. Ce matin-là, elle nous parlait d'une récente visite à l'hôpital où elle devait subir des examens de routine, de la difficulté croissante à trouver une place dans le parking… Mais en temps normal, une jeune femme polie, attentionnée et profondément gentille comme l'était ma fille aurait au moins fait semblant d'écouter. À un moment, elle s'était levée au milieu d'une phrase d'Angie pour aller aux toilettes. Elle ne s'était pas assise à son retour, ramassant ses affaires et nous expliquant qu'elle devait s'en aller. Elle avait promis de m'appeler, et c'est tout juste si elle avait dit au revoir à Angie.

C'est à partir de ce jour que j'ai commencé à remarquer des choses qui ne lui ressemblaient pas. Le nombre de fois où Grace me recevait chez elle en pyjama ou avec des habits tachés, souvent avec la tête de quelqu'un qu'on vient de tirer du sommeil. Le nombre de fois où elle se mettait en arrêt maladie. L'état de son réfrigérateur quand je passais à l'improviste, toujours vide hormis un fond de vin blanc et du lait sur le point de tourner.

Il m'a fallu du temps pour trouver le courage d'en parler à Jack. Il m'a demandé, en des termes à peine plus polis, de me mêler de mes affaires. Jamais il ne m'aurait dit qu'ils ne dormaient plus dans le même lit. Je l'ai appris incidemment, quand Grace a laissé échapper cette information alors qu'on parlait de tout autre chose. Bien plus tard, j'ai découvert qu'elle s'était installée dans la chambre qu'ils avaient décorée pour le bébé et qu'elle y dormait à même le sol, une simple couverture en guise de matelas.

C'est Grace qui lui a demandé de partir. Elle lui a dit que sa seule présence la faisait souffrir. Qu'elle se sentait coupable s'ils parlaient d'autre chose que de leur bébé. Elle avait le sentiment que tout était sa faute, qu'il considérait qu'elle était entièrement responsable de ce qui était arrivé, mais qu'il n'oserait jamais le lui dire, et que le ressentiment de Jack ne ferait que couver et s'envenimer au fil du temps. Elle tressaillait chaque fois qu'il la touchait, se raidissait dès qu'il entrait dans la pièce où elle se trouvait. Selon Jack, elle passait ses journées devant son smartphone, plongée dans un bain tiède, son pouce glissant machinalement sur l'écran, le visage vide de toute expression.

Jack a fini par accepter d'aller vivre ailleurs, mais avec l'idée qu'il s'agissait d'une situation temporaire, le temps qu'elle se reprenne. Si elle avait besoin d'air, il pouvait lui en donner. Il comprenait qu'elle veuille être un peu seule pour faire le point, et il serait là lorsqu'elle serait prête à le revoir et à envisager la suite des événements. Il avait emménagé à seulement une demi-heure de leur cottage, chez un ami qui l'accueillait sous son toit.

Une semaine a passé, puis deux, puis quatre. Il a fini par me dire qu'elle ne répondait plus au téléphone ni à ses textos.

Et puis un matin, sur un ton détaché, dépourvu d'émotion, elle lui a annoncé qu'elle voulait divorcer.

Chapitre douze

Emmy

— Au fait, j'ai oublié de te dire qu'Irene a appelé, m'annonce Banche dix minutes environ après que j'ai mis Orson au lit pour sa sieste et que je suis descendue me préparer quelque chose à manger.

Elle est restée assise devant l'îlot central, occupée à faire des moues devant l'objectif de son iPhone et à ajuster son béret pendant que je me faisais un sandwich.

— D'accord…, dis-je en jetant un regard à l'horloge.

— Elle a dit que c'était à propos d'une émission télé.

— Ah oui ?

Blanche hoche la tête. Je l'encourage à poursuivre d'un sourire, mais rien ne vient. Le silence s'étire un moment.

— Pas de message ? dis-je finalement.

— Oh…, dit Blanche après un temps de réflexion. Elle voudrait que tu la rappelles le plus vite possible.

Irene ne décroche son téléphone que si c'est absolument nécessaire. E-mail, WhatsApp, DM, oui. Passer un coup de fil ? Du jamais-vu, ou presque.

Cette émission sur la BBC Three m'est passée sous le nez, c'est sûrement pour ça qu'elle a appelé. Pour ça qu'elle n'a pas laissé de message. Je le sens au fond de moi.

Je ne sais même pas pourquoi je me suis encore autorisée à y croire. Pourquoi je continue à m'emballer. Nous avons déjà vécu ça trop souvent, Irene et moi : les rendez-vous, les répétitions, les bouts d'essai, l'attente. Les irrépressibles bouffées d'optimisme le lendemain de l'audition, alimentées par le souvenir des réactions chaleureuses sur le plateau, mon téléphone toujours à portée de main. L'angoisse qui prend le dessus dès le surlendemain, les pensées ressassées de ce que j'aurais pu faire mieux ou autrement, les paroles qui me reviennent et que je regrette d'avoir prononcées. Un autre jour passe. Et encore un autre. Puis le verdict tombe, toujours le même : j'étais formidable, ils ont beaucoup hésité, mais finalement ils ont choisi quelqu'un d'autre. J'étais formidable, mais une autre candidate a été plus formidable que moi. Après réflexion, ils ont préféré quelqu'un de plus âgé ou au contraire de plus jeune ; d'un peu plus ou d'un peu moins consensuel. Ça n'est jamais moi qui suis en cause, c'est simplement qu'ils n'ont pas aimé ma coupe de cheveux, mes fringues, ma tronche, ma voix ou ma personnalité.

Fait chier. Fait chier. Fait super chier. Qu'ils aillent tous se faire foutre.

— Tout va bien ? demande Blanche. Tu veux un peu de mon kombucha ?

— Non, merci Blanche. J'ai peur qu'il existe certains problèmes que même une boisson à sept livres ne puisse résoudre.

Je lui adresse un sourire bref, exagérément forcé, dents serrées.

Ces derniers temps, ce dont je commence à vraiment prendre conscience, ce qui me terrifie de plus en plus quand je me réveille au milieu de la nuit et que je ne peux m'empêcher de songer à mon avenir, c'est l'idée qu'il n'y a peut-être pas d'issue de secours à tout ça. Pas de chaloupes de sauvetage sur le paquebot Mamapoil. Malgré tous mes efforts pour bien préparer mon coup, toutes ces années à faire semblant de me passionner pour les sacs à langer et les histoires de femmes avec qui je ne voudrais pour rien au monde me retrouver coincée dans un ascenseur ; malgré toutes ces années à fourguer des crèmes pour fesses irritées, des lingettes à l'eau minérale, des bâtonnets de poisson pané et des petits-suisses ; malgré toutes ces années à répondre au moindre commentaire ou DM récriminatoire – tout ça avec l'œil rivé sur un horizon plus glorieux –, j'ai peut-être réussi à me fourvoyer dans une autre impasse professionnelle. Et cette fois-ci, une reconversion promet d'être plus compliquée encore, dans la mesure où j'ai acquis juste assez de notoriété – comme, disons, une finaliste de *Koh Lanta* ou de *The Voice* – pour rendre un retour à la vie normale au mieux terriblement humiliant et au pire impossible. J'aurai le destin de ces anciennes starlettes de série télévisée dont se moque la presse à scandale lorsqu'elles se retrouvent contraintes d'enfiler un tablier Starbucks et de servir leurs anciens fans.

En ma qualité de rescapée d'une presse que j'ai quittée en pleine déconfiture, il se pourrait que j'aie davantage conscience que d'autres des perspectives à long terme de ce type d'activité. Vous vous souvenez de *Bip Bip et Coyote*, ce dessin animé où le coyote continue à courir alors qu'il a déjà franchi le bord de la falaise, ses jambes exécutant de furieux moulinets dans l'air jusqu'à ce qu'il découvre qu'il n'y a rien sous ses pieds, sinon le vide ? Je sais ce que ressent ce malheureux animal.

Toute personne qui a un peu roulé sa bosse dans les médias, qu'ils soient nouveaux ou traditionnels, sait que cette histoire d'influenceurs ne va pas faire long feu. Tout comme Twitter avant de passer d'outil utile à repaire d'hommes en colère qui insultent les féministes ; tout comme Myspace avant de péricliter, en engloutissant avec lui les carrières de millions de Justin Bieber en herbe, Instagram se trouve au bord d'un précipice. Avec un nombre croissant de femmes qui comprennent qu'en réalité nous ne sommes que des bonimenteuses dissimulées sous les habits de la sororité, des commerçantes cyniques qui leur fourguent des marchandises dont elles n'ont pas besoin, des vendeuses aguerries qui n'ont pas les qualifications nécessaires pour les aider même si elles le voulaient vraiment – sans parler du fait qu'il faudrait pondre un nouveau marmot tous les deux ans pour alimenter nos contenus –, les instamums ont de bonnes raisons de considérer qu'elles exercent un métier précaire. Seulement voilà, Dan ne semble pas près de finir son second roman (et quand bien même, combien de romanciers vivent de leur travail ?), et il faut donc que l'un de nous deux aient un plan à long terme pour nourrir la famille. Le mien a toujours été de passer du tout petit écran que vous glissez dans votre poche à celui, plus grand, qui trône dans votre salon.

Animer une émission télévisée me semble être une évolution logique de mon métier. J'ai parfois le sentiment que cette nouvelle étape de ma carrière est si naturelle qu'elle en devient inéluctable. Au cours de nos années de collaboration, à ma demande insistante, Irene m'a fait inviter sur autant de chaînes que possible pour me permettre de m'améliorer devant la caméra. Avec des fortunes diverses, j'ai endossé le rôle d'experte en parentalité sur toutes sortes de plateaux, des chaînes d'information en continu aux talk-shows à destination des parents. Elle m'a organisé des bouts d'essai, des rendez-vous avec des agents de casting. L'arrivée des Instastories m'a un peu aidée : c'est devenu pour moi un terrain d'exercice bien pratique, une façon de cultiver mon naturel face à la caméra. Pour être honnête, je n'ai jamais été aussi douée dans ce domaine qu'Irene et moi l'avions espéré, mais je me suis améliorée à force de travail. Grâce à son passé d'agente d'actrices, Irene a pu facilement me trouver un excellent coach vocal pour que j'arrête d'avaler mes mots, une spécialiste reconnue de la gestuelle pour que mes mains cessent de battre bizarrement l'air quand je parle, un *media trainer* réputé qui m'appris à ne pas avoir l'air d'un lapin pris dans les phares d'une voiture.

J'ai obtenu quelques contrats rémunérés à la télévision, dont une séquence aux côtés de l'ours Pudsey, la mascotte de l'association caritative de la BBC, avec qui je montrais aux enfants comment utiliser le fil dentaire. J'ai également participé à un numéro spécial influenceurs d'*Un trésor dans votre maison.* Quelques projets d'émissions que je devais animer ont semblé sur le point d'aboutir, avant d'être finalement annulés. Quant à ce docu-réalité que j'espérais présenter avant l'appel d'Irene, la chaîne a failli donner son feu vert à cinq reprises. Ce projet est presque aussi âgé que Coco, en fait, mais bien que le thème – « fonder une famille, un parcours parfois semé d'embûches » – ait été validé, les responsables ne cessent de changer d'avis quant à l'angle qu'ils souhaitent adopter. Nous sommes passés par des phases de discussions informelles et des phases d'âpres négociations, tout ça pour qu'on n'en entende plus parler depuis des mois.

La dernière fois que la chaîne m'a demandé de venir, ils avaient engagé deux acteurs pour faire un essai en conditions réelles. La comédienne s'était lancée dans le poignant récit de la perte de son bébé, n'épargnant aucun des détails les plus éprouvants au téléspectateur imaginaire, tandis que le type qui jouait son mari sanglotait silencieusement en lui tenant la main. Devant ce déluge de larmes et d'émotions, il me revenait de composer les bonnes expressions de tristesse et de compassion, de produire des petits bruits empathiques et d'improviser quelques questions pour relancer la machine à faire pleurer dans les chaumières. Rien de bien sorcier. Pourtant, sans pouvoir me l'expliquer, je n'étais pas parvenue à trouver le ton juste. Je m'entendais sonner faux – impossible de poser ma voix, nerveuse et artificielle. Tout le monde m'avait soutenue lors des premières prises, les acteurs partageant des astuces, le producteur m'encourageant comme un coach sportif, le chef de projet me prodiguant des conseils et plaisantant pour m'aider à me détendre. Au bout de la cinquième prise, l'ambiance avait changé sur le plateau, et les gens commençaient à consulter discrètement leurs portables. Après la sixième, le chef de projet avait proposé une petite pause. Parvenus à la neuvième prise, il était devenu clair pour tout le monde que j'étais mal partie pour rentrer chez moi avec un contrat en poche.

Je prends mon courage à deux mains et j'appelle Irene.

— Allez, vas-y, donne-moi la mauvaise nouvelle, dis-je avec un soupir.

— En fait, c'est plutôt le contraire d'une mauvaise nouvelle, Emmy. La BBC Three a appelé pour dire qu'il ne restait plus que deux candidates en lice, et tu es l'une d'entre elles.

Il me faut un moment pour que les paroles d'Irene pénètrent ma conscience. Je m'étais tellement préparée à un nouveau revers que je suis déjà en train d'exprimer mes regrets d'avoir échoué, une fois de plus, lorsque je me rends compte de ce qu'elle vient de m'annoncer.

— Finaliste, tu dis ?

— Tu es en concurrence avec lesangesdelafiv. Dans d'autres circonstances, je dirais que la victoire t'est acquise, mais là, le thème de l'émission lui va comme un gant. Bien sûr, pour ce qui est des followers, elle ne fait pas le poids.

Oh que non, elle ne fait pas le poids. Certes, elle peut se prévaloir d'être suivie par deux cent mille personnes, mais si la chaîne veut s'appuyer sur une manne d'abonnés pour lancer son nouveau programme, c'est mon million qui l'emporte haut la main.

— Le truc, reprend Irene, c'est qu'ils ont encore modifié l'idée initiale. Ils tiennent absolument – ils ont été très clairs là-dessus – à ce que l'animatrice qu'ils choisiront soit capable d'apporter une touche personnelle et même intime à l'émission. Qu'elle s'appuie sur son propre vécu pour donner quelque chose de profondément humain et authentique au programme, tu comprends ?

Bien sûr que je comprends. Et ce que je comprends surtout, c'est que je n'ai pas la moindre chance de l'emporter. lesangesdelafiv *transpire* la tragédie. À chaque anniversaire de son enfant, elle dispose cinq petites chaises vides autour du malheureux bambin, allume une bougie sur cinq cupcakes supplémentaires et publie les photos savamment éclairées sur Instagram.

Irene me dit que la chaîne et la maison de production réclament une dernière chose aux finalistes.

— Plus d'auditions, ils ont vu tout ce qu'ils voulaient voir de côté-là. Ce qu'ils demandent maintenant, et c'est sûrement là-dessus que le choix va se faire, c'est que tu enregistres une courte vidéo dans laquelle tu expliques pourquoi tu *dois absolument* présenter cette émission. Dans laquelle tu te confies sans réserve sur une expérience douloureuse. Une vidéo dans laquelle tu parles à cœur ouvert de ton propre vécu.

— À cœur ouvert, hein ?

— Ah oui, et il faut que les vidéos leur parviennent aujourd'hui même avant dix-sept heures. Je crois que l'idée est de vous bousculer, de ne pas vous laisser le temps d'y réfléchir pour obtenir quelque chose de brut, d'authentique. Ça te pose un problème ?

— Aucun problème, dis-je d'un ton léger. Ils auront la vidéo à dix-sept heures au plus tard.

À travers l'écoute-bébé me parvient un couinement à demi réveillé d'Orson, bientôt suivi d'une série de gémissements et de marmonnements hésitants. Oh non, par pitié. Sa sieste ne peut pas être déjà terminée, si ?

Je lève les yeux vers l'horloge. Il me reste tout juste une heure pour enregistrer cette foutue vidéo. L'image angoissante d'une poignée de sable qui coule entre mes doigts envahit un moment mon esprit. Je songe à tous les efforts consentis depuis des années pour entamer une carrière télévisée. Au temps et à l'énergie que j'ai consacrés à cet objectif. À tous ces sacrifices. À ce que je ressentirais si, au hasard d'un zapping, je tombais sur lesangesdelafiv lisant un poème devant un lac ou arpentant les couloirs d'un hôpital, l'air pénétré.

Dans l'écoute-bébé, les couinements indécis ont laissé place à des hurlements furieux. Cette fois-ci, Orson est bel et bien réveillé.

Je prends une grande respiration, ouvre ma messagerie et tape « Polly » dans la fenêtre de recherche.

Dan

Quel genre de taré peut faire un truc pareil ? Voilà ce que je n'arrête pas de me demander. Quel genre de taré ?

Quand on acquiert une petite notoriété, il y a toujours quelqu'un qui se porte volontaire pour attirer obligeamment votre attention sur tout ce qui a pu être écrit de méchant, d'ignoble ou de simplement désagréable sur vous, et à côté de quoi vous auriez pu passer sans son intervention. Un enfoiré serviable ravi de vous envoyer un lien vers une violente critique de votre bouquin débusquée sur Amazon ou Goodreads ; ravi de vous mettre sous le nez les échanges fielleux d'une bande de rageux qui vous écharpent sur Twitter ou, dans le cas d'Emmy, ravi de la tenir au courant heure par heure de la façon dont progresse un fil de discussion intitulé « Mamapoil a-t-elle pris du bide ? », débusqué sur un forum de caniveau.

Cette fois-ci, c'est Suzy Wao qui joue le rôle du porteur zélé de mauvaises nouvelles, la collection d'émoticônes tristes et furieuses qui concluent les trois lignes de son WhatsApp ne parvenant guère à dissimuler le plaisir coupable qu'elle a visiblement pris à l'écrire et à l'envoyer. C'est comme si je pouvais sentir l'odeur âcre de cette délectation que certains éprouvent face au malheur d'autrui.

J'ai lu une histoire à Coco (une des *Histoires du soir pour filles rebelles*, un livre dont Coco a reçu près d'une dizaine d'exemplaires en cadeau, dont un offert par ma mère), puis j'ai posé un baiser sur son front et suis descendu prendre une bière dans le Frigidaire, avant de m'attabler au comptoir avec mon laptop.

Emmy m'a rejoint plus tard dans la cuisine et m'a parlé de son projet sur la BBC Three. Si elles n'étaient plus que deux en lice, ai-je dit, elle allait forcément l'avoir. Une émission de télé. Pas juste la spécialiste ès parentalité de service, pas juste une invitée parmi d'autres, mais sa propre émission. Aura-t-elle droit à son nom dans le titre ? ai-je demandé. Ne mettons pas la charrue avant les bœufs, a-t-elle répondu, le titre de l'émission n'est pas encore décidé. Nos regards se sont longuement croisés. Le sien brillait.

— Je pense qu'on sait l'un comme l'autre que tu vas l'avoir, Emmy.

— Tout ce que je peux dire, a-t-elle répondu avec un sourire faussement modeste, c'est que j'ai fait de mon mieux.

J'ai aussitôt tapé le nom du producteur sur Google, puis le nom du chef de projet, et bientôt je me suis renseigné sur à peu près toute personne impliquée dans cette affaire. J'ai constaté qu'il y avait du beau monde, des gens qui avaient travaillé avec des personnalités très connues, des gens qui étaient à l'origine de programmes que même quelqu'un comme moi avais vus, ou au moins entendu parler. Ce n'est qu'une fois Emmy partie s'assurer que tout allait bien avec les enfants que j'ai pris conscience de mon oubli : je ne lui avais même pas demandé quel serait le thème de l'émission.

Elle est toujours à l'étage lorsque son téléphone vibre sur le comptoir, et je jette un œil à l'écran.

L'espace d'un instant, j'ai l'impression que le monde se dérobe sous mon tabouret de bar.

Parmi tous les trucs bizarres, dégueulasses et affreux qu'on trouve en ligne, les agissements d'adeptes d'un jeu de rôle bien particulier sur Instagram – #rp, pour *role play*, est le hashtag qu'ils utilisent parfois, même s'ils le noient généralement dans un groupe d'autres hashtags pour le rendre invisible – m'ont toujours semblé tenir une place de choix. Pas seulement parce que leur passe-temps me semble répugnant, indélicat et moralement contestable, mais aussi parce que je me sens parfaitement incapable de comprendre comment on peut avoir envie de faire une chose pareille. C'est comme ces gens qui publient des vidéos sur YouTube où on les voit relever des défis ou faire des canulars stupides, pas drôles et souvent dangereux (boire un seau de vomi, par exemple, ou lancer des bombes à eau sur des inconnus qui empruntent un Escalator, puis se faire tabasser par leurs victimes). C'est comme décider de *troller* les parents d'un adolescent qui s'est suicidé, les rescapés d'une fusillade scolaire ou encore passer sa journée à envoyer des messages haineux à une actrice d'origine asiatique, parce que vous estimez qu'elle n'a pas sa place dans un des films de la saga *Star Wars.* Je ne comprends tout simplement pas le plaisir qu'on peut éprouver à faire des choses pareilles. Voler des photos d'enfants sur Internet et les poster sur Instagram en leur donnant un autre nom. Leur inventer une nouvelle vie, une nouvelle situation familiale, de nouveaux traits de caractère, comme s'il s'agissait de jouets et non d'êtres humains dont on usurpe l'identité. Dont, d'une certaine manière, on vole la vie. Même si je n'avais pas d'enfant, il me semble que j'aurais la même répugnance viscérale pour ce type de jeu de rôle.

Ce que Suzy dit à Emmy dans son message WhatsApp, c'est qu'elle est tombée sur un feed Instagram entièrement constitué de photographies de Coco.

Bien entendu, je déverrouille l'iPhone d'Emmy (oui, je connais son mot de passe, c'est la date de naissance de notre fille) et ouvre le lien.

Sur la toute première photo que je découvre, Coco me tient la main et regarde l'objectif par-dessus son épaule. Je me souviens du jour où elle a été prise. C'était la fin de l'été, une de ces journées ensoleillées avec dans l'air juste ce soupçon d'automne qui adoucit la lumière. Je sais que les feuilles avaient déjà commencé à tomber, à s'amasser le long des trottoirs, parce que je revois Coco sauter à pieds joints dans les petits tas dorés avec de grands cris. Nous nous étions arrêtés devant le passage piétons près de l'école maternelle où elle s'apprêtait à faire son entrée, attendant que la femme en gilet fluorescent arrête les voitures avec son panneau en forme de sucette géante. Coco avait aussi joué les agents de la circulation, agitant sa petite main potelée devant les automobiles tandis que je lui parlais de tous les nouveaux copains qu'elle allait se faire, avec l'espoir qu'elle n'éclaterait pas en sanglots au moment de mon départ. J'avais attendu qu'elle soit absorbée par un jeu pour m'éclipser discrètement, m'installant dans le Starbucks voisin au cas où elle réagirait mal en s'apercevant de mon absence et qu'il me faudrait revenir la calmer. Rien de tel ne s'était produit, bien sûr, aucun appel de la maîtresse. Manifestement, tous ces nouveaux visages n'avaient pas perturbé ma fille, et quand j'étais venu la chercher cet après-midi-là, elle avait semblé surprise qu'il soit déjà l'heure de rentrer.

La légende qui accompagne cette photo de Coco parle des problèmes de sommeil de la petite Rosie, « notre fille chérie », et j'ai un sentiment d'irréalité en lisant tous les commentaires de gens qui compatissent et proposent les solutions qu'ils ont trouvées pour améliorer le sommeil de leur propre enfant.

L'idée que quelqu'un puisse se servir de notre fille pour ses petits jeux malsains, qu'il puisse inventer toutes ces choses sur elle, utiliser son image et la rebaptiser pour abuser de la crédulité de gens bien intentionnés, portant au passage atteinte à la vie privée de mon enfant, me met dans une telle rage que j'en ai presque envie de vomir.

Je suis très tenté d'y aller moi aussi de mon commentaire, d'écrire sous cette image des mots furieux, violents ; des mots qui en mettent vraiment plein la gueule à la personne qui s'est permis de faire ça à ma fille. Quelque chose qui lui rappelle qu'il y a des gens bien réels derrière ces photos qu'elle a dérobées, des gens qui peuvent être terriblement affectés par ses actes. Quelque chose où il serait question de la police et d'une action en justice.

J'entends les pas étouffés d'Emmy au-dessus de ma tête. Elle finit par descendre, en pyjama et le visage blanchi par un masque de beauté, les cheveux réunis en chignon au sommet de son crâne. Elle traverse la cuisine pour aller se verser un verre d'eau du robinet, puis revient se poster devant moi.

— Ça va ? demande-t-elle.

Je ne sais trop comment lui répondre et finis par brandir l'iPhone.

— Quoi ? dit-elle.

— Ça.

— Quoi, ça ? demande Emmy en me prenant distraitement l'appareil des mains.

— Suzy Wao est tombée là-dessus et t'a envoyé le lien sur WhatsApp.

Son visage reste indéchiffrable tandis qu'elle regarde le feed Instagram, fait défiler les publications, clique sur quelques photos, lit quelques légendes.

— J'appelle Irene tout de suite, dit-elle en me restituant le téléphone.

Je la regarde droit dans les yeux et secoue la tête.

— Non, Emmy.

— Tu ne veux pas que j'appelle Irene ?

— Je ne veux plus que son image soit exposée sur Internet, dis-je. Je veux que Coco – que nos deux enfants, en fait – restent désormais à l'écart de cette saloperie d'Internet.

Emmy inspire profondément. Je sais ce qu'elle va me dire. Que ce genre de mésaventure n'arrive pas qu'aux influenceurs. Que ça peut aussi bien arriver à ceux qui publient des photos de leurs gosses sur Facebook ou sur n'importe quel autre réseau social. Qu'il ne faut pas confondre Internet et la réalité, que ce sont des mondes distincts. Ça m'a toujours fasciné, cette faculté qu'elle a de faire si peu de cas des critiques à son encontre, cette façon d'ignorer tous ces internautes qui ne l'aiment pas et ne se privent pas de le faire savoir à coup de diatribes haineuses ; tous ces anonymes planqués derrière leur clavier qui tiennent à ce que le monde sache à quel point ma femme fait honte à l'espèce humaine, à quel point elle s'habille mal, à quel point sa tête ne leur revient pas, à quel point elle écrit comme un pied – sans compter qu'elle ne s'occupe pas du tout comme il faut de ses enfants.

Mais là, c'est différent. C'est *clairement* différent. Là – *là*, me dis-je, tenté de frapper l'écran du doigt comme pour bien enfoncer le clou – il s'agit de mon enfant.

— Continue à lire, Emmy. Regarde-moi ça. Il y a des tonnes de photos. Une putain d'avalanche de posts. La personne qui a fait ça est complètement *tarée*.

Elle s'assied à côté de moi avec un soupir, et la chaleur de sa douche récente me parvient par bouffées parfumées. Elle se met à lire plus attentivement, marquant une pause entre chaque mouvement du pouce. De temps à autre, ses lèvres se contractent. De temps à autre, ses narines se dilatent. Je regarde ses yeux où se reflètent les mots, son visage éclairé par la faible lueur que diffuse l'écran.

Soudain, elle se débarrasse du téléphone comme s'il lui brûlait les doigts, le laissant tomber brutalement sur le comptoir avant de plaquer la main sur sa bouche.

— Quoi ? dis-je. Qu'est-ce qu'il y a ?

Elle secoue la tête, muette, les yeux écarquillés. Je n'aime pas ça.

— Emmy, qu'est-ce qui se passe ?

Ses doigts se referment sur mon poignet.

— Dan.

— Quoi, Emmy ? Dis quelque chose, s'il te plaît. Tu commences à me foutre les jetons, là.

— Ces photos.

— Oui, et alors ?

— Certaines des photos qui sont sur ce compte #rp, les plus récentes…

— Oui, eh bien ? dis-je d'un ton encourageant.

— On ne les a jamais publiées sur Internet.

Je l'ai vu, l'autre jour. Jack. Le Jack de ma Grace. Je venais de passer à la maison, d'en faire le tour pour m'assurer que tout était en ordre, de tondre le gazon, de donner un coup de débroussailleuse le long de la haie, de tailler un peu le feuillage autour du panneau « À vendre ». Sur le chemin du retour, j'ai fait un saut au supermarché, celui qui se trouve près de l'accès à l'A307, pour acheter le journal et des bouteilles de lait. C'est là que je suis tombée sur Jack. Il semblait faire ses courses pour la semaine, poussant un Caddie bien rempli d'une main et consultant son téléphone de l'autre. Il a un autre enfant, bien entendu. Un petit garçon. Et une autre femme, ou compagne en tout cas. Des photos du jeune couple émergent de temps en temps sur Facebook. Une fête d'anniversaire. Une visite au zoo. Disons les choses comme elles sont : ça m'a fait mal, au début, de le voir si heureux avec sa nouvelle famille. Ça m'a blessée. Pendant un moment, j'ai été tentée de désactiver ses notifications sur Facebook. De le retirer de ma liste d'amis, même. Pourquoi souriait-il toujours comme ça ? ne cessais-je de me demander. Ne pensait-il donc jamais à la petite fille qu'il avait perdue ? À la femme qu'il avait perdue ? Et puis, je me suis souvenue : ce n'était que le masque souriant des réseaux sociaux. Qui se photographierait en train de pleurer, les yeux gonflés et le menton luisant ? Qui aurait l'idée de publier un selfie sur lequel il apparaîtrait déprimé, abattu, accablé ? Qui voudrait se montrer tel qu'il est réellement, tandis qu'il traverse le long, morne et si peu photogénique processus de deuil ? Comment imaginer une image prise sur le vif, lors d'un de ces moments qui vous surprennent n'importe où – assis dans le bus, adossé à la paroi d'un ascenseur ou en pleine rue –, quand le cœur sans crier gare se serre atrocement ? Ce violent retour à la réalité, ce rappel cruel, cette sensation d'un manque comme un gouffre sans fond, cette soudaine prise de conscience qu'il existe des choses que vous ne pourrez plus jamais dire à quelqu'un ; des moments partagés dont vous êtes désormais seul à vous souvenir.

Jack a perdu sa femme et son enfant, mais la perte d'un bébé est en soi un double deuil : ce n'est pas seulement la petite Ailsa qui est morte, mais aussi la personne qu'elle aurait été. Le fait qu'elle n'ira jamais à la grande école ou à l'université, que nous ne saurons jamais quel métier elle aurait exercé, qu'elle n'aura jamais de petit ami ni de mari, qu'elle ne fondera jamais de famille. Que jamais elle ne portera ce collier en argent que nous avions acheté pour sa communion. Et tous ces habits de bébé que Grace avait conservés et qui se trouvent maintenant chez moi ; ces petites tenues adorables que je me réjouissais de montrer plus tard à ma petite-fille, pour qu'elle voit comme elle était minuscule, avant. Que faire de ces vêtements, à présent qu'il n'y a plus personne à qui les montrer ? Ils sont soigneusement rangés dans mon grenier, et le jour où je disparaîtrai à mon tour et que des gens viendront vider la maison, ils se demanderont sûrement ce que ça fait là, du moins s'ils se donnent la peine de regarder à l'intérieur de cette vieille malle.

Il n'avait pas l'air particulièrement heureux ou triste, quand je l'ai vu dans les allées de ce supermarché. Il avait surtout l'air fatigué, Jack. Je l'ai observé tandis qu'il allait et venait dans le rayon bébé, balayant les gondoles du regard à la recherche de quelque chose. J'ai hésité à aller le voir, à lui proposer mon aide. Sans doute aurait-il été normal de faire ça, sauf que, bien sûr, rien ne peut plus vraiment être normal entre Jack et moi, plus maintenant, plus jamais. Alors, je me suis contentée de l'observer à distance, un peu dissimulée derrière les paquets de pain de mie en promotion, le regardant se saisir de produits dont il lisait l'emballage, le front plissé, avant de les remettre en place.

Je n'oublierai jamais le jour de leur mariage, la robe, tous les discours. La façon dont ils se regardaient, Grace et Jack.

Le petit Leon doit avoir un an, ou presque. Jack pense-t-il encore à Ailsa, maintenant qu'il a un autre enfant ? Sûrement. Ça doit le hanter de savoir que, quoi qu'on fasse, quelles que soient les précautions qu'on prend, parfois il n'est tout simplement pas possible de garder son bébé en vie. Que parfois, alors qu'il vous semble avoir tout pour être heureux, la vie vient vous rouer de coups et vous piétiner sans merci ; vous arracher brutalement le fruit de vos espoirs et de votre amour, engloutir dans le néant tout ce que vous chérissiez. Que peut-on dire à quelqu'un qui a perdu son enfant ? Est-il seulement possible de trouver les mots justes, même si l'enfant était votre petit-enfant ?

Dire qu'il n'y a rien à dire, c'est tout ce qu'on peut faire.

J'ai acheté mon lait. J'ai acheté mon journal. Je me dirigeais vers les caisses quand Jack a surgi à l'angle d'une allée. Nous nous sommes retrouvés nez à nez, et c'est tout juste si je ne suis pas rentrée dans son Caddie.

— Oh, ai-je dit.

Il a levé les yeux, puis la main en signe d'excuse, bredouillant un « Désolé » à peine audible, avant de manœuvrer son chariot avec un mouvement assez exagéré, pour me laisser le passage. Puis il a poursuivi son chemin.

Je me suis retournée au bout de quelques secondes et je l'ai suivi des yeux tandis qu'il s'éloignait entre les rayons, courbé vers le Caddie, perdu dans ses pensées, et je me suis surprise à m'interroger : étais-je devenue à ce point méconnaissable ? Je me suis surprise à me demander si son regard avait glissé sur moi comme sur une inconnue parce que j'avais autant changé à l'extérieur qu'à l'intérieur. Ou alors si la raison pour laquelle il n'avait pas semblé me reconnaître était le résultat d'une sorte de mécanisme instinctif de défense qui vous empêche de poser directement le regard sur une personne qui vous rend triste ou mal à l'aise. Une personne perdue, abîmée, brisée – d'une manière ou d'une autre – en marge de la société. Ce même mécanisme qui vous empêche de croiser le regard du mendiant assis dans le froid sur le parvis de la gare. Du vieil homme dérangé qui marmonne dans le bus. De la femme qui bat le pavé devant un grand magasin, à la recherche de cinq livres et seize pence pour prendre un train qui la ramènera à Leicester. Certains jours, je ne m'imagine que trop bien finir dans la peau d'un de ces malheureux.

Certains jours, je m'imagine dérivant encore plus loin qu'eux, privée de toute attache.

Chapitre treize

Dan

C'est tous les jours, désormais. Tous les jours une nouvelle publication, tous les jours de nouvelles absurdités complètement inventées, tous les jours une nouvelle photo que nous n'avons jamais postée sur Internet. Et elles apparaissent systématiquement à dix-neuf heures, juste après que Coco est allée se coucher. Il y en a eu trois autres. Trois depuis que nous avons découvert ce compte #rp. Chacune remuant davantage le couteau dans la plaie, chacune faisant un peu plus froid dans le dos que la précédente. Aussi étrange que cela puisse paraître, il me semble que si ces publications étaient clairement identifiées comme étant une fiction, je ne serais pas dans cet état de nerfs. En colère, bien sûr. Dégoûté, évidement. Il s'agirait toujours d'un acte répréhensible et sans doute passible de poursuites judiciaires. Mais au moins j'aurais le sentiment de saisir un peu mieux les intentions de la personne qui est derrière cette mise en scène, de saisir un peu mieux la finalité de tout ça.

Depuis trois jours, j'ai vraiment le sentiment d'être embourbé dans un cauchemar – un cauchemar qui démarre dès que j'ouvre l'œil, puis déroule son sinistre scénario tout au long de la journée, sans offrir ni répit ni porte de sortie.

Chaque fois que je quitte la maison, je ne peux m'empêcher de regarder par-dessus mon épaule, scrutant l'habitacle des voitures qui roulent un peu trop lentement à ma hauteur, dévisageant d'un air soupçonneux les gens qui ont le malheur de poser le regard sur moi. J'ai passé une bonne partie de l'après-midi d'hier à observer un type en salopette ajouter un verrou à la porte de derrière et une barre anti-effraction à la porte de devant, tout ça pour passer la moitié de la nuit les yeux grands ouverts, à me demander si ce serrurier était vraiment digne de confiance.

Cette personne – celle qui publie les photos de Coco et qui, selon toute vraisemblance, est aussi celle qui a volé notre ordinateur – est entrée *dans notre maison*. Elle a posé ses sales pattes sur nos meubles, sur nos objets. Elle a pris des choses qui nous appartenaient.

Elle est en possession de toutes nos photos sauvegardées sur ce laptop. De toutes nos photos sauvegardées sur le cloud. Des images privées. Intimes. Des photos de notre fille.

Et maintenant, elle les publie sur Instagram.

Dès que nous avions pris la mesure du problème, Emmy avait organisé un conseil de guerre avec Irene. L'agente de ma femme avait réagi au quart de tour. Il faut lui reconnaître cette qualité : quelle que soit l'heure ou le jour où Emmy l'appelle, Irene répond aussitôt. Je ne crois pas qu'elle l'ait jamais fait attendre plus de trois sonneries. On peut raisonnablement supposer qu'il lui arrive de dormir, de manger et d'aller aux toilettes. Pourtant, il est à peu près aussi difficile d'imaginer cette femme pratiquant l'une ou l'autre de ces activités.

Emmy avait mis Irene sur haut-parleur tandis qu'elle faisait les cent pas dans la cuisine, un verre de vin à la main. J'étais attablé devant mon ordinateur.

Irene revenait sans cesse sur la même question : Emmy pensait-elle que la police allait pouvoir nous aider ? Nous avait-elle été d'un quelconque secours quand nous leur avions signalé l'intrusion ? Quant à Instagram, à quel point la plateforme s'était-elle montrée réactive lorsque Emmy s'était plainte en d'autres occasions ?

Emmy ne répondait à aucune de ces questions, sans doute de pure forme.

En regardant Emmy arpenter la cuisine, j'avais senti le malaise et la colère grandir en moi. Pas seulement contre la personne qui s'en prenait à nous, mais aussi contre Emmy. Contre Irene. Peut-être aussi contre moi.

La pire publication pour le moment est celle qui a été postée hier, la deuxième après la découverte initiale du compte. Un véritable crochet au foie. À un moment, alors que je lisais la légende, j'avais vraiment cru que j'allais vomir, que j'allais me courber en deux sur le tabouret de bar et repeindre le sol de la cuisine avec le plat que je venais d'avaler.

« Coucou, me revoilà !! » en guise d'introduction. Deux points d'exclamation (je dois admettre que ce compte est un pastiche assez convaincant de ceux des instamums, et en particulier de la façon dont elles écrivent, ma femme comprise. Les expressions approximatives ou déformées. L'enthousiasme débordant et le goût immodéré du superlatif. L'abus d'allitérations. Les mots à la mode. Je ne suis pas surpris que ce compte gagne chaque jour des abonnés). Ce n'est qu'en arrivant au terme de cette prose calibrée pour Instagram que j'avais eu un véritable haut-le-cœur.

En conclusion, le post nous apprenait que « Rosie » avait été admise à l'hôpital pour effectuer quelques examens et qu'elle avait été très courageuse, même si elle avait parfois eu mal.

Oh, non, désolée d'apprendre ça, était le premier commentaire sous le post. *J'espère que les résultats vous rassureront complètement et qu'elle se sentira vite en pleine forme !* disait l'auteur du deuxième commentaire, avant de raconter une longue anecdote sur un souci de santé qui concernait son propre enfant. Le troisième commentaire était un simple émoticône – une tête avec un bandage autour de la tête et un thermomètre dans la bouche – accompagné d'une ribambelle de baisers.

La photo qui illustrait ce post montrait Coco dans le jardin, décrivant des cercles autour de la pataugeoire sur son nouveau vélo. Je l'avais prise l'été dernier.

Ma fille.

Ma fille.

La véritable fillette de ces photos se trouve à l'étage, dans son petit lit muni d'une échelle, endormie sous une couette *La Reine des neiges*, la joue écrasée sur une taie d'oreiller *La Reine des neiges.* La véritable fillette de ces photos rêve au-dessus de ma tête, dans une chambre au sol jonché de jouets, dont les murs tapissés de dessins bruissent au vent quand on ouvre la fenêtre. La véritable fillette de ces photos serrait sa poupée Elsa tout contre elle la dernière fois que je suis allé voir si elle dormait bien. La véritable fillette de ces photos, *ma* fille, ne comprend toujours pas pourquoi on l'empêche de retourner à la maternelle, de retrouver ses copains.

Au troisième jour de cauchemar, je consulte le compte #rp toutes les cinq ou dix minutes. Je relis les anciens posts. Je regarde s'il y a de nouveaux commentaires et qui sont les nouveaux abonnés. J'alimente ma colère et mon angoisse – à croire que j'ai décidé de me rendre dingue.

Mon portable indique dix-neuf heures et le nouveau post arrive pile à l'heure.

Emmy et moi sommes assis dans le salon, chacun à une extrémité du canapé, téléphone fermement agrippé dans la main.

Elle voit la photo une seconde avant moi et émet une sorte de hoquet. Je fixe mon écran du regard.

— C'est quoi, ce délire ?

La photo montre Coco en position fœtale sur un lit d'hôpital, l'air triste, une poche de perfusion juste derrière elle. Je n'ai jamais vu ce cliché et n'arrive pas à comprendre d'où il vient ni quand il a été pris. Il me faut de longues secondes pour voir que le tube de la perfusion n'est pas relié à ma fille. C'est un simple effet d'optique. Mais je reste submergé de questions dont je ne sais que faire. Lentement, laborieusement, mon cerveau se met à assembler les éléments du puzzle – où la photo a été prise, et quand, et par qui, et pour quelle raison ? –, le mystère s'éclaircissant au prix d'un malaise, d'une colère et d'un dégoût croissants. Comment Emmy a-t-elle pu faire ça ? Comment Emmy a-t-elle pu faire ça à notre fille ? Comment Emmy a-t-elle pu ne serait-ce que songer à faire ça à notre fille ?

Il me faut lire plusieurs fois les mots qui se trouvent sous cette image pour qu'ils commencent à pénétrer mon esprit, pour qu'ils se mettent à former des phrases sensées. En guise d'introduction, l'auteur prévient que ces lignes ont été difficiles à écrire. Puis suit toute une tartine pour expliquer combien la journée a été pénible, mais illuminée par la gaieté et le courage de la petite Rosie, qui a rempli sa maman de fierté. Une nouvelle tartine de prose larmoyante souligne le bien que ça leur fait à toutes les deux de se savoir soutenues par tant de gens, puis la maman de Rosie dit espérer avoir l'occasion de répondre personnellement à tout le monde.

Pour le moment, conclut-elle, *nous attendons les résultats en croisant les doigts et en nous efforçant de prendre les choses l'une après l'autre.*

— Qu'est-ce que tout ça veut dire, Emmy ? Tu as lu ce qui est écrit ? Tu l'as lu ? Qu'est-ce que ça signifie ?

Je répète ma question je ne sais combien de fois, sans vraiment espérer de réponse.

Le visage d'Emmy, dans la lumière bleutée de l'écran, est fermé. Sa bouche dessine une ligne droite, crispée. Tandis que ses yeux parcourent les phrases que je viens juste de lire, elle fait tourner un bracelet autour de son poignet. Tourne et tourne et tourne.

— Je ne sais pas, finit-elle par dire.

Elle se gratte la commissure des lèvres, se mord un ongle.

— Je ne sais pas ce que ça signifie, Dan, dit-elle à nouveau.

Pour la première fois de sa carrière d'influenceuse, ma femme semble avoir vraiment la trouille.

J'aurais dû en faire plus. J'aurais pu en faire plus. C'est ce qui me hante. Penser que si j'avais su quoi faire, quoi dire, vers qui me tourner pour demander de l'aide, Grace serait peut-être toujours en vie.

Bien sûr, j'ai essayé. Je l'ai encouragée à prendre rendez-vous avec son médecin traitant, à lui demander s'il pouvait lui proposer un traitement ou l'orienter vers un spécialiste. J'essayais tout le temps de la persuader de sortir de chez elle et de faire des choses, de voir du monde, de parler à ses amis… De venir me rendre visite, ne serait-ce que pour aller marcher un peu et prendre l'air. Grace se contentait de me regarder sans rien dire. Parfois, elle semblait ailleurs pendant que je lui parlais, comme si elle avait complètement oublié que j'étais là, juste en face d'elle. Les dernières semaines, chaque fois que je passais la voir, elle était de plus en plus maigre, elle paraissait de plus en plus fatiguée. D'impressionnants cernes sombres sous les yeux. Un visage blafard et émacié. Elle semblait vraiment mal en point. Son crâne rasé n'arrangeait rien à l'affaire. À chacune de mes visites, je lui demandais si elle avait l'intention de laisser repousser ses cheveux un de ces jours, juste un peu. Mais ça la mettait en colère et je n'insistais pas.

Elle avait de si longs, de si beaux cheveux, ma fille.

Je m'accrochais à l'idée que la maison serait bientôt vendue, qu'elle en obtiendrait un bon prix et qu'elle recommencerait sa vie ailleurs, plus près de chez moi et de ses amis. Plus loin de ses souvenirs.

Ce week-end-là, ce dernier week-end, Grace m'avait semblé moins sombre qu'à l'ordinaire. Nous nous étions parlé le vendredi soir, et elle avait même ri une fois, lorsque je lui avais répété une remarque idiote de mes voisins. « Je t'aime, maman », m'avait-elle dit, juste avant de raccrocher.

Nous étions convenues que je passerais le dimanche après-midi pour prendre le thé.

Je possédais un jeu de clefs de sa maison. Grace me l'avait confié lorsqu'ils avaient emménagé, au cas où ils perdraient les leurs et seraient enfermés dehors ou bien s'ils avaient besoin que je vienne réceptionner un colis ou ouvrir à un quelconque réparateur. Cela va sans dire, je ne me permettais pas d'entrer comme si c'était chez moi. S'il y avait quelqu'un à la maison, j'attendais toujours qu'on vienne m'ouvrir.

J'ai sonné à la porte pendant dix bonnes minutes.

Une fois dans l'entrée, j'ai crié son prénom. J'ai passé la tête dans le salon pour voir si elle s'y trouvait. Puis dans la cuisine. Puis dans la chambre. Quand j'ai voulu faire de même dans la salle de bain, j'ai d'abord cru que la porte était verrouillée. Une nouvelle tentative m'a permis de constater qu'il y avait un peu de jeu, et je me suis aidée de l'épaule. J'ai compris que quelque chose devait bloquer la porte de l'autre côté. J'ai intensifié mes efforts, donnant des coups d'épaule, et j'ai bientôt vu apparaître un morceau de tissu coincé entre le bas de la porte et le sol de la salle de bain. J'ai reconnu la manche d'un pull de Grace. J'ai tiré dessus, mais c'était bel et bien bloqué. Un nouveau coup d'épaule m'a permis de gagner un ou deux centimètres. J'ai appelé ma fille, de plus en plus fort. Mes cris n'ont rencontré que le silence.

Le médecin légiste a estimé que la mort remontait au samedi, en fin d'après-midi. L'enquête a ensuite établi qu'elle était allée acheter du lait et du pain ce matin-là à la supérette. Au moment où elle en sortait, Grace était tombée sur une ancienne collègue avec qui elle avait pris le temps de discuter un moment, lui proposant même de venir boire une tasse de thé chez elle, un de ces jours. Elle semblait d'assez bonne humeur, selon ce témoin.

Plus tard dans l'après-midi, ma fille a posé son mug de Earl Grey à moitié bu sur le comptoir de la cuisine et s'est rendue dans la salle de bain où elle a aligné tout ce dont elle avait besoin sur l'abattant des toilettes. Après quoi elle a fait couler un bain et a mis fin à ses jours. Elle avait trente-deux ans.

Emmy

Vous savez, cette petite coche blanche sur fond bleu, ce soleil aux rayons dentelés, ce signe de prestige et d'influence qu'Instagram décerne à ses sujets les plus en vue ? Cet emblème de réussite, ce discret symbole qui nous distingue et nous désigne, moi et le reste de ma constellation, comme les alphas de la meute des mamans ?

Eh bien, pour votre gouverne, sachez qu'il ne vaut pas un kopeck !

Aussitôt que nous avons découvert l'existence de ce compte #rp, Irene a contacté directement Instagram, s'imaginant naïvement qu'être l'agente de plusieurs instamums disposant de comptes vérifiés et engraissant la plate-forme avec leurs partenariats rémunérés et leurs #ads inciterait notre hébergeur à traiter sa requête avec la plus extrême diligence. J'étais moi-même persuadée que le côté horrible et inquiétant de l'affaire, et le fait qu'un enfant en soit aussi la victime, les pousseraient à agir. Nous espérions l'une et l'autre que le compte incriminé serait immédiatement supprimé après qu'Irene avait fourni tous les détails du problème au responsable des relations avec les influenceurs, par e-mail puis à travers une série de messages vocaux de plus en plus irrités, lui expliquant que les photos avaient été volées, tout comme l'identité de ma fille, et que le contenu de ce compte avait quelque chose de franchement menaçant.

Ils n'ont rien fait. Ils n'ont même pas répondu.

Irene semblait penser que j'aurais tort de placer davantage d'espoir dans l'action de la police. Certes, disait-elle, la personne qui se cachait derrière tout ça *pouvait* être celle qui avait dérobé l'ordinateur, mais dans la mesure où les flics n'avaient aucune piste concernant l'identité de notre voleur (et qu'ils n'en cherchaient manifestement pas), il était inutile d'espérer quoi que ce soit de ce côté-là. Et ne pouvait-on pas tout aussi bien imputer l'apparition de ces photos privées à un piratage de notre compte cloud par un fan harceleur tendance hackeur ? Sur le diagramme de Venn, assurait mon agente, la portion commune au dingue obsessionnel et au dingue d'informatique était pour le moins substantielle. De toute façon, avait-elle ajouté, mon métier consistait à publier des photos de ma famille en ligne ; mes followers les sauvegardaient, les partageaient, prenaient des captures d'écran, les imprimaient et, allez savoir, s'en servaient peut-être pour dresser des autels à la gloire de Mamapoil ou pour me marabouter. Et moi, je me plaignais que, là, il ne s'agissait pas des *bonnes photos* ? Quelle différence cela allait-il faire aux yeux de la police ? Comment espérer que les autorités me prennent au sérieux et traitent ma plainte avec bienveillance ?

Irene passait à côté de la question, bien sûr. La personne qui avait mis la main sur nos photos privées était suffisamment obsédée par Mamapoil pour s'immiscer au cœur de la réalité de ma vie de famille, voilà quel était le fond du problème. Il ne s'agissait pas d'un de ces *trolls* sans visage, d'un de ces rageux sans nom, mais d'un être de chair et de sang qui était probablement entré chez nous et s'était approprié nos souvenirs personnels, notre véritable vie de famille, et en disposait à présent publiquement, comme bon lui semblait.

Pour calmer la sensation nauséeuse que me procure cette pensée, je tâche de me souvenir que toute personne détentrice d'un compte public finira forcément par trouver quelque chose de déplaisant à son sujet, si elle cherche à savoir ce qu'on dit d'elle sur Internet. Après tout, il se pourrait bien qu'il existe un compte #rp entièrement consacré aux gamins de chacune des instamums que j'ai croisées au cours de ma vie – j'ai simplement eu la malchance d'en être informée.

— Essaie de ne plus y penser, me conseille Irene en se penchant sur le siège arrière du taxi pour me tapoter le genou. Écoute, j'ai une nouvelle qui pourrait bien te remonter le moral : le chef de projet de la BBC Three m'a appelée hier pour me dire qu'ils étaient sur le point de rendre leur décision. L'histoire que tu as racontée sur ta vidéo les a vraiment touchés, et je ne serais pas surprise si leur prochain coup de fil était pour te demander de venir signer le contrat.

Parvenues au studio d'enregistrement, nous sommes accueillies par Culte de Bhlyte, poétesse féministe, instagrameuse et animatrice de *Cascades rouges*, un podcast consacré aux règles. Cette créature diaphane d'une beauté spectaculaire porte un caftan vert à pompons, ouvert sur un jean pattes d'éléphant et un petit haut qui laisse apparaître son nombril, la masse de ses cheveux blonds contenue par un foulard blanc.

— Eh bien, bonjour, supernova faite femme ! s'exclame-t-elle lorsque je passe la porte. C'est juste pour purifier et accueillir, ajoute-t-elle en désignant les feuilles de sauge puantes qui se consument dans sa main.

Sous l'œil réprobateur d'Irene, visiblement inquiète de voir la fine fleur de son agence partir en fumée dans un nuage de sauge brûlée, Culte dissémine son brasier tout au long du chemin qui nous mène à la salle insonorisée où nous attendent Hannah, Bella, Suzy et Sara, déjà assises derrière d'énormes micros.

— Je vais aller nous préparer une tisane de feuilles de framboisier, et on pourra s'y mettre, dit notre hôtesse.

Je prends place entre Suzy et Sara, puis je ferme les yeux quelques secondes – comme je le fais toujours avant d'enregistrer quoi que ce soit –, le temps de mettre mes soucis de côté pour me concentrer uniquement sur la tâche du moment. Une des choses très utiles que ma mère m'a apprises, en dehors de l'art de préparer un Martini qui déchire, est l'art de toujours faire bonne figure.

Pour y parvenir, m'a-t-elle expliqué, elle visualise une boîte dans laquelle elle entrepose tout ce à quoi elle ne veut pas penser. Puis elle la referme soigneusement, compose un sourire de façade et se met au boulot.

— Tu es sûre que c'est bon pour la santé mentale ? lui ai-je demandé un jour. Que se passe-t-il quand la boîte est pleine ? Que tu ne peux plus rien y mettre ?

Sa solution était d'en imaginer une plus grande.

Culte réapparaît, toujours aussi aérienne, les bras chargés d'un plateau de mugs #joursdelumière d'où s'échappent de minces serpentins de fumée.

— Prêtes à enregistrer, les filles ?

Je lève les pouces.

— Bienvenue, mes sœurs de sang et fidèles auditrices, lance-t-elle dans le micro en faisant signe de nous donner la main. Ce numéro hebdomadaire de *Cascades rouges* vous est proposé, comme toujours, grâce au soutien de notre sponsor, la Coupe des Déesses, la façon la plus écoresponsable qui soit de vivre son miracle mensuel et menstruel. Ces extraordinaires flacons intimes qui se préoccupent vraiment du sort de nos vagins et de notre planète se déclinent en quatre coloris, dont une édition limitée rose nacré, et peuvent passer au lave-vaisselle sans le moindre risque.

Elle reprend sa respiration et nous couve d'un tendre regard.

— Aujourd'hui, je reçois un groupe de mamans qui font bouger les lignes. Sérieusement, les filles, vous êtes de véritables héroïnes du quotidien. Avec vous, le concept de mère moderne prend un tout nouveau sens. Avant de commencer, j'aimerais vous lire un poème que je viens d'écrire et qui s'intitule « Le Sang de la création ».

Elle appuie brièvement sur « pause ».

— Je l'ai enregistré à l'avance dans la salle de bain, parce qu'elle a une acoustique qui se prête à merveille à la lecture de poèmes, nous explique-t-elle. Je l'intégrerai au montage.

Irene lorgne sur les coupes menstruelles qui traînent sur la table du studio comme si elle envisageait d'en avaler une ou deux pour mettre fin à son supplice.

— Et maintenant, mesdames, voici ma première question : l'une d'entre vous peut-elle me raconter comment s'est passée la toute première fois où elle a eu ses règles ?

Sara, la_hackney_mama, bondit comme un ressort sur sa chaise.

— J'ai eu tellement de chance d'avoir une mère suffisamment éclairée pour me dire que les règles étaient un cadeau du ciel. Que mon utérus était un jardin où poussait la vie humaine et que chaque mois mes règles venaient en arroser les fleurs. Et quand je les ai eues, à onze ans, maman m'a organisé une fête de règles, avec un atelier de composition florale. Isolde va bientôt atteindre cet âge, et nous sommes déjà en train d'organiser sa fête de règles, même si nous pensons plutôt à un atelier couronnes de fleurs pour cette célébration.

Du grand n'importe quoi, bien sûr. Comme toutes les mères des années 1990, celle de Sara lui a tendu un paquet de ces horribles serviettes hygiéniques, avec une ligne collante au milieu pour adhérer à la culotte et la capacité d'absorption d'un parapluie, avant de lui dire qu'il valait mieux ne pas aller à la piscine cette semaine-là. Cela n'a pas empêché Tampax d'adorer la fable de Sara, et dès que la pauvre Isolde se mettra à saigner, elle aura droit à sa publication sponsorisée et à une séance photo en robe blanche, la tête ceinte d'une couronne de roses rouges. Sans doute devrait-elle se réjouir de ne pas devoir faire du roller le long d'une plage en combinaison de Lycra [16] ?

— C'est tellement émouvant, dit Culte de Bhlyte ; cet hommage à la Déesse mère est juste magique. Bon, une autre question pour vous, belles personnes que vous êtes. Vous arrive-t-il de parler entre vous de vos cycles menstruels ? S'ils me fascinent à ce point, c'est que, vraiment, ils sont ce qui nous définit en tant que femmes ; la source de notre pouvoir et de notre puissance. J'aime tenir un journal de mes menstrues et de mes sécrétions vaginales, pour conserver une trace de ce que mon corps produit tout au long du mois. Avoir un rapport honnête avec ses hormones me semble tellement important, dit Culte.

— Oh, absolument, dis-je en me décomposant un peu sous mon air pénétré.

C'est une drôle d'idée de penser que ce qu'il y a de plus intéressant chez une femme est ce qu'elle essuie et fait disparaître à jamais dans les tourbillons de la chasse d'eau – et de construire toute une communauté autour de cette idée.

16 Allusion à une célèbre publicité télévisée Tampax diffusée au Royaume-Uni en 1994.

— Comme vous le savez toutes, l'honnêteté est le fondement même de notre démarche, dis-je.

Je serre un peu plus fort les mains de Sara et Suzy, et je poursuis du même ton solennel :

— Nous voulons nous servir de cette formidable caisse de résonance qu'est Instagram pour aider les femmes à relever la tête, pour leur remonter le moral et les encourager à exprimer *leur* vérité. Bien sûr, avec mes sœurs de cœur qui se trouvent dans ce studio, nous nous sommes débrouillées pour synchroniser nos cycles – comme l'avez sûrement fait quand vous étiez ados, chères auditrices, avec vos « amies pour la vie » –, parce que, clairement, même mon utérus aime ces femmes à la folie !

J'éclate de rire.

Une pensée me traverse brusquement l'esprit : ça ne peut tout de même pas être une des instamums de ma constellation qui s'amuse à poster ces photos de Coco ? M'évincer d'Instagram ferait sans nul doute grossir leur part du gâteau. Et comme par hasard, c'est Suzy qui nous a prévenus. Peut-être se sont-elles toutes liguées contre moi ? Certes, j'ai dû mal à imaginer une de ces femmes pénétrant chez moi par effraction. Mais un peu moins de mal à imaginer qu'elles aient demandé à quelqu'un de le faire à leur place.

Non, mais tu t'entends penser, Emmy ?

Tout ça m'affecte peut-être plus que je ne le croyais.

— Comment parvenez-vous à faire face aux changements qui s'opèrent dans votre corps ? demande Culte de Bhlyte dans son micro. Vous le savez mes sœurs, j'ai fondé le mouvement #règlespositives parce que je crois profondément que célébrer les sensations physiques qui accompagnent les menstrues est un acte fort d'autonomisation de sa santé, doublé d'un acte politique radical. Le patriarcat veut que nous considérions nos règles comme un problème à traiter avec des médicaments. Moi, je dis que nous ne devons pas combattre nos règles, mais au contraire les accepter comme des alliées et des amies. Par exemple, je porte dans mon jardin intime une pierre de lune, que je vends sur ma page Etsy – lien dans ma bio, mesdames –, et il a été prouvé que c'était plus efficace que les antidouleurs.

Le visage éclairé d'un sourire extatique, Culte baisse les yeux vers son collier.

— Et puis, il y a le lapis-lazuli…

Tandis qu'elle blablate sur ses pierres enchantées, je me tourne vers mon agente, occupée à consulter ses messages. Ses yeux s'écarquillent brusquement et nos regards se croisent lorsqu'elle relève la tête. Irene me fait signe de quitter la pièce avec elle, articulant silencieusement un « désolé » à l'intention de Culte qui est passée aux propriétés curatives d'une culotte tapissée de feuilles de chou. Nous sortons dans le couloir et Irene me presse le bras aussitôt que la porte est refermée derrière nous.

— C'est la BBC, dit-elle. Ils me demandent de les rappeler. Donne-moi une minute.

Elle s'éloigne à la recherche d'une meilleure réception, m'abandonnant un instant dans le couloir. À peine le suspense a-t-il le temps de jouer avec mes nerfs qu'elle est déjà de retour, le visage éclairé d'un immense sourire.

— Victoire, Emmy ! Ça y est, tu as ton émission de télé. *Ton* émission, tu te rends compte ? « Scotchés par ton honnêteté sans détour », tels ont été leurs mots, si tu veux savoir. Tu as vraiment dû frapper un grand coup avec cette vidéo !

— Quoi ? Tu ne l'as pas regardée avant de l'envoyer ?

— Pas eu le temps ! Mais montre-la-moi maintenant. Je veux voir ce qui a fait pencher la balance en ta faveur.

Je sors mon téléphone, cherche la vidéo et appuie sur le triangle blanc. Me voilà à l'écran, sans maquillage, vêtue d'un tee-shirt gris qui renforce mon air lessivé. Je suis assise dans un fauteuil club, le regard triste et une peluche d'Orson serrée contre moi, le petit lit à barreaux en arrière-plan.

Bonjour, je m'appelle Emmy Jackson – Mamapoil pour beaucoup d'entre vous – et j'ai quelque chose à vous confier. J'ai construit mon compte et développé une formidable communauté sur le principe de l'honnêteté, mais je ne vous ai pas encore tout dit. Aujourd'hui, je veux ouvrir entièrement mon cœur et partager avec vous ce qui s'y trouve encore enfoui.

Ça fait longtemps que je songe à vous parler de tout ça ; longtemps que j'hésite à me confier à vous. Ça va sans doute vous paraître absurde, mais je crois avoir éprouvé un peu de gêne – un peu de honte, même. Pourtant, je ressens aujourd'hui le besoin de m'ouvrir à vous, parce que j'ai le sentiment que vous ignorez tout un pan de mon existence et de la personne que je suis. J'ai le sentiment qu'en gardant le silence c'est comme si je niais à ces petites vies que nous avons perdues le droit d'avoir jamais existé. Alors qu'en réalité ces enfants ont existé et existent toujours en moi ; alors que je les aime comme s'ils étaient présents en ce moment même, dans la pièce d'où je vous parle.

Dan et moi avons perdu trois bébés. Trois fausses couches. Et cette souffrance, ce sentiment de culpabilité et de désespoir refusent de me laisser en paix. Je peux être heureuse une minute – enfin… peut-être pas heureuse, mais du moins pas triste à pleurer –, et la suivante, tout me revient d'un coup, avec une brutalité qui me cloue sur place. Trois êtres qui auraient fait partie de notre vie, disparus. Ma première grossesse ne s'est pas prolongée au-delà de trois mois. Une « grossesse arrêtée », nous a dit la gynécologue. Il n'y a pas eu de saignement, rien. On était là, main dans la main, au premier rendez-vous, impatients d'entendre battre le cœur de notre bébé. Ces battements de cœur, on ne les a pas entendus. C'est impressionnant, vous savez, ce visage impassible du médecin pendant l'échographie, quand ça ne se déroule pas comme prévu. Je suppose que ça n'a rien d'exceptionnel pour eux.

Et puis ça a recommencé. On s'était organisé un week-end dans le Norfolk et je me suis mise à saigner alors qu'on se promenait sur la plage. Le troisième bébé, on l'a perdu à cinq mois. Personne n'a été capable de nous expliquer pourquoi. L'espoir… c'est ce qu'il y a de pire, je crois. Cet espoir qu'on s'efforce de réprimer dès l'instant où on voit apparaître cette petite ligne bleue, mais qui finit par se libérer, la nuit, du coffre-fort où on a voulu l'enfermer, tandis qu'on s'imagine avec son bébé dans les bras, là, dans ce même lit où l'on est en train de pleurer. Si j'ai eu tant de mal à en parler jusque-là, c'est peut-être parce qu'aujourd'hui j'ai mon Orson et ma Coco, et que je me dis que je devrais m'estimer heureuse. Peut-être aussi parce que je ne trouvais pas les mots pour le dire. Peut-être n'existe-t-il pas de mots qui puissent vraiment traduire cette douleur? Disons que j'ai fait comme j'ai pu. Le principal était de réussir à en parler. Parce que j'ai tout essayé pour surmonter ma peine et que rien ne m'a vraiment aidée. Alors, qui sait? C'est peut-être en racontant mon histoire et en aidant d'autres femmes à raconter la leur que je parviendrai à retrouver un peu de paix intérieure.

Fondu au noir. Ma voix s'élève à nouveau sur l'écran devenu sombre. Je m'autorise à ressentir une pointe de fierté pour mes talents de monteuse vidéo, mon regard exécutant un bref aller-retour entre le téléphone et le visage d'Irene.

D'une série de fausses couches à Mamapoil: un regard intime sur la perte d'un enfant. Bientôt sur la BBC Three.

Chapitre quatorze

Dan

Songer qu'Emmy ait pu prendre des photos de notre fille endormie, pâle et blessée sur son lit d'hôpital, n'est pas facile à digérer. J'essaie vraiment de me mettre à la place de ma femme, de voir les choses de son point de vue, de comprendre ce qui a bien pu lui passer par la tête.

Je n'y parviens pas.

À certains moments, je ne suis même plus certain de le vouloir.

L'idée de la quitter, de mettre un terme à ce mariage, ne m'était tout simplement jamais venue à l'esprit. Pas sérieusement en tout cas. Pas même avant de devenir parents. Juste le temps d'un accès de fureur, peut-être. Quelques minutes tout au plus. Que deviendrais-je sans elle ? Où cela me mènerait-il ? Dans un studio de banlieue, sans doute, à boulotter des biscuits apéritif au lit et à passer beaucoup trop de temps sur Internet. Voilà ce que je dis toujours, sur le ton de la plaisanterie, quand le sujet vient sur la table, comme cela se produit de temps en temps. La vérité, c'est que je n'arrive pas vraiment à imaginer ma vie sans elle.

L'idée de quitter Emmy ne m'est jamais venue à l'esprit, du moins jusqu'à ces dernières vingt-quatre heures où il m'est arrivé de considérer sérieusement, mu par une froide et profonde colère, les modalités pratiques d'une telle décision.

Où il m'est arrivé de réfléchir à ce qui se passerait si je partais avec ma fille, aux conséquences financières et légales, à la façon dont j'expliquerais la situation à Coco. Où il m'est arrivé de réfléchir aux problèmes d'organisation auxquels je devrais faire face si j'emmenais aussi mon fils. À certains moments, seule la crainte qu'elle n'obtienne la garde exclusive d'Orson et de Coco m'a retenu de débouler dans la cuisine et de lui dire que tout était fini entre nous. La crainte de la laisser libre de se servir de mes enfants comme d'accessoires de prise de vue ou de moyens pour s'attirer la sympathie de ses abonnées, aussi souvent que ça lui chantera.

Ma réaction est-elle disproportionnée ? Je ne le crois pas.

C'est bien Emmy qui présentera cette émission sur la BBC Three, et ce soir nous sommes au restaurant pour fêter ça.

J'ai du mal à imaginer quelque chose dont j'aurais moins envie.

Elle a fait une *story* de notre départ à travers le miroir de l'entrée, puis une autre en filmant le menu. Elle a pris des photos de son cocktail, elle a mitraillé son entrée, et à présent elle m'immortalise en train de bouder derrière ma bière. Avec le temps, j'ai fini par m'habituer à tout ça au point de ne presque plus y prêter attention, mais ce soir, cela me semble brusquement intolérable. Je ne sais même plus ce qu'elle publie en ce moment. J'arrive à peine à la regarder depuis quelques jours, alors son flux Instagram…

Emmy me raconte l'enregistrement du Podcast *Cascades rouges* et me fait écouter l'ode aux règles enregistrée par Culte de Blythe. Ça ne m'arrache même pas un sourire.

Je viens de finir ma bière quand la serveuse débarrasse les assiettes de l'entrée, et j'en profite pour en commander une seconde.

Je pensais que seule notre vie en ligne était un mensonge, voilà ce que je ne cesse de me répéter.

— Ils vont être bien avec Doreen, n'est-ce pas ? me demande Emmy avec un sourire hésitant.

Je sais parfaitement comment je suis censé répondre à cette question. Nul n'ignore, quand une telle question est posée lors d'un dîner en amoureux, la réponse qu'il convient de donner.

Je hausse les épaules et bois une longue gorgée de bière. Ce n'était pas mon idée d'aller au restaurant, ai-je envie de rétorquer.

Une autre serveuse passe devant notre table et demande si je souhaite une autre bière. Quand j'acquiesce, Emmy me fait remarquer que je n'ai pas encore fini celle que j'ai commandée il y a cinq minutes. Je la vide d'un trait.

Alors que nous attaquons le plat principal, Emmy envoie un SMS à Doreen pour demander si tout va bien. La réponse lui arrive presque instantanément : Orson a un peu chouiné avant de s'endormir, mais à présent le calme règne. Nous échangeons quelques platitudes sur la chance que nous avons d'avoir trouvé Doreen, puis le silence retombe. C'est la première fois depuis la naissance d'Orson que nous dînons en tête-à-tête au restaurant, me dis-je entre deux bouchées. La première fois que nous faisons une sortie en couple, d'ailleurs. Je dois reconnaître qu'elle est très belle, ma femme. Avec son maquillage soigné, son chignon haut et sa jolie robe, elle ressemble à l'Emmy d'avant, celle de l'époque fashionista. Elles ont le droit de se faire belles, les instamums, et même un peu glamour, à condition d'accompagner toute photo compromettante d'une légende en forme d'acte de contrition ; quelques mots dans laquelle la fautive parle de la rareté d'une telle sortie et des ampoules que lui ont infligé ses chaussures à talon, avant de préciser qu'il s'agissait d'une occasion *vraiment* spéciale, parce qu'une #supernouvelle venait d'arriver, mais qu'à son retour elle a trouvé un bébé réveillé et en larmes, et qu'au bout du compte elle a regretté cette sortie le lendemain matin à cause de la #gueuledebois.

Maintenant que les nouvelles de la maison nous ont rassurés, Emmy brûle de m'en dire plus sur sa future émission de télévision. Je hoche la tête, écoutant d'une oreille distraite. Ne vous méprenez pas, ça me fait plaisir pour ma femme. Il s'agit d'une grande, d'une très grande nouvelle. J'ai toutefois du mal à comprendre pourquoi elle a été choisie pour présenter un programme sur ce thème. Je veux dire, ce n'est pas comme si nous avions nous-mêmes traversé ce genre d'épreuve. Va-t-elle inviter des couples ? Des experts ? Donner la parole à des mamans qui ont vécu ce drame ? Interviewer des psychiatres et des gynécologues ? Elle m'explique qu'il reste encore pas mal de détails à régler.

Le temps que la carte des desserts arrive, je me suis souvenu de la raison pour laquelle nos sorties sont si rares : nous commençons l'un comme l'autre à piquer du nez dans nos assiettes. Lorsque l'addition arrive, je dois faire un effort pour garder les yeux ouverts. L'éclairage de la salle semble se tamiser brusquement, puis redevenir plus vif. La conversation se meurt et Emmy se met à faire défiler ses messages. Tandis que je tape le code de ma carte bancaire, nous ne pouvons réprimer un bâillement simultané qui fait sourire la jeune femme armée du terminal de paiement.

Reçu en main, je jette un coup œil à mon téléphone. Il est 20 h 47.

— J'ai passé une bonne soirée, dit Emmy alors que nous attendons notre Uber devant le restaurant.

J'enroule le bras autour de ses épaules et la serre un instant contre moi, mais je ne réponds rien.

— Bizarre, le chemin qu'il prend, dit-elle en suivant la progression de notre voiture sur son portable.

Je sors mon propre téléphone pour voir ce que nous réserve le compte #rp. Emmy n'a même pas besoin de tourner la tête pour savoir ce que je fais.

— Alors ? dit-elle. Il y a un nouveau post ?

Rien depuis dix-neuf heures et cette photo de Coco endormie devant la télévision, serrant contre elle un pull d'Emmy comme si c'était une peluche ou un doudou (le texte d'accompagnement parle de prendre les jours comme ils viennent et de profiter pleinement de chaque moment avec nos bouts de chou). On compte maintenant quatre-vingt-treize J'aime, et ça ne cesse d'augmenter. Une quarantaine de commentaires.

Chacun de ces posts est pire que le précédent. Un peu plus intime, un peu plus détaillé, un peu plus mièvre. Le pire dans tout ça, c'est que notre bourreau n'a pas accès à des centaines de photos, mais à des milliers. Des photos de Coco endormie. Des photos de Coco dans le bain. Des photos d'elle en petite tenue dans le jardin. Et chaque jour, une autre de ces images devient accessible à tout le monde. Et chaque jour, la légende du post fait un peu plus froid dans le dos. Je déteste la façon dont cette tarée (si vraiment c'est une femme) ne cesse de rappeler que les résultats des examens de Coco/Rosie ne sauraient tarder à arriver, que le verdict tombera bientôt. Croisons les doigts, écrit-elle sans arrêt. Priez pour nous et gardez-nous dans vos pensées.

Je voudrais tuer cette personne.

C'est la pensée qui me vient à l'esprit tandis que le Uber s'arrête au feu rouge et que le chauffeur nous demande pour la énième fois si nous souhaitons qu'il remonte sa fenêtre, qu'il baisse le volume de la musique, ou si nous avons passé une bonne soirée.

Qui que soit la personne qui fait ça, homme ou femme, jeune ou vieux, je veux la tuer. Et s'ils sont plusieurs, je veux tous les tuer.

Que ce soit bien clair : ce n'est pas juste une façon de parler. Je veux la tuer de la même façon qu'on a envie de tuer quelqu'un dans l'instant où vous le voyez blesser votre enfant ou prendre un risque inconsidéré qui pourrait le blesser, quand une bouffée instinctive de rage parentale vous submerge parce qu'un crétin vient de brûler un feu rouge sur son fixie et traverse le passage piétons à fond, frôlant le landau que vous êtes en train de pousser. Cette envie de meurtre qui crispe votre mâchoire et vos muscles quand un pauvre con fait une marche arrière à fond dans un parking sans regarder dans son rétroviseur, alors que vous arrivez à hauteur de son pare-chocs avec votre petite fille.

Dans ces moments-là, il me semble que je pourrais les violenter avec la légitime fureur d'un honnête citoyen qui défend sa famille, la colère sanglante d'un homme tranquille qui a été poussé à bout. Et c'est ce que je ressens en ce moment quand je songe à la personne qui publie ces photos de ma fille.

Il m'arrive aussi de me dire que je serais un peu moins bouleversé, un peu moins furieux, si je pouvais comprendre le but que poursuit cette personne ; quel plaisir, quelle satisfaction elle en retire. De me dire que si je découvrais qu'il s'agissait en fin de compte d'un moyen de nous extorquer de l'argent, et que nous finissions par recevoir un lien vers une cagnotte en ligne pour financer une opération chirurgicale à l'autre bout du monde, je serais un peu soulagé parce que moins déconcerté. Il m'arrive de me dire que je serais peut-être tout aussi en colère, mais d'une autre façon.

La main d'Emmy se tend vers la mienne alors que la voiture tourne dans notre rue, mais ne rencontre qu'un poing serré sur ma cuisse.

— Je vais tuer cette ordure, dis-je entre mes dents.

Elle ne réagit pas, se contentant de se pencher vers le chauffeur pour lui indiquer où nous déposer, sa main toujours autour de la mienne.

— Je suis sérieux, Emmy. Je te jure que je suis sérieux.

Le chauffeur allume le plafonnier pour que nous puissions vérifier si nous n'avons rien oublié et nous nous retrouvons face à face, Emmy et moi, nos visages brusquement éclairés. Elle semble fatiguée, exposée par surprise sous cette lumière crue. Des rides barrent son front et ses yeux sont un peu gonflés. J'ai du mal à déchiffrer son expression.

— Qui ? demande-t-elle d'une voix calme, mais dans laquelle je décèle une note d'exaspération, et peut-être même de mépris. Qui as-tu l'intention de tuer, Dan ?

Je la fixe un moment du regard, puis détourne les yeux.

— Merci et bonne soirée, dit-elle au chauffeur.

Nous restons un moment côte à côte devant la porte d'entrée tandis que je fouille les poches de mon manteau à la recherche des clefs, ni l'un ni l'autre ne prononçant la moindre parole.

J'ouvre aussi discrètement que possible et encourage Emmy à passer devant moi, adresse un signe de la main à Doreen qui apparaît par la porte du salon et lui rend son sourire que j'accompagne, comme elle, d'un pouce triomphalement levé. Avec un luxe de précautions, je pose les clefs sur le buffet de l'entrée. Avons-nous passé une agréable soirée ? s'enquiert Doreen. Formidable, lui répond Emmy. Nous nous sommes régalés. Après l'avoir raccompagnée à la porte et pris soin de refermer doucement derrière elle, Emmy m'annonce qu'elle monte se coucher.

Resté seul en bas, je vérifie que les portes sont verrouillées, toutes les fenêtres bien fermées. Je me brosse les dents, fais pipi et me retiens à la dernière seconde d'actionner la chasse d'eau (les vieux tuyaux sont bruyants) pour ne pas réveiller Orson. Je saisis une dernière fois la poignée de la porte d'entrée et je tire avec de petits mouvements nerveux pour m'assurer qu'elle est parfaitement verrouillée.

Le temps que je la rejoigne, Emmy a éteint la lumière de la chambre et dort recroquevillée sous la couette, dos tourné vers la porte d'où je l'observe, laissant un instant mes yeux s'acclimater à l'obscurité de la pièce. Je m'approche du lit et retire mes chaussettes et mon jean, main appuyée sur la table de chevet pour maintenir mon équilibre, puis je me débarrasse d'un seul mouvement de mon tee-shirt et de mon col roulé.

Bientôt, je m'endors au son lointain de sirènes de police.

C'est alors que le téléphone sonne et que l'enfer s'ouvre sous nos pieds.

Elle semble tout à fait adorable, cette Coco. Peut-être un peu poseuse, parfois. Peut-être un peu têtue. Mais une gentille fille au fond – douce et attentionnée, curieuse et vive d'esprit. Dieu sait de qui elle tient ça. Je m'attendais à un petit monstre. Du genre à toujours mâchouiller une sucrerie, à faire caprice sur caprice, à taper du pied et à ne sourire que pour l'objectif d'une caméra ou d'un appareil photo. Une mini-diva égocentrique. De ce que j'ai pu voir, elle n'est rien de tout ça.

Ce qui m'a surtout frappée, c'est à quel point elle me rappelle Grace. La même douceur. La même gentillesse. La même générosité d'esprit. Quand un autre gamin tombe dans l'aire de jeux, Coco est toujours la première à se précipiter pour l'aider à se relever. Elles se ressemblent même un peu physiquement, ma Grace et cette Coco. Parfois, tandis qu'elle joue – qu'elle glisse sur un toboggan, quelle tend les jambes sur une balançoire ou simplement qu'elle court dans tous les sens –, je l'entrevois du coin de l'œil et ça me ramène brutalement des années en arrière, quand Grace était encore cette petite fille si vivante.

En voyant combien Coco aime se dépenser; combien elle aime courir, escalader et faire la folle; je ne peux m'empêcher de penser qu'une gamine aussi pleine d'énergie doit trouver mortellement ennuyeux de se prêter au jeu de sa Mamapoil de mère. Les séances photo. Faire semblant de s'amuser. Accompagner sa maman à tous ces événements qui bien souvent se déroulent à des heures où les fillettes de son âge devraient dormir à poings fermés. Et que va-t-il se passer quand elle va grandir ? Quelle image va-t-elle conserver de son enfance ? Va-t-elle se souvenir de ce qu'elle a réellement vécu ou de la version Instagram ?

Si je risquais une remarque de ce genre sur Coco Jackson, Grace faisait toujours la grimace et me répondait que j'appartenais à une autre époque. Tu es tellement vieux jeu, maman.

Doreen. C'est le nom de la nourrice. Elle m'a suffisamment vue dans les parages – au parc, dans le bus, une fois juste devant la maison de ses employeurs – pour qu'on finisse par se saluer d'un petit signe de tête. Une première étape, bientôt suivie, à deux ou trois reprises, d'un timide « Bonjour » accompagné d'un sourire. Et puis, un jour, nous nous sommes retrouvées assises l'une à côté de l'autre, sur un des bancs qui entourent l'étang. Coco nourrissait les canards, poussant des cris stridents quand ils franchissaient le rebord de l'étang et se dandinaient jusqu'au morceau de pain qu'elle laissait tomber dans sa fuite.

— Quel âge a-t-elle ?

— Tout juste quatre ans.

— C'est votre petite-fille ?

Elle m'avait détrompée d'un mouvement de tête.

— Je m'occupe parfois d'elle, c'est tout.

Elle n'avait pas l'occasion de voir ses propres petits-enfants aussi souvent qu'elle l'aurait souhaité, m'avait-elle expliqué. Deux d'entre eux vivaient là-haut, à Manchester, et un autre du côté de Norwich.

— Et vous ? m'avait-elle demandé. Vous avez des petits-enfants ?

Une petite-fille que je n'ai pas vue depuis bien trop longtemps, avais-je répondu. Et je pouvais en dire autant de ma fille.

Nous avions fait assaut de compassion.

— Coco, avait-elle lancé. Pas si près du bord, s'il te plaît.

La fillette s'était tournée vers elle, hochant vigoureusement la tête pour indiquer que le message était reçu.

— D'ac ! avait-elle crié pour faire bonne mesure.

Doreen avait levé le pouce dans sa direction.

— Quelle gentille petite fille, avais-je dit.

Je ne suis pas certaine que Coco m'ait reconnue. Si c'est le cas, elle n'a rien dit. Mais il y a bien eu un moment où elle m'a dévisagée pendant quelques secondes, le visage concentré comme si elle essayait de me remettre, de comprendre pourquoi mon visage lui était vaguement familier. Et puis un canard était venu donner des petits coups de bec sur l'arrière de son manteau, et Coco avait sursauté avant de détaler avec un cri de terreur ravie.

Tout est en place, maintenant. Tout ce dont j'ai besoin se trouve à la maison, testé, retesté, vérifié. J'ai retiré le panneau « À vendre », sait-on jamais, et je l'ai rangé le long d'une des façades latérales, là où sont remisées les poubelles. Je me suis assurée qu'il y aurait de quoi me nourrir dans le réfrigérateur, des aliments qui peuvent se conserver suffisamment longtemps, ainsi qu'un stock de café et de bouteilles de lait UHT dans le cellier. J'ai fait tous les calculs nécessaires, j'ai répété mentalement toutes les phases de l'opération. Je me suis demandé si j'étais vraiment capable de faire ça, si j'étais vraiment décidée, et j'ai eu ma réponse en pensant à Grace et Ailsa.

À présent, il ne me reste plus qu'à attendre le bon moment pour passer à l'action.

Emmy

C'est la campagne de dénonciation typique d'un tabloïd britannique.

Un appel le samedi soir à vingt et une heures trente qui vous dévoile les grandes lignes d'un article à la une dont vous êtes le héros malheureux, puis vous demande, à l'instar du bourreau qui recueille les dernières paroles du condamné à mort, si vous avez un commentaire à faire. Non qu'ils s'intéressent vraiment à ce que vous avez à dire sur la question – il s'agit essentiellement d'un appel de courtoisie pour vous informer que votre visage s'étalera dans les pages du journal le lendemain matin. Il est trop tard pour allumer un contre-feu, essayer d'étouffer l'affaire ou empêcher le vil article de partir à l'imprimerie. Je le sais d'expérience, grâce à un scandale photoshopesque dont j'ai été le témoin privilégié du temps où j'étais directrice artistique d'un magazine, lorsqu'une collaboratrice négligente, occupée à retirer quelques centimètres à la silhouette bien nourrie d'une actrice hollywoodienne, lui avait malencontreusement ajouté un coude supplémentaire.

Je comprends très vite que ça sent le roussi quand le « Allô ? » plein d'entrain endormi de Dan est suivi d'un « Oui » au ton autrement plus sérieux.

— C'est qui ?

Il ignore ma question murmurée et ma mimique interrogative.

— Je vois, dit-il dans le combiné.

Son visage est fermé, ses sourcils ne forment plus qu'une longue ligne soucieuse. Je le pousse doucement pour attirer son attention, mais il me tourne le dos.

— Dan, qu'est-ce qui se passe, à la fin ?

Il repousse mes mots du revers de la main et quitte nerveusement le bord du lit sur lequel il était assis, bouchant d'un doigt son oreille libre.

— Oui, je suis toujours là. Je vous écoute.

Nos regards se croisent dans le miroir.

— Non, dit-il sans me quitter des yeux. Non, je n'ai aucun commentaire à faire. Je n'ai rien à vous dire, rien du tout. Simplement de… foutre la paix à ma famille.

Sur ces mots, il jette le téléphone sur le lit, si violemment qu'il rebondit jusqu'à un angle de la pièce.

— Dan ?

Il se tourne vers moi et, sincèrement, je pense ne l'avoir jamais vu comme ça. C'est à peine si je le reconnais.

— J'aimerais comprendre, Emmy, dit-il d'une voix à peine plus haute qu'un murmure. Tu as reçu un e-mail de ta meilleure amie – une fille que tu connais depuis l'école, une fille qui a été témoin à *notre mariage* – dans lequel elle te parlait des trois bébés qu'elle a perdus. *Trois.* Tu ne la rappelles pas, tu ne te donnes même pas la peine de lui envoyer un SMS. Manifestement, elle a besoin de ton soutien, mais tu lui consacres moins de temps et d'attention qu'à une parfaite inconnue qui te raconterait ses problèmes de tire-lait par message privé. Et ensuite, pour obtenir un job de présentatrice télé dans une émission qui parle d'un sujet auquel tu ne connais *que dalle*, tu t'appropries son histoire, tu t'appropries sa douleur, ce qui lui est vraiment arrivé et qu'elle a cru bon de te confier parce qu'elle te considère comme son amie, c'est bien ça ? Tu prétends que c'est *toi* qui as vécu les drames de Polly ?

Dan s'interrompt et secoue la tête.

— Putain, Emmy, mais qui es-tu, en fait ?

J'ouvre la bouche. Ce n'est pas ce qui s'est passé. Du moins, ce n'est pas comme ça que je l'ai vécu. C'était une audition et je jouais un rôle. En dehors du producteur, du chef de projet et de quelques responsables de la chaîne, personne n'était censé voir cette vidéo. Comment a-t-elle pu fuiter ? Comment a-t-elle pu tomber entre les mains de Polly ? Qui est derrière tout ça ? C'est ce que je veux savoir. Je referme la bouche, incapable de prononcer une parole.

— Putain de merde…, grommelle Dan en s'épongeant le front et en se malaxant les sourcils. Il ne manquait plus que ça, bordel. En plus de tout le reste…

Ouais, Dan, en plus de tout le reste. En plus d'avoir un mari dont les droits d'auteur et les droits de prêt en bibliothèque cumulés ont atteint la somme de sept livres et dix cents, le jour où nous avons rempli notre dernière déclaration de revenus, et qui, m'a-t-il semblé, n'a pas boudé son plaisir lors de notre récent séjour à Lisbonne, de notre week-end hivernal à Marrakech ou de ces deux semaines passées aux frais de la princesse dans un bungalow sur pilotis, au-dessus de l'eau turquoise des Maldives. En plus d'être celle qui rembourse nos différents prêts et paie les factures de gaz, d'eau, de téléphone ou d'électricité, sans parler des frais de garde de Coco, et qui pour ça doit travailler chaque jour comme une forcenée dans un boulot qui exige de s'exposer sans cesse davantage, de retirer toujours une couche de protection supplémentaire, de se mettre à nu, de partager le moindre recoin de son intimité ; tout ça pour divertir des inconnus pendant une poignée de secondes.

Mon iPhone sonne. Numéro inconnu. Je fixe un instant l'écran du regard puis ferme les yeux, dans l'espoir que le numéro aura disparu quand je les rouvrirai. Le portable cesse de vibrer, puis recommence presque aussitôt, mais cette fois-ci c'est le nom d'Irene qui s'affiche.

— Je viens d'avoir le *Mail on Sunday* au téléphone, dit-elle. J'imagine que tu es déjà au courant ? On va essayer de limiter les dégâts, reprend-elle sans me laisser le temps de répondre, mais ça ne va pas être de la tarte. L'urgence, c'est d'appeler ta copine et de la convaincre de se rétracter. Je me fiche de la façon dont tu t'y prends, mais il faut qu'elle leur dise qu'elle a tout inventé. C'est ton amie, Emmy, elle doit prendre conscience du mal qu'elle est en train de te faire. Il faut qu'elle fasse machine arrière, d'accord ? Pour ta famille. Pour tes enfants.

Je descends passer mon coup de fil, laissant Dan qui continue à maugréer dans son coin.

Polly décroche à la première sonnerie.

— Tiens, tiens, Emmy, lance-t-elle avec un ricanement dur. Je suppose que je dois te féliciter pour ton émission.

— Polly, dis-je d'une voix tremblante, tu sais que je t'aime. Je ne voudrais jamais te faire de mal. Je suis tellement désolée… Écoute, pour ce mail que tu m'as envoyé, je…

— Ça me fait tellement plaisir que tu m'appelles enfin pour en parler, Emmy. D'un seul coup, j'ai le sentiment de compter pour toi. D'exister en tant qu'amie. Encore un effort et j'aurai l'impression de faire partie de ta constellation. C'est bien comme ça que vous dites entre vous, non ? J'ai appris ça à l'anniversaire de Coco.

Elle s'interrompt un instant.

— Alors tu es l'étoile en chef, c'est ça ?

Elle éclate d'un rire mécanique, froid.

— J'imagine que tu appelles pour me témoigner ta compassion, n'est-ce pas ? Pour me réconforter, maintenant que tu sais que j'ai perdu trois bébés ? Pour te soucier de mes petits malheurs que j'ai plusieurs fois renoncé à te raconter, parce que je ne voulais pas que tu te sentes mal d'avoir choisi d'avorter. Ou parce que je ne voulais pas gâcher ton plaisir d'être enceinte. Ou parce que je ne voulais pas t'embêter avec ce genre d'histoires, alors que tu venais d'accoucher. À moins que tu ne m'appelles pour autre chose, Emmy ? C'est drôle, quand j'y pense : c'est le premier coup de fil que tu me passes depuis une éternité.

J'écoute, pétrifiée, incapable d'intervenir.

— J'imagine que tu n'as jamais ressenti le besoin de décrocher ton téléphone pour prendre de mes nouvelles, poursuit-elle. Moi, bien sûr, je pouvais me tenir au courant à travers ces photos que tu partages de si bonne grâce sur Instagram. Je pouvais *te suivre* comme une autre de tes abonnées, une autre de tes fans, pas vrai ? Mais toi, tu n'as jamais eu envie de savoir comment j'allais ? Ce qui se passait dans ma vie ? Tu n'as jamais ressenti le besoin de discuter avec moi, tout simplement ? Désolée, je ne sais même pas pourquoi je demande. Ton indifférence, pendant toutes ces années, parle d'elle-même. Tu sais, si je voulais tellement venir à l'anniversaire de Coco, c'était parce que ça me semblait le seul moyen de passer un moment avec toi. Et tous ces gens que tu fréquentes, Emmy… Ces gens sont tout bonnement horribles. Mais tu le sais, n'est-ce pas ? Si j'ai sympathisé avec cette journaliste, c'est parce que toutes les autres personnes avec qui j'ai commencé à parler m'ont snobée dès qu'elles ont compris que je n'étais pas quelqu'un d'important.

— C'est à l'anniversaire de Coco que tu as rencontré la personne qui a écrit ça ? Qui est-ce?

— Jess Watts. La journaliste free lance qui t'a interviewée pour le *Sunday Times*. Elle m'a vue toute seule dans un coin, et je crois qu'elle a eu pitié de moi. Elle a fini par prendre mon numéro de téléphone en m'expliquant que c'était toujours intéressant d'avoir un professeur d'anglais dans ses contacts. Pour illustrer un article avec la bonne citation, ce genre de choses… Enfin bref, quand elle a eu vent de ta nouvelle émission, elle m'a appelée en me disant qu'elle écrivait un nouvel article sur toi pour le *Mail on Sunday*, et qu'elle aurait aimé que je lui raconte une ou deux anecdotes pour donner un côté plus vivant à son papier. Elle s'est mise à me dire à quel point ton histoire l'avait touchée, à quel point c'était important pour les femmes qu'une personnalité ose parler de tout ça, qu'une influenceuse comme toi raconte sans fard sa douleur et son chagrin. Elle voulait savoir si tu avais toujours été une femme résiliente, « une battante », comme elle a dit. Quand je lui ai avoué que je ne savais pas du tout de quoi elle parlait, elle m'a proposé de regarder la vidéo que la BBC lui avait envoyée afin qu'elle ait un peu de contexte pour écrire son article. Je l'ai regardée sans me douter un instant de ce que j'allais découvrir, Emmy. Tu imagines ce que j'ai pu ressentir?

Je ne réponds rien.

— C'était vraiment une question, Emmy. Quel que soit l'état de notre amitié, je m'intéresse encore à toi après toutes ces années, et je suis sincèrement curieuse de savoir si tu es capable de suffisamment d'empathie pour imaginer le choc que ça m'a fait. À moins que tu ne sois devenue en 2D, comme tes photos ?

— Je peux t'expliquer, Pol. Je n'ai pas pensé à mal, je t'assure.

Je bute sur les mots qui se bousculent dans ma bouche.

— La chaîne m'a mis la pression, ils m'ont demandé de raconter une expérience personnelle et ce que tu m'avais confié était si fort, si bouleversant, j'avais le sentiment que ton témoignage méritait vraiment d'être partagé.

— Ce n'était pas *ton* histoire, Emmy. Tu n'avais pas le droit de prendre la décision de la partager, pas le droit de te l'approprier. Tu penses qu'il me serait venu à l'idée de parler de tes avortements à cette journaliste ? Jamais je n'aurais fait une chose pareille. Pas seulement par respect pour toi, Dan ou tes enfants. Mais parce que je crois qu'on ne peut pas tout mettre sur la place publique. Je crois que certaines choses restent du domaine privé. Je crois qu'il existe des histoires qu'il ne *m'appartient pas de raconter*.

Elle prend une courte respiration et se remet à parler avant que je puisse trouver quelque chose à répondre.

— Jusque-là, je t'avais toujours accordé le bénéfice du doute, tu sais. Je ne t'en voulais pas quand tu annulais un rendez-vous ou que tu arrivais très en retard. J'essayais de ne pas être blessée en lisant les innombrables publications où tu en faisais des tonnes sur ta bande d'instamums qui étaient comme des sœurs pour toi, sur toutes ces femmes incroyables qui avaient changé ta vie, sur ces mamans avec qui tu partageais tant de choses. J'essayais de ne pas trop me demander où je me situais, là-dedans, si j'avais encore une petite place sinon dans ton cœur, du moins dans tes pensées. Mais lorsque j'ai vu cette vidéo… Je veux dire, ça va trop loin, Emmy. Et quand Jess Watts m'a rappelée, c'est sorti tout seul. Je lui ai déballé la vérité. Elle a dit qu'elle avait bien senti qu'il y avait un truc pas net, le jour où elle est venue chez vous. Quelque chose de froid, de lisse, d'artificiel dans votre attitude; quelque chose de désincarné. Vos anecdotes semblaient trop parfaites, trop travaillées. C'est parce que les mots que tu prononces ont perdu leur substance. Parce que ta vie est devenue un story-board de publicité, une suite de phrases et d'images calibrées pour plaire à ton public. Tout pour le *contenu* – c'est bien comme ça que vous dites, non ? Tu as perdu ton humanité, Emmy. Tu n'es plus qu'une légende bidon sous une photo mise en scène. Une putain d'invention. J'espère que ça te permettra de revenir à la réalité. Que ce sera comme un seau d'eau froide qui te ramènera à la vie.

— C'est déjà le cas, Polly. J'ai pris conscience de tout ça, crois-moi. Mais tu dois comprendre le mal que va me faire cet article…

— Je suis vraiment désolée, Emmy, mais franchement, je n'en ai rien à foutre.

Elle raccroche.

Mes doigts survolent le clavier un moment, tandis que je me demande si je dois lui envoyer un WhatsApp, lui expliquer ce qui s'est vraiment passé, lui dire que j'étais acculée, sous pression, que mon cerveau de maman débordée avait les idées trop embrouillées pour prendre les bonnes décisions dans une situation de stress, et puis la supplier de me pardonner, de la convaincre que je suis toujours cette même fille qu'elle connaît depuis toujours. Mais je ne suis plus la même, et elle le sait très bien.

Et puis je songe à justeuneautremaman et aux dégâts que peuvent faire les captures d'écran, et je renonce à m'expliquer par écrit.

**L'INSTAMUM QUI A VOLÉ
MES BÉBÉS MORTS :
UNE ANCIENNE AMIE BALANCE TOUT.**

C'est le gros titre qu'ils ont choisi.

Chapitre quinze

« Emmy m'a dit que ça ne posait aucun problème », voilà ce que Grace me répétait toujours. « Elle m'a assuré qu'elle le faisait tout le temps avec sa petite fille, Coco. » Je lui envoyais des liens, lui faisais lire les recommandations des autorités de santé, lui suggérais d'essayer d'autres méthodes. Grace m'expliquait qu'elle avait déjà tout essayé et que rien n'avait fonctionné. Si j'insistais, elle finissait par se tourner vers Jack. « Dis-lui, toi », l'encourageait-elle, et son mari me regardait avec une grimace d'excuse.

Je m'en suis longtemps voulu de lui avoir acheté ce billet. Un cadeau d'anniversaire. Vingt-cinq livres pour le billet d'entrée, plus quarante-cinq pour le sweat-shirt Mamapoil qui l'accompagnait (j'ai toujours détesté n'offrir qu'une enveloppe). Des prix assez exorbitants, mais le jeu m'avait semblé en valoir la chandelle le jour où Grace avait ouvert ses cadeaux. Elle avait enfilé le sweat-shirt sur-le-champ et ne l'avait plus quitté de l'après-midi. Quant au billet, il avait trouvé sa place sur la porte du frigo pendant les deux semaines précédant l'événement. Chaque fois qu'elle venait prendre un peu de lait ou de beurre et qu'elle le voyait là, m'avait-elle dit, elle ressentait une petite bouffée d'excitation. Une soirée avec Mamapoil. Ouverture des portes à 19 h 30. Conférence et séance de questions-réponses. L'occasion d'échanger avec d'autres mamans ! Verre de prosecco offert (ou boisson sans alcool pour les mamans enceintes). Grace était arrivée à 18 h 45, avait trouvé les organisateurs en pleine installation, avait fait deux fois le tour du pâté de maisons et s'était finalement réfugiée dans un pub à l'angle de la rue, où elle avait patienté devant un verre de vin. Toute la semaine, les publications d'Emmy avaient parlé de la joie qu'elle se faisait de rencontrer ses abonnées en chair et en os. Ce serait, disait-elle, la première fois qu'elle se rendrait à Guildford.

Le fait est que Grace méritait de prendre un peu de temps pour elle. Je ne pense pas qu'elle ait eu l'occasion de passer toute une soirée de détente depuis la naissance d'Ailsa. Bien sûr, je lui proposais régulièrement de venir chez elle pour m'occuper de la petite, mais sa réponse était toujours la même : à quoi bon ? Ailsa était un bébé magnifique, facile à vivre la plupart du temps, et ses parents étaient manifestement fous d'elle, mais à l'instant où Grace la mettait au lit, elle se mettait à hurler. Pas simplement à pleurer fort, mais à s'époumoner tant et si bien que sa petite bouille finissait par prendre une teinte inquiétante, entre rouge et violet, les sons qu'elle émettait faisant craindre qu'elle ne se blesse la gorge. Et plus on la laissait pleurer dans l'espoir qu'elle finirait par s'habituer à être seule, qu'elle finirait par se calmer, plus ça dégénérait. Ça ne se passait pas trop mal quand Jack était là le soir. Il pouvait l'endormir dans ses bras et veiller sur elle pendant que Grace grappillait quelques heures de repos. Après quoi, elle parvenait parfois à dormir un moment le lendemain, lorsque mes horaires me permettaient de venir, pour rattraper un peu de son sommeil. Seulement voilà, Jack n'était pas là tous les soirs, tant s'en faut. Il faisait de fréquents déplacements professionnels à l'autre bout du pays. Quant à moi, selon le planning de l'hôpital, je pouvais lui prêter main-forte certains matins, certains après-midis, voire certains soirs, mais il ne s'agissait que de quelques jours par mois. Et trop souvent

Grace se retrouvait seule le soir face à son éternel problème : un bébé qui refusait absolument qu'on le pose dans son berceau. Un bébé qui s'endormait dans les bras de sa maman lorsqu'elle regardait la télévision, mais qui se réveillait en sursaut dès qu'elle essayait de le poser dans le couffin en osier posé au pied du canapé. Ailsa finissait généralement par s'assoupir si Grace la prenait avec elle dans son lit et la berçait avec des paroles douces, à la nuit tombée, avant de se raidir et de se réveiller lorsque sa maman tentait désespérément de la transférer dans son berceau. Ils avaient acheté un de ces trucs qui se fixent sur le côté du lit parental, un peu comme un side-car sur une moto, et qui permettent de passer la nuit tout près de son bébé sans prendre le moindre risque. Ailsa avait tenu environ cinq minutes dans son nouveau berceau. Ils avaient essayé l'emmaillotage. Ils avaient acheté une veilleuse qui projetait des étoiles au plafond, un purificateur d'air, un émetteur de bruit blanc et Dieu sait quoi encore. Rien n'avait fonctionné.

La première chose que m'a dite Grace lorsqu'elle est rentrée ce soir-là, aussitôt après avoir franchi la porte de sa maison, c'est qu'elle avait pu prendre conseil directement auprès d'Emmy, lui parler face à face de son problème. Elle lui avait demandé si les problèmes d'endormissement de Coco n'avaient pas été trop durs pour elle. Si elle avait essayé de passer la nuit avec son bébé, et ce qu'elle en pensait.

— Vraiment ? avais-je dit.

Je crois que je ne savais pas grand-chose de Mamapoil, à ce moment-là, simplement que Grace la trouvait formidable : drôle, honnête et toujours de bon conseil. Une sorte d'amie idéale.

— Et que t'a-t-elle répondu ?

La conversation que j'ai alors eue avec ma fille reste gravée dans ma mémoire. Je me souviens précisément de l'endroit où nous nous tenions, moi dans l'entrée et Grace au pied de l'escalier, le manteau qu'elle venait de retirer encore en boule dans ses bras.

— Elle m'a dit que Coco dormait toujours avec elle, au début. Qu'il n'y avait aucun risque, à partir du moment où on prenait quelques précautions de bon sens. Que dans la plupart des cultures, partager son lit avec son bébé avait été la norme pendant des siècles et que c'était encore largement pratiqué, en Afrique notamment. Avec Coco, tout s'est arrangé au bout de quelques mois, mais tu sais ce qu'elle m'a avoué ? Que parfois sa fille lui manque, maintenant qu'elle dort sans problème dans sa chambre.

— Hum…

La pensée qui se cachait derrière cette onomatopée était la suivante : qui était cette femme et qu'est-ce qui lui donnait le droit de dispenser ce genre de conseils à des inconnues ? S'appuyaient-ils sur un quelconque savoir académique ? Sur une quelconque expérience professionnelle ? Pouvait-elle se prévaloir d'une formation en la matière ? Un diplôme de puéricultrice ? De pédiatre ? De psychologue pour enfants, que sais-je encore ? Avait-elle été sage-femme dans une autre vie ?

J'étais sur le point de faire part de mes interrogations à Grace lorsque les pleurs d'Ailsa avaient retenti à l'étage.

Grace avait laissé échapper un soupir.

— Elle a été sage ? m'avait-elle demandé.

— Un petit peu agitée, avais-je répondu. Je suis montée à deux ou trois reprises pour la calmer et lui donner le biberon, et elle a fini par se rendormir chaque fois.

La vérité était moins rose, mais Grace semblait si heureuse de sa soirée, je ne voulais pas la replonger brutalement dans ses soucis.

N'allez surtout pas imaginer que je sous-estimais l'épreuve que vivait ma fille. J'étais de tout cœur avec elle, parfaitement consciente qu'elle traversait un moment difficile. Savoir que, même une fois votre bébé couché, le moindre son, le moindre changement de température, la moindre variation de la pression atmosphérique pourra le réveiller. Ne jamais avoir de répit. Être en permanence aux aguets, à épier un gémissement qui annoncerait les pleurs. Se sentir de plus en plus épuisée, nuit après nuit, heure après heure, minute après minute. Éprouver un sentiment d'impuissance et l'impression que ça ne s'arrêtera jamais. Avoir des accès de colère. Contre la situation. Contre son conjoint. Contre son bébé, parfois.

Je n'ai jamais pensé, pas une seconde, que ce qui s'est passé était la faute de Grace. Jamais elle n'aurait délibérément fait quoi que ce soit qui puisse mettre son bébé en danger. La vérité, c'est qu'elle a énormément hésité à dormir avec Ailsa, qu'elle a passé un temps fou à essayer d'évaluer les risques. Elle s'est renseignée sur Internet, elle a interrogé son médecin traitant, elle en a discuté avec moi et avec ses amies. Elle a temporisé, traîné, tergiversé. Un jour, un article la dissuadait, et le lendemain elle en lisait un autre qui lui redonnait envie de tenter l'expérience. Mais c'est l'avis d'Emmy Jackson qui a fait pencher la balance. De ça, je suis certaine. C'est à cause d'Emmy que Grace a fini par se dire qu'elle avait besoin de sommeil, que le bébé avait besoin de sommeil, et qu'il n'existait qu'un seul moyen de résoudre ce problème.

C'est Jack qui m'a appelée pour m'expliquer ce qui s'était passé.

Il avait dormi sur le canapé du salon – comme ça arrivait fréquemment, d'après ce que j'avais cru comprendre – pour laisser Ailsa et sa maman avoir le grand lit pour elles toutes seules. Il était six heures du matin lorsqu'il s'était réveillé ce samedi-là, et il m'a dit plus tard qu'il avait trouvé étrange de ne pas entendre la petite pleurer pour réclamer son biberon. Il n'y avait aucun bruit en provenance de la chambre. Jack avait consulté l'heure sur son portable et avait refermé les yeux. Il était sept heures et demie quand il les avait rouverts. 7 h 30 ! Toujours aucun bruit du côté de la chambre où dormaient les filles.

Ce n'est pas comme ça qu'il m'a annoncé l'horrible nouvelle, bien entendu. Ce n'est que par la suite que j'ai pu reconstituer la chronologie des faits. Quand j'ai décroché le téléphone, je n'entendais que les sanglots de Jack à l'autre bout du fil, si violents qu'il ne parvenait pas à prononcer un mot, ainsi qu'une sorte de plainte aiguë derrière lui. « Elle est morte », a-t-il fini par bredouiller, sans préciser s'il s'agissait de sa femme ou de sa fille. L'espace d'un instant, je me suis demandé laquelle des deux je ne reverrai jamais.

Il avait marché le long du couloir sur la pointe des pieds, s'était approché tout doucement de la porte derrière laquelle dormaient Grace et Ailsa, en avait tourné la poignée avec d'infinies précautions de sorte que les gonds ne grincent pas, puis l'avait laissée s'ouvrir d'elle-même, comme entraînée par son propre poids. Cette porte avait toujours fait ça. Pour se saisir de la poignée, il avait dû poser le biberon tiède et le mug de café bien chaud destinés à ses deux amours, et Jack était encore un peu courbé après les avoir ramassés lorsque la porte s'était suffisamment ouverte pour dévoiler le lit.

Plus tard, il m'a tout raconté par le menu, retraçant son cauchemar seconde par seconde à ma demande. Il me semblait nécessaire de connaître autant de détails que possible, d'adjoindre une dose de réalité à l'impensable. Peut-être en avait-il besoin, lui aussi – j'ai eu le sentiment que ça lui faisait du bien. Grace, en revanche, n'avait pas pu supporter d'entendre ça. Elle était partie prendre l'air, claquant la porte derrière elle.

Jack avait tout de suite remarqué que Grace dormait encore. Tout de suite remarqué comme son visage était paisible. Entre le mince espace qui séparait les rideaux, un rayon de soleil s'invitait dans la chambre. Elle était allongée sur le dos, abandonnée au sommeil. Cela faisait des mois qu'il ne lui avait pas vu un air aussi détendu, reposé. Peut-être même depuis plus d'un an, si on songeait que Grace avait dû dire adieu au luxe d'une nuit complète de sommeil pendant les derniers mois de grossesse. Rien n'avait bougé depuis la veille au soir, lorsqu'il avait refermé la porte après les avoir longuement embrassées : les oreillers soigneusement disposés de sorte qu'Ailsa puisse dormir contre sa maman, sans toutefois craindre que celle-ci ne l'écrase pendant la nuit. La couverture fermement coincée sous le matelas pour empêcher qu'elle ne soit trop lâche et que le bébé s'y enroule, au risque de s'étouffer.

Avant même de faire un pas dans la chambre, avant même d'aller ouvrir les rideaux, avait dit Jack, il avait compris que quelque chose n'était pas normal. La position d'Ailsa. Son immobilité. La couleur marbrée de ses petites mains, comme contusionnées, qu'il pouvait distinguer malgré la pénombre.

Il avait d'abord cru que ce n'était qu'une ombre, mais en pénétrant plus avant dans la pièce, il avait vu que quelque chose était enroulé autour de sa petite gorge. Comme une corde sombre autour de la petite gorge de son bébé.

Les cheveux de Grace.

Ses beaux cheveux, longs et épais.

Par la suite, lors de l'enquête judiciaire, quand ils ont cherché à comprendre comment cela avait pu se produire, Jack a dû quitter la salle et se réfugier dans le couloir. Grace et moi sommes restées. Je lui broyais la main tandis qu'à travers nos sanglots nous les écoutions décrire en détail la façon dont Ailsa avait dû se blottir contre sa maman et se tortiller dans le lit, puis venir se blottir plus près encore et se tortiller à nouveau, se blottir toujours plus près et recommencer à se tortiller, les mèches malencontreusement coincées sous son menton lui enserrant le cou, un peu plus fort chaque fois qu'elle gigotait dans son sommeil. Ça lui avait très probablement comprimé la trachée, privant peu à peu son cerveau d'oxygène, mais le processus avait été si graduel qu'elles ne s'étaient pas réveillées. Ailsa était trop petite pour lutter, et Grace trop profondément endormie pour avoir conscience de ce qui se passait. C'était apparemment un accident rarissime, mais certains articles s'en faisaient l'écho, conseillant parfois aux mamans de s'attacher les cheveux avant de s'endormir auprès de leur bébé. Avec toutes les recherches qu'elle avait effectuées, Grace connaissait sûrement ce risque. Sans doute avait-elle, exceptionnellement, oublié d'attacher ses cheveux, à moins qu'ils ne se soient détachés dans son sommeil. Lorsque nous évoquions cette nuit, elle et moi, nous n'entrions jamais dans les détails. Il y a certaines questions que je n'ai jamais pu me résoudre à lui poser.

Jack m'a dit que rien, de toute sa vie, ne lui avait été aussi difficile que de réveiller Grace ce matin-là. Il était désormais clair qu'Ailsa ne bougeait plus, ne respirait plus, et que ça faisait déjà longtemps qu'elle avait cessé de vivre – lorsqu'elle s'était posée sur sa nuque, la main tremblante de son papa n'avait rencontré que du froid. Grace souriait dans son sommeil, et quand il lui avait touché le bras en murmurant son prénom, elle avait continué à sourire. Il lui avait caressé l'épaule, murmurant de nouveau son prénom, et cette fois-ci elle avait bredouillé quelque chose, des mots englués dans un rêve, puis elle avait ouvert les yeux.

Jack a dû me raconter tout ça à trois ou quatre reprises, et c'est toujours à ce moment du récit qu'il s'effondrait, qu'il était brusquement secoué d'incontrôlables sanglots.

Chaque fois qu'il revivait pour moi ces moments d'horreur, Grace quittait la maison. Quand elle rentrait de sa promenade, elle ouvrait doucement la porte et restait un moment dans l'entrée, silencieuse, tendant l'oreille pour s'assurer qu'il avait terminé son récit. Puis, une fois certaine que nous étions passés à autre chose, elle rouvrait la porte et la claquait bien fort pour nous signaler son retour.

Curieusement, il s'est passé deux mois environ avant que le conseil d'Emmy Jackson me revienne à l'esprit, avant que je commence à la tenir pour responsable. J'étais dans la salle des infirmiers, occupée à me préparer une tasse de thé en attendant de prendre mon service, quand j'ai entendu quelqu'un prononcer son nom d'influenceuse à la télévision. J'ai levé les yeux vers le poste et elle était là, invitée d'une émission à destination des mamans. Le hasard a voulu qu'un des sujets du jour soit précisément le « co-dodo », comme disaient les femmes présentes sur le plateau. Toutes racontaient leur expérience en la matière, mais quand Emmy a été interrogée, elle s'est contentée de hausser les épaules, avouant avec un petit rire désolé qu'elle n'avait pas grand-chose à dire sur le sujet, parce qu'elle n'avait jamais dormi avec ses enfants.

J'ai cru devenir folle de rage. J'ai cru devenir folle tout court. J'avais l'impression de sentir mon cerveau palpiter sous mon crâne, comme s'il était sur le point d'imploser. J'avais beau avoir les yeux grands ouverts, je voyais danser devant moi ces motifs qui apparaissent quand on les ferme très fort.

Son rire. C'est ce qui m'a le plus marquée. Ce petit gloussement affecté, avant d'embrayer sur son baratin habituel, que j'ai appris à connaître par la suite : il n'y a pas de vérité universelle, faites ce qui fonctionne le mieux pour vous, je n'ai pas la prétention de détenir la vérité ou de tout faire comme il faut, je ne suis qu'une maman comme les autres… Un rire qui m'a semblé dirigé contre toutes celles qui ont été un jour assez naïves pour la suivre et lui faire confiance – une façon de leur rire au nez. Un rire qui nous désignait tous comme les dindons de sa sinistre farce ; Grace, Ailsa, Jack, moi.

Ce que je m'apprête à faire subir à cette femme me semble amplement justifié.

Emmy

Il n'y a pas de mauvaise publicité. C'est ce qu'on dit, n'est-ce pas ? Eh bien, il semblerait qu'y ait du vrai là-dedans.

Quatre-vingt-dix mille nouveaux abonnés du jour au lendemain. Mon nom qui apparaît dans les *trending topics* de Twitter. L'affaire Mamapoil reprise dans les journaux britanniques de référence et désormais à l'international, sur des sites d'information de Manille à Milan. Des tabloïds et des suppléments week-end qui m'ouvrent leurs colonnes pour que j'y livre ma version des faits en échange d'un petit chèque qu'ils doivent estimer gros, mais qui ne suffirait pas, en temps normal, à me rémunérer pour un seul des posts sponsorisés qui figurent sur ma grille Instagram.

La BBC Three, cela dit, ne semble pas penser que toute publicité est bonne à prendre.

Même Irene semble impressionnée par le nombre de responsables haut placés qui se sont libérés pour discuter du sort de *Regard intime avec Mamapoil.* Une salle de réunion pleine d'hommes entre deux âges impatients de se faire mousser lors de leurs prochains dîners en ville ; impatients de livrer au Tout-Londres des informations fraîches et de première main sur le sujet du moment : la femme qui se cache derrière l'influenceuse, au cœur de la tourmente. J'ai l'impression d'être l'attraction d'un cirque ambulant – Oyez ! Oyez !

Venez participer aux lancers de tomates sur notre monstre de foire ! Venez contraindre cette prétentieuse qui se fait un instadefric sur le dos des mamans à redescendre sur terre !

Josh, le chef de projet – qui semble avoir tout juste atteint l'âge de désactiver le contrôle parental de son iPhone, mais certainement pas celui d'être chargé d'un programme télévisé –, est partant pour continuer l'aventure. Il apparaît très vite qu'il ne va pas obtenir gain de cause.

— Ce que nous ne comprenons tout simplement pas, Emmy, c'est pourquoi vous avez accepté de présenter une émission qui se fonde sur une expérience personnelle dont vous êtes totalement dépourvue. À ce compte-là, on aurait aussi bien pu engager ce grand couillon de Jeremy Clarkson [17] pour qu'il nous parle de ses fausses couches ! s'esclaffe un type en jean selvedge et sweat-shirt Supreme.

Je crois qu'il s'appelle David, mais il n'a pas pris la peine de se présenter.

— Sans compter qu'il nous aurait sans doute coûté moins cher, ajoute-t-il en promenant un sourire satisfait sur ses collègues.

— Justement, dis-je, en secouant la tête et en laissant mes yeux se remplir de larmes, je n'aurais jamais menti sur un sujet aussi sensible. Mon amie Polly ignore tout des épreuves que j'ai traversées, de mes bébés qui n'ont pas survécu. Je donne beaucoup à mes followers, mais sur certains sujets, je reste très pudique, et c'est une blessure que j'avais jusque-là préféré conserver dans la sphère maritale. Polly n'était tout simplement pas au courant. En dehors de mon mari et de mon médecin, personne ne le savait.

---

17 Célèbre présentateur et journaliste britannique, connu en France pour être l'un des animateurs de l'émission *Top Gear*.

Ça fait tellement rire David qu'il reste deux secondes bouche grande ouverte sans que le moindre son ne s'en échappe, me laissant espérer un instant qu'il fasse une crise cardiaque.

— Écoutez, on n'est pas stupides, d'accord ? Il n'y a pas un seul domaine de votre vie privée que vous n'ayez déjà exploité auprès d'un million de mères ; c'est pour ça qu'on voulait vous embaucher.

Je lance un regard à Irene, l'implorant silencieusement de voler à mon secours. Au fil des heures qui ont vu cette histoire devenir une affaire, un véritable fait divers, elle ne m'a jamais demandé pourquoi j'ai utilisé les mots de Polly alors qu'elle me sait douée pour trouver les miens. J'ignore même si j'aurais su quoi répondre. Je me suis sentie dans la peau d'une actrice lorsque j'ai enregistré cette vidéo, comme si je jouais une scène née de l'imagination d'un scénariste et non comme si ces mots exprimaient la souffrance de mon amie. J'étais concentrée sur ce qu'on attendait de moi, m'efforçant de répondre aux attentes du chef de projet comme une comédienne aux attentes d'un réalisateur. Je ne pensais qu'à lui donner envie de travailler avec moi, sans réfléchir un instant à ce que je ferais si ça fonctionnait et que je me retrouvais contrainte de recommencer à l'antenne, sur une chaîne de télévision nationale, à raconter la même histoire. Mais jamais je n'aurais enregistré cette vidéo si j'avais pensé que Polly risquait de la voir. Comment aurais-je pu imaginer qu'ils allaient l'envoyer à une journaliste ?

C'est Irene qui m'a empêchée de commettre l'irréparable quand, dans le moment d'égarement qui avait suivi la découverte de l'article du *Mail on Sunday*, j'avais voulu supprimer pour toujours mon compte Instagram.

Elle était déjà chez nous, tandis qu'une de ses assistantes guettait la livraison des premiers exemplaires du journal devant le WHSmith de Victoria Station, avec pour mission d'en photographier un sous toutes les coutures et de nous envoyer aussitôt les images.

C'est ainsi qu'aux aurores, alors que nous venions de vider notre seconde cafetière, le téléphone d'Irene s'était mis à vibrer sur le comptoir de la cuisine. Elle s'en était emparée calmement, avait fait défiler les photos, puis me l'avait tendu sans rien laisser paraître de ses émotions.

Tout était là, sous mes yeux. Le gros titre percutant. Une photographie de Polly et Ben, couple blessé dont les visages exprimaient tristesse et colère. Moi, éclatant de rire, tête rejetée en arrière devant les couleurs vives du mur à selfies lors de l'anniversaire de Coco. Polly et moi, « lorsqu'elles étaient encore les meilleures amies du monde », disait la légende.

Je sentais le regard de Dan posé sur moi. Je sentais le regard d'Irene.

À cet instant, j'avais eu envie d'en finir pour de bon avec mon personnage d'influenceuse. Pas de désinstaller Instagram de mon portable pendant quelques jours ou quelques semaines, mais de tuer Mamapoil et de l'enterrer six pieds sous terre, sans espoir de résurrection. Après tout, qui allait la pleurer ? Pas moi, en tout cas. Ni Dan. Mes abonnées répartiraient leur loyauté entre les comptes des instamums de ma constellation, et les eaux se refermeraient définitivement sur l'aventure Mamapoil.

Il avait fallu qu'Irene me demande de songer, alors que mon doigt planait dangereusement au-dessus du bouton nucléaire, à tout l'argent qu'il me faudrait rembourser si mon majeur frappait l'écran. Qu'elle me dresse la liste des grandes marques qui n'hésiteraient pas à contacter leurs avocats à la seconde où le divorce serait consommé avec ma plate-forme de prédilection et que je ne pourrais plus les aider à fourguer leur PQ, leurs tee-shirts ou leurs bagnoles. Et puis, à qui cela rendrait service, au point où nous en étions, de mettre un terme brutal à ma carrière ? Pas à Polly. Pas à ma famille.

Alors, pendant que Dan continuait à me clouer au pilori à coup de reproches maugréés, manifestement écœuré par sa femme, Irene avait passé toute la journée de dimanche à essayer de me sortir du bourbier dans lequel je m'étais enlisée, transformant ma cuisine en cellule de crise et cherchant à élaborer une stratégie pour défendre l'indéfendable. J'étais trop épuisée et trop honteuse pour faire autre chose qu'acquiescer mollement à tout ce qu'elle me disait.

Selon elle, je ne devais à aucun prix admettre que je m'étais approprié les drames successifs vécus par Polly ni quoi que ce soit qui puisse remettre en cause ce qui constituait mon fonds de commerce, à savoir l'honnêteté. À un moment, elle avait envisagé d'expliquer qu'il s'agissait du genre d'erreur que commettaient parfois les gens au *trop* grand cœur. Que j'étais victime d'un danger inhérent à mon empathie débordante pour les combats et les angoisses de tant d'autres mamans, dont la souffrance avait fini par devenir indiscernable de la mienne. Et puis Irene avait eu une meilleure idée.

— Emmy dit la vérité, lance-t-elle d'un ton glacial qui efface définitivement le rictus suffisant dont les traits de David portaient encore la trace. Oui, les mots prononcés dans cette vidéo étaient bien ceux de son amie Polly, mais il s'agit d'une erreur commise de bonne foi. Emmy s'est d'abord enregistrée en lisant les mots de Polly parce qu'elle voulait s'assurer que la lumière et l'angle de prise de vue lui convenaient. Elle avait essayé de répéter avec ses propres mots, mais l'émotion la submergeait à chaque tentative. Le sujet lui est si douloureux qu'elle se savait incapable de faire plus d'une prise. Malheureusement, son assistante m'a envoyé la mauvaise vidéo que je vous ai aussitôt fait suivre. L'erreur est humaine, et cela n'aurait pas été grave si cette vidéo était restée entre les mains de ceux à qui elle était destinée, ajoute-t-elle en regardant David droit dans les yeux.

Elle se renverse sur le dossier de son fauteuil, l'air sûr de son bon droit.

— Avant de recevoir cet appel du *Mail on Sunday*, nous n'avions aucune idée que vous étiez en possession de la mauvaise vidéo, et encore moins que vous prendriez l'initiative pour le moins surprenante de l'envoyer à une journaliste. *Évidemment* qu'Emmy a vécu ce chagrin. Son émotion est perceptible même dans la vidéo d'essai, ce n'est pas vous qui me direz le contraire. Personne ne comprend mieux qu'elle ce que ressent une femme qui traverse cette épreuve, et c'est pourquoi elle a accepté de présenter ce programme.

— Je savais qu'il y avait une explication toute simple! lance Josh d'un ton triomphal qui me fait un peu pitié. Emmy, il faut simplement que vous expliquiez ça à tout le monde. Peut-être sur votre feed Instagram?

— Vous pouvez expliquer ce que vous voulez à qui vous voulez, Emmy, intervient David, qui fait la grimace comme si prononcer mon prénom lui avait laissé un mauvais goût dans la bouche. Nous allons annoncer que l'émission va bien être diffusée, mais avec lesangesdelafiv, et que nous ne comptons plus travailler avec Mamapoil parce que nous sommes aussi choqués que n'importe qui par ce que vous avez fait.

— Et comment pensez-vous que ledit public va percevoir votre décision, David? demande Irene, le ton toujours aussi froid et tranchant. Que se passera-t-il quand vous forcerez Emmy à accepter cette interview exclusive que lui réclament tant de journaux ? Elle sera bien obligée de révéler que vous l'avez impitoyablement mise en compétition avec une autre mère en deuil, qu'elle a été *contrainte* par *un* chef de projet, *un* producteur, *un* chargé de programmation de mettre son âme à nu pour complaire aux desiderata d'un groupe d'hommes et obtenir ce travail dont elle rêvait. Vu sous cet angle, cette façon de procéder pourrait être mal perçue, vous ne croyez pas ? lui demande-t-elle encore, avec l'air d'être sincèrement intéressée par son point de vue sur la question. Certains pourraient trouver à cette méthode un fâcheux goût de manipulation, non ? Ça serait vraiment dommage que tout cela tourne au scandale…

Irene s'interrompt, le temps que ses paroles pénètrent les esprits.

Une collection de bruits embarrassés meuble aussitôt le silence ; documents compulsés, raclements de gorge, dessins nerveusement griffonnés. Aucun regard ne se croise. Pour la première fois depuis le début de la réunion, même le prénommé David semble avoir perdu sa belle assurance.

— Voilà ce que je vous propose, dit Irene.

Du coin de l'œil, je la regarde faire face avec aplomb : comme elle est précieuse, cette femme toute menue qui inspire le respect à une salle remplie d'hommes, dont certains ont deux fois son âge. Le genre de personne qu'on se félicite d'avoir à ses côtés lorsqu'on est dans le pétrin.

— À vous de décider, bien sûr, quelle sera la présentatrice de cette émission. Mais si vous ne voulez pas que ce soit Emmy, *j'exige* que la séparation se fasse en préservant les intérêts de chacun, dit-elle d'un ton résolu. Et c'est *moi* qui prononcerai officiellement le divorce.

La salle reste silencieuse un moment, chacun attendant la réaction des autres.

C'est finalement David qui réagit le premier.

— D'accord. Mais quelle que soit la façon dont vous présenterez ça, ne nous foutez pas davantage dans la merde. Et faites-le *aujourd'hui même*, dit-il en se levant brusquement de son siège. Je crois que j'ai eu ma dose d'instagrameuses pour la journée.

Alors que nous marchons dans Regent Street, en route vers le bureau d'Irene, je comprends que son intention n'a jamais été de récupérer le coup avec la BBC. C'était presque perdu d'avance, et de toute façon ça ne lui aurait pas rapporté tant d'argent que ça. Sa priorité a toujours été de maintenir Mamapoil en vie, de préserver sa principale source de profit.

— Bon, Emmy. Voilà ce que tu vas faire, dit-elle, assise derrière son bureau et en me regardant de la tête aux pieds à la manière d'une principale de collège qui vient de découvrir un paquet de cigarettes dans le cartable d'une élève. Et je préfère te le dire sans détour avant de commencer : ce n'est pas négociable. Tu fais ce que je te demande ou tu te trouves un autre agent.

Je ne réponds rien et elle désigne une de ses assistantes, au téléphone depuis que nous sommes arrivées.

— Tu vois ça ? Depuis dimanche matin, à peu près toutes les marques qui travaillent avec toi se sont manifestées. Une poignée d'entre elles t'ont déjà tourné le dos, et celles qui ne l'ont pas fait l'envisagent sérieusement. Le problème n'est pas de retenir tes abonnées – elles sont tellement loyales qu'elles continueraient à te suivre si tu commettais un meurtre pendant un live Instagram –, mais de faire en sorte qu'elles restent rentables. Et si nous ne parvenons pas à sortir très vite de cette crise, elles ne te rapporteront plus un rond, et à moi non plus. Il faut que tu fournisses rapidement une explication, que tu présentes tes excuses et que tu disparaisses jusqu'à ce que ça se tasse. Si tu ne fais pas ça, les annonceurs ne voudront plus avoir affaire à toi.

Son plan d'action est plutôt simple. Dans un premier temps, nous utilisons la photo qui me sert de fond d'écran, celle où Coco porte son petit frère âgé de quelques jours. Je la poste avec une longue légende, écrite sous forme d'une « Lettre à Polly, mon amie de toujours », qui reprend l'histoire qu'Irene a servie à la BBC : j'ai vécu des épreuves similaires à celles qu'a connues Polly ; des drames intimes dont seul Dan était jusque-là au courant. La vidéo incriminée a été envoyée par erreur et n'était pas destinée à être montrée. Je regrette profondément le mal que la bévue de mon assistante a pu causer, etc. En conclusion, j'annonce que bien que tout cela ne soit donc qu'un terrible malentendu, j'ai néanmoins décidé de décliner l'offre de la BBC Three, par respect pour la souffrance de mon amie.

Cette première phase sera suivie quelques jours plus tard d'une seconde salve sous forme d'une nouvelle publication illustrée d'une photo de moi m'éloignant sur un chemin, tête tournée par-dessus l'épaule et regard inquiet en direction de l'objectif. Dans la légende, j'expliquerai avoir eu le temps de réfléchir à ces petits carrés et à ce qu'ils représentent pour moi. J'expliquerai que, après mon accouchement, j'aurais sans doute dû attendre davantage avant de redevenir active sur le compte. Qu'en jonglant entre ma carrière et l'attention constante que demande mon Orson chéri, en voulant profiter à la fois de mes merveilleux enfants et de ma merveilleuse communauté, j'en avais tout simplement trop fait et je m'étais brûlé les ailes. Au lieu de lever le pont-levis et de me replier quelque temps dans la forteresse familiale, j'avais laissé le monde extérieur franchir la douve maternelle avant l'heure. Le moment était donc venu de faire le point. D'entamer un véritable dialogue intérieur, franc et honnête. De prendre mes interrogations et mes angoisses à bras-le-corps. De tracer un chemin plus sûr pour ma famille et pour moi.

Irene m'a déniché une retraite de désintoxication numérique que je vais pouvoir suivre avec Orson, dans la mesure où je lui donne encore le sein. Tout est pris en charge, gratuitement bien sûr, à partir du moment où je m'engage à les citer dès mon retour aux affaires. Créée par un ancien dirigeant de start-up, cette retraite consiste en un programme quotidien de déconnexion, de travail introspectif et d'autonomisation, cinq jours durant, dans un hameau isolé et entièrement dépourvu de couverture mobile. Apparemment, ça a beaucoup de succès auprès des Youtubeurs au bout du rouleau. Je n'ai pas souhaité en savoir davantage. Au moins, cette période de congés forcés me donnera peut-être l'occasion de digérer toute cette histoire – l'humiliation, la déception de voir l'émission de la BBC me passer sous le nez, la conscience d'avoir blessé Polly.

Au cours du trajet en voiture qui me mènera à ma retraite du bout du monde, j'ai l'intention de publier une dernière série de *stories* scénarisées dans les moindres détails dans lesquelles j'expliquerai, la larme à l'œil, que je compte sur cette période de repos pour panser mes plaies émotionnelles. Que j'espère, à mon retour, être une meilleure mère, une meilleure épouse, une meilleure amie pour Polly et pour toutes les femmes – ces centaines de milliers de femmes avec qui j'ai construit un lien si fort.

Et puis j'éteindrai mon portable.

Dan

Qu'est-on censé faire dans une situation pareille ? Quand on se rend compte qu'on ne peut plus avoir confiance en sa femme et qu'on n'est plus du tout sûr de vraiment la connaître ; quand on se demande si toute personne en couple depuis des années a éprouvé un sentiment similaire à un moment ou un autre, ou si on est, en fait, marié à une sociopathe ? Qu'est censé faire, dans une telle situation, un homme qui se considère comme un mari et un père moderne acquis à la cause des femmes ?

Je ne peux répondre que pour moi.

J'ai identifié une tâche à ma portée, et j'ai mis tout le reste de côté, dans un coin de ma tête, pour la mener à bien.

Chaque fois qu'Emmy sort d'une conversation avec Irene ou qu'elle revient d'une de leurs réunions de crise, après qu'elle m'a informé des derniers développements du merdier en cours, qu'elle a dressé la liste des nouvelles marques qui envisagent de rompre tout lien commercial avec elle, qu'elle a dressé celle des émissions de télé, des journaux et des sites Web qui viennent de reprendre l'histoire de sa trahison, je lui pose toujours la même et simple question, toujours avec la même impatience irritée : que comptent-elles faire pour en finir avec ce compte #rp ?

J'ai découvert qu'il y a un nom pour le genre de délire dans lequel se complaît la personne qui s'est approprié les photos de Coco : le jeu de rôle médical. #médical #rp. Des photos d'enfants, généralement malades, volées en ligne puis republiées pour servir de support à des histoires entièrement inventées : l'enfant se voit affublé d'un nouveau prénom et son calvaire imaginaire est accompagné de formules sirupeuses, de demandes de prières, de récits qui relatent et louent le courage du petit malade... Ceux qui se cachent derrière ces comptes mettent aussi en scène des personnages et des intrigues secondaires et postent à petites doses, au milieu de toutes ces photos morbides, des images optimistes (une fête d'anniversaire, une brève promenade dans les jardins de l'hôpital, une photo joyeuse d'avant la maladie). Dans l'Illinois, m'a appris Internet, un couple a récemment découvert que toutes les photos de leur fillette malade qu'ils avaient partagées sur un groupe familial WhatsApp avaient été téléchargées par un cousin du mari, puis postées en ligne sur un de ces comptes #rp. L'article qui relatait l'affaire était illustré de captures d'écran, des photos à vous briser le cœur. Sur l'une d'elles, on voyait leur gamine de sept ans, coiffée d'un bonnet en laine et souriant bravement au sortir d'une séance de chimio. Sur une autre, elle était d'une maigreur effrayante, appuyée contre le bras d'un infirmier. Sur la dernière, son visage était éclairé par les bougies d'un gâteau d'anniversaire, ses traits terriblement émaciés sous la lueur orangée des flammes. Le temps qu'ils démasquent le cousin (il ne cessait de réclamer davantage de photos), le compte #rp comptait aux alentours de onze mille abonnés. En Europe, aux États-Unis, au Japon. Partout dans le monde.

La pensée que quelqu'un de notre entourage puisse nous faire subir la même chose est trop perturbante pour que je m'y attarde.

Soir après soir, à dix-neuf heures précises, une nouvelle publication. Des photos qu'Emmy n'aurait jamais songé à mettre en ligne sur son compte Mamapoil sont désormais exposées au grand jour. Coco en maillot de bain à la plage. Coco jouant avec le tuyau d'arrosage dans le jardin. Coco en pyjama écoutant ma mère lui lire une histoire. Coco qui regarde la télévision, enrhumée, sous une couverture. Coco sur mes genoux. Des photos privées, intimes. Des photos détournées qui racontent désormais l'histoire d'une fillette courageuse dont la mystérieuse maladie déconcerte les médecins. D'une fillette qui, faute de diagnostic, dépérit à vue d'œil.

Chaque fois que je me laisse aller à songer au dénouement vers lequel cette histoire semble tendre, je sens ma gorge se serrer, mon estomac se contracter comme un poing.

Sous chaque nouvelle publication, les commentaires sont toujours plus nombreux. Des inconnus débordants de compassion envoient à la « courageuse petite Rosie » des rangées et des rangées d'émoticônes : bouquets de fleurs, cœurs roses, visages souriants ou souffrants, mains qui saluent ou encouragent, tendres bisous. D'autres mamans – de vraies mamans ? Comment en être sûr ? – partagent leurs propres histoires. Certaines proposent des traitements à base de plantes. D'autres voudraient savoir où se trouve l'hôpital dans lequel Rosie passe ses examens afin de lui envoyer des fleurs et des jouets.

Je lis les commentaires des abonnés du compte #rp, mais les abonnés du compte #rp ne lisent pas les miens : ce que j'écris disparaît au bout de quelques secondes. Tous les soirs, c'est le même cirque. Je poste un commentaire expliquant que l'histoire de Rosie n'est qu'un tissu de mensonges, que ce compte usurpe l'identité de ma fille qui est en parfaite santé, que je vais poursuivre en justice la personne qui publie ces photos. Mes protestations, mes dénonciations et mes menaces ont à peine le temps d'apparaître qu'elles sont aussitôt supprimées. J'ai fini par enregistrer mes récriminations sur un document Word, de sorte à ne plus avoir à les réécrire chaque jour. Cela me permet en outre de les copier et de les coller autant de fois que je le souhaite dans la même soirée, de bombarder le compte #rp de mots vengeurs, même s'ils sont immanquablement effacés dans les secondes qui suivent leur publication. J'ai également fait plusieurs signalements sur Instagram, lesquels m'ont invariablement valu la même réponse : *Après examen du compte que vous nous avez signalé pour usurpation d'identité, nous avons conclu que celui-ci ne violait pas les règles de notre communauté.*

Ce soir, c'est Emmy qui perd patience la première. Elle arrive comme une furie dans mon dos et referme brutalement le capot de mon laptop, manquant d'un rien de me coincer les doigts.

Je pivote sur ma chaise et lève vers elle des yeux noirs.

Elle soutient mon regard.

— Putain, Dan, mais tu espères quoi en faisant ça ?

J'espère au moins énerver la personne qui est derrière tout ça, je crois. Gâcher le plaisir malsain que ce petit jeu lui procure. Peut-être ai-je simplement besoin d'avoir le sentiment de faire *quelque chose.*

Emmy m'annonce qu'elle va se coucher. Elle me rappelle qu'elle partira aux alentours de onze heures, demain matin, et que Doreen viendra chercher Coco à neuf heures. Ai-je demandé à ma mère si elle voulait passer un soir ou deux pour me donner un coup de main ? Je lui réponds que Coco et moi allons très bien nous en sortir, que je me sens capable de faire cuire trois bâtonnets de poisson pané au four et de coucher ma fille. Oui, je sais où sont rangés les pyjamas et quelle est la serviette de bain préférée de Coco (facile, c'est la plus douce). J'ai le numéro de téléphone où la joindre, mais bien entendu je ne perturberai sa retraite qu'en cas d'urgence absolue.

Elle me demande d'éviter de la réveiller quand je me mettrai au lit. Je lui dis que je ne vais pas tarder à monter.

J'attends d'entendre ses pas en haut de l'escalier et je file dans la cuisine.

Ppampamelaf2PF4. C'est le nom sous lequel sont postées les photos de Coco, le pseudo Instagram de la pseudo-maman de Rosie.

La première fois que je m'y suis intéressé, je n'y ai vu que du charabia. Puis je me suis souvenu du jour où j'avais demandé à ma mère le mot de passe de son Wi-Fi, et que j'avais reçu en retour un bout de papier sur lequel elle avait griffonné différentes combinaisons élaborées à partir de son nom, comme sjsuejackson ou suejacksonSUEJACKS. Essaie donc celui-ci, ou peut-être bien celui-là, m'avait-elle dit. Et si ça ne fonctionne pas, essaie-les tous à nouveau, mais avec un point d'exclamation.

Je commençais à soupçonner le titulaire de ce compte d'être aussi dépassé que ma mère par les nouvelles technologies. J'étais également assez certain que cette personne se prénommait Pam ou Pamela et que son nom de famille débutait par un F.

Mon premier réflexe avait été d'en parler à Emmy pour voir ce qu'elle en pensait, et de lui proposer de transmettre cette information, ou plutôt cette hypothèse, à Instagram, à la police, voire à un avocat.

Puis j'ai eu une autre idée. Un pressentiment, pourrait-on dire.

En d'autres circonstances, j'aurais pu m'agacer de voir le nouvel ordinateur de Blanche abandonné en évidence sur l'îlot central de la cuisine, à peu près au même endroit où l'autre a été dérobé. Bien en vue devant la fenêtre, comme pour mieux tenter le prochain rôdeur de passage dans notre jardin.

Même si ça n'arrange pas mes affaires, je suppose que je devrais me réjouir qu'elle n'ait pas laissé tous les mots de passe en évidence à côté de l'écran, cette fois-ci. Dieu merci, il ne me faut pas longtemps pour trouver celui dont j'ai besoin. On ne vit pas des années avec quelqu'un sans avoir une idée assez précise du genre de mots de passe qu'il utilise. Pendant une éternité, ceux d'Emmy étaient à peu près tous composés de nos deux prénoms suivis de notre date de mariage.

Manifestement, ils ont été intégralement changés depuis le vol de cet ordinateur.

Le nouveau mot de passe permettant d'accéder au fichier qui m'intéresse est « Orson », suivi de sa date de naissance. Il s'agit d'une liste de diffusion sur laquelle se trouve toute personne ayant déjà commandé un sweat-shirt Mamapoil, un mug #joursdelumière, acheté un billet pour une causerie ou réservé une place pour une réunion #joursdegrisaille. Même une fois le mot de passe accepté, le fichier est si volumineux qu'il met un petit moment à s'ouvrir.

Permettez-moi de vous en dire un peu plus sur mon pressentiment.

Je soupçonne depuis longtemps qu'on ne puisse vraiment comprendre la relation qui existe entre quelqu'un comme Emmy et ses fans, mais aussi Emmy et ses plus ardents détracteurs, que si l'on est familier avec le concept kierkegaardien de *ressentiment* tel qu'il a été popularisé et développé par Nietzsche. Je veux parler de la réaction induite par un sentiment d'impuissance ou d'infériorité face à un objet extérieur perçu comme la source de sa frustration, de son malheur ; une autre personne, quelqu'un qu'on déteste autant qu'on l'envie, et à qui on aimerait secrètement ressembler – ou du moins à la place duquel on estime qu'on pourrait très bien être. Aurait pu être. Si les choses s'étaient passées autrement. Si les chances de départ avaient été inversées ou au moins plus égales. Quelqu'un comme Emmy, par exemple, en qui énormément de femmes se reconnaissent. Une personne qu'elles idolâtrent parce qu'elles l'imaginent à leur image, le succès en plus. Ou au contraire qu'elles détestent parce qu'elles l'imaginent à leur image, le succès en plus. Et il ne fait guère de doute que la frontière entre fans et rageuses est plus mince, voire plus poreuse qu'on ne pourrait le croire.

Après tout, les unes et les autres lisent les publications de mon épouse de manière également obsessionnelle. Je sais qu'Emmy et Irene s'efforcent parfois d'évaluer la proportion d'abonnées de Mamapoil animées d'un sentiment de haine qui, paradoxalement, est le moteur même de leur fidélité ; la proportion d'abonnées qui ne peuvent résister au plaisir trouble de regarder et de lire tous les posts d'Emmy, comme mues par un besoin compulsif d'alimenter leur rage ; toutes ces femmes qui ont Emmy en horreur mais qui continuent à consulter sans cesse leur téléphone pour voir si elle a posté une nouvelle photo, un nouveau message. Une des choses sur lesquelles Irene n'a cessé d'insister, une des choses qu'elle n'a cessé d'enfoncer dans le crâne d'Emmy, c'est la vitesse à laquelle une fan qui se sent méprisée, trompée ou traitée par-dessous la jambe peut se retourner contre la personne qu'elle admirait et à qui elle s'identifiait. Et parmi les services qu'il sait rendre, le concept de *ressentiment* peut s'avérer utile en nous aidant à nous faire une idée plus précise des formes si étranges sous lesquelles les sentiments refoulés de jalousie se manifestent parfois.

À dire vrai, mes propres sentiments pour Emmy sont assez contrastés, en ce moment.

Les discussions ont été nombreuses, ces derniers jours, pour réfléchir à la meilleure façon de faire face aux répercussions de « l'affaire Mamapoil », et en particulier à la stratégie de communication qu'il convenait d'adopter pour limiter les dégâts et préparer l'avenir. Au terme d'innombrables réunions et appels téléphoniques avec Irene, Emmy m'a fait part de leurs décisions dont j'ai sagement écouté le détail, hochant la tête entre deux gorgées de bière, risquant ici et là une remarque ou proposant une légère correction lorsqu'elle m'a fait lire ses demi-excuses qui ne mettent jamais tout à fait le doigt sur ses véritables manquements, Emmy préférant insister sur son repentir, même si, laisse-t-elle habilement entendre, tout ça n'est qu'en partie sa faute.

Entre ma femme et moi, une sérieuse conversation sur ce qu'elle a fait, et pourquoi elle l'a fait, ne semble toutefois pas être à l'ordre du jour. En toute honnêteté, je suis incapable de vous dire si elle a conscience d'avoir mal agi. Pendant des années, nous avons multiplié les sorties avec sa grande amie. Nous étions tout le temps fourrés ensemble, Polly et nous. Je m'entendais vraiment bien avec son ancien copain et son mari est tout à fait fréquentable, certes à petites doses, et à condition de ne pas rester coincé en tête-à-tête avec lui. Quand on y songe, Polly fait partie de notre vie depuis que nous sommes en couple, et de la vie d'Emmy pour ainsi dire depuis toujours. J'ai bien essayé de convaincre Emmy de lui écrire une lettre d'excuses et d'explications, mais sans succès.

— Quoi ? Pour la retrouver dans un journal, elle aussi ?

Tout ça m'a envoyé un message dont j'ai fini par prendre acte : je ferais mieux de laisser Emmy et Irene gérer la crise et de ne plus les déranger avec mes conseils avisés.

Sauf que c'est notre gagne-pain qui est en jeu, ce qui nous permet de mettre de la nourriture bio dans nos assiettes, des couches très douces sur le popotin d'Orson, et Coco à la garde d'une nourrice à plein temps. Sauf que ma vie dépend entièrement de la façon dont Emmy gagne la sienne.

Je suis persuadé que tous les couples – les couples modernes, encore jeunes et actifs comme le nôtre – connaissent des périodes où l'un des deux se retrouve temporairement sur le siège passager. Ces dernières années, j'ai parfois eu le sentiment d'être recroquevillé dans un foutu side-car. Ce qui n'est pas un problème tant qu'on fait entièrement confiance à la personne qui conduit la moto.

Parfois, je repense aux premiers temps de notre relation. Aux dîners, aux longues promenades et au plaisir incomparable de se rouler des pelles comme deux adolescents sur les bancs d'un parc. Je pense à ces blagues que nous étions les seuls à comprendre, à toutes ces choses qu'on se découvrait en commun, au sentiment d'avoir trouvé son alter ego, et je me demande ce qu'il y avait de vrai dans tout ça. De bien réel, je veux dire. Chaque fois que je mentionnais un film qui m'avait marqué, elle m'empoignait le bras et me disait à quel point elle l'aimait, elle aussi. Chaque fois que je parlais d'un livre qui me tenait à cœur, c'était un de ses préférés.

Parfois, j'ai l'impression qu'une porte vient de claquer sur les huit dernières années de ma vie, soufflant le décor de carton-pâte qui se trouvait derrière.

Parfois, je me réjouis presque de la distraction que m'apporte ce compte #rp. Parfois, je remercie presque la personne qui se livre à ce jeu de rôle malsain de me donner un os à ronger. Parfois. Presque.

Pam F. Pamela F. Pammy.

Je vais me servir un verre de vin, puis je retourne m'asseoir sur le tabouret de bar, face au laptop de Blanche.

Il y a plus de trois cents noms de famille commençant par un « F » dans la liste de diffusion d'Emmy. Je recherche ceux qui sont associés à un prénom commençant par un « P ».

J'en trouve huit.

Parmi ces huit, je cherche ceux dont le prénom commence par « Pam ».

J'en trouve un seul.

Pamela Fielding.

Je clique sur le nom et son adresse apparaît, accompagnée de son e-mail.

J'avais raison. Mon pressentiment était le bon. Ce n'est ni une *troll* ni une rageuse, la femme qui est derrière tout ça.

C'est une putain de fan.

Chapitre seize

Emmy

Tôt dans ma carrière sur Instagram, j'ai appris à décliner poliment la grande majorité des vacances gratuites que l'on me proposait. Que diriez-vous d'une nuit dans un hôtel cinq étoiles ? D'un séjour dans un spa de luxe ? D'un week-end d'anniversaire dans un manoir avec vos copines instamums ? La plus belle suite, le menu dégustation, le massage, le club enfants, la baby-sitter ? En échange d'une Instastory, d'un post, d'un témoignage élogieux à citer en bonne place sur leur site Internet. Certes, l'offre est parfois trop tentante pour être refusée, mais je sélectionne avec soin, et quand je finis par accepter, j'évite les selfies où je fais la maligne en bikini et ne lésine pas sur les « *Il était de temps de souffler. La Mamapoil épuisée en avait tellement besoin !* » et autres « *Je mesure ma chance, les mamans !* »

En revanche, les autres instamums de ma constellation mangent à tous les râteliers, truffant leurs agendas – et leurs grilles – d'incessants #voyagedepresse. Certaines d'entre elles n'hésitent pas à se plaindre de devoir sans cesse faire et défaire leur valise, des effets du décalage horaire, d'être contraintes de partager une chambre avec leurs petits jumeaux, que le petit Fenton n'aime pas la neige ou encore que Xanthe ne puisse déguster une de ces délicieuses glaces vendues sur ce port enchanteur, parce qu'elle souffre d'intolérance au lactose. Ça me dépasse, qu'elles ne comprennent pas que râler à propos d'une semaine de vacances tous frais payés revient à peu près à se lamenter d'être obligée de se déplacer jusqu'à la banque pour encaisser son chèque du Loto.

Jamais je n'aurais pensé qu'une sinistre retraite avec de la nourriture végane et une absence totale de connexion Internet serait, de tous les séjours gratuits qui m'ont été proposés, le premier que j'accepterais les yeux fermés. Je suis tellement prévenue contre ce genre de concept, irritée à l'avance par les gens avec qui je vais devoir passer les cinq prochains jours, que c'est à peine si je me suis renseignée sur ce qui m'attend. Ce que je sais, c'est qu'ils ne sont pas équipés pour accueillir des bébés, et que j'ai passé la matinée à regarder la pile de ce que je dois emporter gonfler démesurément. Le siège auto. Le lit parapluie. Le store occultant, l'émetteur de bruit blanc. Un tire-lait, des biberons et un stérilisateur. Des tonnes de lingettes, de couches et tout un jeu de grenouillères de rechange. La petite baignoire pliable, la serviette, le thermomètre d'intérieur. Le porte-bébé. Le landau. Dan est parti travailler dans un café pour échapper aux jurons que je débite par salves furieuses, martelant le parquet tandis que je vais de pièce en pièce et jette tout en tas devant la porte d'entrée, au prix d'un nombre absurde d'allers-retours. Doreen a emmené Coco à la bibliothèque.

Mon mari et la nounou reviennent à quelques minutes d'intervalle, pour me dire au revoir. Dan évite mon regard, même lorsqu'il m'embrasse avec ostentation pour le seul bénéfice de Coco. Il prend Orson dans ses bras et le serre contre lui, respirant l'odeur de ses cheveux fins, tandis que je soulève ma fille et la cale sur ma hanche.

— Alors mon champignon, tu vas être super sage avec papa et Doreen ? Je ne vais pas partir longtemps, tu sais.

Et quand je reviendrai, on pourra faire un truc sympa, toutes les deux. Qu'est-ce que tu dirais d'aller manger une glace chez Fortnum & Mason? Ils organisent une fête vraiment chouette, la semaine prochaine.

Dan me lance un regard noir alors que je repose Coco.

— Putain, Emmy, siffle-t-il entre ses dents. Tu ne vas quand même pas l'emmener à un lancement de presse le jour où tu reviens. Est-ce qu'on pourrait passer quelques jours comme des gens normaux, sans partager notre vie avec le monde entier?

Le Klaxon de la voiture qu'on m'a envoyée retentit derrière la porte avant que je puisse lui donner une réponse, que de toute façon il n'attendait pas. Il met Orson dans les bras de Doreen et va installer le siège auto pendant que le chauffeur charge tout mon barda dans le coffre.

Tout ce que je sais sur l'endroit où je me rends, c'est que c'est à un peu moins de deux heures de route si ça roule normalement, et tellement isolé que je ne suis censée capter aucun réseau, pas même avec le second portable que j'ai tout de même dissimulé dans ma valise, au cas où ces hippies me confisqueraient mon iPhone.

— Vous avez bien l'adresse? dis-je au chauffeur.

— Oui, madame, répond l'homme en ouvrant la porte arrière pour que Dan puisse installer Orson dans son siège.

Dan hume une dernière fois la petite tête d'Orson tandis que je grimpe dans la voiture.

— Au revoir, petit homme, on se revoit bientôt, dit-il en évitant toujours mon regard. Papa t'aime, mon Orson.

La portière refermée, il agite les doigts vers notre fils, qui soit lui rend son sourire, soit fait en sorte que les adieux se prolongent un peu, le temps d'un changement de couche. Je ne pense pas manquer à Dan, en ce moment, ou alors seulement parce qu'il va devoir s'occuper seul de Coco durant tout le week-end. Selon le docteur Fairs, ces cinq jours passés à distance l'un de l'autre, sans le moindre contact, nous feront sûrement le plus grand bien.

Tandis que la voiture s'éloigne de la maison, je fouille dans mon sac pour m'assurer que je n'ai rien oublié d'essentiel, réserve de chocolat comprise. Quelques minutes suffisent à Orson pour s'endormir et produire le genre de sons assez invraisemblables qui lui ont valu d'être chassé de notre chambre à l'âge de quatre semaines. C'est stupéfiant le boucan que peuvent faire ces petits êtres humains, même lorsqu'ils dorment à poings fermés.

Le chauffeur essaie d'entamer la conversation, mais je lui désigne mon bébé endormi, doigt sur les lèvres, avec un petit haussement d'épaules désolé. Je profite du calme pour faire une revue d'adieux sur mon Instagram pendant que la Toyota progresse tant bien que mal dans les rues encombrées de Chiswick, traversant une première fois la Tamise avant de la franchir à nouveau au sortir de Richmond. Comme s'y attendait Irene, l'activité fonctionne au ralenti sur le compte. Les instamums de ma constellation ignorent ostensiblement le scandale Mamapoil, préférant attendre de voir comment les choses vont tourner avant de m'apporter leur soutien (ou de m'accabler). Mes fans les plus ferventes jouent le rôle de garde rapprochée, s'affrontant sans merci avec les *trolls* et les rageuses déchaînées dans la terrible bataille par commentaires interposés que nous observons depuis plusieurs jours, Blanche ayant été chargée de supprimer les diatribes trop venimeuses. Plus important, les marques semblent avoir décidé de croire à la fable inventée par Irene et d'accepter mes excuses, et le téléphone de l'agence a cessé de sonner du matin au soir pour annoncer de mauvaises nouvelles.

Irene m'envoie un SMS pour s'assurer que je suis en chemin vers mon trou perdu, prête à commencer mes *stories*. Presque prête, lui dis-je. Une fois que la route se fait plus rurale, je sors un miroir de mon sac. Sans maquillage et vêtue d'un pull à col roulé noir, j'ai le teint pâle et l'air contrit qui conviennent à la situation. Je prends le temps de me mettre dans le personnage, attendant que mes yeux soient suffisamment embués pour commencer l'enregistrement, l'objectif d'abord pointé sur Orson.

— Si seulement je pouvais dormir aussi profondément que mon petit ange… Mais impossible de trouver le sommeil avec ce qui se passe depuis quelques jours, dis-je d'une voix lavée de fatigue, tandis que j'exécute un lent panoramique sur l'habitacle jusqu'à ce que mon visage triste apparaisse à l'écran. J'ai bien conscience de vous avoir déçues, toutes autant que vous êtes. Je n'ai pas été à la hauteur de ce que vous étiez en droit d'attendre de moi. De ce que mon petit homme, lui aussi, est en droit d'attendre de sa maman. Je n'ai pas donné le meilleur de moi-même. J'aurais dû m'accorder le temps nécessaire, loin de ces petits carrés magiques, pour me remettre complètement de mon accouchement. Pour me remettre de tout ce qui nous submerge, physiquement et émotionnellement, lorsqu'on donne la vie. J'aurais dû prendre davantage soin de moi, de façon à mieux prendre soin de mon bébé et de vous toutes. Au lieu de quoi, j'en ai trop fait, et parce que je ne savais plus où donner de la tête, j'ai fini par faire n'importe quoi.

J'inspire profondément, bouche fermée, et je jette un long regard sombre par la vitre.

— J'aimerais vraiment prendre un moment pour parler de bienveillance. Notre communauté Instagram est merveilleuse à bien des égards, mais peut-être devrions-nous apprendre à être un peu plus indulgentes les unes envers les autres. Il faut se soutenir et s'entraider, les mamans, et non enfoncer celles qui ont déjà le moral dans les chaussettes. C'est si facile de balancer un commentaire, d'écrire un post, d'envoyer un DM, sans vraiment réfléchir aux conséquences. Peut-être devrions-nous réfléchir davantage à la façon dont nos mots risquent d'affecter les autres. En tout cas, c'est ce que j'ai bien l'intention de faire à partir de maintenant.

J'interromps l'enregistrement un moment. Le paysage qui défile derrière les vitres de la voiture est de plus en plus champêtre. Ça doit faire près d'une demi-heure que je n'ai pas vu de maison – seulement quelques granges en tôle ondulée aperçues au loin, des moutons en pagaille, une caravane incendiée et une banderole pro-Brexit étirée entre deux balles de foin. J'enregistre encore quelques réflexions sur le mode émotionnel – mon rapport à la célébrité, la pureté de mon amour maternel, le soutien indéfectible de mon mari à travers cette épreuve. Puis il est temps de me lancer dans ma tirade finale.

— Comme vous le savez, je vais quitter les réseaux sociaux pendant un moment, prendre la distance nécessaire pour faire le point sur ma vie d'influenceuse, réfléchir à ce que tout ça signifie pour moi. Même dans mes rêves les plus fous – et Dieu sait si j'en avais à l'époque où j'ai commencé ce petit blog sur les chaussures ! –, je n'ai jamais imaginé réunir un jour une communauté d'un million de mamans. Cette aventure sur Instagram m'a énormément apporté, et je ne voudrais pas perdre tout ça, je ne voudrais pas *vous* perdre, mais j'ai également conscience que ma famille fait parfois les frais de ce bonheur en ligne. Nous apprenons toutes et tous le mode de fonctionnement de ce monde si nouveau de l'influence, qui d'une certaine façon s'invente chaque jour sous nos yeux et que nous modelons au fil de nos posts, parfois au prix de quelques tâtonnements. Oui, c'est une belle aventure, un beau voyage que nous faisons ensemble, mais aujourd'hui j'ai besoin d'une pause pour reprendre mon souffle, d'une escale pour réparer ma barque dans la quiétude d'un port. Voilà pourquoi Orson et moi nous sommes en route vers une retraite de désintoxication numérique. Pas de connexion Internet, pas de réseaux sociaux, juste moi et cette petite boule d'amour, pour renouer pleinement le lien avec lui, mais aussi avec moi-même. Vous le savez, les mamans, il ne faut surtout pas passer à côté de ces moments magiques avec bébé, parce qu'ils ne reviennent jamais !

Les DM affluent désormais à une cadence effrénée. Une avalanche de *« Vous êtes une belle personne »*, *« Restez vous-même ! »*, *« Vous donnez tellement, Emmy ! On est toutes derrière vous ! »*, *« Ne nous abandonnez pas, Mamapoil, on a besoin de vous ! »*, *« Vos paroles sont si fortes, si inspirantes ! Je vous envoie des baisers et des arcs-en-ciel ! »*, *« Pas besoin de Superman quand on a Supermamapoil ! »*

Seul un *« Vous devriez avoir honte. J'espère qu'on ne vous reverra plus jamais »* s'est faufilé dans ce bel ensemble de louanges et d'encouragements.

Désolée, rabat-joie. Je reviens dans cinq jours. Je sauvegarde mes vidéos dans mes *stories* à la une, de sorte que les abonnées désemparées par mon silence numérique puissent se les repasser en attendant mon retour.

— On y est presque, lance le chauffeur, réveillant Orson en sursaut.

Tandis que la voiture s'engage sur un chemin cahoteux, il apparaît clairement qu'Irene ne plaisantait pas quand elle a dit que ce serait rustique. Je n'ai aucune idée du nombre de gens qui participent à cette retraite, ni qui va l'animer – Hagrid, peut-être ?

Alors que je viens de sortir du VTC, deux lanternes s'allument sur la façade du cottage et une femme apparaît bientôt à la porte d'entrée. Avec sa veste tricotée, son pantalon en velours côtelé et ses fins cheveux blancs rassemblés au sommet du crâne, elle ne ressemble pas vraiment à un ancien patron de start-up.

— Bienvenue, Emmy ! Nous sommes ravis de vous accueillir. Entrez, je vous en prie, faites comme chez vous. Cette maison sera votre sanctuaire pour les cinq jours à venir, l'endroit où vous allez pouvoir vous déconnecter du reste du monde, au propre comme au figuré ! lance-t-elle, bras grands ouverts comme si elle attendait que je vienne m'y blottir. Entrer ici, c'est comme appuyer sur un interrupteur et tout éteindre !

Elle demande au chauffeur de laisser les bagages dans l'entrée, puis règle la course en espèces. Je ressors pour aller inspecter le coffre et les sièges arrière, mais rien n'a été oublié et la Toyota bleue ne tarde pas à repartir comme elle était venue, avec un petit coup de Klaxon.

— Avant de vous montrer votre chambre, j'ai bien peur de devoir jeter un œil dans votre valise pour m'assurer qu'elle ne contient pas de téléphone ou de tablette de contrebande, dit-elle avec un petit rire. Asseyez-vous ici, Emmy ; si vous voulez, il y a un couffin en osier pour Orson au pied du canapé. Quel adorable bébé vous avez là !

Elle trempe les lèvres dans une tasse qu'elle s'est déjà versée, puis s'empare d'une théière en porcelaine à motifs fleuris pour remplir le mug qui m'est destiné, m'invitant à piocher dans une assiette de sablés. Mon Dieu, la décoration est affreuse, avec ces peluches qui enlacent des gros cœurs sur la cheminée, un de ces insupportables écriteaux en bois flotté sur lequel on peut lire *C'est l'amour qui transforme une maison en chez-soi* et une de ces énormes horloges murales faussement anciennes qui ont la faveur des émissions de déco en prime time.

Je m'installe dans le fauteuil de velours gris qu'elle m'a désigné et avale quelques gorgées de thé, découvrant avec surprise qu'il a été servi dans un mug #joursdegrisaille.

Puis, plus rien.

C'était tellement simple. Franchement, je n'en reviens pas, que ça se soit passé si facilement. Toutes ces heures à te suivre, à t'espionner, à surveiller ta maison. Tout ce temps passé à observer tes mouvements, seule ou en famille, à me familiariser avec ton mode de vie, tes habitudes, ta façon de penser. Et toujours, dans un coin de ma tête, je cherchais des solutions pour te faire venir ici. C'est la partie de mon plan qui m'a posé le plus de problème, tu sais. Toutes sortes d'idées compliquées me venaient à l'esprit, et j'ai passé des heures à élaborer des scénarios que je finissais par abandonner. J'ai envisagé d'enlever Coco dans le parc et de laisser tout un tas d'indices derrière moi, à la façon d'un jeu de piste. J'ai envisagé de t'attendre à la sortie d'une de tes conférences et de me faire passer pour un chauffeur Uber afin de te ramener chez toi avec Orson. J'ai envisagé de te harceler en ligne, de te provoquer de façon si insistante et si agressive que tu te serais sentie tenue de me démasquer, de me retrouver – l'idée étant de te faciliter la tâche dans l'espoir que tu viendrais ici me demander des explications. J'ai envisagé de t'écrire des lettres anonymes…

Finalement, il a suffi de trois coups de fil. La solution s'est imposée à moi quand tu as partagé le nom de cette « retraite de désintoxication numérique » avec tes abonnées.

Tout ça te ressemble tellement, tu ne trouves pas ? Du pur Emmy Jackson, voilà ce que je me suis dit. Citer le nom de l'endroit où tu vas suivre une retraite à la noix, donner le sentiment que tu te repens et que tu vas aller méditer sur tes fautes, alors qu'en réalité, petite maligne que tu es, petite profiteuse, tu te fais offrir cinq jours de vacances.

Cinq jours. Parfait. Ça n'aurait pas pu mieux s'organiser. Avec un peu de chance, il en faudra deux ou trois avant que quelqu'un s'aperçoive de ta disparition. Et même quand l'alerte sera donnée, qu'est-ce que ça changera ? Rien ne permet de faire le lien entre toi et cet endroit, entre toi et moi. Sauf le chauffeur du VTC, mais le temps que la police le retrouve…

Le premier des trois coups de fil, je l'ai passé hier soir, pour contacter cette société qui était censée organiser ta retraite. Je leur ai dit que j'étais ton assistante. Personne n'a cherché à le vérifier. J'appelais pour confirmer qu'ils avaient bien réservé une voiture pour Madame Jackson. Bien entendu, m'a répondu l'homme que j'ai eu au téléphone. Souhaitais-je qu'il me redonne les informations pour s'assurer que tout était en ordre ? Avec plaisir, s'il n'y voyait pas d'inconvénient. Il m'a lu ton adresse et m'a confirmé que la voiture serait devant chez toi un peu avant onze heures, le lendemain matin. Devant chez Madame Jackson un peu avant onze heures ? Je l'ai remercié et j'ai raccroché. Aussi simple que ça, je te dis.

Mon deuxième coup de fil a été passé tôt ce matin, et au même numéro. J'appelais pour m'excuser. « C'est à vous que j'ai parlé hier soir ? » ai-je demandé. « Il me semble reconnaître votre voix. » C'était bien le même homme. Avais-je besoin de quelque chose, d'un renseignement, peut-être ? « Je suis vraiment navrée », ai-je dit. « Il y a un souci avec le bébé de Madame Jackson. Le pauvre petit chéri n'a pas fermé l'œil de la nuit, fiévreux comme tout, et ça ne va pas mieux ce matin. » Je lui ai expliqué que tu étais partie aux urgences avec ton mari. Serait-il possible de remettre le séjour d'Emmy à plus tard? J'ai précisé que tu étais désolée de prévenir si tard, et tout aussi désolée de devoir reporter. « Emmy et Orson étaient tellement impatients de vous rejoindre », ai-je dit.

L'homme s'est montré très compréhensif. J'ai promis de rappeler rapidement avec ton agenda sous les yeux pour convenir d'une nouvelle date. Il m'a prié de saluer bien cordialement Madame Jackson et a adressé des vœux de prompt rétablissement au petit Orson. Bien sûr, ils allaient s'occuper d'annuler la voiture.

C'est donc une compagnie de véhicules avec chauffeur qui a reçu mon troisième appel. Je leur ai donné ton adresse et j'ai demandé que quelqu'un passe te prendre ce matin, à onze heures. Je me suis renseignée sur le modèle de voiture qu'ils comptaient envoyer et on m'a répondu que ce serait une Toyota Prius de couleur bleue. J'ai dit que c'était parfait et je leur ai donné ton nom, avant de préciser que tu serais accompagnée d'un nouveau-né et que, par conséquent, tu serais sans doute assez chargée. La destination? Je leur ai fourni l'adresse de ce cottage et je leur ai expliqué comment le trouver, une fois sur place. Oui, tout au bout du chemin. Attention, il peut être boueux lorsqu'il a plu et il est très cabossé. Je guetterai votre arrivée. Absolument, je réglerai la course en espèces. Combien, dites-vous? Très bien, je prépare la somme.

Tu ne trouves pas ça étrange, Emmy Jackson, que de nos jours on grimpe dans des voitures et qu'on se laisse transporter par des gens qu'on ne connaît ni d'Ève ni d'Adam, confiants qu'ils sont bien ceux qu'ils prétendent être et qu'ils vont vraiment nous emmener là où l'on espère se rendre?

Et maintenant, tu es là avec moi.

J'ai bien vu, dès que tu es sortie de cette voiture, dès que tu as avancé vers la maison, avant même que tu n'entres, que tu as eu un doute. Tu t'attendais à quelque chose d'un peu plus chic, je suppose, à une ambiance un peu moins… domestique. Tu devais te dire que ça n'avait rien à voir avec les photos du site Web, auxquelles tu as sûrement jeté un œil, non ? Et ce regard méprisant que tu as posé sur les petites touches décoratives de Grace, tu crois que je ne l'ai pas vu ?

Si j'ai eu un moment d'hésitation sur ce que je m'apprêtais à faire, ce sourire narquois que tu ne parvenais pas vraiment à dissimuler a balayé tous mes doutes.

Propofol. C'est ce qu'il y avait dans ta tasse de thé. Un anesthésique commun avec des propriétés amnésiantes. Tu as bu trois gorgées et tu t'es endormie au milieu d'une phrase. Étant donné lesdites propriétés amnésiantes, je doute que tu en conserves le moindre souvenir.

Laisse-moi te donner quelques explications. Tu mérites bien ça, du moins je crois.

Le propofol était destiné à te mettre hors service avant de te monter à l'étage (j'ai bien cru ne pas y arriver, jamais je n'aurais imaginé que ce puisse être si difficile), t'installer dans le lit et poser la perfusion. Oui, oui, une perfusion. Elle va servir à t'injecter du midazolam, le produit que j'ai eu le plus de mal à me procurer. Il a fallu que j'en dérobe petit à petit, flacon par flacon. Que je vide les restes qui venaient d'être utilisés pour me constituer une réserve que j'ai stockée au fur et à mesure dans le frigo, parce que j'en avais absolument besoin pour que mon plan fonctionne. Ce n'est pas étonnant que ce truc fasse l'objet d'une surveillance renforcée, à l'hôpital. C'est que c'est drôlement puissant, le midazolam, un anxiolytique et un sédatif doublé d'un décontractant musculaire. C'est pour ça qu'on en donne aux gens qui sont sur le point de se faire opérer. Pas simplement pour les mettre K.O., mais aussi pour neutraliser cette réaction instinctive de panique qui donne envie de se débattre ou de fuir.

Si tout était simple comme dans les séries télévisées ou dans les films, je n'aurais qu'à installer la perfusion et t'abandonner là, sur le lit. Malheureusement, ça ne se passe pas comme ça dans la vraie vie, Emmy. Après tout, je ne veux pas te tuer. Pour que tout fonctionne comme je l'ai imaginé, pour que les événements se déroulent selon ma volonté, je vais devoir rester ici afin de garder un œil sur toi. Pas en permanence, bien entendu. Je ne suis pas sûre que je le supporterai, d'ailleurs, étant donné ce qui va se passer dans cette chambre au cours des prochains jours. Je serai en bas, la plupart du temps, ou dehors, en train de faire un peu de jardinage. Ce n'est qu'une fois toutes les six heures environ qu'il me faudra monter te voir pour prendre ta tension et m'assurer que tu respires bien, que rien ne vient obstruer tes voies respiratoires. À intervalles réguliers, je mesurerai le taux de CO_2 *dans ton sang. De temps à autre, je vais sans doute devoir ajuster le dosage de ta perfusion. Oh, ne t'inquiète pas, Emmy : je suis – ou du moins j'étais – une professionnelle. Tu vas bénéficier de soins de qualité. J'ai de l'oxygène juste là, au cas où tu en manquerais. Il me reste juste à pincer le capteur sur ton doigt et tout sera en place.*

T'ai-je dit que tu te trouves dans la chambre de ma fille ? Dans le lit de ma fille ?

Si tu étais réveillée, si aucune molécule n'inhibait ta capacité à paniquer ou simplement à t'inquiéter sérieusement pour ton avenir, je sais la question que tu me poserais. Et moi je te dirais de ne pas t'inquiéter : Orson va te rejoindre dans un instant.

Maintenant que je me suis occupée de toi, je vais aller le chercher en bas, le sortir du couffin et le monter. N'aie pas peur, je ne vais pas faire de mal à ton bébé, simplement l'allonger juste à côté de toi. Il va rester là jusqu'au bout. C'est un grand lit, parfait pour dormir avec son enfant. Il s'agit bien d'une pratique que tu recommandes, nous sommes d'accord ? Il ne bougera pas d'ici, promis. Et je ne vais rien lui faire du tout, à ce petit bonhomme.

Je suppose que les journées que tu t'apprêtes à vivre vont te sembler bien longues, Emmy. Trois tout au plus. J'espère que tu comprends qu'il s'agit simplement de rendre la justice et qu'en elle-même l'exécution de la sentence ne me procurera aucun plaisir. Je vais forcément connaître des moments de doute, des débats de conscience. Des moments, j'en suis certaine, où l'envie de tout arrêter me submergera et où je serai à deux doigts de monter pour te dire que c'est fini, que ça va trop loin, que j'arrête tout. Des moments où je vais devoir agripper les bras de mon fauteuil pour m'empêcher d'en sortir. J'ai apporté des bouchons d'oreilles, des CD et des cassettes. Principalement des chansons que j'écoutais quand Grace était petite, comme ABBA et les Beatles.

Non, je ne vais faire aucun mal à ton bébé. C'est la déshydratation qui s'en chargera. Un adulte, si tant est qu'il soit en bonne santé, peut rester en vie jusqu'à trois semaines sans se nourrir. Mais il ne tiendra pas plus de trois ou quatre jours sans eau. Quant à un bébé… ma foi, il a peu de chance de survivre au-delà de deux jours.

Et pendant tout le temps que ça prendra, tu seras allongée juste à côté de lui.

Je crois que je vais compter large, par précaution. Disons quatre jours au grand maximum. Après quoi, je t'administrerai une dernière fois du midazolam, une demi-dose qui fera effet pendant douze heures, puis je débrancherai tout et je glisserai les feuilles que je viens de noircir dans une enveloppe sur laquelle j'écrirai ton nom. Je serai déjà partie depuis un bon moment quand tu la trouveras sur la table du salon.

Sans doute ouvriras-tu les yeux au matin, sans doute assez tôt. Tu verras, la lumière dans cette chambre est vraiment très belle quand le soleil se lève.

Comprends-moi bien, Emmy Jackson. Je ne suis pas une mauvaise personne. Je ne suis pas folle non plus. Je n'ai aucune envie d'assister à l'agonie de ton enfant ni de lui infliger plus de souffrances que nécessaire. Je ne veux pas être là quand il mourra. Je ne suis même pas certaine de réussir à le regarder, pendant ces quelques jours que nous allons passer ensemble. Je suis loin d'être une personne insensible, tu sais. Hélas, je n'ai pas besoin de faire un grand effort d'imagination pour savoir ce que tu ressentiras au réveil, quand, vaseuse et désorientée, tu ouvriras les yeux sur un plafond que tu n'as jamais vu et que tu prendras lentement conscience d'être allongée dans un lit qui n'est pas le tien ; quand, avec un tressaillement, tu te demanderas où est ton bébé et que tu tâtonneras autour de toi à la recherche de son petit corps chaud.

Je n'ai aucune envie d'être là pour voir ce qui se passera ensuite, Emmy. Ne compte surtout pas sur moi pour me délecter de ton indicible souffrance, pour me repaître de ce moment où ton cœur se brisera pour toujours, de ce moment où tu réaliseras que le moindre souvenir heureux avec ton fils, désormais marqué au fer rouge du deuil, te causera à jamais un insupportable chagrin. Ce moment où tu comprendras dans quelles conditions il a perdu la vie, ce qu'il a enduré alors que tu dormais à côté de lui, ignorante de son martyre.

Ses dernières heures, ses derniers jours sur terre.

Le moment où tu te mettras à hurler de douleur et où tu auras l'impression que ça ne s'arrêtera plus jamais.

Je suis passée par là, moi aussi. Et j'ai vu ma fille traverser chacun de ces moments et en sortir détruite.

Parfois, parce que je crois qu'on doit assumer les conséquences de ses actes, je me suis forcée à visualiser ce qui se passera ensuite.

À t'imaginer descendre les marches, groggy et à demi folle de chagrin, trébuchant sur le bord du tapis.

À t'imaginer serrer quelque chose contre ta poitrine. Un petit paquet roulé dans une couverture ; un paquet tout froid que tu ne peux te résoudre à poser quelque part. Dont tu ne peux imaginer te séparer un jour.

Jack m'a raconté que les urgentistes avaient mis un temps fou à convaincre Grace de desserrer un peu son étreinte, ne serait-ce qu'une minute, pour qu'ils puissent examiner Ailsa et s'assurer qu'il n'y avait plus rien à faire. Il m'a raconté comme elle était inquiète que son bébé prenne froid. Qu'elle lui avait répété à plusieurs reprises d'aller chercher une couverture et qu'elle avait fini par lui crier dessus parce qu'il restait planté là, les bras ballants. Il m'a raconté que Grace continuait à parler à sa fille après qu'elle avait laissé une urgentiste la soulager du petit corps, que, de cette voix câline qu'on prend avec les bébés, elle lui disait de ne pas s'inquiéter, que maman était là, que tout allait bien.

Je t'imagine tremblante et hébétée au pied de l'escalier, balayant le salon d'un regard hésitant, inquiète que je puisse toujours être là.

Je te vois traverser la pièce d'un pas mal assuré pour aller ouvrir l'enveloppe sur laquelle tes yeux ont fini par se poser, puis prendre connaissance de son contenu, tétanisée avec ton petit paquet froid serré tout contre toi, laissant tomber les feuilles à terre au fur et à mesure que tu les lis.

Quand la dernière feuille aura quitté ta main, tu sauras.

Pourquoi je t'ai fait subir ça.

Qui est le véritable méchant de cette tragédie.

C'est toi qui as créé ton bourreau, Emmy. Tu as fait de moi celle que je suis aujourd'hui. Tu m'as rendue capable de ça.

Ce fardeau de douleur, de chagrin et de colère, je le porte depuis trop longtemps. Je me réjouis d'en être bientôt libérée. Il ne s'agit pas de vengeance, tu sais, mais de justice. Et quand tout sera terminé, il ne me restera plus qu'à fermer les yeux, consciente d'avoir fait ce qui devait être fait, et à trouver le repos.

Adieu, Emmy.

Dan

Depuis le départ d'Emmy, je n'ai cessé d'imaginer la scène que je m'apprête à vivre.

Tandis que je regardais ma femme et mon fils s'éloigner dans cette voiture bleue. Tandis que je me mettais au travail, cet après-midi-là, pianotant sur mon ordinateur dans la maison vide. Tandis que je préparais le dîner de Coco, que je lui donnais le bain, que je lui lisais une histoire le soir. Tandis que je regardais la télévision, que je zappais éhontément de programme stupide en programme stupide, tandis que je mangeais tout ce qui me chantait à l'heure où ça me chantait.

Le lendemain, tandis que j'étais attablé devant un café avec mon laptop, que je consultais de temps en temps mon téléphone pour voir si Emmy m'avait envoyé un message et que j'étais assez impressionné par son silence sans faille (je ne m'attendais pas du tout à ce qu'elle prenne cette histoire de déconnexion totale tellement au sérieux). Tandis que j'expliquais pour la énième fois à Coco où était sa maman et quand elle allait revenir. Tandis que ma fille et moi regardions des dessins animés le matin, que nous attendions l'arrivée de Doreen, et qu'en début de soirée j'attendais celle d'une nouvelle photo de ma fille sur le flux de Ppampamelaf2PF4. Tandis que je demandais à Doreen de me confirmer qu'elle était toujours d'accord pour passer la journée de samedi avec Coco. Tandis que je regardais des photos de la maison de Pamela Fielding sur Google Maps. Tandis que je m'endormais le soir dans un grand lit pour moi tout seul, et, pour ainsi dire dès que j'ouvrais l'œil, immanquablement réveillé par la voix de Coco qui faisait entendre ses notes plaintives à l'autre bout du couloir.

Il fait grand soleil, samedi, et je suggère que Doreen et Coco aillent se promener sur les berges de Regent's Canal, puis terminent la matinée dans l'aire de jeux située près du skatepark. Ça devrait les occuper jusqu'à midi. Et pourquoi ne déjeuneraient-elles pas dehors ? dis-je en sortant quelques billets supplémentaires de mon portefeuille. Elles pourraient ensuite aller faire un tour à la ferme pédagogique. Mes propositions reçoivent un accueil enthousiaste.

D'après mes calculs, ce que j'ai à faire de mon côté devrait me prendre environ six heures.

J'attends cinq minutes après le départ de Coco et Doreen, et quitte à mon tour la maison. Je n'ai rien dit de tout ça à Emmy avant qu'elle parte expier sa faute je ne sais où. Il sera bien plus gratifiant, de mon point de vue, de présenter mon succès comme un fait accompli. Peut-être vais-je même garder mon triomphe sous silence dans un premier temps, me contenter d'attendre qu'elle remarque d'elle-même la disparition du compte #rp, qu'elle me demande comment j'ai fait pour récupérer l'ordinateur volé.

Comme beaucoup d'écrivains, j'ai tendance à penser que j'aurais fait un excellent détective.

Tout au long du trajet dans le métro, j'imagine ce que je vais dire à Pamela quand elle ouvrira sa porte.

Bonjour, Madame Fielding. Dan Jackson. Ça vous parle ? Je suis venu vous dire de foutre la paix à ma fille, pigé ?

Cela va de soi, j'ai effectué une recherche sur Google Images. Mais je n'ai pu établir, des quinze Pamela Fielding vivant au Royaume-Uni dont j'ai découvert le visage (au milieu de quelques livres de littérature du XVIIIe siècle), quelle est celle qui vit à l'adresse où je me rends. Celle qui nous pourrit la vie depuis des semaines. Aucune d'entre elles ne semblait particulièrement givrée.

J'arrive à Liverpool Street Station environ un quart d'heure avant le départ de mon train. Postés à côté du portillon automatique se trouvent deux policiers en gilets fluorescents, et je me sens soudain affreusement mal à l'aise, me demandant si je dois sourire, si je dois croiser leur regard.

Autant l'admettre, j'ai connu quelques épisodes inquiétants au cours desquels j'ai envisagé de me munir d'une arme avant de me lancer dans cette expédition. Un marteau. Un cutter. Une paire de ciseaux. Mon idée n'était pas de m'en servir directement contre Pamela Fielding, bien sûr, mais simplement de lui montrer que je ne plaisantais pas. Je me suis imaginé lacérant sa boîte aux lettres à l'aide des ciseaux. Frapper littéralement à la porte avec le marteau. Éventrer les petites roues de sa poubelle à coups de cutter. J'ai même passé trois quarts d'heure à réfléchir au moyen de me procurer un pistolet avant d'être brutalement frappé par un éclair de lucidité. *Un dingue,* me suis-je dit. *On dirait un dingue, mon pauvre garçon.*

Il y a beaucoup de sièges libres dans le train, ce qui n'est pas étonnant pour un samedi matin. C'est une ligne que je n'ai jamais empruntée, et je suis frappé de voir la vitesse à laquelle la ville laisse place à la campagne – ou du moins ce que je considère comme la campagne –, la vitesse à laquelle les parcours de golf et les champs succèdent aux immeubles de bureaux, aux rangées de maisons mitoyennes et aux gratte-ciel. J'ai même vu des chevaux, il y a cinq minutes.

Dix-sept arrêts jusqu'à ma destination, et mon estomac se contracte un peu plus chaque fois que le train en passe un de plus. Derrière la vitre défilent des fermes, des granges en tôle ondulée, et de grosses formes cylindriques emballées dans du plastique brillant, noir ou blanc, échouées au milieu des champs. Les villes que nous traversons se ressemblent toutes. Même sordides petites zones commerciales, mêmes parkings à étages, mêmes jardins avec un trampoline. Le ciel bas et gris se fait menaçant.

Un type lesté de deux sacs de courses, immense sous sa parka à capuche, est le seul passager qui descend à la même station que moi. Dieu que l'Angleterre peut être déprimante ! La boutique de la gare a le rideau baissé, la petite salle d'attente est fermée à clef, le quai désert est battu par le vent. Avec une hésitation, les portes vitrées consentent à s'ouvrir sur une station de taxis sans taxis livrée au ballet cafardeux d'une mini tornade de poussière et d'emballages de hamburgers.

J'ai déjà parcouru mentalement ce trajet à plusieurs reprises sur Street View, et l'itinéraire n'a plus guère de secrets pour moi. Tourner à droite en sortant de la gare, passer devant le restaurant italien tout droit sorti des années 1990 avec ses photos verdâtres de paninis en devanture, puis continuer dans High Street, passer devant la supérette, l'animalerie, la sandwicherie, le Costa Coffee et l'Abribus sans vitres. Tourner à gauche au niveau du passage piétons situé juste après la librairie et s'engager dans une rue bordée de maisons mitoyennes d'un âge vénérable.

Comme prévu, j'atteins ma destination au terme d'une marche d'un quart d'heure environ.

Rien ne distingue la maison de Pamela Fielding de ses voisines. Une maison normale de gens sans histoires, avec ses deux poubelles soigneusement rangées dans un coin du jardinet de devant. L'herbe est sans doute un peu haute, mais l'ensemble a un aspect bien entretenu. Fenêtres à carreaux sertis de plomb.

Je m'avance sans hésiter vers la porte d'entrée. Ça fait des semaines que je rêve d'avoir l'occasion de dire ses quatre vérités à la personne qui se permet de poster ces photos de ma fille ; de lui mettre le nez dans sa merde et de lui flanquer la trouille. De mettre un terme à ses agissements. J'anticipe ce moment depuis des jours. La violence avec laquelle je frappe le heurtoir contre la porte me surprend moi-même.

Puis j'attends.

Une minute passe. Deux minutes.

Je finis par me demander s'il y a quelqu'un. Je me rends compte que je n'ai pas envisagé un instant que je puisse faire tout ce trajet pour trouver porte close. Pamela Fielding était chez elle chaque fois que j'ai imaginé cette scène.

Incapable de me résoudre à partir, je balaie la rue du regard en espérant la voir arriver, de retour d'une course. Un couple passe, sans me prêter attention.

Alors que je suis sur le point de perdre espoir, j'entends un bruit dans la maison. Derrière la fenêtre de ce qui doit être le salon, je devine une silhouette blanche. Elle semble se mouvoir au ralenti, disparaissant bientôt de ma vue pour réapparaître quelques secondes plus tard sous la forme d'un visage flou, de plus en plus large au fur et à mesure qu'il s'approche, lentement, de la vitre placée à hauteur d'homme sur la porte d'entrée.

J'entends des bruits de poignée, des soupirs ; la porte est manifestement fermée. Et voilà que Pamela, s'il s'agit bien d'elle, s'éloigne à petits pas. Des petits bruits métalliques me parviennent, convoquant des images de main fouillant dans une coupelle posée sur la console d'une entrée. Pamela semble finalement trouver ce qu'elle cherchait et revient vers la porte, qu'elle parvient à ouvrir au bout de trois longues minutes d'efforts.

— En quoi puis-je vous aider ?

En fait de Pamela, la personne qui se tient dans l'entrebâillement est un homme qui doit avoir au moins soixante-dix ans. Constatant que son visiteur n'est ni un voisin ni une connaissance, il se redresse et passe machinalement le plat de la main sur son pantalon, avant de retirer quelque chose (une grosse miette de pain ?) sur le revers de son gilet de laine. Je suis à peu près certain que cet homme n'est pas la personne que je cherche. Il a l'air d'un de ces braves types qui recueillent des dons pour la British Legion [18].

Il me dévisage d'un air perplexe.

— Bonjour, monsieur, dis-je. Je suis bien chez… Je viens voir… heu… Pamela Fielding vit ici ?

— En effet, dit-il en me regardant littéralement de haut en bas. Qui la demande, je vous prie ?

Je suppose que si j'étais vraiment un détective, j'aurais une histoire toute prête à lui servir.

— Je suis un ami, dis-je, à court d'inspiration.

La chance veut que la pluie se mette à tomber à l'instant où je prononce ces mots. Des seaux d'eau, en fait. Ça tambourine sur le couvercle des poubelles. Le regard de l'homme passe du ciel anthracite à mes cheveux qui commencent déjà à dégouliner.

---

18 Organisme de bienfaisance qui vient en aide aux membres et aux vétérans des Forces armées britanniques.

— Vous feriez bien d'entrer, dans ce cas, dit-il après un temps d'hésitation.

Une rangée de chaussures s'étire le long de l'entrée, terminée par plusieurs paires de chaussons. La moquette, marron foncé, est douce et épaisse. Je me déchausse et ajoute ma paire à la rangée, tandis que mon hôte s'approche de l'escalier.

— Pam ! lance-t-il en direction de l'étage avant de se tourner vers moi.

Il se présente, Eric Fielding, et me tend une main molle que je serre avant de me présenter à mon tour, guettant une réaction.

Si mon nom lui est familier, il cache drôlement bien son jeu.

— Le salon est par là, dit-il. Si vous voulez bien vous donner la peine.

Il gravit péniblement une marche, couverte de la même moquette marron, et appelle à nouveau, la main posée sur la rampe :

— Pam ! Viens voir, s'il te plaît !

Quelque part au-dessus de nos têtes, le bruit d'une chasse d'eau se fait entendre.

— Je peux vous proposer une tasse de thé, jeune homme ?

Avec plaisir, dis-je. Du lait mais pas de sucre. Je le remercie et me dirige vers le canapé pendant qu'il s'éloigne vers la cuisine adjacente. Le salon a quelque chose de figé, comme s'il était rarement utilisé, le genre de pièce réservée aux visiteurs. À peine ai-je posé les fesses sur le canapé que je m'enfonce irrémédiablement, aspiré comme par des sables mouvants. Entraînée par ma chute, l'énorme couverture tricotée qui décore le dossier finit sur mes épaules. Lorsque enfin je cesse de m'enliser, je regarde la table basse entre mes genoux et j'ai le dos au niveau des chevilles.

Quelque chose me dit qu'en restant dans cette position, il me sera difficile d'en imposer à la voleuse de photos. J'empoigne le rebord de la table basse et me hisse hors du piège avec un grognement, puis – après avoir replacé la couverture tricotée sur le dossier du canapé et lissé le napperon qui est sur la table basse – je cherche du regard un siège un peu plus ferme où m'asseoir sans sacrifier ma dignité.

Je me perche finalement sur un bras du canapé, position plus stratégique pour passer un savon.

— Pam ! crie pour la troisième fois Eric Fielding, d'une voix plus insistante. Il y a un… quelqu'un pour toi !

Aussitôt qu'il a passé la porte du salon, il lève les yeux au ciel et m'explique que Pam est souvent dans son monde.

— Elle dit qu'elle m'entend l'appeler, mais je ne sais jamais si elle m'entend vraiment, soupire-t-il. Et ça me fatigue de monter… Je peux prendre votre manteau ?

Je lui dis que je vais le garder sur moi, merci. Je ne compte pas rester longtemps.

Il me demande si je veux qu'il allume le chauffage, et je le remercie encore, tout va bien.

— Un sucre, c'est bien ça ?

Je lui rappelle que je n'en prends pas et il repart dans la cuisine.

Des bruits de pas dans l'escalier. Un moment d'hésitation – Pamela se recoiffe-t-elle devant le miroir fixé au mur, le long de l'escalier ? Elle descend les dernières marches, dit quelque chose au vieil homme par la porte de la cuisine, revient vers le salon, risque un œil dans la pièce, se fige quand elle m'aperçoit.

— Bonjour, Pamela, dis-je.

Son visage se crispe. Elle fait volte-face et va fermer la porte de la cuisine, puis revient me voir.

— Je suppose que vous savez ce que je fais ici, n'est-ce pas ? dis-je d'une voix dure en me dressant devant elle.

Elle hoche la tête, une fois, très vite.

— Je parie que vous ne vous attendiez pas à me voir un jour en chair et en os.

Elle fait non de la tête, contemple la moquette.

— Regardez-moi.

Elle lève les yeux et croise les miens, très brièvement, puis les baisse à nouveau.

Dans la pièce voisine, j'entends monsieur Fielding qui prépare le thé en fredonnant. Le tintement d'une cuiller qui tombe au fond d'un mug. Le bruit sourd d'un placard qui s'ouvre puis se ferme.

— Votre père ?

Encore non de la tête.

— C'est mon grand-père.

Pamela Fielding doit avoir dix-sept ans à tout casser.

La première chose qu'elle me dit, c'est qu'elle n'a pas volé les photos.

— Qui, alors ? Quelqu'un que tu connais ? Une copine ou un copain de classe ? Parce que tu vas encore à l'école, j'imagine.

— Au lycée, bredouille-t-elle.

Elle ressemble à une de ces filles qu'on croise dans le bus. Elle ne cesse d'enrouler une mèche de ses cheveux noir brillant, noir corbeau, derrière son oreille. Ses lobes sont percés d'un unique clou. Ses joues, parsemées ici et là de cicatrices d'acné, sont couvertes d'une épaisse couche de fond de teint.

— Où est-il ? dis-je. Le laptop.

Elle n'a jamais volé d'ordinateur. Elle ne sait même pas de quoi je parle, promis. Ces photos, elle les a achetées sur Internet.

— Comment ça, sur Internet ? Genre, sur le Darknet ?

Elle me regarde avec des yeux ronds.

— Ben non… Sur un site Web. Un site normal, quoi, dit-elle. Juste un forum.

— Quel genre de forum ?

Elle tripote la manche de son pull.

— Un forum pour des gens qui font la même chose que moi. On discute de plein de trucs. On s'échange des astuces, des conseils. Parfois, on parle des influenceurs. Parfois, on parle des moyens d'avoir plus de followers.

— Comme prétendre que la personne dont on publie les photos est malade, c'est ça ?

— Ben oui, par exemple.

C'est le moment que choisit son grand-père pour nous rejoindre avec les tasses de thé et un assortiment de petits gâteaux. Apparemment insensible à la tension qui règne dans la pièce, il nous décrit en détail les différents biscuits que contient la boîte, puis donne le nombre de chaque variété. Je me suis rassis sur le bras du canapé à son arrivée et sa petite-fille s'est laissée tomber dans un fauteuil. La description s'éternise et des petits mouvements impatients contractent la bouche de Pamela. Quand il finit par quitter le salon, monsieur Fielding laisse la porte légèrement entrouverte. Je sens que Pamela hésite, comme moi, à aller la fermer. Nous ne nous levons ni l'un ni l'autre.

J'ai conscience d'être dans une position des plus étranges, face à une gamine qui vit chez son grand-père alors que je pensais m'expliquer avec une adulte. Je fais de gros efforts pour ne pas élever la voix, pour ne pas sortir de mes gonds. Ce n'est pas facile.

— Donc, ce forum, dis-je. Comment il s'appelle ?

Elle me donne le nom, et je lui demande de l'épeler.

— Et il est privé ou public ?

— Il y a une partie publique et une partie privée.

— Et c'est quelqu'un que tu as rencontré sur ce forum qui t'a vendu les photos de ma fille ?

Elle confirme d'un mouvement de tête.

— C'est qui, ce type ? Comment il se fait appeler ?

— Le Chapelier fou, dit-elle.

— Le Chapelier fou, comme le personnage d'*Alice au pays des merveilles* ?

Elle me lance un regard vide.

— Sa photo de profil, c'est juste un chapeau.

— Et tu sais autre chose sur lui ? Réfléchis, merde ! Comment tu l'as payé pour les photos ?

— Avec Paypal, marmonne-t-elle.

— Montre-moi.

Avec une réticence marquée, elle sort un téléphone de sa poche, le déverrouille et ouvre l'application.

— C'est quelle transaction ? dis-je quand elle se lève pour placer l'écran devant mes yeux.

Elle me l'indique du doigt.

— Tu en es bien certaine ?

Hochement de tête.

— C'est sur ce compte que tu as versé l'argent ? Celui que le Chapelier fou t'a indiqué pour se faire payer ?

Nouveau hochement de tête.

Le compte Paypal sur lequel la somme a été versée est au nom de Blanche Edwards.

Blanche ?

Il me faut une minute ou deux pour commencer à saisir ce que ça signifie, pour que le voile de stupéfaction qui me brouille l'esprit se déchire lentement.

Je demande à Pamela si cette personne, ce Chapelier fou rencontré sur le forum, lui a dit quoi que ce soit sur la façon dont elle a mis la main sur les photos de ma famille, et pourquoi elle les vendait. Était-ce juste pour l'argent ou pour un autre motif? Faisait-elle ça par jalousie? Par pure méchanceté? Pour se venger de quelque chose? Est-ce qu'elle estimait qu'on lui avait fait du tort d'une façon ou d'une autre?

L'adolescente hausse les épaules.

— On n'a pas trop parlé de ça, en fait.

— Et toi? Pourquoi tu fais ça? Franchement, il y a quelque chose qui m'échappe, là. C'est quoi, le kiff?

— Je n'en sais rien.

— Écoute-moi bien, Pamela. Je veux que tu supprimes ce compte Instagram, ainsi que toutes les photos de ma fille en ta possession. Et je veux que tu le fasses devant moi. On verra ensuite si je me suis assez calmé pour ne pas prévenir la police et ne rien dire à ton grand-père. Mais pour ça, il va falloir que tu me promettes de ne plus jamais recommencer. Que tu me promettes de parler à quelqu'un des trucs bizarres qui te passent par la tête, de ce qui te pousse à faire des choses pareilles.

Elle me répond d'un murmure dans lequel il me semble discerner une sorte d'acquiescement.

— Je veux dire, tu te rends bien compte que c'est bizarre de faire ça, non?

— Ouais, je suppose.

— Tu supposes, hein? Tu trouves ça normal, toi, de prendre les photos d'une enfant et de t'en servir pour inventer des histoires que tu publies en ligne, des histoires accessibles à n'importe qui? Une fillette qui n'a rien demandé et dont tu exploites l'image pour gagner des abonnés? Tu veux que je te dise, c'est carrément dégueulasse, il faut vraiment être tordue pour faire ça.

Ces mots sont suivis d'un long silence.

Les yeux rivés à la moquette comme si elle avait décidé d'en compter tous les poils et le visage masqué par un rideau de cheveux noirs, elle se décide finalement à parler, d'une voix si faible que je ne parviens même pas à comprendre ce qu'elle dit.

— Pardon ? Je n'ai rien entendu.

— J'ai dit : « Je ne vois pas la différence. »

— La différence avec quoi ?

Mon téléphone sonne tandis que j'attends sa réponse. Dans un premier temps, je décide de ne pas y prêter attention, mais l'appareil ne cesse de vibrer dans ma poche et je finis par regarder qui m'appelle. C'est Irene. Je décroche avec un « Oui, quoi ? » plutôt abrupt, mais quand elle répond « C'est Emmy », la façon dont elle essaie de conserver une voix calme et posée sans y parvenir tout à fait m'alerte aussitôt.

— Dan, dit-elle, je crois qu'il est arrivé quelque chose à Emmy.

Emmy

Il se pourrait que je sois en train de mourir.

L'ai-je déjà dit ?

Depuis déjà un long moment, j'essaie de déterminer si je suis éveillée ou endormie, tandis que je regarde des motifs danser et se dissoudre sous mes paupières et que je m'efforce de suivre les méandres d'une conversation intérieure avec quelqu'un qui, selon les moments, peut avoir les traits de Dan, de ma mère, d'Irene ou même d'un parfait inconnu. Je fais tout mon possible pour rester lucide, pour empêcher mes pensées de se disperser en tous sens, mais c'est comme essayer de marcher bien droit avec une jambe cassée. Dès qu'il me semble avoir clairement établi tel ou tel fait, dès que je pense me souvenir de quelque chose, je l'oublie aussitôt. Où je suis, par exemple. Ce qui s'est passé pour que je me retrouve dans cette situation.

M'est-il arrivé quelque chose de grave ? Un accident de la route, peut-être ? Un AVC ? Lors de mes rares instants de lucidité, j'ai la très nette impression d'être allongée dans un lit d'hôpital. De temps à autre, j'ai la sensation de ne pas être seule, que quelqu'un se penche sur moi, vérifie quelque chose, tripote je ne sais quels appareils auxquels je dois être reliée, consulte l'écran de je ne sais quel moniteur dont les bips ont parfois traversé mon brouillard. Il m'arrive d'entendre une de ces personnes qui s'occupent de moi, de l'imaginer en blouse blanche tandis que sa voix lointaine me parvient, inintelligible comme si elle marmonnait dans sa barbe, de percevoir les bruits d'objets qu'elle déplace autour de moi, de sentir sur ma nuque, sur mes épaules, ses mains qui me repositionnent dans le lit et tapotent l'oreiller.

Tout ça n'est peut-être qu'un rêve ou le fruit de mon imagination. Dan m'a parlé une fois des tours que peut nous jouer notre cerveau quand on reste seul trop longtemps dans le noir, privé d'informations sensorielles. De ces hallucinations qui surgissent de la nuit et tourbillonnent derrière le pare-brise d'un routier accroché à son volant depuis bien trop longtemps.

Pendant des heures, par exemple, j'ai été convaincue d'entendre une sélection de tubes d'ABBA quelque part autour de moi, le volume tout juste assez haut pour je puisse reconnaître les morceaux joués en boucle, encore et encore, au point que je savais, lorsqu'une chanson se terminait, le nom de celle qui allait suivre.

À présent c'est un bébé que j'entends ; un bébé qui pleure vraiment très fort et vraiment très près de moi. Pendant un long moment, j'ai cru qu'il s'agissait d'Orson, ça ne faisait aucun doute dans mon esprit. Mais je me suis souvenue que je me trouvais dans un lit d'hôpital et qu'Orson ne pouvait pas être allongé à côté de moi. C'est sûrement le bébé d'un visiteur, mais c'est fou comme il semble malheureux, le pauvre, et c'est fou comme ses pleurs me font penser à ceux de mon Orson – au point que mes seins en deviennent douloureux. Et ça semble ne jamais vouloir s'arrêter. Des hurlements inconsolables depuis ce qui me semble une éternité, des cris de détresse seulement interrompus pour aspirer une gorgée d'air.

Pourquoi personne ne s'occupe de lui ? Ça me dépasse, vraiment, qu'on laisse un nouveau-né s'égosiller comme ça. Pourquoi personne ne le prend dans ses bras, ne le réconforte d'un câlin, de paroles murmurées, d'un peu de chaleur humaine ? Pourquoi personne ne va le promener le long du couloir ou lui faire prendre un peu l'air ? Il n'y a pas de jardin, dans cet hôpital ? *Laissez-moi vous montrer*, ai-je envie de dire. *Avez-vous essayé de lui faire faire son rot ? Mon petit garçon pleure de la même façon quand il est ballonné.*

Voilà que je me mets à rédiger un très long post pour raconter tout ce qui m'arrive, soulignant à quel point les soignants font un travail formidable et la chance que nous avons d'avoir un aussi bon système de santé, mais mentionnant néanmoins que je meurs de soif, et qu'il est dommage que dans un hôpital personne ne songe à réconforter un bébé en détresse... Et puis je me rends compte que je ne suis pas vraiment en train d'écrire un post, que je me contente de hurler ces mots dans ma tête pour couvrir les pleurs déchirants du bébé.

Ça s'arrête, d'un seul coup, comme se taisent les bébés épuisés d'avoir trop pleuré, et dans la soudaineté de ce silence je me surprends à douter d'avoir vraiment entendu les cris d'un nouveau-né, de vraiment me trouver dans une chambre d'hôpital.

Le temps passe. Rien ne vient plus troubler le silence.

Quel soulagement, me dis-je.

Et puis les hurlements reprennent de plus belle.

Épilogue

Dan

Je me souviens des moindres détails de ce coup de fil, comme si je l'avais reçu hier. Marchant au hasard des rues, incapable de vraiment saisir ce que m'expliquait Irene et lui reposant dix fois des questions auxquelles elle m'avait déjà dit ne pouvoir répondre. Ça dépassait l'entendement : Emmy et Orson n'étaient jamais arrivés sur les lieux de la retraite. Les gens qui étaient censés l'accueillir ne lui avaient jamais envoyé de voiture. Cela faisait plus de soixante-douze heures que personne n'avait vu ou eu des nouvelles de ma femme et de mon fils.

Après ça, mes souvenirs deviennent plus confus, plus fragmentaires.

Je me souviens d'avoir appelé Doreen du train pour lui annoncer que j'aurais du retard et lui raconter en deux mots ce qui se passait ; pour lui demander de vérifier que les portes étaient bien verrouillées. Je me souviens qu'elle m'a dit de ne pas m'en faire pour elle, qu'elle donnerait le bain à Coco et qu'elle la coucherait, et qu'ensuite elle m'attendrait aussi longtemps que nécessaire. Et puis le train était entré dans un tunnel et la communication avait été coupée.

Je me souviens d'avoir essayé de joindre Emmy sur son portable, frénétiquement, inutilement, répétitivement. Puis d'avoir essayé l'autre, celui qu'elle avait planqué dans sa valise pour contourner les règles que les organisateurs de la retraite lui imposeraient sûrement, mais là encore je tombais toujours sur le message d'accueil de sa messagerie vocale.

Je ne me souviens pas d'avoir dit à Irene où je me trouvais ni le temps qu'il me faudrait pour regagner Londres, mais j'ai dû le faire, parce qu'à mon arrivée à Liverpool Station elle m'attendait derrière les portillons automatiques.

Elle venait d'appeler l'hôpital, m'a-t-elle dit. La mère d'Emmy n'avait rien de méchant, tout compte fait. Pas de signes d'une commotion cérébrale.

C'est pour ça qu'elle avait cherché à contacter Emmy, pour ça qu'elle avait appelé la retraite. Pour dire à Emmy que Virginia se trouvait aux urgences. Conviée au lancement de l'édition limitée d'une marque de gin, ma belle-mère avait trébuché en descendant les marches du club privé qui abritait l'événement et perdu connaissance après que sa tête avait heurté le sol en marbre, au bas de l'escalier. Irene m'avait raconté tout ça à l'arrière du taxi qui nous emportait vers le poste de police le plus proche, mais pour être honnête, ça m'entrait par une oreille et ça sortait par l'autre. Chaque fois que la circulation se densifiait, elle se penchait en avant et adressait quelques mots au chauffeur, qui exécutait aussitôt un audacieux demi-tour ou bifurquait d'un coup de volant vers une rue adjacente.

— Ils m'ont laissée parler à Ginny, m'avait informé Irene. Elle affirme que c'est la faute des chaussures.

Elle n'avait pas quitté le téléphone des yeux depuis que nous étions montés dans le taxi, son pouce toujours en mouvement tandis qu'elle s'adressait à moi.

— Bon, avait-elle dit en levant brièvement les yeux lorsque le taxi s'était arrêté devant le poste de police. Nous y voilà.

Cinq minutes plus tard, tandis que nous attendions qu'un officier prenne notre déposition, Irene m'avait expliqué ce qu'elle comptait faire, étape par étape, et ce qu'elle avait déjà fait. C'est à peine si j'entendais ce qu'elle me disait.

Je ne pensais qu'à Emmy et Orson, Orson et Emmy, quelque part dans la nature, disparus.

Aussitôt, face à l'officier de police, j'avais parlé de la voiture qui était venue les chercher. Je l'avais vue se garer devant chez nous, puis s'éloigner en emportant ma femme et mon fils. L'officier m'avait demandé de la décrire. Elle était bleue, lui avais-je dit, le genre de voiture que conduisent tout le temps les chauffeurs Uber. Une Toyota Prius, peut-être. Je n'ai pas mon permis et je n'y connais pas grand-chose en voitures, avais-je expliqué. Et le chauffeur ? Je n'avais pas vraiment fait attention à lui. Non, je n'avais pas non plus noté le numéro de la plaque d'immatriculation. Et votre femme, avait demandé le policier, semblait-elle dans son état normal ? Semblait-elle agitée, déprimée ou particulièrement soucieuse quand elle avait pris place dans ce véhicule ? Non, rien de tout ça, avais-je répondu avant de lui rappeler qu'elle pensait monter dans la voiture envoyée par les organisateurs de la retraite. Comment aurait-elle pu savoir qu'elle avait été annulée par Dieu sait qui et remplacée par cette bagnole sortie de nulle part ? Le policier avait voulu savoir si je me souvenais de la dernière chose dont nous avions parlé.

Je m'en souvenais.

Emmy m'avait demandé si j'avais bien mis un paquet de couches dans le sac à langer, et j'avais répondu par l'affirmative. Puis elle m'avait demandé si le sac à langer se trouvait bien dans le coffre, et je l'avais de nouveau rassurée. Parfait, avait-elle dit. Un bout de son manteau s'était pris dans la portière quand elle avait voulu la claquer et elle avait dû la rouvrir et la refermer alors que la voiture était déjà en mouvement. J'avais agité la main, mais Emmy ne s'était pas retournée.

L'idée que je ne reverrais peut-être jamais ma femme m'avait alors traversé l'esprit ; que ce moment où je l'avais vue se tordre sur son siège pour attacher sa ceinture de sécurité resterait peut-être la dernière image que j'aurais d'elle.

L'officier avait ensuite posé des questions sur l'endroit où elle se rendait, le type de retraite dont il s'agissait, les motivations de ma femme pour la suivre. Irene et moi lui avions dit tout ce que nous savions. Il avait demandé pourquoi nous ne nous étions pas inquiétés plus tôt et nous avions dû répéter à peu près tout ce que nous venions déjà de lui expliquer.

— Alors, vous n'avez pas été surpris qu'elle ne vous donne aucune nouvelle ?

— Comme je viens de vous le dire, avais-je répondu en puisant dans mes réserves de patience, je n'attendais pas de nouvelles avant après-demain.

Je me souviens que je ne pouvais pas m'empêcher de penser au fait que la plupart des gens portés disparus refont surface dans les quarante-huit heures, une statistique qui revenait tout le temps sur les sites Internet que j'avais consultés dans le train, alors que je me renseignais sur ce qu'on était censé faire en pareille situation, et sur la façon dont la police traitait ce type d'incident. Pour la plupart des gens, cette statistique était sans doute rassurante.

Mais cela faisait maintenant trois jours entiers qu'Emmy et Orson n'avaient plus donné signe de vie.

Selon l'officier de police, l'explication la plus probable était qu'Emmy avait simplement eu besoin d'une pause dans sa vie – besoin de larguer les amarres quelques jours pour faire le point. Ça arrivait plus souvent qu'on ne l'imaginait. Avais-je vérifié les dernières opérations bancaires sur notre compte joint, si nous en avions un ? Ma femme était sans doute en train de décompresser dans un spa en Cornouailles, ou dans un autre endroit du même ordre, loin d'imaginer que son escapade provoquait une telle agitation parmi son entourage.

Irene n'avait pas eu l'air convaincue.

Je suppose que de son point de vue, si Emmy avait décidé de disparaître dans un nuage de fumée façon David Copperfield pour mieux réapparaître plus tard, les moindres détails de ce tour de passe-passe auraient été réglés avec son agente.

Je ne pouvais qu'approuver cette façon de voir les choses.

L'idée qu'Emmy puisse avoir des idées noires était la seule chose qui semblait inquiéter le policier chargé de notre déposition. Avait-elle évoqué devant moi des pulsions autodestructrices ? Avait-elle tendance à s'autodénigrer ? Avais-je noté des signes de dépression post-partum ?

Je niais fermement de la tête en réponse à chacune de ses questions.

Celles qui avaient suivi me concernaient plus directement ; des questions sur mes occupations au cours des jours qui avaient précédé la disparition, et dont le but m'avait échappé jusqu'à ce qu'elles me reviennent plus tard à l'esprit.

Connaissions-nous des difficultés financières, ces derniers temps ? Des problèmes de couple ? Se pouvait-il qu'elle ait rencontré un autre homme ?

— Écoutez, avais-je fini par dire, à bout de patience. Je sais que vous faites votre travail, que vous vous efforcez d'éliminer les causes les plus probables de sa disparition, mais je vous demande de m'écouter d'abord. Ma femme n'a pas fugué, que ce soit seule ou au bras d'un amant, elle n'a pas disparu *volontairement*. Elle a été enlevée. Cet homme, le chauffeur qui est venu la chercher, vous devez absolument le retrouver. Jetez un œil au compte Instagram de ma femme. Elle a publié des vidéos pour annoncer qu'elle partait suivre une retraite de cinq jours. Pourquoi aurait-elle pris la peine de raconter ça à des centaines de milliers de gens si elle avait décidé de s'évaporer sans laisser d'adresse ? Rien dans son comportement ne peut expliquer ce qui s'est passé.

Plusieurs tentatives malheureuses nous avaient alors appris que l'accès aux réseaux sociaux avait été bloqué sur les ordinateurs du poste de police. Finalement, Irene était venue au secours de l'officier, dégainant son téléphone pour lui faire une visite guidée du feed d'Emmy.

Il me semble que c'est seulement lorsqu'elle s'était connectée au compte d'Emmy pour lui montrer le genre de messages dont ma femme était quotidiennement la cible que cet homme avait commencé à prendre notre inquiétude au sérieux.

— Lisez ça, avait-elle dit, son pouce se pliant et s'étirant tandis que défilaient les DM.

Bien entendu, il y avait le flot habituel de mots d'encouragement et d'admiration, voire de dévotion, mais ici et là surgissaient des messages d'un genre bien différent. D'un genre qui dévoilait une autre facette de la nature humaine ; des messages à faire froid dans le dos tant ils transpiraient la haine. Toujours les mêmes mots, les mêmes injures, les mêmes menaces. Pour que le policier se fasse une idée du type de personne qu'on trouvait derrière ces horreurs, Irene avait cliqué sur un des rares messages qui n'étaient pas anonymes.

— Regardez sa photo de profil, avait-elle dit.

Visage affable et vêtue avec soin, une cinquantenaire levait un verre de vin face au soleil couchant. Elle écrivait qu'Emmy était une mère lamentable et qu'elle méritait de voir Coco s'étouffer sous ses yeux avec un raisin. Un autre message (en provenance d'un compte sans publications, sans abonné et sans photo de profil) souhaitait à Emmy que toute sa famille – toute *ma* famille – périsse dans un accident de voiture. Un peu plus bas, Emmy avait reçu la photo d'une paire de testicules, prise de derrière, avec ce qui semblait un bout de fesse poilue. Il m'avait fallu un moment pour comprendre comment ce crétin était parvenu à se photographier sous cet angle. Suivaient un tas d'autres messages agressifs et fielleux inspirés par toutes sortes de sujets, qui allaient de la couleur des cheveux de ma femme aux prénoms de nos enfants.

Ce défilé de bassesses donnait vraiment le sentiment d'avoir ouvert une porte sur une forme d'enfer. Toute cette rage. Toute cette malveillance. Toute cette jalousie. Toute cette haine.

— Elle ne m'a jamais parlé de…, avais-je bredouillé. J'ignorais que…

Il me fallait une minute pour digérer ce que je venais de découvrir, avais-je répété plusieurs fois, avant de me rendre compte que le temps dont j'allais avoir besoin ne se comptait pas en minutes.

Sur l'écran d'Irene s'affichait le message d'une femme qui ne cessait d'envoyer des photos d'excréments à Emmy. Une silhouette dans un cercle gris exigeait un débat en tête-à-tête sur la santé mentale des objets. Un homme lui donnait son adresse pour qu'elle lui envoie un biberon rempli de son lait maternel.

Emmy pouvait se trouver entre les mains de n'importe lequel de ces dingues. Emmy et Orson. Deux êtres que j'aimais tant. Mon petit garçon, un bébé de deux mois qui n'arrivait pas vraiment à lever la tête ni même à la tourner, et qui commençait tout juste à sourire. Une créature sans défense d'une placidité, d'une innocence, d'une beauté à nulle autre pareille. Ma femme. La personne avec qui j'avais choisi de passer le restant de mes jours, la personne que j'avais eu envie d'épouser à l'instant où je l'avais rencontrée. Qui restait, en dépit de tout, ma meilleure amie.

C'est alors que je m'étais souvenu avec un horrible pincement au cœur que mes derniers mots, lorsqu'elle était partie, n'avaient pas été « Je t'aime », ou « Tu vas me manquer », ou encore « On prendra le temps de résoudre nos différends quand tu rentreras, d'accord ? », mais une remarque acerbe sur la quantité de bagages qu'elle emportait avec elle.

Pour la première fois depuis des semaines, mes pensées pour Emmy n'étaient pas associées à la répugnance que m'inspiraient certains aspects de son métier d'influenceuse, à la spontanéité perdue de notre vie de parents ou à nos problèmes de couple.

Quand je pensais à Emmy, c'est le soir où nous nous étions rencontrés qui me revenait en mémoire. Je revoyais son sourire. Je croyais entendre son rire.

Je songeais à notre premier rendez-vous, à sa main dans la mienne, aux reflets du ciel de fin d'été dans l'eau du canal le long duquel nous nous étions promenés au sortir d'une visite au zoo.

Je songeais à toutes ces plaisanteries qui ne font rire que nous, à toutes ces allusions que nous sommes seuls à saisir, à toutes ces formules détournées, ces inventions de langage, ces mots bricolés que nos enfants vont naturellement intégrer à leur vocabulaire, avant de prendre conscience, plus tard, qu'ils n'appartiennent qu'à nous.

Je songeais à notre lune de miel, à cette première nuit, quand nous avions quitté ce bar de plage si saouls que nous avions dû nous soutenir l'un l'autre jusqu'à l'hôtel, et que nous nous étions réveillés au début de l'après-midi dans nos habits de la veille, le visage écrasé sur les pétales de rose qui tapissaient le lit, au milieu d'un désordre de serviettes naguère pliées en forme d'animaux. Je songe au matin où nous avons découvert qu'Emmy était enceinte de Coco, les larmes de joie, l'intensité de son étreinte lorsqu'elle m'avait serré contre elle, le test de grossesse toujours dans la main. Je songe à ces innombrables soirées devant la télévision, tout un hiver de Netflix entrecoupé de visites à l'hôpital, d'échographies et de câlins arrosés de bière sans alcool. Je me souviens du jour où Coco est née, les premiers contacts physiques avec notre fille, peau contre peau sur les seins de ma femme puis au creux de mes bras. Je me souviens de cet après-midi où nous avons quitté l'hôpital avec Coco, rien que nous et le bébé, à la maison, pour la première fois ; ce sentiment terrifiant de n'avoir aucune idée de ce qu'il fallait faire.

Un sentiment terrifiant auquel je devais à nouveau faire face, cette fois-ci sans Emmy.

Après la démonstration d'Irene, l'ambiance avait changé au poste de police. Notre interlocuteur était allé chercher son supérieur, qui avait passé quelques coups de fil. Très vite, ils avaient décidé d'organiser une conférence de presse le lendemain matin. Pouvais-je leur fournir une photo d'Emmy, Orson et moi ? m'avaient-ils demandé. Sur laquelle nous étions aussi souriants que possible, avaient-ils précisé.

J'avais répondu que ça devait pouvoir se faire. L'ironie d'une telle demande leur avait peut-être échappé.

Irene et moi avions pris congé des policiers. Je pensais que le taxi au bord duquel nous étions montés se dirigeait vers chez moi, lorsque au bout de dix minutes je m'étais rendu compte qu'il roulait dans la mauvaise direction.

J'avais brusquement pivoté vers Irene en lançant quelque chose comme « Eh ! On va où, là ? », et elle m'avait dit de rester tranquille.

— Le temps presse, Dan. Tu ne crois quand même pas que je vais rester les bras croisés en espérant que les flics fassent leur job ?

Elle avait publié un post sur le flux de Mamapoil avant même de quitter le bureau des policiers. Un message expliquant qu'Emmy avait mystérieusement disparu avec son fils et qu'elle avait été vue pour la dernière fois à bord d'une voiture dont elle donnait la description, ainsi que celle des vêtements portés ce jour-là par Emmy. En conclusion, elle demandait à toute personne qui l'aurait vue de se manifester sans délai.

Un quart d'heure plus tard, le taxi nous avait déposés devant chez Irene. Nous étions restés scotchés à nos téléphones pendant tout le trajet. À un moment, j'avais vaguement eu conscience d'entendre le chauffeur nous poser une question amicale, puis son marmonnement agacé lorsqu'il n'avait pas reçu de réponse. J'avais continué à l'ignorer. Les commentaires s'empilaient sous le post d'Irene, si vite que mon pouce ne parvenait pas à suivre la cadence. Un grand nombre d'entre eux étaient juste du bavardage ; des gens qui adressaient leurs pensées chaleureuses à Emmy, espéraient qu'elle allait bien, pensaient très fort à elle et à son petit garçon… Au bout de cinq minutes, de nombreux followers avaient claironné : « Canular !!!! » Encore cinq minutes de plus, et les spéculations s'étaient mises à déferler, chacun y allant de son hypothèse, voire de son explication, étayée par rien de plus solide que ce qu'en disait son petit doigt.

Parfois, Internet peut vraiment mettre à mal notre foi en la nature humaine.

Mais parfois, c'est tout le contraire : le temps d'arriver chez Irene, une abonnée avait déjà repéré le nom d'une ville dans une des Instastories d'Emmy et, une fois le panneau agrandi, avait pu identifier les lettres « enham ». Sur l'Instagram de Mamapoil, Cheltenham avait d'abord recueilli la majorité des suffrages, jusqu'à ce que quelqu'un propose Twickenham. C'était bien plus plausible, vu le temps depuis lequel Emmy était partie au moment où elle avait posté cette *story*.

La voiture d'Irene était garée à l'angle de son immeuble. C'était la première fois que je voyais où elle vivait ; un bâtiment Art déco niché au cœur de Bayswater, avec des poignées en laiton sur la porte d'entrée et un type en uniforme qui vous accueillait derrière un bureau de réception en marbre. La voiture était un coupé deux places MG, couleur bleu pâle. Une forte odeur de tabac froid imprégnait l'habitacle. La lumière du jour commençait déjà à décliner lorsque nous nous sommes engagés sur l'A316. J'avais eu Doreen au téléphone. Elle acceptait de passer la nuit à la maison. Je lui avais demandé d'embrasser ma fille, mais Coco dormait déjà. Nous avions passé Chiswick. Nous avions franchi la Tamise. Le temps d'arriver à Richmond, une abonnée avait identifié une station-service à l'arrière-plan d'une autre Instastory d'Emmy comme étant celle qui était située au bord de l'A309, juste avant de traverser Thames Ditton.

Nous ne pouvions être certains que cette information était juste, mais ça correspondait à la direction dans laquelle roulait la MG.

Qu'est-ce qui vous fait dire que c'est bien cette station-service ? avait demandé quelqu'un.

Le personnage grandeur nature qui se dresse à l'avant de la station-service, avait répondu l'abonnée à l'origine de cette découverte. Le mannequin en salopette avec le bras articulé qui salue les voitures. Elle était passée devant à plusieurs reprises et elle avait remarqué son oreille ébréchée, ainsi que les endroits où la peinture bleue de sa salopette avait fini par s'écailler sous les intempéries. Sur Street View, elle avait fait pivoter l'image afin d'établir une liste de ce qu'on pouvait voir autour de la station-service. Le restaurant de *fish and chips* de l'autre côté de la route. La passerelle rouillée. Le garage définitivement fermé dont les vitres étaient tapissées de vieux papiers journaux.

Ça nous avait suffi pour poursuivre le jeu de piste.

Nous ne nous parlions pas beaucoup, Irene et moi. Elle conduisait et j'essayais de suivre ce qui se passait en ligne.

Et ce qui se passait en ligne, c'était un rassemblement de toute la communauté d'Emmy. Notre appel à l'aide avait déjà été relayé par les membres de sa constellation (à l'invitation d'Irene ou de leur propre initiative, je n'aurais su le dire). Mais ça allait bien au-delà des autres instamums. Le menu fretin s'y était mis aussi, une grande partie des abonnées de Mamapoil. Des femmes en Écosse, au pays de Galles, aux États-Unis. Et c'est précisément une expatriée établie en Arizona qui avait été la première à avancer que cet alignement d'arbres et ces étendues verdoyantes, observables dans l'Instastory suivante d'Emmy, pourraient bien être la portion de Claremont Park qui s'étirait le long de l'A307. Si vous regardez bien, avait-elle écrit, on aperçoit les reflets d'un lac, dans le lointain.

Alors que je venais tout juste de lire ces mots sur mon téléphone, j'avais repéré un panneau du National Trust[19] avec le nom du parc en question, à une vingtaine de mètres sur notre gauche. Quelques minutes plus tard, nous étions passés devant un autre panneau qui indiquait la direction à suivre pour le rejoindre.

---

19 Organisation caritative britannique dont le but est de préserver le patrimoine et les espaces ouverts.

Le paysage s'obscurcissait derrière les vitres de la MG d'Irene. Cela faisait au moins une heure que nous roulions. La dernière des Instastories d'Emmy avait été postée à environ midi quarante le jour où elle avait disparu avec Orson. Sur la vidéo, on pouvait voir le véhicule dans lequel ils se trouvaient quitter la route principale pour emprunter une voie bien plus étroite et bordée de haies, avec un fossé qui courait tout du long. La légende de sa *story* était « Pétaouchnock ! » Il y avait quelque chose de profondément perturbant à regarder ce décor défiler à la fois sur mon écran et derrière le pare-brise de la voiture d'Irene, en sachant que cette route avait peut-être mené ma femme et mon fils vers un destin tragique. Ma gorge se serrait à l'idée que ces images finiraient immanquablement sur les chaînes d'information en continu s'il leur était arrivé quelque chose, poignantes et fascinantes comme la dernière apparition granuleuse d'un quidam sous l'œil d'une caméra de vidéosurveillance, avant qu'il ne soit victime d'un terrible accident ou d'un abominable crime.

Au cours de cette journée, j'ai connu des moments où j'aurais accueilli une demande de rançon avec des cris de joie.

— Ici ! avais-je crié alors que nous passions devant un chemin perpendiculaire qui s'enfonçait dans l'obscurité.

Irene avait freiné brutalement, tournant la tête par-dessus l'épaule pour faire aussitôt marche arrière.

— Tu es sûr, Dan ?

Je l'étais, mais j'avais tout de même regardé une dernière fois l'image figée sur l'écran de mon téléphone.

— Oui, c'est bien là qu'ils ont tourné.

C'était un de ces chemins de campagne sur lesquels on hésite à s'engager, même quand on ne craint pas qu'il débouche sur une vision d'horreur. Un de ces chemins dans lesquels on s'égare parfois pendant les vacances et qui vous font redouter de croiser un autre véhicule, parce qu'il n'y aura tout simplement pas assez de place pour le laisser passer ou se ranger sur le côté, et qu'il faudra bien qu'une des deux voitures se résolve à faire marche arrière. Et vous savez qu'au bout du compte c'est vous qui allez être contraint de reculer et reculer et reculer encore ; qu'au bout du compte c'est vous qui allez essayer de vous réfugier le long d'un portail, à un endroit où ce chemin de cauchemar dessine une légère courbe, en espérant ne pas rayer la carrosserie de la voiture de location ou ne pas la mettre dans le fossé. Un de ces chemins qui expliquent pourquoi je n'ai jamais passé mon permis de conduire.

Irene l'avait gravi à quatre-vingts kilomètres à l'heure. La voiture rebondissait sur des cailloux, dans des ornières, on entendait le bruit de branches qui griffaient la carrosserie, giflaient les rétroviseurs et les vitres.

Nous étions passés devant quelques portails qui semblaient n'ouvrir que sur des champs. Il nous avait fallu près de dix minutes pour atteindre la maison. Irene s'était mise à rouler au pas tandis que nous inspections l'allée sombre qui montait légèrement vers la porte d'entrée. Pas la moindre lumière. Aucune voiture visible.

— Qu'est-ce que tu en penses ? m'avait-elle demandé.

— Je n'en sais rien, Irene.

Laissant la maison sur notre gauche, elle avait continué à rouler tout doucement et le chemin s'était mis à tourner, également sur la gauche. Deux minutes plus tard, nous nous étions arrêtés devant un nouveau portail, fermé par un cadenas. J'étais sorti de la voiture et Irene s'était contentée de baisser sa vitre. Derrière le portail s'étendait un champ vallonné qui descendait vers un ruisseau. Même en me hissant sur un des battants, je ne pouvais voir au-delà de cette frontière naturelle. Quelque part dans un bouquet d'arbres, une palombe roucoulait. Je percevais le bourdonnement léger d'une ligne à haute tension qui courait de pylône en pylône à travers le champ.

Je m'étais tourné vers Irene et j'avais secoué la tête. Seul un tracteur aurait pu poursuivre son chemin dans cette direction.

Irene avait fait demi-tour vers la maison.

C'était une curieuse sensation de songer qu'Emmy et Orson étaient venus ici, qu'ils avaient été secoués sur ce même chemin défoncé, qu'ils avaient posé les yeux sur ce même décor champêtre. Je m'étais demandé à quel moment Emmy avait senti que quelque chose clochait, qu'elle ne se trouvait pas là où elle était censée se rendre. J'avais beaucoup de mal à me représenter cet instant où les choses avaient basculé. Avait-elle eu le temps de réagir ? J'étais certain que son premier réflexe avait été de protéger notre petit garçon. Avait-elle tenté de fuir ? De ramener son agresseur à la raison ? De négocier ?

Parvenus au milieu de l'allée, Irene m'avait fait remarquer que la porte du garage était entrebâillée.

Elle s'était garée devant la maison, phares allumés. J'avais ouvert ma portière et m'étais précipité hors de la voiture avant même qu'elle ne se soit entièrement immobilisée. Les doubles battants de bois qui fermaient le garage étaient mal entretenus, recouverts d'une peinture qui partait en lambeaux ici et là. J'en avais ouvert un, puis l'autre.

Le sol en ciment n'accueillait qu'un congélateur et un vieux tapis, tâché d'huile en son centre. Deux marches carrelées menaient à une porte qui reliait le garage au reste de la maison. J'étais prêt à la forcer, mais elle n'était pas verrouillée.

Derrière moi, j'entendais Irene qui parlait au téléphone, sûrement à la police. La pièce sombre dans laquelle je venais de pénétrer semblait servir de débarras. Les dernières lueurs du jour échouaient à traverser le verre dépoli de l'unique fenêtre, et je ne distinguais que des formes mal définies. Une table et des chaises empilées sous des draps, peut-être. Des cartons posés les uns sur les autres. J'avais cherché un interrupteur, sans succès. Un passage dégagé traversait la pièce jusqu'à une autre porte dont j'avais trouvé la poignée à tâtons.

— Emmy ? avait-je murmuré une fois passé cette porte.

La maison était silencieuse. Me souvenant brusquement de la fonction lampe de poche, j'avais éclairé les alentours avec mon portable. J'étais dans le salon. Devant moi se trouvait une cheminée rustique et un canapé. Derrière une paire de fauteuils assortis je distinguais une porte qui permettait sans doute d'accéder à la cuisine. À ma droite, une table à manger sur laquelle une enveloppe semblait attendre d'être postée. À ma gauche, un escalier.

— Emmy ? Avais-je lancé, à voix haute cette fois-ci.

J'avais poussé la porte de la cuisine et promené le faisceau lumineux autour de la pièce, sans que rien n'attire d'abord mon attention. Une porte vitrée qui donnait sur le jardin. Une assiette sur le plan de travail. Comme ceux du salon, les rideaux de la cuisine étaient fermés. Dehors, j'entendais le gravier crisser sous les pas d'Irene qui m'appelait, puis appelait Emmy. C'est alors que je les avais vues, près de la porte vitrée.

Les chaussures de ma femme.

Je m'étais retrouvé au milieu de l'escalier avant de réfléchir à ce que je faisais, gravissant trois marches à la fois dans une semi-obscurité et me cognant l'épaule sur le mur, à l'endroit où l'escalier formait un angle. J'aurais pu me rompre le cou quand j'ai raté l'avant-dernière marche et que j'ai failli redescendre sur le dos. À l'étage, la première porte que j'avais ouverte était celle de la salle de bain. J'avais vérifié que la baignoire était vide, puis la douche, manquant d'arracher son rideau.

Rien ici.

Une deuxième porte s'était ouverte sur une pièce peinte en rose. Il y avait une suspension en forme de montgolfière, un ours en peluche dans un panier d'osier et un berceau poussé dans un angle. Il n'était pas occupé.

Derrière la troisième porte se trouvait encore une chambre. Des rideaux fermés. Un lit curieusement placé au centre de la pièce. J'avais eu un mouvement de recul, pris à la gorge par une odeur répugnante. En bas, j'entendais Irene se cogner dans les meubles du salon en poussant des jurons.

— À l'étage ! avais-je voulu crier, mais ma bouche était si sèche que c'est à peine si j'avais émis une sorte de croassement.

Un petit moniteur relié à un dispositif de perfusion affichait des informations en blanc sur fond bleu. Le tube qui sortait de la poche était relié à la personne qui se trouvait là, allongée sous une pile de couvertures.

Excréments. C'était une des odeurs qui imprégnaient la pièce. Une odeur d'excréments séchés. D'urine et de vomi, aussi.

J'avais tendu l'oreille. Aucun bruit de respiration ne me parvenait. Dirigée vers le lit, la lumière de mon portable avait éclairé des couvertures en épaisse laine marron.

— Emmy ?

Pas de réponse.

J'avais trouvé l'interrupteur et un plafonnier avait baigné la scène d'une lueur sinistre. L'instant d'après, je tirais d'un coup sec sur les couvertures.

Emmy était allongée sur le dos, bouche ouverte et très pâle, une perfusion dans le bras. Les draps étaient trempés, tout comme les vêtements qu'elle portait.

— Irene ! avais-je hurlé. Viens vite !

Je crois me souvenir de lui avoir également crié d'appeler les secours.

J'avais pris le pouls d'Emmy, puisant dans mes souvenirs de boy-scout. Aucun signe de vie sous mes doigts. Sa peau était froide et moite.

Et puis je l'avais senti. Faible, très faible. Si faible que je m'étais d'abord demandé si je ne l'imaginais pas, si ce n'était pas les pulsations de mon propre cœur que je sentais au bout de mes doigts.

Elle était vivante.

J'avais caressé sa joue tout doucement.

Pas de réaction.

Je m'étais penché sur son visage, j'avais murmuré son prénom, secoué son épaule. Toujours aucune réaction. Je l'avais secouée un peu plus fort, j'avais essayé de la redresser légèrement sur l'oreiller. Sa tête était tombée en avant, menton sur la poitrine. J'avais relevé une paupière avec mon pouce. Aucune résistance. Ce n'est que lorsque j'avais braqué la lumière du téléphone directement dans son œil ouvert qu'une faible plainte s'était échappée de sa bouche, qu'elle gardait toujours ouverte.

C'est alors que j'avais pris conscience de la présence d'Irene, derrière moi sur le seuil de la porte. Elle semblait hésiter à entrer, plus du tout sûre d'elle, tout à coup. Elle m'avait demandé comment allait Emmy.

— Elle est en vie.

Il me semble l'avoir répété plusieurs fois.

— Et Orson ?

Une sensation de vide, une sorte de panique froide m'avait tétanisé un instant. Puis j'avais secoué la tête.

— Pas ici, avais-je dit.

Il y avait une petite flaque de vomi blanchâtre sur l'oreiller. Et d'autres traces de la même substance dans les cheveux d'Emmy. J'avais soulevé son bras pour voir si je pouvais débrancher le tube qui la reliait à la poche de perfusion. Quoi qu'elle ait contenu, cette poche était désormais vide.

— Orson ? Orson, mon bébé ?

Irene était partie inspecter le moindre espace à la recherche de mon fils, et je l'entendais ouvrir des placards, des penderies, déplacer des meubles, s'agenouiller pour regarder sous les lits, soulever des rideaux.

Emmy savait, avais-je pensé. Elle seule était en mesure de nous dire ce qui s'est passé, qui lui avait fait ça, ce qui était arrivé à Orson. Peut-être était-il encore temps de le sauver. Il fallait agir aussi vite que possible. Je l'avais fermement agrippée aux épaules, la secouant encore, mais cette fois-ci avec beaucoup plus de vigueur, de détermination.

Elle avait poussé la même petite plainte, une sorte de grognement qui semblait venir du plus profond d'elle-même. Ses lèvres étaient gercées, fendillées. Son visage blême et ses traits tirés faisaient peur à voir. C'est à peine si elle respirait. Mais elle était vivante.

— Emmy ? Emmy ? Tu m'entends ?

Un son si étrange qu'il aurait pu provenir d'une machine avait passé ses lèvres abîmées.

Sa langue semblait enflée, douloureuse.

— Emmy, où est Orson ? Qu'est-il arrivé à notre bébé ?

La réponse était venue, mais ce n'est pas Emmy qui me l'avait donnée. Alors que je m'employais à redresser le haut de son corps et à balancer ses jambes sur le rebord du lit pour essayer de la mettre sur ses pieds, j'avais vu mon Orson, grisâtre et inerte, allongé contre elle en position fœtale.

Il était si petit, si immobile, que je n'avais même pas remarqué sa présence. J'avais failli poser mon genou sur mon fils tandis que je tentais de hisser Emmy en position debout.

Jamais il ne m'avait paru aussi minuscule.

Lorsque je l'ai pris dans mes bras, il était tellement léger que c'était comme soulever quelque chose de creux, une coquille vide. Ses yeux étaient hermétiquement fermés et ses lèvres enflées restaient entrouvertes, presque violettes. Je m'étais courbé sur lui, l'oreille presque collée à son nez et à sa bouche, et je n'avais rien perçu, ni souffle ni son, qui puisse entretenir l'espoir. Mes mains faisaient des allers-retours désespérés entre son poignet et son cou, à la recherche d'un pouls, de la moindre pulsation de vie. Rien.

C'était tout simplement le pire moment de ma vie.

Irene me disait quelque chose depuis la porte de la chambre, mais c'était comme si elle me parlait au-dessus du vacarme d'une rivière en crue, un jour de grand vent.

Lorsque j'avais ouvert les yeux de mon fils et dirigé sur eux la lumière du portable, ils étaient aussi ternes et sans vie que ceux d'un poisson sur l'étal d'un marché.

Emmy

Parvenu à ce passage du livre, il s'interrompt toujours, Dan. Il inspire profondément, ferme le bouquin, puis les yeux. Comme s'il revivait le moment. Comme s'il était submergé par l'émotion.

Il doit y avoir trois cents personnes sous ce chapiteau. Chacune d'entre elles semble retenir sa respiration.

Dan s'empare de son verre d'eau et en avale quelques lentes gorgées, le pouce glissé entre les pages du livre qu'il tient contre sa poitrine, à l'endroit où il s'est interrompu. Je peux voir la photo – Dan et moi, main dans la main – qui illustre le dos de la jaquette de *Ces petits carrés : La Vérité à poil,* un récit de Mamapoil et Papapoil. Un demi-million d'exemplaires vendus en six mois.

— Je vous prie de m'excuser, dit-il d'une voix qui se casse un peu, le regard perdu vers les hauteurs du chapiteau.

Mon Dieu, quel cabot.

Sur chaque visage, je peux lire la même expression compatissante. Cette mimique à la fois soucieuse et attendrie que suscitaient aussi mes paroles, à l'époque où je parlais des affres de ma vie de maman devant des salles remplies de femmes qui payaient pour m'entendre. Merde, je me demande s'il n'est pas en train de devenir *meilleur* que moi à ce petit jeu. À vue de nez, je dirais que quatre-vingts pour cent des yeux braqués sur mon mari sont au moins un peu embués.

Au troisième ou quatrième rang, une femme se mouche bruyamment. Au premier rang, une autre a passé le bras autour des épaules tremblantes de son amie.

Est-ce le fruit de mon imagination, ou Dan vient-il de faire un petit geste rapide, comme s'il écrasait une larme? Si je n'ai pas rêvé, c'est une nouvelle fioriture ajoutée à son répertoire. Je me demande depuis combien de temps il mijote cette nouveauté. En tout cas, je suis certaine qu'il n'a pas fait le coup de la larme lors de notre dernière lecture publique au festival du livre d'Édimbourg, il y a quinze jours.

Attention, je ne suis pas en train de dire que ce passage du livre a été simple à écrire. Bien au contraire. Se forcer à revivre tout ça a été douloureux pour Dan comme pour moi. Enfin, surtout pour Dan, à vrai dire. C'est à peine si je me souviens de mon séjour à l'hôpital, et encore moins de mon passage dans cette horrible baraque.

Alors que tout cela restera sûrement gravé à jamais dans la mémoire de Dan, je n'ai conservé qu'une vague impression de ces moments d'horreur.

On m'a dit que mes premières paroles, lorsque je me suis réveillée dans ce lit puant, et plus tard à l'hôpital, ont été pour Orson. Où était mon bébé? Je me souviens de la lumière trop vive de la chambre d'hôpital, de l'expression sur le visage de Dan. Ils faisaient tout ce qu'ils pouvaient, m'avait-il assuré. Orson souffrait de dénutrition et de déshydratation *sévères*, et il était vraiment très faible. Heureusement, les secours étaient intervenus rapidement. Heureusement, Dan et Irene m'avaient très vite retrouvée. Ça s'était sans doute joué à une ou deux heures près.

La police avait localisé la voiture de cette femme, abandonnée dans un parking, quelque part sur la côte sud. Son alliance et son téléphone se trouvaient dans la boîte à gants et elle avait laissé ses chaussures au bas du siège conducteur. Fixée sur le pare-brise, une ancienne carte de stationnement réservée au personnel hospitalier avait livré le prénom de mon tortionnaire. Elle s'appelait Jill.

— Lors de mes journées les plus sombres, de mes nuits les plus intranquilles, il m'est arrivé de maudire ces petits carrés, de me demander si je faisais bien de partager ma vie avec les près de deux millions de personnes qui constituent désormais la communauté Papapoil. Qui constituent *notre* communauté, dit Dan en englobant le chapiteau tout entier d'un mouvement circulaire de la main. Bien sûr, j'ai compris que ma femme ait ressenti le besoin de se retirer entièrement des réseaux sociaux, et je respecte sa décision. Mais c'est la nature même d'un écrivain que de poser des mots sur les moments les plus douloureux de sa vie, de mettre sa couleur sur le noir d'une pénible expérience, et c'est ce qui m'a poussé à écrire mon histoire, *notre* histoire, avec ma meilleure amie, cette femme lumineuse et toujours de bon conseil qui se trouve être également mon épouse. Mais je n'oublie pas que si ce livre existe aujourd'hui, le mérite en revient en partie à notre talentueuse éditrice.

Dan lui sourit en prononçant ces mots. Elle se tient sur un coin de la scène, et je ne peux m'empêcher de remarquer le sac à main hors de prix qu'elle serre entre ses doigts.

— Je sais qu'il est tentant de montrer du doigt les réseaux sociaux, de dénoncer le rôle joué par notre plate-forme de prédilection dans ce qui nous est arrivé – cette souffrance que cette horrible femme a infligée à notre famille, dit Dan, en se mordant la lèvre avec un lent mouvement de tête.

Mais j'ai aussi pris conscience au cours du processus d'écriture de ce livre – j'étais alors loin d'imaginer qu'il deviendrait un jour un best-seller ! – que, lorsque nous avons eu besoin d'elle, cette extraordinaire communauté s'est unie pour nous venir en aide. Que pour chaque âme damnée comme cette infirmière diabolique – pour chaque personne qui vous en veut sans la moindre raison –, il existe des milliers de cœurs qui débordent de bienveillance.

Je promène les yeux sur l'assistance – repérant ma mère qui titube légèrement sur ses talons hauts entre les cordons de la zone VIP, un énième verre de prosecco à la main – et me demande ce que penseraient tous ces gens s'ils connaissaient la vérité. S'ils savaient pourquoi cette femme me tenait pour responsable de la mort de sa fille et de sa petite-fille.

Moi-même, je l'ai ignoré pendant longtemps. Dan a attendu que je retrouve un peu de forces pour me parler de cette lettre. Avec cet œil acéré qui lui sert d'ordinaire à fondre sur ses proies commerciales, Irene avait repéré mon nom sur une enveloppe abandonnée dans le salon de la maison où j'étais séquestrée. Et tandis que Dan hurlait, ses bras enveloppant le corps inerte de notre bébé, elle avait fourré la lettre dans sa poche avant que la police n'arrive.

Elle ne perd jamais le nord, mon agente.

Il s'était même passé quinze jours avant qu'elle n'en parle à Dan, sans doute parce qu'elle voulait d'abord observer les effets de la tempête médiatique et attendre de voir si la situation tournait à notre avantage – si ça valait la peine de me conserver au sein de son écurie. Et au cours des deux semaines où elle a gardé le silence sur la lettre de cette Jill, Irene nous a vus passer de l'« instacélébrité » à la célébrité tout court. Les demandes d'interviews affluaient de tous les continents, qu'il s'agisse de matinales radios indonésiennes, de talk-shows australiens ou d'émissions en prime time sur la BBC. Même Ellen DeGeneres nous voulait sur son plateau !

Mais surtout, Irene s'est intéressée à la façon dont Dan vivait ce succès populaire, à la façon dont il réagissait face aux innombrables articles et autres portraits télévisés qui le présentaient en homme tendre et intrépide ; en écrivain devenu détective privé par amour ; en super papa et super mari, mélange de Sherlock Holmes et de Ian Fleming [20] qui avait fait preuve d'audace et d'ingéniosité pour sauver sa femme et son fils d'une mort certaine. Le fait qu'Irene ait fourni aux médias sa fameuse photo en blouson de cuir, prise dix ans plus tôt pour la sortie de son roman, n'avait pas dû lui causer de tort. Quoi qu'il en soit, Irene avait constaté que toute cette attention médiatique, cet intérêt que le monde entier lui portait soudain, eh bien ma foi, Dan adorait ça.

Le temps qu'ils décident de me faire lire la lettre de Jill – sa confession dactylographiée, presque un roman en soi –, mon mari avait déjà tracé les grandes lignes d'un livre autobiographique qui s'articulerait autour de mon enlèvement, point de départ d'une réflexion sur la part sombre de l'influence sur Internet. Il n'était pas prévu que les motivations de ma ravisseuse soient mentionnées dans cet ouvrage.

Celles de Blanche, en revanche, ont été dévoilées en détail. Dan a un peu tardé à me révéler la clef du mystère – je crois qu'en réalité il avait complètement oublié cette histoire de photos volées, jusqu'à ce que je lui demande pourquoi Blanche n'était pas venue me rendre visite à l'hôpital. J'ai dû admettre que la mise en scène de l'intrusion dénotait un degré de compétence que je n'aurais jamais soupçonné chez cette fille, sans parler du talent avec lequel elle nous a

20 Romancier d'espionnage britannique et créateur de James Bond (1908-1964).

fait son petit numéro, conservant son sang-froid devant un Dan rendu fou de rage par ce compte #rp. Cela dit, elle a quand même été assez stupide pour empocher l'argent des photos volées sur son propre compte Paypal.

Ça avait commencé, avait expliqué Blanche, par de menus larcins. Elle dérobait principalement des cadeaux, des choses dont je me fichais et qui ne risquaient pas de me manquer, mais qu'elle pouvait aisément revendre sur eBay. Quand elle s'était enhardie et avait commencé à craindre que je ne remarque quelque chose – le point de bascule avait été le vol du blouson Acne Studios à deux mille livres et des bottes Burberry –, elle avait décidé de brouiller les pistes en simulant une intrusion et le vol du laptop. Ce n'est que lorsque son petit ami l'avait fichue à la porte de leur nid d'amour et qu'elle s'était retrouvée endettée jusqu'au panama que lui était venue l'idée de vendre des photos exclusives à mes fans, par le biais d'un de ces forums que je lui avais demandé de surveiller. Elle ne voyait pas en quoi divulguer quelques photos de plus pouvait nous faire du tort, avait-elle expliqué. Dans son esprit, il s'agissait juste du rebut qui n'avait pas été exploité sur Instagram.

Le livre comprend également une longue interview de Pamela Fielding – si longue qu'elle constitue presque un chapitre à elle seule –, dans laquelle la jeune fille parle de ses problèmes à la maison et à l'école, du sentiment d'approbation qu'elle trouve sur Internet, de la vie de famille qu'elle s'invente à travers des scénarios très détaillés. Au bout du compte, j'ai surtout eu de la peine pour elle, et je crois que Dan a ressenti la même chose.

Il a été décidé, sans doute à juste titre, que mon retour triomphal dans le monde des réseaux sociaux aurait l'air trop cynique après tout ce qui s'était passé. Mieux valait que le_papapoil prenne le relais de la_mamapoil, que je confie les clefs de mon compte et la garde de mes abonnées à Dan pour qu'il puisse promouvoir le livre en ligne et faire la chronique quotidienne du lent rétablissement de notre famille au lendemain d'une plongée dans l'horreur. À ce stade, Irene savait qu'avec les offres des grandes chaînes qui s'amassaient sur son bureau, ma carrière d'animatrice de télévision était sur le point de connaître des sommets auxquels j'avais à peine osé rêver. Le temps que je quitte l'hôpital, elle avait déjà donné un accord de principe pour *Emmy à nu*, mon talk-show familial.

Par bonheur, Dan est comme un poisson dans l'eau sur Instagram, bien plus doué que je ne l'aurais imaginé. Pour écrire sur les réseaux sociaux, aime-t-il plaisanter, il n'a qu'à faire comme si on lui avait retiré vingt points de QI. Ou comme s'il avait reçu une brique sur la tête. C'est fascinant de voir comme les abonnées sont toutes aux petits soins avec lui. Sous ses publications, les commentaires ne sont qu'une succession de cœurs et de clins d'œil, et mon mari se fait bombarder de DM écrits par des femmes qui ne verraient aucun inconvénient à ce qu'il vienne les arracher aux griffes d'une infirmière dévoyée.

Dan aurait-il aujourd'hui deux millions de followers si les gens savaient ce qui a vraiment poussé cette femme à faire ce qu'elle a fait ? J'en doute. Cela étant dit, comment être certain que c'est vraiment mon avis qui a convaincu sa fille ? Elle a très bien pu lire un point de vue similaire sur un tas de sites Internet ou sous la plume d'une autre influenceuse. J'ai de la peine pour elle et son bébé, cela va de soi. Ce qui leur est arrivé est horriblement triste – qui pourrait y être insensible ? Mais dois-je pour autant m'en sentir responsable ? Je n'ai jamais prétendu être experte en quoi que ce soit, et surtout pas en parentalité. En réalité, je n'ai fait que dire aux mamans ce qu'elles voulaient entendre.

Irene a tout de suite compris qu'il n'y avait aucun moyen d'exploiter cette sordide histoire à notre avantage. Puisque de toute façon Jill ne pouvait plus nous contredire, avait-elle estimé, mieux valait jeter un voile brumeux sur cette femme et la cantonner dans un personnage de croquemitaine numérique qui avait agi sans mobile apparent. J'ai été un peu étonnée de voir Dan se ranger rapidement à cette opinion. Racontée sous cet angle, cette histoire saurait sans nul doute trouver son public, avait-il approuvé après un moment de réflexion. Ce serait un *whydunit* [21] de l'âge des réseaux sociaux, une opportune réflexion sur nos comportements en ligne, un rappel des dangers qui nous guettent dans l'ombre du quotidien. Ce serait aussi, bien entendu, une façon de s'assurer que rien ne vienne entacher l'image des héros de cette fable des temps modernes.

Dans un même ordre d'idée, il fallait sans doute se réjouir que Polly ait refusé d'être interviewée pour le livre. J'étais endormie quand elle était venue me rendre visite à l'hôpital, toujours reliée à des perfusions et à des moniteurs. Elle avait laissé un bouquet de fleurs et une carte où elle nous souhaitait un bon rétablissement, à Orson et à moi, et se disait heureuse que nous ayons survécu à ce cauchemar. Une fois remise, j'ai tenté de la joindre à de nombreuses reprises, par e-mail et par téléphone. En vain : je n'ai plus jamais eu de nouvelles de Polly.

C'était sûrement mieux comme ça, avait déclaré Dan. Mieux de traiter l'épisode Polly sur un mode aussi allusif que possible, tant dans son intérêt que dans le nôtre.

---

21 Roman policier dans lequel l'intrigue se polarise davantage sur le mobile du crime que sur l'identité du coupable.

Je pouvais me reposer un peu, maintenant, le laisser prendre les choses en main, avait-il dit. C'était son métier de raconter des histoires et il allait trouver le ton juste pour écrire ce bouquin.

Les cinq cent mille exemplaires écoulés à ce jour semblent lui avoir donné raison.

Je le regarde sur scène, et il me semble retrouver l'homme en blouson de cuir qui posait avec assurance contre ce mur de brique. J'ai envie de rire, peut-être parce que quelque chose me chatouille au creux de l'estomac.

— Malgré tout ce que nous avons vécu, ma femme et moi, dit-il avec un geste vers le fond du chapiteau où je souris derrière le stand couvert d'exemplaires signés de notre livre, nous sommes infiniment reconnaissants de ce que nous offre la vie.

Je regarde trois cents personnes se dévisser le cou pour essayer de m'apercevoir, et j'entends un murmure ému s'élever des rangées de chaises – et même quelques applaudissements ici et là – lorsqu'ils remarquent mon ventre arrondi par six mois de grossesse.

Doreen, qui se tient dans un angle de la scène depuis que Dan a commencé son numéro de charme, laisse Orson trottiner jusqu'à son papa qui le soulève dans ses bras. Notre garçon adoré, petit bonhomme plein de vie et de santé qui soufflera dans quelques mois les bougies de son deuxième anniversaire.

Les têtes se tournent à nouveau vers la scène et, hormis ceux d'une Coco grincheuse qui cherche à attirer mon attention, je ne pense pas qu'on puisse compter un seul œil sec dans toute l'assistance.

C'est beaucoup plus compliqué qu'on ne l'imagine d'être morte.

Déclarée morte, je veux dire. Disparue sans espoir de retrouver le corps.

Pour commencer, impossible de se servir d'une carte de crédit. Impossible de payer en ligne son billet d'entrée dans un festival littéraire. Impossible de réserver sa place pour la lecture qui vous intéresse.

Elle est chaque jour un peu plus précaire, ma vie de morte présumée. Toujours régler en espèces, toujours courir après l'argent.

Je suis parfois tentée de prendre le risque, lorsque je songe à mes économies qui dorment sur mon compte en banque – tout cet argent à portée de main. Que se passerait-il si j'essayais de faire un retrait ? Quiconque aurait dû trouver refuge dans certains endroits où j'ai parfois dû trouver refuge au cours de ces dix-huit derniers mois serait tenté de prendre le risque, je crois. Quiconque aurait dû accepter les boulots qu'il m'a fallu accepter pour survivre.

J'avais l'intention de le faire. Ça faisait partie de mon plan depuis le début. Une fois certaine que justice aurait été rendue, une fois menée à bien la mission que je m'étais assignée.

Quelques heures supplémentaires, c'est tout ce dont j'avais besoin. Une demi-journée, tout au plus. Quand j'étais allée rendre une dernière visite à Emmy et Orson, il n'y avait pas le moindre mouvement sous les couvertures.

J'avais attentivement surveillé son compte Instagram, bien sûr. J'y avais lu l'annonce de sa disparition. Puis j'avais vu tous ces gens qui participaient à sa recherche, qui se prenaient au jeu, visionnant attentivement ses vidéos pour essayer d'identifier des lieux, des repères jalonnant son parcours jusqu'à la maison de Grace. Je les avais vus reconstituer peu à peu l'itinéraire, se rapprocher.

Tout était allé si vite. Tout s'était effondré si rapidement.

Lorsque je suis arrivée dans cette petite station balnéaire, j'étais toujours décidée à le faire. Je me suis garée dans un parking et j'ai retiré mon alliance, avant de la déposer dans la boîte à gants avec mon sac à main et mon portable, comme si j'allais piquer une tête. J'ai même laissé mes chaussures dans la voiture, parcourant pieds nus les quelques dizaines de mètres qui me séparaient de la mer. C'est un endroit qui m'avait marquée quand j'y étais passée, il y a quelques années, à cause de tous ces panneaux qui mettent en garde contre les courants forts, contre les courants d'arrachement. Un lieu désolé, angoissant, avec une ambiance de fin du monde et une plage grisâtre qui semble s'étirer presque jusqu'à l'horizon à marée basse, avant de disparaître en quelques minutes quand la marée remonte.

Ça aurait été si facile. J'étais arrivée au changement de marée, alors que la nuit commençait à tomber. Il ne me restait qu'à marcher sur la plage, et à marcher encore lorsque l'eau aurait remplacé le sable sous mes pieds.

Ce n'est pas mon amour pour la vie qui m'a empêchée d'aller au bout. Ce n'est pas la peur non plus.

C'est l'idée qu'une nouvelle fois je n'avais pas été à la hauteur. Qu'une nouvelle fois je n'avais pas été une bonne mère pour

Grace, une bonne grand-mère pour Ailsa. L'idée que justice n'avait pas été rendue.

C'est d'avoir compris, en voyant tous ces gens se porter à ton secours, Emmy, en regardant les commentaires de soutien pleuvoir sur ton compte, que tout ça n'allait pas te détruire comme je l'avais souhaité, mais au contraire redorer ton image et accroître ta néfaste influence.

J'avais voulu vous briser, toi et ta famille, mais j'avais fait de vous des héros. Des martyrs étalant leur histoire à la une des journaux. Emmy la victime, Dan le sauveur. Je voyais ça d'ici. Main dans la main avec ton mari sur le canapé d'une émission de télévision, relatant votre épreuve face à des caméras complaisantes, l'œil humide et des trémolos dans la voix. Expliquant comme tout ça vous a rendus plus forts que jamais, une famille soudée et résiliente.

Je me revois les pieds dans le sable, m'époumonant dans le vent qui emportait mes cris furieux, des grains de sable ou peut-être la pluie fouettant mon anorak. Le visage froid et mouillé de larmes, j'avais continué à hurler jusqu'à ce que je me mette à tousser et à sangloter et à tousser encore avec la sensation d'avoir la gorge à vif.

Jamais de toute ma vie je n'avais ressenti une telle rage, une fureur si intense, dirigée contre moi, contre les autres, contre le monde entier. Jamais de toute ma vie je n'avais ressenti un désespoir aussi total, aussi absolu. Et c'était avant de lire le portrait que vous avez fait de moi dans ce livre.

Celui d'une harceleuse, d'une espèce de dingue solitaire qui rôdait sur les réseaux sociaux et « dont les véritables mobiles pourraient rester à jamais un mystère ». Je cite tes mots, Emmy, à moins que ce ne soient ceux que tu as soufflés à ton mari. Pas une phrase sur la lettre que j'ai laissée à ton intention, rien qui puisse lier la punition que j'ai voulu t'infliger à la mort de ma petite-fille et au suicide de ma fille. Au lieu de quoi, tu as masqué la vérité sous une ribambelle de phrases toutes faites sur la jalousie que le succès inspire à certaines âmes aigries, sur la naïveté dont ton mari et toi aviez fait preuve, et sur les leçons que vous avez tirées de cette expérience douloureuse, avant d'enchaîner sur un passage à vous soulever l'estomac. Mais si, tu sais de quoi je veux parler. Celui où vous dites que, bien que nul ne puisse savoir ce qui m'est passé par la tête, vous espérez trouver, quelque part dans votre cœur, la force de me pardonner un jour.

J'ai été tentée d'acheter un de ces exemplaires signés que vous vendiez au fond du chapiteau, cet après-midi. De me joindre à la queue et de vous demander d'ajouter un petit mot à mon intention. Bien sûr, je ne serais pas allée jusqu'à donner mon véritable prénom, même si tu ne risquais pas de me reconnaître, Emmy, pas avec tout ce propofol qui a pénétré ton organisme. Pas avec ma nouvelle coupe de cheveux et ces grosses lunettes de soleil, Dan, bien que ma tête ait été placardée dans les journaux. Cette photo qu'ils utilisaient presque chaque fois était celle de mon badge d'infirmière. Une vieille image, pixélisée et aux couleurs délavées, qui date de quelques années. « Le visage du mal », avait titré un tabloïd. Un autre avait réussi à dénicher – quelque part sur Internet, sûrement – un vieux cliché où on me voyait entourée de George et de Grace sur une plage de Majorque, en 1995 je crois, tous les trois souriant en maillot de bain.

Cet après-midi, ton regard s'est peut-être posé un instant sur une femme en jupe longue, sandales en cuir et chemise en lin turquoise, Emmy. Une femme avec un sac en toile Daunt Books, ma librairie préférée. Eh bien, c'était moi. C'est vrai, je ne ressemble en rien à ce « visage du mal » qu'on a pu voir dans la presse. Et il est également vrai que je me fonds plutôt bien dans cette foule.

Je préfère toutefois ne prendre aucun risque inutile.

J'ai déjà accompli tout ce que j'avais prévu de faire aujourd'hui. Pendant toute la lecture, toute la séance de questions-réponses, j'étais là, à moins de dix mètres de toi. Au sixième rang, avec les grosses lunettes de soleil et le programme dont je me servais comme d'un éventail. Là encore, autour du stand où tu vendais les livres avec Coco. Je te regardais, Emmy. Je t'écoutais. Être près de toi ravivait ma colère. Je repensais à tout le mal que tu as fait. Toute cette douleur, tout ce chagrin dont je te tiens pour responsable. Plus que jamais, je sentais que je n'en avais pas fini avec toi.

Nous nous reverrons un de ces jours, Emmy. Nos regards se croiseront à nouveau et le tien se détournera aussitôt. Tu m'auras oubliée l'instant d'après.

Je pourrais être cette femme assise à côté de toi dans le bus, cette femme pressée contre ton bras dans le métro à l'heure de pointe. Je pourrais être cette cliente qui s'arrête pour laisser passer ton Caddie, au supermarché. Je pourrais être cette inconnue qui te frôle sur les marches d'un Escalator, celle qui fait une grimace pour faire rire tes enfants dans le compartiment d'un train et qui demande s'ils ont le droit de manger des bonbons. Je pourrais être la personne qui propose de t'aider à porter ta poussette le long d'un escalier un peu raide. La personne qui attend à côté de ton mari et de tes petits chéris que le feu passe au rouge pour traverser. La personne qui, d'un malheureux coup de coude, pourrait dévier la trajectoire du vélo de ton bambin et le précipiter vers les voitures qui roulent toujours un peu trop vite. La dame que tu ne remarques même pas, au parc. Celle qui attend le moment où tu tourneras le dos au landau dans lequel dort ton nouveau bébé, juste un instant, pour t'occuper d'un autre de tes enfants.

Un de ces jours.

Remerciements

C'est autour d'une piscine particulièrement froide et dans une chambre dans laquelle s'invitait le braiment d'ânes voisins, lors de vacances avec notre bébé et des amis proches, que ***Suivie*** a été conçu. Merci, Susan Henderson et Alicia Clarke, d'avoir si patiemment écouté les premières versions de l'intrigue et merci Matt Klose de nous avoir si bien nourris.

Merci à toi, Holly Watt, d'avoir refusé de nous laisser en paix tant que nous n'avions pas couché nos idées sur le papier – et de nous avoir montré la voie à suivre avec tes romans *To The Lions* (bravo pour le prix pointu et bien aiguisé[22] !) et *The Dead Line*. Catherine Jarvie, tu n'as cessé toi aussi de nous exhorter à ne jamais renoncer, et nous t'en sommes infiniment reconnaissants – tout comme nous te sommes reconnaissants de tes conseils éclairés, de ton enthousiasme communicatif et du regard aiguisé que tu as posé sur notre travail. Kaz Fairs, merci pour tes remarquables suggestions et remarques. Un grand merci également à Lesley McGuire et Zu Rafalat, qui comptent parmi nos tout premiers lecteurs. Zu, pas un jour ne passe sans que tu nous manques.

Le dur labeur, la gentillesse et la générosité de bien des gens ont été indispensables pour que ce projet puisse aboutir.

22 *To The Lions* a reçu la « dague d'acier » (la *CWA Ian Fleming Steel Dagger*), un prix littéraire décerné par la *Crime Writers Association*.

Pour leurs aide, conseils, amitié, encouragements et soutien au fil des années, Paul aimerait remercier : Cara Harvey, Dorothea Gibbs, Florence Gibbs, Sara Jackson, Julia Jordan, Louise Joy, Eric Langley, David McAllister, Bran Nicol et mes autres formidables collègues à l'université de Surrey, sans oublier Claire Sargent, Oli Seares, Jane Vlitos, John Vlitos et Katy Vlitos.

Collette aimerait remercier : Janette, Douglas et Martyn Lyons, Jacqui Kavanagh et Joel Kitzmiller, Rachel Lauder, Alice Wignall, Clare Ferguson, Amy Little, Kate Apostolov, Mark Smith, Sagar Shah, Eleanor O'Carroll, Tanya Petsa, Beverley Churchill, Jo Lee et Shelley Landale-Down.

Merci à Karen, Linda, Claire, Anwara, Soraya, Stacey et Mel d'avoir fait en sorte que nous puissions disposer de suffisamment de temps pour écrire.

Sam McGuire et Amelie Crabb, continuez à écrire vos merveilleuses histoires, nous avons hâte de pouvoir un jour acheter vos livres.

Nous aimerions tous les deux remercier : nos agentes Emma Finn chez C&W (merci Susan Armstrong de nous avoir dirigés vers Emma – nous avons le sentiment d'avoir été entre les meilleurs mains possibles, d'avoir bénéficié du son de cloche le plus lumineux et avisé qui soit, et nous nous sentons vraiment très chanceux) et Hillary Jacobson chez ICM (qui a fait un exceptionnel travail pour donner toutes ses chances à notre livre). Merci à Luke Speed et à son équipe chez Curtis Brown, à Jake Smith-Bosanquet et à l'excellent département droits d'auteur de C&W, à Laurie MacDonald de nous avoir donné l'envie et l'espoir de voir un jour Emmy et Dan à l'écran, au docteur Rebecca Martin de nous avoir fait profiter de ses connaissances médicales, à Alicia Clarke pour ses magnifiques photographies et à Trevor Dolby de s'être montré si disponible et encourageant.

Bien entendu, un grand merci également à nos extraordinaires éditrices Sam Humphreys et Sarah Stein, aux équipes des éditions Mantle (avec une mention particulière pour Samantha, Alice et Rosie) et Harper Collins (merci, Alicia !), ainsi qu'aux chroniqueuses et chroniqueurs qui nous ont soutenus dès le début sur NetGalley.

Enfin, un merci tout particulier à notre fille Buffy.

COLLECTION HUGO THRILLER

FABRICE BARBEAU
Itinéraire d'une mort annoncée

DARCEY BELL
L'ombre d'Emily (Disparue)

ROY BRAVERMAN
Hunter
Crow
Freeman
Manhattan Sunset

TOM CHATFIELD
Bienvenue à Gomorrhe

SANDRINE DESTOMBES
Les jumeaux de Piolenc
Le prieuré de Crest
Madame B

SÉBASTIEN DIDIER
Ce qu'il nous reste de Julie

FRANCESCO DIMITRI
Le livre des choses cachées

LEE MATTHEW GOLDBERG
Mentor

ELLY GRIFFITHS
Le journal de Claire Cassidy
Mortelle dédicace

BEAR GRYLLS
Le tombeau d'acier
Les anges de feu

VICTOR GUILBERT
Douve

VINCENT HAUUY
Le tricycle rouge
Le brasier
Dans la toile
Survivre

JENNIFER HILLIER
Wonderland

MARTIN HOLMEN
Corps-à-corps
Compte à rebours

COLLEEN HOOVER
Verity

OLIVIA KIERNAN
Irrespirable
Les liens du sang

MICKAËL KOUDERO
La faim et la soif

CHRISTINA KOVAC
La journaliste

AMY LLOYD
Innocente

T.M. LOGAN
Holiday

LAURENT LOISON
Cyanure

JOHN MARRS
Âmes sœurs
Les passagers

ROZ NAY
Notre petit secret
La sentinelle

B.A. PARIS
Derrière les portes
Défaillances
Dix petites poupées
Le dilemme
Le cercle de Finsbury

JACQUES PONS
Organigramme

ADRIAN J WALKER
The End of the World Running Club

DENIS ZOTT
Maudite

COLLECTION HUGO POCHE SUSPENSE

ALEXIS AUBENQUE
La fille de la plage
La fille de l'océan

MARION CABROL
La lionne rouge

KATIA CAMPAGNE
American Witches

COLLECTIF
Storia

SANDRINE DESTOMBES
La faiseuse d'anges

SÉBASTIEN DIDIER
Je ne t'oublie pas
Les yeux bleus

LEE MATTHEW GOLDBERG
Mentor

LOÏC HENRY
Lame sur les lèvres

OLIVIA KIERNAN
Irrespirable
Les liens du sang

LUDOVIC LANCIEN
Le singe d'Harlow
Les oubliés de Dieu

ROZ NAY
Notre petit secret

Imprimé en France par CPI
en mai 2021

N° d'impression : 2058252